René Fülöp-Miller
Die Nacht der Zeiten

Roman Mit einem Nachwort von Rolf Bulang

Weidle Verlag

Die Zahl der Toten übersteigt lange schon die aller noch nicht
Geborenen. Die Nacht der Zeiten währt länger als deren Tag,
und wer weiß, wann die Tagundnachtgleiche überschritten wurde?
Thomas Browne, Urn Burial (deutsch von Manfred Pfister)

Für Erika

Inhalt

Der Marsch nach Turka **7**
Totenhauptmann **47**
Das Feldtelefon **114**
Die Hungerprobe **197**
Durst **248**
Mysterium **295**

Nachwort **326**

Der Marsch nach Turka

Wir marschierten auf der großen Gebirgsstraße, die vom Ungtal zum Uzsokerpaß hinaufführt. Kurz hinter dem Dorf Hajas kamen wir zu einer Gabelung; da bog nordöstlich der Weg nach Turka ab. Das war das Marschziel.

Es war der dritte Tag, daß wir mit nur kurzen Ruhepausen unterwegs waren. Ich war zum Umfallen müde.

Wir mochten ein paar Meilen auf dem Weg nach Turka marschiert sein, als mich plötzlich das Gefühl überkam, etwas stimme mit dem Weg nicht, es sei gar nicht der Weg nach Turka. Darum fragte ich meinen linken Nebenmann:

»Lemming, wohin marschieren wir eigentlich?«

»Nach Turka«, antwortete er.

Das Farnkraut am Wege, die Felder, der Waldhang, die Berge dahinter, so weit man sehen konnte, alles erschien in leuchtendem Rot. Ich wollte Lemmings Aufmerksamkeit darauf lenken.

»Schau nur, wie rot der Hügel ist«, sagte ich, »gerade als stünde er in Flammen.«

»In den Bergen ist es eben schon Herbst«, bemerkte er schlicht.

»Natürlich«, pflichtete ich ihm bei, »hier in den Bergen kommt der Herbst früher.«

Da wandelte sich das Rot unvermittelt in ein rostiges Braun – so jäh, daß man dem Übergang gar nicht zu folgen vermochte. Und so ging es weiter: Die Landschaft stürzte geradezu von einer Farbe in die andere.

Meine Unruhe wuchs, denn jetzt war es mir zur Gewißheit geworden: Der Weg, dem wir folgen, ist nicht der Weg nach Turka; es ist überhaupt kein Weg, der irgendwohin führt. Es ist der Herbst, in den wir hineinmarschieren.

Alles war in unaufhörlichem Wandel begriffen. Mit jedem Schritt verglühten neue Farben, die noch vom Sommer her im Laub der Bäume und im Gras auf den Hängen leuchteten.

Wir kamen in einen Wald gelbleuchtender Birken. Er verlosch, während wir hindurchmarschierten. Baum um Baum verlosch über unsern Häuptern. Wir überquerten eine Wiese. Unter unseren marschierenden Sohlen verwelkten und verblichen die Gräser.

Wie lange wir so gingen, ist kaum die Frage. Wir gingen nicht nach Stunden oder Meilen, wir schritten durch die Verwandlung, und Zeit und Ferne wurden nach Bäumen, Gräsern, Farben, nach Wolken und Winden gemessen.

Als die letzten Farben erloschen und die kalte Dunkelheit wuchs, da fragte ich den Lemming noch einmal:

»Lemming, wohin marschieren wir?«

»Nach Turka!« war auch diesmal die Antwort.

Je höher wir stiegen, um so tiefer drangen wir in den Herbst ein. Es war Oktober, in dem wir marschierten. Tag und Nacht war der Himmel wolkenverhangen. Immer länger säumte die Sonne, den Morgen zu bringen, und der Mittag war nurmehr ein fahlgraues Licht. Früh kam die Dämmerung, und im Nu glitt sie in den Abend. Die Nächte waren sternentot und währten länger und länger. Bald war der Tag nur noch ein mattes Aufblinken zwischen zwei pechschwarzen Nächten.

Der Marsch wurde immer mühsamer, als trügen wir den bewölkten Himmel samt der lastenden Dunkelheit in unseren Tornistern. Vom Feld her stiegen Winde auf, kalt fingen sie sich in unseren Mänteln.

»Lemming«, rief ich, »das ist nicht der Weg nach Turka! Dieser Weg führt …«

»Mensch«, unterbrach er mich ungeduldig, »was willst du eigentlich? Alles geht, wie es auf der Marschroute vorgesehen ist. Birka«, wandte er sich dem Kadetten zu, »du hast doch die Karte, zeig sie ihm. Dann gibt er wohl endlich Ruh.«

Birka zog seine Karte hervor.

»Da sieh, hier sind wir hergekommen.« Er zeichnete mit dem Finger den Weg auf der Karte nach. »Das hier ist Hajas, dies Uzsok und hier irgendwo ... der Jankauer Hügel da vorn. Dann weiter der blauen Linie nach kommst du über Sianki, Swinitza nach Homonna, und hinter der Biegung liegt Turka.«

Das war alles richtig auf der Karte verzeichnet.

Ich nahm mich zusammen. »Das *ist* der Weg nach Turka«, sagte ich halblaut, »bald werden wir am Ziel sein.«

Am Abend kamen wir nach Sianki. Wir übernachteten in einer Scheune im Wind. Sianki war eine Scheune im Wind, nichts sonst. Auch Swinitza war nicht viel besser. Dort rasteten wir im herbstfeuchten Garten eines Gutshofes. Swinitza war ein Rasten auf herbstfeuchtem Boden, nichts sonst. Und Homonna – wenn es einen Gott gibt, so wird er es von allen Generalstabskarten streichen. Homonna war ein naßkaltes Erdloch; wir krepierten fast darin.

Nein, mich konnte jetzt nichts mehr täuschen. Sianki, Swinitza und Homonna, all die Orte auf Birkas Karte waren Etappen des Herbstes, nichts sonst. Das war nicht der Weg nach Turka. Mochte er auch auf der Landkarte eingezeichnet sein und noch gestern nach Turka geführt haben, uns führte er nicht dorthin.

In einer der kalten Finsternisse fiel der Gefreite Magos aus der Reihe. Er atmete schwer und war totenbleich. Ich ging zum Sanitätsoffizier.

»Wir führen einen Maroden mit. Wo ist das nächste Lazarett?«
»In Turka«, antwortete der Offizier.
»Wann werden wir dort sein?«
»Spätestens morgen früh.«

Wir marschierten die ganze Nacht. Am Morgen waren wir unter die Krähen geraten. Der ganze Himmel war schwarz davon. Unsere Uhren zeigten sieben, und es war immer noch Nacht. Das machten die Krähen, sie hielten die Nacht mit ihren dunklen Schwingen fest. Als die Sonne doch endlich durchbrach, war sie schwarz. Die Krähen hatten sie ausgebrütet.

Bei der nächsten Rast fragte ich Rubrini, der während des Marsches vor mir marschierte: »Rubrini, kannst du mir sagen, wohin wir marschieren?«

Er war im Begriff zu antworten, da merkte ich, daß er auf etwas achtete, was hinter meinem Rücken vorging. Als ich mich umwandte, sah ich, daß Iswoltschik und Lemming ihm Zeichen machten. Hastig sagte ich: »Ich weiß schon. Wir gehen nach Turka. Ich wollte nur sicher sein, daß wir noch vor Abend hinkommen. Es ist wegen des Magos. Wer weiß, ob der es noch eine Nacht lang aushält.«

Ich sprach ziemlich laut, damit mich auch die Zeichenmacher hinter mir hören konnten.

»Natürlich sind wir noch vor Abend in Turka«, sagte Rubrini in einem Tone, als wäre nicht Magos der Marode, sondern ich. Da drehte ich mich auf den Fersen um und ging auf meinen Platz zurück.

Kurz darauf kam mir Rubrini mit einer Konservenbüchse nach.

»Kannst du das aufmachen?«

Ich begriff sofort, daß er nur einen Vorwand suchte, um das abgebrochene Gespräch fortzusetzen. Ich hatte die Büchse längst geöffnet, und er stand noch immer herum.

»Ist dir etwas?« erkundigte er sich teilnahmsvoll.

»Warum? Was soll mir sein?«

»Du siehst aus, als hättest du Fieber. Wenn wir nach Turka kommen, solltest du dich fürs Spital melden.« Er sagte das mit teilnahmsvoller Stimme, aber mich täuschte er nicht.

»Ich weiß sehr gut, worauf du hinauswillst«, schrie ich ihn an. »Kümmere dich gefälligst um deinen eigenen Kram. Ich werde doch noch fragen dürfen, wie weit es bis zum nächsten Lazarett ist.«

Trotz meines Ausfalls blieb Rubrini ruhig. Er musterte mich auf eine überlegen-nachsichtige Art, was meine Wut gegen ihn nur noch steigerte.

»Auf Wiedersehen in Turka, du Schuft!« rief ich und ging.

Beim Weitermarsch sprach ich mit niemandem. Mich wurmten

noch immer die Zeichen, die Lemming und Iswoltschik hinter meinem Rücken gemacht hatten.

Der Tag war kalt. Iswoltschik hatte noch etwas Sliwowitz in seiner Flasche, richtigen Sliwowitz aus Arav.

»Willst nicht auch einen Schluck? Das wärmt«, sagte er und hielt mir die Flasche hin.

Ich tat, als hätte ich nicht gehört.

Der Abend war ein eisiges Feld; darin verscharrten wir den toten Magos.

Als es tagte, stiegen wir zu einer riesengroßen Wolke empor, die eine Bergkuppe sein sollte. Von der vorderen Kolonne waren nurmehr die marschierenden Füße und die sich drehenden Räder sichtbar; die Köpfe der Soldaten und die Planen der Wagen gehörten schon der Wolke an. Dann verloren auch die Rücken unmittelbar vor uns ihre Körperlichkeit, und bald löste sich alles, was Gestalt hatte – Pferde, Wagen und Bäume –, im unterschiedslosen Nebel auf.

Zur Rechten erschien schemenhaft die berittene Gestalt des inspizierenden Leutnants, begleitet von einer diensthabenden Charge. Gleich war sie wieder vom Nebel verschluckt.

Dann sah man nichts mehr und hörte nur noch die Stimmen der Offiziere die Nummer ihrer vom Nebel verschluckten Kompagnien aufrufen. Befehle, Flüche, Meldungen – von Menschen, die unsichtbar waren. Bald hatte sich der Nebel so verdichtet, daß man selbst den Nebenmann nicht mehr zu erkennen vermochte.

Es war ein beruhigendes Gefühl, daß uns wenigstens die vielstimmigen Geräusche des Marsches begleiteten. Man wußte doch zumindest, man war nicht allein, man gehörte zu einer Kolonne. Ich horchte auf das Stampfen der Füße, das Schnauben der Tiere, das Knarren der Räder. Gut, dachte ich und zählte die Geräusche, wie man den Pulsschlag eines Sterbenden zählt, um sich zu vergewissern, daß noch Leben in dem dahinsiechenden Körper wohnt.

Obwohl hoher Mittag war, hatten die Fahrer ihre Wagenlaternen angezündet, um sich zurechtzufinden. Der Nebel mischte seine Trübnis in die Laternen. Dämmrig schwankten die Lichter hin und her und warfen einen schwefelgelben Schein auf den Weg.

Ich merkte sogleich, daß es der Nebel war, der in den Laternen brannte, und daß sein schwelendes Flackern uns in die Irre führte: in noch dichteren Nebel, in Wetter und Nacht. Da konnte ich mich nicht mehr halten:

»Jetzt wirst du mir doch selber zugeben, daß wir nicht wissen können, ob und wann wir nach Turka gelangen«, wandte ich mich an Lemming.

»Wirst schon noch früh genug hinkommen, um deine Kugel abzukriegen«, erwiderte er.

Dann wich der Nebel, und es begann zu regnen. Zuerst leise und in dünnen grauen Fäden, doch bald darauf in dichten pladdernden Strömen. Eine Zeitlang bot uns der Wald noch notdürftig Schutz. Doch als wir aufs freie Feld gelangten, stürzten prasselnde Fluten mitleidlos auf uns herab. Auch der Wind, der jetzt von allen Seiten her blies, tobte hier ungefesselt. Er nahm die Regenmassen auf seine Schultern und schleuderte sie uns mit voller Wucht ins Gesicht.

In einiger Entfernung tauchten Baracken aus dem Regen auf. Alle seufzten erleichtert auf. Endlich eine Bedachung, endlich Schutz vor dem Unwetter!

Als wir uns aber den Baracken genähert hatten, rief die Stimme des Kommandanten: »Weiter! Vorwärts!«

»Weiter in diesem Hundewetter?« murrte ich.

»Wir halten erst bei der Mühle«, rief einer von vorne.

Wir kamen zu einem Fluß.

»Gleich werden wir bei der Mühle sein«, sagte jemand. Ein gutes Stück weg hörten wir das Rauschen des Flusses. Er war vom Herbstwasser der Berge geschwellt und lärmte laut, so daß er sogar das

Prasseln des Regens übertönte. Wir gingen und gingen, die Mühle aber war nirgends zu sehen, und auch das Rauschen des Flusses hatte sich verloren.

Wir mußten fehlgegangen sein. Die graue Einförmigkeit des Regens machte jede Orientierung unmöglich. Alles trug seine schrägen Striche, und selbst das Licht war von seinen tausend Schnüren durchwoben. Wohin man auch blickte: Regen, nichts als Regen.

»Ha – alt!«

Die Feldwebel zählten die Mannschaft ab. Die Offiziere gingen nach vorn und berieten. Jetzt wußten alle, daß wir uns im Regen verirrt hatten.

»Schöne Bescherung«, räsonierte ich.

»Der Kommandant wird schon weiter wissen«, gab Lemming unbeirrt zurück.

»Der Kommandant ist ebenso ein Heuochs wie du. Wenn er weiter wüßte, stäken wir nicht in dieser Patsche.«

»Vorwärts Marsch!«

Die Reihen setzten sich wieder in Bewegung.

»Na siehst du!«

»Ha – alt!« dröhnte es bald darauf von neuem.

»Halt«, gaben die Kompagnieführer den Befehl nach rückwärts weiter.

»Da hast du's, der Kommandant weiß ebensowenig wie wir.«

Die ganze Kolonne hielt wiederum an.

»Warum stehen wir wieder herum?«

»Der Kommandant will warten, bis der Regen vorbei ist. Dann gibt es bessere Sicht.«

»Bis der Regen vorbei ist? Da können wir warten, bis der Herbst vorbei ist«, höhnte ich.

»Links um kehrt! Zurück Richtung Baracken«, kam der Befehl von vorn.

Jetzt schien auch der Kommandant eingesehen zu haben, daß wir über Nacht vor dem Wetter Schutz suchen mußten.

Es war aber gar nicht so einfach, den Weg wiederzufinden. Der Regen hatte ihn mittlerweile in ein Gewirr von unzähligen Pfützen verwandelt. Das einzige, wonach wir uns hätten richten können, war der Fluß. Zuweilen glaubten wir auch, sein Rauschen endlich wieder zu vernehmen. Es war aber stets der Regen, der uns täuschte. Zum Flusse selber gelangten wir nicht. Der Regen schien ihn weggewaschen zu haben. Mit dem Fluß waren auch die Baracken verschwunden. Selbst den Wald schien der Regen in seinen Fluten mitgerissen zu haben.

Indessen begann es zu dunkeln. Jede Hoffnung, noch vor Einbruch der Nacht zurückzufinden, war geschwunden.

»Spürst du, der Regen läßt nach.«

»Ja wirklich!«

»Siehst du den Stern dort? Es klärt sich. Siehst du den Stern?«

»Wo?«

»Dort! Du mußt nur gut hinschauen. Siehst du das Blinken?«

»Ja. – Ist das ein Stern?«

»Natürlich!«

»Ja, jetzt sehe ich ihn auch. Ein Stern. Es klärt sich wirklich.«

Den Teufel ließ das Unwetter nach. Den Teufel stand dort ein Stern. Den Teufel klärte es sich!

Wir marschierten, und der Wind wehte.

»Ich kann den Stern nicht mehr sehen. Siehst du ihn noch?«

.....

»Hörst du nicht? Ich frage, ob *du* ihn noch siehst. Ich kann ihn nirgends entdecken.«

»Sicher hat sich bloß eine Wolke davorgeschoben. Er muß da sein.«

Es regnete immer stärker.

»Niemals wird sich der Himmel klären. Du lügst. Alles, was du sagst, ist gelogen. Es war gar kein Stern zu sehen.«

Wir hatten uns völlig verirrt. Jedes Weitermarschieren erschien sinnlos. Wir hielten an und warfen uns, erschöpft wie wir waren, der Länge nach auf den Boden.

Die Erde war feucht und kalt. Aber es war Erde. Und Erde bedeutete – Liegen: war Nicht-Mehr-Treten, Nicht-Mehr-Weiter-Gehen-Müssen für die wundgelaufenen Sohlen; Hingestrecktsein, Nicht-Mehr-Tragen-Müssen für den gekrümmten Rücken. Geliebte und Mutter war die Erde dem Soldaten.

Der Himmel goß weiter seine Nässe herab. Aber das gleichförmige Tap-Tap regnete Schlaf. Regenbäche umspülten mein Haupt, aber Schlaf floß in ihnen.

Als der Feldwebel mir »Marsch, auf, du Hund!« in die Ohren schrie und mir seine nassen Stiefel unsanft in die Rippen stieß, vermochte ich mich nur mit Anstrengung aus der feuchten Erdumklammerung zu befreien.

Der Mann neben mir blieb einfach liegen. Soviel ihn auch der Feldwebel mit seinen Stiefeln bearbeiten mochte, er hielt die Augen geschlossen und blieb liegen, selbst als wir andern schon losmarschierten. Er schlief sich in die nasse Erde hinein.

Nun waren wir wieder auf dem Marsch. Es war noch dunkel. Als es Tag wurde, tagte lediglich der Regen. Und der Regen hob sich zum Mittag, und der Regen begann am Nachmittag zu dämmern.

Der Wind war noch stärker geworden. Weder Zeltbahn noch Montur bot Schutz gegen ihn. Er blies uns den Regen in Ärmel und Kragen, riß unsere Mantelschöße auseinander und peitschte uns die Nässe in den Schritt.

Wir versuchten uns den Regen mit der Hand aus den Augen zu wischen, aber die Hand kam aus strömender Nässe und wischte nur weiteren Regen ins Gesicht. Es gab nichts mehr, was nicht dem Wetter angehörte: Das Brot, das wir aßen, war vom Regen durchtränkt; das Wasser, das wir tranken, war mit Regen gewürzt. Er mischte sich in unsere Gespräche, wenn wir uns unterhielten, und schwiegen wir, so sprach er allein weiter.

Auge, Ohr und Zunge, Stimme und Gang, der ganze Mensch war im Regen gefangen; die ganze Kolonne war in ein einziges Naß verwandelt. Nässe ging hinter Nässe her, und Nässe stapfte vor Nässe her. Nässe in Viererreihen, Nässe im Gleichschritt! Nässe sprach zu Nässe, und Windeswehen sprach zu Windeswehen.

Es gab kein Entrinnen. Wäre ich aus der Reihe gesprungen, ich wäre nur in eine andere Regenreihe hineingeschwemmt worden; und hätte ich mich zu Boden geworfen, um nicht weitermarschieren zu müssen, ich wäre in Nässe gefallen, und nasse Stiefel hätten mir Nässe ins Gesicht getrampelt.

»Nie werden wir ankommen, nie! Verrecken werden wir in Regen und Wind, bevor wir überhaupt den Feind zu Gesicht bekommen.«

Der Lemming hatte den Kopf etwas tiefer zwischen die Schultern gezogen und den Kragen höher gestülpt. Stumpf vor sich hin starrend, marschierte er unentwegt weiter. Das war es, was jetzt meinen Verdacht erregte.

Ich begann, den Lemming schärfer ins Auge zu fassen; da bemerkte ich mit einemmal, wie er wirklich aussah. Sein Rücken war unter dem Gewicht des Tornisters stark nach vorn gebeugt. Fast schien es, als ritte der Tornister auf ihm. Seine zwei kleinen Schweinsäuglein waren starr auf den Rücken des Vordermannes geheftet. Es fiel mir auf, daß das kein Blick war, der einen Weg verfolgt. Und auch das Ausschreiten der Füße und das Schlenkern der Arme gehörten nicht einem Mann an, der einem Ziel zustrebt. Das war nichts als ein mechanisches Nachfolgen. Vor ihm marschierten zwei Füße im Gleichschritt, und seine Füße waren im selben Gleichschritt verhaftet.

Das Schlenkern seiner Arme folgte bloß den schlenkernden Armen des Vordermanns.

Lemming, das waren zwei Füße im Marsch. Das war die Last auf dem Rücken, der folgt. Lemming, das war der Nacken, der sich nach links dreht, wenn das Kommando »links!« erscholl, und nach rechts, wenn es »rechts!« hieß. Lemming, das war das Halten, wenn es »halt« rief und das Weitermarschieren, wenn das Kommandowort »Los!« ertönte. Lemming – das war der Marsch selber! Der Marsch durch Wälder, über Felder und Kämme, bergauf und bergab und immer vorwärts. Nach! Nach! Auf windigen Wegen, unter verlöschenden Sonnen, durch sterntote Nächte. Nach! Nach! Dem Vordermann nach!

Ich wandte mich unvermittelt von Lemming ab und blickte zu Iswoltschik hinüber ... Aber auch der hatte den Kopf zwischen die Schultern gezogen und die Augen starr auf den Vordermann gerichtet. Ich schaute nach rechts und nach links, die ganze Reihe entlang: Alle Gesichter einander gleich, die gleiche Stumpfheit, derselbe blicklose Blick, und alle Füße mechanisch vorwärts stampfend. Lemming ging rechts von mir, Lemming ging links von mir, Lemming ging hinter mir, vor mir ... Lemming und nichts als Lemming! Die ganze Kolonne bestand aus Lemmingen!

»Nach Turka, nach Turka!« stampfte die Lemmingkolonne. »Nach Turka!« dröhnte der Gleichschritt der Lemminge im Chor.

Tiefer und tiefer gerieten wir in die herabstürzenden Wasser und brausenden Winde. Wir hätten umkehren sollen, umkehren und laufen, zurück bis nach Arav.

Der Kommandant aber rief: »Vorwärts!« Und alle folgten. Die erste Kompagnie und nach dieser die zweite, und so fort die dritte, die achte und mit ihnen die Pferde, Wagen, der ganze Train, dem Wetter zum Trotz.

»Weiter, weiter!« erscholl das Kommando.

Ich hatte dem Kommandanten von Anfang an nicht recht getraut.

Darum paßte ich jetzt gut auf. Der Befehl klang zwar klar und deutlich, aber die Stimme – ich horchte gespannt hin: die Stimme war nicht die des Kommandanten Darabant. Der klatschende Regen rief das Kommando, der Regen hatte die Führung des Zuges übernommen und befehligte uns.

An einer Stelle türmte sich der windgepeitschte Regen zur Mauer auf. Er verstellte uns den Weg, als wären wir am Ende der Welt.

»Weiter, weiter!« klatschte der Regenkommandant. Und die Lemminge folgten ihm blindlings durch die Wind- und Regenmauer hindurch.

Aber dahinter, hinter der Regenmauer, da begann etwas, was jenseits von Landschaft und Welt lag: das wegelose absolute Element.

Eine Weile noch trotzte der Marsch dem Wetter, dann gewann das Element die Oberhand: der Wind über Atem und Willen, die Kälte über Pulsschlag und Blut.

Es begann mit dem Korporal Gordowang, den der Wind mit kalter Gewalt erstickte. Wie ein Nichts schleuderte er ihn zu Boden. Sein Nebenmann bückte sich, um ihn aufzurichten, und stand selbst nicht mehr auf. Bald darauf brachte es einen Dritten zur Strecke. Die andern hielten sich krampfhaft aufrecht, wo sie gingen oder standen. Der Wind drückte sie gegen die Wagenungetüme, setzte ein wenig aus und nagelte schließlich mit einem Schlag die ganze krabbelnde Kolonne an die Eisenmassen fest. Dann hieb er auf die hochgetürmten Lasten ein, und da begann selbst das wuchtige Eisen des Materials seine Schwere zu verlieren und wie leichtes Blech im Winde zu schwanken.

Es gab kein Vorwärtskommen gegen den Wind. Die vorderen Reihen machten kehrt, die hinteren folgten, und die ganze Kolonne marschierte willenlos mit dem Wind.

Der Wind wehte südöstlich und querfeldein. Und die Kolonne marschierte südöstlich und querfeldein. So hatten wir den Wind und die Nässe wenigstens nicht mehr im Gesicht. Man konnte wieder atmen und gehen; ja der Wind trug einen geradezu. Die Lasttiere schnauften erleichtert auf, sie brauchten kaum mehr zu ziehen, denn der Wind schob die Wagen samt dem schweren Material vor sich her.

Rasch ging der Marsch. Wir flogen nur so. Aber wohin? Ins wegelose Feld, in den wegelosen Regen!

Da drehte sich plötzlich der Wind und blies nach Norden. Gehorsam wandte sich die Kolonne und marschierte nach Norden. Und wieder sprang der Wind um. Wir marschierten bald in diese, bald in jene Richtung, wohin der Wind uns wies.

Alsbald gerieten wir in aller Winde und Wetter Mitten. Hier trafen sich die Zyklone und Antizyklone, die Fall- und die Wirbelwinde. Hier wohnte der Regen, der sprühende und der gießende; alle Regen! Hier geschah der Herbst. Entfesselt stand er da und war nurmehr dröhnende Stimme, peitschender Sturm und flutender Regenguß.

Wir waren der Gewalt der Elemente verfallen. Der Wind verriet uns an den Regen, der Regen an den Schlamm, und wie in einem Labyrinth, aus dem es kein Entrinnen gibt, irrten wir durch die endlose Öde.

Auf dem Wege von einem Gewitter zum andern gelangten wir zu einer Lache, die größer als ein Acker war. Eine Wegtafel ragte daraus hervor: »Chirok 17 Meilen.«

»Chirok«, rief Birka, »dann ist ja alles in Ordnung. Wir sind gar nicht fehlgegangen; wir haben nur einen kleinen Umweg gemacht und marschieren jetzt von Osten statt von Westen in Turka ein.« Zum Beweis zog er die Karte hervor, wie ein nasser Fetzen hing sie zwischen seinen triefenden Fingern.

»Wir müssen bald an der Chiroker Schlucht sein«, sagte er. »Von dort sind es auf dem Turkaer Postweg nur ein paar Stunden.«

»Wie weit ist es denn bis zur Schlucht?«

»Höchstens vierzehn Meilen.«

Pfütze um Pfütze die erste Meile, Pfütze um Pfütze die zweite, und Wind, Nebel und Stampfen im Schlamm; ein Schritt und noch einer, und jeder mühsamer als der vorherige.

»Ein verdammt schlechter Weg! Wir werden kaum vor Tagesanbruch bei der Schlucht sein.«

Als die Nacht kam, begann die Erde zu locken: »Leg dich hin, streck dich lang, müde Sohle, wunde Sohle ruh dich aus.«

Aber wehe dem, der ihrem Lockruf folgte. Gliederlähmende Nässe war ihr Bett, und ihr Laken war kreuz und quer aus Winden gewoben. Verschworen mit Regen und Wind, war sie heimtückischer als beide. Eine Kälte stieg aus ihren Tiefen empor, mörderischer als jene, die aus den Lüften wehte, und ihre Nässe war furchtbarer als der Regen von oben.

Blick weg, folge ihr nicht! Sie ist eine mordende Mutter, eine mordende Geliebte der Soldaten!

Es gab kein Rasten mehr. Das war aus dem Marsch geworden, Marsch ohne Rast und Ruh. Wir marschierten die ganze Nacht bis zum Morgen. Da warf uns der Wind auf einen Weg, der kein Weg mehr war. Die Erde trug nicht mehr. Alles Feste war geschwunden. Wir glitschten und patschten in schlammige Pfützen, aus denen uns gurgelnder Brei entgegenquoll.

»Nicht wahr, Lemming, das ist der Weg nach Turka?« Ich erkundigte mich nicht, ich fragte aus Hohn und Spott.

Lemming schnaufte vor Anstrengung. »Jawohl«, schnaufte er, »nach Turka.«

Er vermochte seine Beine nur mit äußerstem Kraftaufwand aus dem saugenden Schlamm herauszuziehen. Hatte er den einen Fuß hoch, so war der andere wieder versunken.

»Schön ist es hier in Turka, was? Ein vergnügliches Städtchen. Lemming, hörst du die Glocken vom Turkaer Kirchturm? Patsch, patsch, patsch, sie rufen zur Vesper.«

Ich sah mich um. Alle schnauften vor Anstrengung. Alle Stiefel schlitterten im Schlamm.

Der linke Flügelmann in der Reihe vor mir rutschte aus, fiel gegen den Nebenmann rechts, der riß den nächsten mit. Der Fall pflanzte sich fort, die ganze Reihe fiel der Länge nach in den Schlamm. Auch Rubrini geriet ins Schwanken. Er fuchtelte mit den Armen durch die Luft, um sein Gleichgewicht zu bewahren. Seine Wangen glühten.

»Laß doch, Rubrini. Hast ja Fieber, gehörst ins Lazarett! Es ist gleich dort um die Pfütze herum, da wartet deiner ein weiches Bett, weicher als Daunen!«

Iswoltschik setzte achtsam Fuß vor Fuß, um den glitschigen Stellen auszuweichen. Da klaffte unversehens ein Loch unter seinen tastenden Sohlen. Er versank bis über die Hüften. Prustend arbeitete er sich wieder hervor. Jetzt hatte ihn aber der Schlamm beim Mantelzipfel gepackt und zog ihn in das lehmige Loch zurück. Er versuchte, sich mit Händen und Füßen vom Schlick zu befreien, sank aber mit jeder Bewegung tiefer ein, bis schließlich nur noch sein Kopf aus dem Schlamme hervorstak.

»Ein nettes Kaffeehaus hier in Turka, nicht? Siehst direkt auf den Korso hinaus! ... Ober, zwei Stamperl Schlamm, aber rasch. Wir wollen unsere Ankunft in Turka feiern!«

Es dauerte eine Weile bis Iswoltschik sich endlich aus dem Lehmloch freigearbeitet hatte.

Da lag ich plötzlich selber in einem Tümpel. Kalter Morast schlug mir ins Gesicht. Das hatte ich nun von meinem Spott.

Dennoch hörte ich nicht auf zu höhnen. »Kameraden, ein letztes Gläschen noch, wer weiß, wann wir wieder so jung beisammen sind! Kellner, noch eine Runde Schlamm!«

Recht geschah's ihnen. Warum gehorchten sie dem Kommando? Sie verdienten es nicht besser! Und wenn ich selbst mit ihnen verrekken sollte! »Ein Glas noch auf den Kommandanten! Hoch soll er ...«

Da war mir auf einmal die Lust vergangen. Ich sah sie an ... Ihre Gesichter – stumpf und unbewegt. Sie stolperten und fielen, aber sie kämpften sich dennoch mühsam vorwärts. Ich mochte spotten, soviel ich wollte, sie ließen sich nicht beirren.

Merkten sie es denn nicht? Merkten sie es noch immer nicht, daß wir längst Weg und Stunde, Meilen und Zeit verlassen hatten und schnurstracks ins Verderben stapften? Merkte es denn keiner von ihnen?

Da gingen mir plötzlich die Augen auf; sie merkten es nicht, denn sie gehörten dazu – zum wehenden Wind, zum klatschenden Regen, zum platschenden Schlamm. Ich verstand sie bloß nicht, an mir lag die Schuld. Ich hatte sie für stumpfe Kolonnentiere gehalten, dabei gehörten sie dazu, von Anfang an.

Ich wollte es vorsichtshalber noch einmal überprüfen. Erkennst du den Lemming nicht? fragte ich mich – Eduard Lemming, ehemaliger Müllnergehilfe aus Propad, ein feister Trottel. – Was willst du von ihm. Und da rechts, ist das nicht der Iswoltschik. – Um mich zu vergewissern, wandte ich mich ihm zu: »Nicht wahr, du warst doch Schreiber in Arav?«

»Ja«, antwortete er, »warum fragst du?«

»Nur so«, sagte ich und erkundigte mich weiter: »Und jetzt bist du Gefreiter bei den Zweiundvierzigern in der hundertundzweiten Brigade?«

»Ja natürlich, genau wie du, was willst du eigentlich?«

»Nichts, nur feststellen, wer du warst und was du bist. Was ihr alle seid«, fügte ich höhnisch hinzu. »Ich kenne euch nämlich. Mir könnt ihr nichts mehr vormachen.«

Er hatte mir jetzt sein Gesicht voll zugewandt; es war strömender Regen! Er schien antworten zu wollen, aber aus seinem Mund sprang der heulende Wind hervor, der gleiche Wind, der über das Gebirge fegte, und ich wußte, es war der Schlamm selber, der neben mir hertrottete.

Als ich nun aufmerksamer hinschaute, bemerkte ich, daß die ganze Kolonne mit dem Regen und Schlamm zusammengeflossen war.

Ich schwieg, denn rechts von mir ging der Lemming und links von mir der Iswoltschik; der Herbst schritt mir zur Rechten und zur Linken, und vor und hinter mir schritt der Herbst. Tagelang war ich so marschiert, hatte mit ihnen gesprochen, Wasser, Brot und Schlafstätte mit ihnen geteilt und hatte nicht geahnt, daß ich alles dies mit dem Herbst teilte.

Nach Turka! Nach Turka! Oh, jetzt verstand ich auch das. Turka! So hieß bloß Verderben und Tod! Anderswo hatten sie andere Namen. Hier, in diesem Abschnitt hießen sie Turka!

Ich war eingefangen in der Regenkolonne, eingefangen im marschierenden Herbstschlamm.

Anfangs gab es noch ein Entkommen; ein Entkommen nach innen. Dort lagen die regenlosen Landschaften der Erinnerung: die Mutter im sonnigen Garten von Caran, windstille Wege, Sommerabende mit Freunden, gestirnte Nächte. Aber das hielt nicht an. Denn als der Wind beständig weiterwehte und der Regen unablässig herabströmte, da verwusch der Regen Mutters Gesicht, und der Wind verwehte ihre Worte. Der sonnige Garten ging unter im Schlamm.

Nun war auch mein Inneres zum Herbst geworden, und bald war auch ich nur durchnäßte Uniform, Jacke, in der sich die Winde fingen, Stiefel in Pfützen, Regen-Wind-und-Schlammsoldat wie alle um mich, wie die ganze Kolonne. Ein klitschnasser Klumpen, der durchs Gebirge stampfte.

Immer größere Wegstrecken waren zum Wetter übergelaufen.

»Wir sind richtig gegangen.«

»Wieso sind wir richtig gegangen?«

»Nur noch zwei Meilen bis zur Schlucht. In ein paar Stunden sind wir in Turka.«

Herrgott noch einmal, würde dieser Wahnsinn nie ein Ende nehmen? Wir waren bereits eine Nacht und den halben Tag lang durch Pfützen und Dreck gewatet, und was vor uns lag, war bestimmt um nichts besser!

Birka war gerade dabei, seine verdreckte Karte hervorzuziehen.

»Wenn du das Ding nicht sofort wieder einsteckst, hau ich dir eins in die Fresse«, schrie ich außer mir. »Narren kannst du deine Großmutter, nicht mich.«

Im Weststurm und Wolkenbruch gelangten wir zu dem Abstieg, der zur Chiroker Schlucht führte. Zum Glück war es nicht sehr steil, und es ging trotz öfteren Stockens, leidlich vorwärts.

Wir hatten etwa die halbe Strecke hinter uns, da fielen Schüsse vom jenseitigen Hügel. Zuerst sah man nur die Einschläge der Kugeln im Schlamm, vom Feinde selber war nichts zu entdecken. Der Regen ließ den Waldhang drüben als ein kataraktartiges Gewässer erscheinen. Die rasch eingestellten Scherenfernrohre rückten nur dichte Regenmassen näher.

Unausgesetzt schoß es herüber. Der Feind wollte uns offenbar den Zugang zur Schlucht versperren, denn je mehr wir uns dem Eingang näherten, um so heftiger wurde das Feuer.

»Halten und Stellung beziehen«, erging der Befehl.

Die Kompagnien wurden gesammelt und im Gelände verteilt. Von drüben schwirrte eine Lage nach der andern heran. Schrappnelle barsten über unsern Köpfen, Maschinengewehrfeuer fegte die Deckungen entlang. Mit immer größerer Präzision schlugen feindliche Granaten in unsere Reihen.

Da kam ein neuer Befehl: »Stürmen!« Und gleich darauf ertönte das übliche Kampfgeschrei. Besonders Rubrini tat sich hervor: »Die paar Männchen da drüben wollen uns den Zugang versperren, das wäre ja gelacht. Die kennen uns Zweiundvierziger noch nicht! Was, Argilas?« brüllte er mit dem Sturm um die Wette.

Der Kommandant gab Weisungen zur Entfaltung: »Die siebte und achte Kompagnie in Schwarmlinie ausrücken! Zweite und dritte zur Flankendeckung!«

»Fertigmachen zum Angriff!« schrie die Gefechtsordonnanz.

In fieberhafter Aufregung wurden die Koppeln mit den Patronentaschen umgeschnallt, das Sturmgepäck festgezogen, die Seitengewehre aufgepflanzt.

Die Lemminge standen sturmbereit; sie konnten es kaum erwarten.

Rückwärts setzte das Artilleriefeuer ein und endlich ertönte das Kommando: »Sprung auf! Vorwärts, los!«

Dröhnendes Hurra!

Und nun waren sie wie die Teufel. Allen voran stürmte der Kommandant mit blankgezogenem Säbel den Hang hinab und hinter ihm her in breiten Schützenlinien schießwütig und hurra-brüllend die Lemminge.

»Anschließend einschwärmen!« rief die Gefechtsordonnanz. Gleich darauf spürte ich den Stoß eines Gewehrkolbens zwischen den Rippen. »Hörst du nicht? Stürmen ist kommandiert, du Hasenfuß!« rief Birka im Vorbeilaufen.

Ich war weiß Gott nicht aus Feigheit zurückgeblieben. Wovor hätte ich mich auch fürchten sollen? Vor dem Tode vielleicht? Was konnte mir der schon groß anhaben. Was gab ich denn auf vom Noch-Leben? Den Tornister am Rücken, zwei naßkalte Füße, das Marschieren im Dreck! Nein, das war es nicht. Ich hatte es nur nicht eilig, in einen anderen Regenwald zu gelangen, und an dem Einstieg war mir eben auch nicht sonderlich gelegen. Gewiß würde es mit der Chiroker Schlucht auch nicht anders sein als mit Swinitza und Homonna, als mit allem, was auf Birkas Karte verzeichnet war.

Aber schließlich – es gab keine Wahl. Mitgefangen–mitgehangen, lief ich den andern nach, wild und besessen, so daß ich den Birka überholte und mit meinem Hurrageschrei den Wind und selbst den Rubrini übertönte.

Unten in der Senke hielten wir an. Jetzt sollte es gruppenweise den feindlichen Hügel emporgehen. Bevor wir uns aber formieren konnten, wurde plötzlich unsere linke Flanke mit heftigem Maschinengewehrfeuer belegt. Die feindliche Schußlinie hatte sich bis zu unserem Waldrand vorgeschoben. »Die paar Männchen dort drüben« schienen ein ansehnliches Bataillon zu sein. Sie feuerten eine verheerende Garbe nach der andern zu uns herüber.

So ließen wir den Regenhügel und schwenkten unter der Deckung unserer Geschütze, so rasch wir nur konnten, dem Einstieg zu, damit uns der Feind nicht zuvorkomme.

Hier unten aber war das Vorwärtskommen nicht mehr so einfach. Das Wetter, das sich oben auf dem Plateau auf weiten Flächen hatte austoben können, war hier, in die Enge der Senke getrieben, von solch wütender Gewalt, daß man zuerst mit ihm fertigwerden mußte. Denn unausgesetzt mischte sich der Streit, den die Wälder mit dem Herbststurm ausfochten, in unseren Menschenhader ein, verwirrte die Reihen, verstellte die Ziele und vertauschte die Kugeln.

»Ausschwärmen«, rief der Kommandant. Der Wind riß ihm den

Befehl vom Mund weg und trug ihn, wohin er gerade blies, einmal zu uns, ein anderes Mal zu den Bataillonen der Baumkronen.

»Vorwärts dem Einstieg zu«, vernahmen wir und stürmten mit aufgepflanzten Bajonetten los. Dabei gerieten wir mitten in ein Gefecht hinein, das der Regen gerade mit dem Waldboden austrug. Die Erde hatte ganze Schutzwälle von Schlick, Holz und Geäst aufgetürmt. Dann aber kamen die dunklen Gewässer der Tiefe dem Regen von oben zur Hilfe, würgten die Sträucher und Bäume an ihren Wurzelkehlen und nahmen die letzten widerstrebenden Erdstücke in ihren Fängen gefangen. Unsere Gewehre und Bajonette vermengten sich mit dem Wurzel-, Erd- und Wasserkampf.

Das Feuer von drüben rückte immer näher.

»Feuer! Feuer!« ertönte das Kommando. Wir luden und zielten, aber Lehmfinger drückten an Lehmgewehren einen Lehmhahn ab, Kammern wie Lauf waren mit Schlammpatronen geladen, nur Lehm schoß hervor.

Einem Korporal der dritten Kompagnie war es geglückt, sich bis zum Feind durchzuschlagen. Er war eben dabei, mit seinem Faschinenmesser einen von drüben niederzumachen, da köpfte der Sturm über ihm einen Baumriesen, dessen Krone dem tapferen Korporal samt dem von drüben den Garaus machte.

An der linken Flanke gerieten einige ins Handgemenge mit der feindlichen Vorhut, aber gleich darauf lagen sie in noch tödlicherem Handgemenge mit dem Lehm.

Der Feind glaubte uns in der Falle zu haben, kam aus dem Wald gestürmt und lief auf uns zu. Zum Glück erging es ihm nicht besser als uns. Er tapste in den gleichen bleischweren Lehmstiefeln herum und trug dieselbe Lehmuniform wie wir. Und als es zum Schießen kam, da zielte auf beiden Seiten nur Lehm. Der Morast zielte auf beiden Seiten, und als schließlich der Nahkampf begann, da rang bloß der Schlamm von drüben mit dem Schlamm von hüben.

Nichts wäre jetzt leichter gewesen, als Gefangene zu machen, für uns und für sie. Aber was nützte das schon? Das Lehmloch nahm Gefangene und Fänger ins gleiche Gräbergefängnis, Freund und

Feind saßen in derselben Falle, gemeinsame Gefangene einer dritten Armee, der Armee der Winde, des Schlammes und des peitschenden Regens.

Man durfte bloß nicht wie die Lemminge sein, da erkannte man's gleich: Es ging gar nicht darum, wer zuerst den Einstieg erreichte, der Feind oder wir, und auch nicht um sein oder unser Recht, nicht um seinen oder unseren Sieg – es ging um ein anderes, um etwas, wovon in keiner Gefechtsordnung die Rede war. Es ging um den Herbst! Um sein ewiges Geschehen! Und unser Hader, das ganze Gefecht – es war nur ein Teil davon, bloß getrennt für die Zeit und jetzt wieder zum Ursprung zurückgekehrt.

Ich wollte es sagen, wollte es schreien! Es war doch so deutlich und klar. Die Schlacht in der Mulde und der Sturm in der Mulde, sie waren das gleiche Geschehen, der gleiche Kampf, nur mit zweierlei Waffen geführt, mit Wind und Befehl, mit Gewehr und mit Schlamm.

Bald war auch nicht mehr auseinanderzuhalten, was Sturm und was Schlacht in der Mulde anrichteten. Die Schranken zwischen Mensch und Wetter waren gefallen. Die Wunden, die der Feind dem Feind, die der Herbst der Erde, den Bäumen und dem Himmel schlug, waren derselbe Schmerz. In gleichem Entsetzen reckte der getroffene Soldat den verstümmelten Arm und die Fichte den zersplitterten Ast in die blitzdurchschossenen Horizonte.

Die Rufe der Sterbenden schwollen zur Todesklage der Mulde; die gefolterte Erde, die geknebelten Winde, die gefällten Bäume klagten darin. Der Herbsttag war es, der seinen Todesschrei ausstieß. Die kleinen Tode der Soldaten flossen in dem großen Tod der Landschaft; zerschlagenes Holz und erschlagenes Leben erlitten das gleiche Ende.

Wir nahmen und verloren die Mulde. Zehnmal ging es hin und her. Aber in Wirklichkeit siegten nicht wir und nicht sie, die Mulde gehörte dem Herbst! Merk dir das, merk es dir gut, sagte ich mir, alles gehört hier dem Herbst.

»Hurra, wir haben die Mulde, hurra, hurra!« schrien die Lemminge um mich her.

Ich schwieg.

»Sie haben sie zurückerobert. Wie furchtbar!« Ein paar Hektar Schlamm, einige Bäume im Sturm verfangen, einen Regenguß, der in die Mulde floß.

Schließlich gelang es uns, sie endgültig in die Flucht zu schlagen.

»Der Einstieg gehört uns«, jubelten die Lemminge.

Ich schwieg, wußte ich doch: Wir gehörten dem Einstieg.

Wir drangen in die Schlucht vor. Es war nichts als Morast. Die Lehnen und selbst die Bäume und Sträucher waren von fließendem, ewig bewegtem Schlamm übergossen, der von den Hügeln, vielleicht gar vom Himmel selber zu uns herabfloß.

Bei jedem Schritt gab der Boden nach und spritzte seine dunklen Gewässer hervor. Allen voran wankte der Kommandant; die Lemminge hinterdrein. Die Tiere waren klüger als wir; sie weigerten sich, auch nur einen Schritt voran zu tun. Daß doch die Pferde das Kommando gehabt hätten! Der Kommandant an der Schlammspitze schrie: »Pioniere, Weg machen, vorwärts!« Die Pioniere klapperten und klirrten mit Spaten und Picken; sie schaufelten Schlamm, fällten und fügten Stämme und Äste, schafften Eimer, Steine und Bretter herbei, warfen Knüppeldämme auf und legten Bohlen, damit Mann, Pferd und Wagen weiter konnten.

Als wir uns mühsam ein Stück vorwärts gezwängt hatten, stießen wir auf einen Trupp von etwa dreißig Mann, der in entgegengesetzter Richtung dem Ausgang zustrebte.

»Kehrt um«, rief uns ihr Fähnrich zu. »Ihr könnt hier nicht durch.«

»Wir müssen nach Turka«, erwiderte unser Kommandant. »Diese Schlucht führt doch zur Heerstraße hinaus?«

»Das schon«, antwortete der Fähnrich. »Die Schlucht mündet auf die Turkaer Poststraße, aber durch könnt ihr nicht. Auch wir haben es vergeblich versucht.«

»Danach habe ich nicht gefragt, Fähnrich. Ich wollte bloß feststellen, daß wir auf dem richtigen Weg sind. Alles übrige überlassen Sie gefälligst mir«, erklärte unser Kommandant. »Vorwärts!«

Eine Sekunde lang schwieg der Fähnrich erstaunt, dann sagte er dienstgemäß: »Zu Befehl, Herr Hauptmann!« und zu seinen Leuten gewendet: »Kommt, Richtung Ausgang!«

Ich überlegte, wie ich mich zu dem Trupp des Fähnrichs schlagen könnte. Aus dieser verdammten Kolonne war aber kein Ausreißen möglich.

»Laßt uns durch!« schrien die Leute des Fähnrichs. Sie waren in der Minderheit und wurden durch unseren Vormarsch zurückgedrängt. »Wenn ihr im Schlamm ersaufen wollt, ihr blöden Hunde, so tut es nur. Wir machen nicht mit.« Ein Trotz war in ihnen, der vor nichts zurückschreckte. Sie wußten, es ging ums Leben, und sie wollten sich retten, um jeden Preis. Schon drohte unser Vorwärtskommen an ihrem Ungestüm zu scheitern.

»Niederschlagen, wer immer sich in den Weg stellt!« rief der Kommandant wütend.

»Laßt Euch nicht kleinkriegen«, ermunterte der Fähnrich die Seinen.

Sie brachen in unsere Reihen ein und stießen uns von den Bohlen, um schneller aus der Schlucht herauszukommen. Es kam zu einer regelrechten Balgerei. Am Ende aber schien die vorstoßende Kolonne der Lemminge die Leute des Fähnrichs mit ihren dumpfen und schweren Massen überwältigt und in die Schlammschlucht zurückgedrängt zu haben.

Wir erreichten die Mitte der Schlucht. Nun aber waren wir gänzlich verloren. Hier blieb alles Antreiben und Schreien umsonst, der Schlamm hielt Tiere und Wagen gefangen.

Wir machten uns dennoch wiederum an die Arbeit. Die Schaufeln schaufelten ohne Unterlaß, und die Eimer schafften den Schlamm zur Seite. Der Morast aber, der die freigelegten Stellen sogleich von neuem füllte, kam nicht aus blechbegrenzten Eimern, sondern aus dem unerschöpflichen Schlammreservoir der Erde. Nichts vermochte der schwache Spatenstoß in armseliger Menschenhand gegen die blinde, stumpfe Kraftfülle dieser Naturgewalt auszurichten. Die Pioniere legten Bretter und Bohlen zusammen. Der Schlamm aber lauerte bloß darauf, daß jemand darauf trat, gleich schnappte er zu – und wehe dem Mann auf dem Brett!

Je weiter es ging, um so ärger wurde es. Die Menschen und Bohlen, die der Schlamm bereits verschlungen hatte, steigerten nur seine Gefräßigkeit. Nun verschluckte er alles, was er erwischen konnte. Ein tausendmäuliger Nimmersatt schnappte wahllos nach Mensch, Wagen, Tier, Sturmgepäck und Geschütz.

Einen Lemming nach dem andern sah ich versinken. Ich selber klammerte mich mühsam an dem vorderen Rad eines Wagens fest, dessen Hinterteil der Schlamm schon im Schlund hielt.

Vergebens hoffte ich auf einen erlösenden Befehl. Der Kommandant war nirgends zu sehen. Nur einmal ragte er unverhofft aus dem Morast hervor, bloß einen Augenblick lang. Er trug eine Schlammschlacke als Mantel um die Schultern geworfen, auf dem Kopf einen Helm aus Schlamm. Ernst und gebieterisch blickte er über das Schlammfeld hin, als gälte es eine Parade der versinkenden Truppen und Tiere abzunehmen. Als er sah, daß alles ordnungsgemäß zu versinken schien, kehrte er befriedigt in sein Schlammloch zurück, vermutlich um die Versunkenen unter der Erde zu führen. Die Lemminge folgten ihm nach.

Plötzlich erhob sich unweit von mir ein Erdklumpen, der sich, wild herumplatschend, aus dem saugenden Schlamm emporzuarbeiten versuchte. Jetzt war es ihm gelungen, und hoch aufgerichtet sah ich den Fähnrich der anderen Gruppe vor mir stehen. Was ihm Halt gab auf dem schlammigen Boden, konnte ich nicht erkennen. Die Kraft, die weiterleben, die weiter sein wollte, bezwang den Schlamm, richtete sich auf und – stand! Stand selbst auf bodenlosem Boden fest und unerschütterlich, weithin sichtbar für alle.

»Nach links, der Lehne zu!« rief er. Seine Stimme klang posaunenhaft.

Es war reiner Wahnsinn, denn links der Lehne zu war nur noch tieferer Schlamm. Er aber rief: »Nach links! Alle nach links!«

Ein Wille schrie, der sich nicht geschlagen geben wollte; das Leben schrie, das uns aus dem Schlammgrab herausbefahl.

Da und dort gelang es einigen, sich aus dem Morast herauszurappeln.

»Bretter her!« schrie er.

Es gab keine Bretter mehr, der Schlamm hatte sie längst verschlungen.

»Bretter her, hört ihr?« posaunte seine Stimme von neuem.

Und plötzlich waren Bretter da. Die rufende Stimme hatte sie aus dem Schlamm hervorgezaubert.

»Legt sie zusammen.«

»Auf was? Es hält nicht, sie versinken.«

»Es wird halten; legt sie nur hin«, spornte die posaunende Stimme an.

»Es geht aber nicht!«

»Es geht, legt sie hin!«

Die Bretter wurden zusammengelegt und – hielten. Die posaunende Stimme hielt sie.

»Tritt drauf, reich mir die Hand.«

Einer versuchte es, rutschte aus und vermochte die Bohlen nicht zu erreichen.

»Tritt drauf, reich mir die Hand! Hörst du, tritt drauf«, wiederholte die posaunende Stimme.

Der Mann trat drauf, Hand faßte Hand. Er ging über die Bohlen, ging hinüber zum Fähnrich. Die Bohlen unter ihm hielten. Der Schlamm trug.

»Jetzt du, und du, und du«, rief er uns der Reihe nach zu. Einer nach dem andern betrat die Bretter und ergriff seine Hand. Mann für Mann schritten wir über die Bretter, und sie hielten solange die Stimme rief: »Jetzt du! Und du! Und du! Und du!«

Dann war auch der Letzte drüben und gerettet. Der Fähnrich aber blieb noch eine Weile und spähte über das Schlammfeld hin, als warte er auf jemanden. Als niemand kam, rief er mit lauter Stimme: »San-dor!« Nichts rührte sich. »San-dor!« wiederholte er einige Male. Sein Ruf klang traurig und fassungslos. Das Schlammfeld schwieg. Da wandte er sich der Schar der Geretteten zu: »Kommt, folgt mir nach rechts«, rief er.

Es gab keinen Weg, der nach rechts führte.

»Folgt mir nach rechts«, posaunte die Stimme unbeirrt.

Wir folgten ihm. Der Weg bestand nur aus Schlamm, aber wir schritten darüber, als hätten wir festen Boden unter den Füßen. Nur die Stimme machte es. Sie schuf den Weg.

Der Fähnrich führte, und wir folgten ihm blind, bis wir aus der Schlucht heraus waren. Da war auch der Weg besser geworden. Als ich mich umsah, war ich von fremden Gesichtern umgeben. Von den Lemmingen war kein einziger zu erblicken.

Ich erfuhr, daß der Fähnrich, der uns gerettet hatte, einem Fulvaer Regiment angehörte und Attala hieß. Während wir den Hügel erklommen, ging ich neben ihm. Da konnte ich ihn besser ins Auge fassen. Sein Gesicht war, wie das von uns allen, mit Lehm beschmiert. Dennoch ließ es eine Knabenhaftigkeit vermuten, und ich wußte, wenn einmal die Lehmkruste weg war, so würden die vollen roten Wangen und die sorgenlos glatte Stirn eines Jünglings hervorkommen, eines Jünglings, der noch vor wenigen Wochen lebensfroh über den Korso in Fulva geschlendert war. Die lustigen Augen verrieten es. Aber nicht die Augen und auch nicht die knabenhafte Gestalt nahmen einen sogleich gefangen, sondern die Stimme. Nicht *was* er sagte, sondern der Klang der Stimme, mit der er es sagte, übte eine solche Macht aus. Der Klang der Stimme, die uns dem Schlammtod entrissen hatte und bei der man sogleich fühlte; sie führt dich richtig, führt dich ins Leben. Das Leben klang aus dieser hellen und klaren Knabenstimme, die, von keiner Irrsal verwirrt, von keinem Leid gedämpft, noch fromm war und gläubig, die die Gewalt des Bösen noch nicht erfahren hatte und für die das Wunderbare bloß ein selbstverständlicher Teil der Wirklichkeit war.

Wochen und Wochen war ich mit den Lemmingen marschiert,

hatte mit ihnen Lager, Wasser und Brot geteilt, aber nur meine Angst, die ahnende Angst war es, die mit ihnen marschierte und mit ihnen Lager, Wasser und Brot teilte.

Und jetzt, wie anders! Wir gingen kaum ein paar Stunden und hatten uns nicht zuvor gekannt und scherzten doch, waren Freunde und eins. Wir schritten ins Leben.

Wir kamen zu einer Scheune. Sie war dunkel und eng, aber gut für die Nacht. Alles war gut nach diesem Tag. Wir wollten bis zum Morgen bleiben und dann die Heerstraße suchen. Ich machte mein Lager neben ihm zurecht und schickte mich an zu schlafen. Aber es war kein richtiges Schlafen, alles zuckte und zitterte noch an mir vor Erregung. Und tausend Dinge jagten mir wirr durch den Kopf; die kamen alle aus der einen wunderbaren Gewißheit: Ich lebe! Ich lebe! In diesem halbwachen Zustand merkte ich, wie sich der Fähnrich neben mir langsam von seinem Lager erhob. Sogleich war ich völlig wach.

»Was tust du?« fragte ich.

»Ich muß zurück«, antwortete er leise. Und als er merkte, daß ich weiterfragen wollte, kam er mir zuvor, damit ich die andern nicht aus dem Schlaf stören solle. »Sandor ist dort geblieben, verstehst du?«

Im ersten Augenblick war ich starr vor Entsetzen. »Zurück in diese Hölle?« rief ich.

»Leise«, ermahnte er mich und fügte flüsternd hinzu: »Ich muß ihn holen.«

»Dann gehe ich mit dir«, erklärte ich wie unter einem Zwang.

»Gut«, antwortete, er als habe er es gar nicht anders erwartet, »komm!«

Wir stiegen behutsam über die Schlafenden. Als wir draußen waren, sagte er: »Wir müssen Sandor finden. Es wird nicht schwer sein«, meinte er dann im Gehen. »Wir brauchen nur ein paar Geräte, Gurten und Laternen, dann werden wir's schaffen. Du erinnerst dich an den Hof, den wir links liegen sahen, kurz bevor wir zur Scheune kamen. Dort werden wir sicher das Nötige bekommen.«

»Ich habe keinen Hof gesehen«, wandte ich ein.
»Doch, doch, ich entsinne mich genau, komm nur.«
Wir gingen.
»Wenn es nur nicht so verdammt finster wäre. Kennst du denn diese Gegend?«
»Nein, aber der Hof muß in dieser Richtung liegen. Wir finden ihn, hab keine Angst.«

Nach einer Weile begann der Wald. Wir stießen im Dunkeln gegen Büsche und Bäume, und der Weg wurde immer schlechter. Zuweilen verlangsamte ich meine Schritte, und einmal blieb ich zaudernd stehen.
»Wir müssen gleich da sein«, ermunterte er mich. »Halte dich nur dicht hinter mir.«
Er ging mit schlafwandlerischer Sicherheit, als hätte er den Weg zum Hof schon tausendmal genommen. Plötzlich hielt er inne und ergriff meinen Arm. »Siehst du das Licht dort?« fragte er. »Das ist der Hof.«
Wir gelangten auf einen Fußpfad, der nach rechts abzweigte. Wenige Minuten später standen wir vor dem Hof. Das Licht, das wir vorhin gesehen hatten, brannte in einer Stallaterne. Das Gehöft lag in tiefem Schlaf. Selbst die Tiere rührten sich nicht, als wir über den Zaun stiegen und in den Stall traten.
»He!« rief Attala den Knecht an.
Der erhob sich schlaftrunken aus dem Stroh. Das semmelblonde Haar hing ihm verwuschelt in die Stirn und ließ ihn noch verschlafener erscheinen.
»Wer seid ihr? Was wollt ihr?« rief er erschrocken, als er unsere schlammbedeckten Monturen gewahrte. Dabei wandte er sich um und griff nach der Hacke, die hinter ihm an der Wand hing.
»Laß das!« herrschte der Fähnrich ihn an.
Der Knecht ließ die Hacke sinken.
»Ihr habt hier auf dem Hof Schaufeln und Gurten, nicht wahr?« erkundigte sich Attala.

»Ja, aber ... was wollt ihr damit?«

»Frag nicht, sag, wo sie sind.«

»Damit der Bauer mich totschlägt, wenn morgen die Schaufeln und Gurten fehlen?«

»Ich spreche selber mit ihm; führ uns hin.«

Der Knecht brachte uns zum Bauernhaus und klopfte an. Nach einer Weile trat der Bauer heraus. Er hielt eine Laterne in der Hand, mit der leuchtete er uns ins Gesicht. Dann musterte er uns mißtrauisch von oben bis unten.

»Was ist los, Hajdu«, wandte er sich schließlich an den Knecht.

Attala antwortete: »Wir müssen jemanden holen, der in der Schlucht zurückgeblieben ist. Dazu brauchen wir Laternen und Geräte.«

»Ja ... aber ...« begann der Bauer.

»Geht nicht, Herr Offizier, geht nicht«, mengte sich der Knecht erregt ins Gespräch. »Nur Dreck ist dort ... Ihr werdet darin ersaufen. Geht nicht, geht nicht«, wiederholte er und bekreuzigte sich unausgesetzt. »Ich rat Euch gut, Herr Offizier.«

»Hajdu hat recht«, bekräftigte der Bauer. »Geht nicht in dieser Jahreszeit, und gar erst in stockfinsterer Nacht. Wenn's schon sein muß, so wartet doch wenigstens, bis es hell wird, dann helfen wir euch.«

»Attala, vielleicht sollten wir ...« begann ich, ihn fragend anblickend.

Er schnitt mir das Wort ab und sagte zum Bauern gewandt: »Wir kommen von dort, und wie du siehst, stehen wir lebendig vor euch. Um uns brauchst du dich nicht zu sorgen. Wir müssen unseren Kameraden vor dem Morgen holen. In der Früh marschieren wir weiter.«

»Ja, so ist es«, bestätigte ich.

»Gut, aber ...« wandte der Bauer zögernd von neuem ein.

Attala begriff. »Sorge dich nicht, du wirst dein Zeug zurückbekommen. Ich verspreche es dir«, sagte er. »Du kannst uns vertrauen.«

»Gib's ihnen, Hajdu«, wies der Bauer den Knecht an, und dann zu uns: »Aber gebt acht.«

Der Knecht öffnete den Mund, um noch etwas zu sagen, schwieg aber und bekreuzigte sich bloß.

Mit den Laternen ging es nun rascher vorwärts. Attala sprach davon, wie wir es in der Schlucht unten anstellen müßten, um Sandor herauszubekommen.

»Wenn du ihn entdeckst, so rufst du mich gleich, verstehst du?«
»Ja, aber wie werde ich ihn erkennen?«
»Ach so, du kennst ihn ja nicht, fast hätte ich das vergessen, du gehörst ja zu der Kolonne.« Er dachte einen Augenblick nach. »Aber du wirst ihn bestimmt erkennen«, fuhr er gleich darauf zuversichtlich fort und begann mir Sandor genau zu beschreiben: seine etwas gedrungene Gestalt, die klaren Züge seines Gesichtes, das strenge Blau der Augen, das kraftvoll Männliche seines Wesens. Es erschien mir damals gar nicht absonderlich, daß alles, was er mir über Sandor sagte, die Beschreibung eines Lebenden war, obwohl wir doch in die Schlucht gingen, um einen Toten zu bergen. Deshalb antwortete ich auch rasch und bestimmt: »Natürlich werde ich ihn erkennen.«

»Habt ihr schon früher beim selben Regiment gedient?« fragte ich dann.

»Ja. Und Sandor ist außerdem der Mann meiner Schwester.«
»So, so...«

Nach einer Weile begann ich von neuem: »Sag mal, wie seid ihr eigentlich in die Schlucht geraten?«

»Wir kamen aus Cseresnyes, wo unser Bataillon stationiert ist. Meine Gruppe sollte den Chirower Sektor durchstreifen, um den Standort der feindlichen Vorhut festzustellen. Aber in der Schlucht ging's dann nicht weiter.«

»Und liegt ihr schon lange in Cseresnyes? Euer Regiment ist doch von Fulva, nicht? Sag, war Fulva eigentlich eine angenehme Garnison?« Ich überschüttete ihn mit Fragen, nur um ihn antworten zu hören. Ich kannte weder Sandor noch Cseresnyes. Ich war aber von einem unbändigen Verlangen erfüllt, alles bis ins kleinste Detail zu erfahren. Wahrscheinlich nur, weil es sich leichter ging, wenn er sprach.

Nach einer Weile gelangten wir zu der Lehne, über die Attala uns herausgeführt hatte. Es wurde jetzt von Schritt zu Schritt schlammiger. Sooft wir zu einer schwierigen Stelle kamen, reichte mir der Fähnrich die Hand: »Komm nur«, sagte er, und dann ging es. So sicher führte er mich – ich bin fest davon überzeugt, daß ich, von ihm geleitet, über Wasser hätte schreiten können.

Als wir in die Schlucht hinabkamen, sagte er: »Wart, laß mich einen Augenblick überlegen, wo ich ihn zuletzt gesehen habe. Es war rechts von hier«, fuhr er gleich darauf fort, »ungefähr in der Mitte der Schlucht. Neben ihm ragte ein halbentwurzelter Fichtenstamm aus dem Schlamm. Ja, ich entsinne mich. Wir müssen bloß den Fichtenstamm finden.«

Wir gingen nun daran, uns einen Weg in die Schlamm-Mitte zu bahnen. Er zeigte mir, wie ich Hölzer und Geäst legen müsse, damit sie Halt bekommen, und ich sah sogleich, daß ich mich ohne zu schwanken darauf fortbewegen konnte.

Im Gehen hielt ich die Laterne nach unten gesenkt; da fiel ihr Schein auf die Toten. Auf die Toten? Nein – einmal war es nur ein Gesicht, das der Schlamm überdeckt ließ, oder gar nur zwei Augen, die tot ins Laternenlicht starrten, dann eine gelbe lehmige Hand gegen den Nachthimmel gereckt, oder nur ein morastiges Kleiderbündel und darüber eine lehmverdreckte Kappe.

Schaudern und Angst übermannten mich, und ich bereute beinahe, daß ich mitgekommen war. »Sei nicht böse«, wollte ich zu Attala sagen, »ich möchte doch lieber zurück.«

Er schien jedoch meine Gedanken erraten zu haben, denn noch bevor ich dazu kam, sie auszusprechen, rief er mir zu: »Komm und hab keine Angst.«

Da wich sogleich meine Angst. Ich folgte ihm. Und sooft mich wieder ein Zagen zu überkommen drohte, beeilte ich mich, ihn irgend etwas zu fragen, damit er mir antworten und ich ihn sprechen hören sollte.

Wir hatten noch manche schwierige Stelle zu passieren. Der Boden gähnte von Löchern und Abgründen, die uns für ewig zu den Schlammtoten hinabziehen wollten. Und ringsumher dieses regellose Durcheinander von toten Soldaten, ersoffenen Tieren, versacktem Gepäck, Wagenrädern und Gewehren – es war nicht leicht, aber die Abgründe wichen, die Löcher schlossen sich, die versackten Lasten fügten sich zu Stegen, solange seine Stimmte führte. Ich trug die schweren Latten und Gurte und fühlte sie kaum, solange ich sein »komm« und »hier« und »hab keine Angst« hörte.

Da stand der Fichtenbaum im Schein unserer Laternen vor uns. Es schien als stünden wir so plötzlich vor dem Stamm, bloß weil Attala sagte: »Wir sind hier.«

Er war gerade dabei die notwendigen Weisungen zu geben, als unvermittelt ein Schuß fiel. Wenige Schritte vor uns schlug er ein. Er mußte von einer feindlichen Streifpatrouille kommen, die unsere Lichter bemerkt hatte, denn gleich folgte ein zweiter und dritter. Wir löschten rasch die Laternen und duckten uns.

Wir fanden Deckung in einem halbversunkenen Wagengestell, in dem sieben schlammstarre Fahrer von der toten Besatzung saßen.

»Attala ... Attala«, sagte ich zitternd.

»Ja«, antwortete er, »willst du etwas?« Welche Ruhe und Festigkeit in seiner Stimme!

»Ich wollte dich bloß fragen, wie deine Schwester heißt.«

»Anna.«

»Anna. Und war sie lange mit Sandor verheiratet?«

»Seit Sandor und sie die Universität absolvierten. Das ist nun schon mehr als fünf Jahre her. Sie haben zwei Kinder.«

»Zwei Kinder sagst du? Knaben oder Mädchen?«

»Einen Knaben und ein Mädchen. Elemir, der größere, ist vier. Ach, wenn du Elemir kennen würdest. Es ist der liebste Bub auf Erden. Er ist ganz wie Anna. Fremde, die ihn auf der Straße treffen, halten ihn an und fragen: Bist du Anna Szuvesis Sohn? Und Panni! Panni ist mein besonderer Liebling. ›Du kommst mit Vater wieder zurück, Onkel Attala‹, sagte sie, als wir ins Feld zogen ...« Attala verstummte.

»Du hängst sehr an Anna und den Kindern.«

»Gewiß – ich bin ja um einige Jahre älter als Anna, und wir haben die Eltern früh verloren. Da hab ich sie großgezogen. Und Sandor, den kenne ich von der Schule her, es gab keinen Tag, wo wir nicht miteinander waren. Er ist ein prächtiger Bursche, mein bester Freund.«

»Lebten Anna und Sandor auch in Cluj?«

»Ja, sie haben ihr Haus im Tamaspark.«

»Ach, da habe auch ich einen Sommer lang gewohnt. In einer Pension.«

»Vielleicht gar in der Pension Margarita?«

»Ganz richtig, Pension Margarita.«

»Ihr Haus liegt ganz nah dabei, in der Koelcsey utca.«

»Die Koelcsey utca kenne ich gut.«

»Dann kennst du sicher auch Sandors Haus, es ist die letzte Villa; ockergelb getüncht und mit grünem Dach, der Straße zu eine lange Rosenhecke. Du hast es bestimmt gesehen.«

Wir hockten in dem versackten Wagen, ringsum nur Tote und neben uns die schlammerstarrten Fahrer. Aber ich sah Anna und Sandor, das ockergelbe Haus in der Koelcsey utca im Tamaspark, die blühende Rosenhecke, den kleinen Elemir, und ich hörte jetzt Panni fragen: ›Du kommst mit Vater wieder zurück, Onkel Attala?‹ Ich sah und hörte nur was Attala sagte. Die Toten, der Schlamm waren verschwunden, die Schlucht, die Lehne, der Herbst und der Krieg – es gab sie nicht mehr.

Ja, seine Stimme hatte eine unerklärliche Macht. Er sagte etwas, und da war es gleich wirklich: die Bretter, der Weg, das Gehöft und das Haus.

Er sprach über Sandor, als wäre er noch unter den Lebenden. ›Er ist‹ und ›sie haben‹ sagte er. Deshalb war mir auch noch immer, als seien wir gar nicht ausgezogen, um einen Toten aus dem Schlamm zu ziehen, sondern als wären wir unterwegs zu einem Lebendigen, der uns beim Fichtenbaum erwartete. Ich hätte mich auch nicht weiter gewundert, wenn uns Sandor dort mit den Worten empfangen hätte: Gut, daß ihr kommt, ich fange schon an zu frieren …

Wir hockten schon eine gute Weile im schlammigen Wagengestell, da erhob sich Attala. »Wir müssen uns an die Arbeit machen, sonst wird die Zeit zu knapp.«

Zuerst versuchten wir, uns im Dunkeln zurechtzufinden, aber ohne Licht ging es nicht recht vorwärts. So zündeten wir von neuem die Laternen an, nur deckten wir sie jetzt vorsichtig ab. Wir schienen Glück zu haben. Es fiel kein einziger Schuß, wahrscheinlich war die Patrouille mittlerweile abgezogen. Attala wies mir die rechte Seite an und er selber grub von links dem Fichtenbaum zu.

»Wir graben bis wir ihn finden, verstehst du?«

Es war nicht leicht mit dem Lehm fertig zu werden. Er war zähflüssig und klebrig und setzte sich bei jedem Stich am Spaten fest.

»Attala«, rief ich, »ich kriege den Spaten nicht frei.«

»Zieh nur, es geht.«

So bekam ich den Spaten wieder heraus. Nun wollte ich versuchen, aus dem wirr versunkenen Zeug die Toten herauszulösen, aber sie glitten immer wieder in den Schlamm zurück.

»Attala«, rief ich, »könntest du mir nicht …«

»Einen Augenblick«, gab er zurück, »laß mich nur erst dieses verdammte Geschütz hier beiseite schaffen.«

Ich mußte mich gedulden. Attala war ganz in seine Arbeit vertieft. Er schwieg eine Weile, und ich versuchte inzwischen allein weiterzukommen. Aber wo er jetzt schwieg, überfielen mich allerlei angstvolle Einbildungen: Die Schlammerde, in der ich grub, dünkte mich wie ein unheimliches Wesen, das die Toten, die es einmal verschlungen hatte, nicht wieder herausgeben wollte. Nur so war es doch zu erklären, daß jedesmal, wenn es mir mit Mühe gelungen war, einen Leichnam an die Oberfläche zu heben und zur Seite zu legen, ich kaum Zeit hatte, an die Ausgrabung des nächsten zu schreiten, ehe ihn der Schlammboden schon wieder in sich eingesogen hatte.

Jedesmal wiederholte sich dasselbe. Hirngespinste der Nacht, der stimmlosen Schlucht, der Angst in mir? – ich weiß es nicht. Aber so war es, solange Attala schwieg.

»Attala!« Ich mußte ihn hören.

»Ja.«

»Attala, wie soll ich es anstellen?«

»Aber ich habe es dir doch vorhin gezeigt, du weißt es ja.«

»Gewiß, aber es geht wieder nicht. Es ist etwas Furchtbares. Wenn ich sie habe, so ...« Ich konnte es nicht aussprechen, denn schon unterbrach er mich: »Warte, ich helfe dir, du wirst sehen, es geht.«

Da waren all die angstvollen Vorstellungen von vorhin geschwunden. Er kam herüber und nahm mir den Spaten aus der Hand. »Du mußt es bloß richtig anfassen«, sagte er und zeigte es mir noch einmal. Dann ging er wieder an seine eigene Arbeit.

»Nicht wahr, es geht?« rief er von Zeit zu Zeit herüber, um mich zu ermutigen. Und es ging von einem Zuruf zum andern. »Wir werden ihn sicher finden, hab nur Geduld«, sagte er. Und da war auch ich fest davon überzeugt, daß wir an der richtigen Stelle gruben und ihn finden würden.

Das Seltsame dabei war, daß ich mit dem Spaten zwar nur Tote aus dem Schlamm zog, trotzdem aber selbst jetzt noch den lebendigen Sandor vor Augen hatte, wie Attala ihn mir geschildert hatte. Ich wartete die ganze Zeit nur darauf, daß aus dem Schlammgrab, von einem Spaten gehoben, ein Lebender hervortreten würde.

»Laß alles und komm«, hörte ich Attala plötzlich rufen. »Ich habe ihn!«

Ich warf meinen Spaten beiseite und eilte hinüber, um Attala zu helfen. Fast hatte ich schon die Fichte erreicht, Attala hielt stolz den Spaten in beiden Händen und mir war, als lächelte er mir sieghaft zu.

»Schau, schau«, seine Stimme bebte, »hier ...« Ein Heulen unterbrach ihn. Ein dumpfer wuchtiger Schlag. Ich hörte nichts mehr.

Eine schwarze Fontäne stieg fast bis zum Himmel hoch, eine Fontäne aus Schlamm und Qualm, und gleich prasselten Steine,

Erdstücke, Stahlsplitter auf mich nieder. Das Licht war erloschen, ich sah ihn nicht mehr. Ich sah nichts mehr. Platt auf den Boden gedrückt, lag ich da, das Gesicht im Morast. Einige Minuten verharrte ich so, dann hob ich mit äußerster Mühe die Hand und versuchte tastend von neuem den Stamm zu fassen. Aber ich griff nur Sumpf und Morast; der Stamm war in der Fontäne verloren.

Als ich mich rühren wollte, war es, als müßte ich etwas Fremdes und Schweres bewegen, so lastend lag der Druck der Granatluft auf meinem Rücken. Erst als ich Attalas schmerzliches Stöhnen vernahm, begann ich wieder zu hören, zu sehen, zu atmen und zu denken. Da konnte ich den Druck endlich abschütteln und mich wieder erheben.

Ich folgte dem Stöhnen bis ich vor einem Lehmloch stand, in dem der Fähnrich, von einem Granatsplitter getroffen, hilflos lag. »Gut, daß du hier bist«, sagte er, als ich mich näherte.

Ich vermochte in der Dunkelheit die Umrisse seiner Gestalt kaum auszunehmen, ich hörte bloß seine Stimme. Am Himmel erschien das erste leichte Grau des Morgens, und mit jedem Wort, das er sprach, ward es um ein Wort heller: heller am Himmel und heller auch in der Grube. So konnte ich ihn bald besser sehen. Er ruhte schräg gegen die Grubenwand gelehnt, bis über die Brust im Lehm versunken.

»Wo ist Sandor?« war seine erste Frage. »Siehst du ihn?«

Ich wandte mich um, ließ meinen Blick im Kreis umherwandern, aber das einzige, was ich wahrnahm, war ein unentwirrbarer Haufen aufgeworfener Schlammerde. Er spürte meine Unsicherheit und wollte mir helfen: »Du siehst doch die Fichte, nicht?« Und als ich die Frage nicht gleich bejahte, fuhr er fort: »Ach weißt du, am besten du hilfst mir zuerst aus dieser gottverdammten Grube heraus, damit ich dir die Stelle zeige.«

Ich machte mich an die Arbeit. Zuerst mußte ich ihn aus dem Schlick befreien. Dann beugte ich mich zu ihm herab und griff ihm mit beiden Händen unter die Arme, um ihn zu mir heraufzuziehen. Da merkte ich, daß sein linker Arm schlaff und haltlos herabhing.

Ich tastete ihn ab, von der Schulter rieselte Blut. Nun wußte ich, es war kein lebendiger Arm mehr.

Das Geschoß, das ihm die rechte Schulter zerschmettert hatte, machte ihn unbeweglich und hilflos. Ich mußte ihn ganz aus eigenen Kräften aus dem Schlammloch herausziehen. Und dennoch, selbst jetzt war er es, der alles bewerkstelligte. Ohne seine Anweisungen hatte ich nicht das Geringste gegen den saugenden Schlamm auszurichten vermocht. Allein seine Stimme half mir, dies und das zu tun. Seine Stimme war es, die sich in mir zu einer Kraft umsetzte, die der Übermacht des Schlammes gewachsen war.

»Reich mir die Hand.« – »Faß meinen linken Arm.« – »Schling deinen Arm um mich!« – »Halt. Ruhe ein wenig!« – »Stemm deinen Fuß fest, nun zieh!« – »Es wird gehen. Zieh! Du siehst, es geht!«

Ich hatte ihn bereits aus dem Schlamm gelöst und hielt ihn in meinen Armen. Ich mußte nur selber noch festeren Halt unter den Füßen gewinnen, dann war es geschafft. Da merkte ich, daß sein Atem schwächer wurde und daß ihn die Kräfte verließen.

»Attala«, schrie ich entsetzt.

Er sagte etwas, aber die Stimme war schon so kraftlos, daß ich mich mit dem Ohr ganz nah zu seinen Lippen beugen mußte, um ihn überhaupt zu vernehmen.

»Jetzt …« hörte ich ihn noch keuchen, dann bewegten sich seine Lippen nurmehr, aber kein Laut war zu hören.

»Sprich, sprich«, rief ich voller Verzweiflung, doch ich wußte: Es geht zu Ende. Ich rutschte aus, da entglitt er mir und fiel in die Grube zurück.

»Attala, Attala!« schrie ich wie von Sinnen. Aber nur der gurgelnde Schlamm antwortete.

Ich bin kein heldischer Mensch, bin es nie gewesen und habe nie zu erzwingen versucht, was nicht möglich schien. Aber damals, dort in der Grube, kam plötzlich ein Wille über mich, den ich früher nicht gekannt hatte. Ich mußte, mußte ihn aus dem Schlamm befreien.

Alles, was er mir vorhin an Weisungen zugerufen, klang noch einmal gespenstisch in mir auf. Ich stemmte mich fest, bückte mich, faßte ihn, zerrte an ihm. Der saugende Schlamm leistete Widerstand, zog ihn zurück, aber schließlich hatte ich ihn doch wieder, hob ihn herauf, schlang seine leblosen Arme um meinen Hals ... Er war schon zur Hälfte aus der Grube heraus, nur noch ein kräftiger Zug, ein Ruck noch und wir waren draußen ... Da spürte ich wie eine unbeschreibliche Schwere von dem toten Körper ausging, eine Schwere, die drängte und zurück in den Schlamm wollte. Ich wandte all meine Kräfte auf, aber die Schwere des toten Körpers war stärker. Er fiel rücklings gegen die Grubenwand und riß mich mit.

Ich stemmte mich hoch und mühte mich ab, um wenigstens seinen Kopf aus dem Schlamm zu heben. Dann ging ich daran, mich aus seiner Umschlingung zu lösen. Es galt nun, mich selber aus diesem Schlammgrab zu retten. Doch sein toter Arm hielt mich fest. Er gab mich nicht frei. Von unten stieg der Schlamm an meinem Körper empor und drohte mich in seine saugende Tiefe hinabzuziehen. Kalte Angst umkrallte mein Herz, denn nun erkannte ich das Entsetzliche: Der Tote stand mit dem Schlamm im Bunde! Er hielt mich fest, damit der Schlamm mich verschlingen solle.

Mein Gott, mein Gott, wie konnte das nur geschehen. Wie sollte ich es fassen? Attala, der, wenn er sprach, siegreichstes Leben war, lebendige Macht, die den Tod bezwingt, hatte sich nun mit dem Tod verbündet. Ich glaubte den Verstand zu verlieren, bis ich endlich zu begreifen begann: so ist – das Leben! Es rettet dich aus dem Abgrund und stößt dich dann wieder hinab. Es gibt und nimmt. Das ist das niemals zu fassende Geheimnis des Lebens! Und Attala war aus dem Stoff dieses Lebens gemacht. Solange er lebte, half er dem Leben; nun da er tot war, ging er zum Tod über, half der Nacht, der Schlucht, dem feindlichen Schlamm.

Und dennoch wollte ich mich nicht ergeben, viel weniger noch als gestern, wo ich fast mit den Lemmingen in der Schlucht versunken war. Vielleicht weil mir das Leben ein zweites Mal geschenkt worden war ... Wer dem Tod ins Auge gesehen hat und zurückgekehrt ist, wem das Leben ein zweites Mal gegeben ward, dessen Sinne sind zweifach geschärft, zweifach ist seine Lust zu sein und sein Wille zu bleiben. Nie vorher und nie nachher ist dieses unbedingte Nein dem Tod gegenüber, diese leidenschaftliche Abwehr so trotzig in mir gewesen wie damals, da ich hilflos in der Grube stand, an einen entschlossenen Toten gefesselt, der mich eisern umschlang und mich seinem Tod einverleiben wollte.

Ich kämpfte mit dem Aufwand aller Kräfte. Ich schlug wie wild um mich, stieß und riß an Attalas leblosen Armen, daß ich ihm fast die Knochen zerbrach. Gewaltsam versuchte ich mich zu befreien. Los wollte ich von dem mörderischen Toten, heraus – heraus um jeden Preis, aus dieser gottverdammten Totengrube.

Mein Atem ging keuchend. Der Schweiß rann mir über das schlammverdreckte Gesicht. So kämpfte ich ums Leben, allein – jeder Hoffnung und Hilfe bar – gegen den Schlamm, gegen Attala, den Toten, ums Leben, das herrliche lebendige Leben.

Aber es war vergebens. Der Tote gab mich nicht frei, und der Schlamm stieg mir bis zur Brust hinauf. Da faßte mich ein unbezwingbares Verlangen, das Gesicht des Toten noch einmal zu sehen. Vielleicht war es der Wille des geschlagenen Lebens, der einmal noch die Erinnerung an das, was gelebt, jenes wächsern erstarrte Abbild des vorhin noch Lebendigen zu sehen begehrte. Ich mußte noch einmal Attalas Züge sehen. Ich riß meine Rechte mit wütender Kraft aus dem Schlamm und wischte ihm hastig übers Gesicht, um es von Lehm zu befreien. Aber soviel ich auch wischte, es war nur Lehm. Da kratzte ich mit den Fingern, um den Lehm wegzuschaben, kratzte mir die Finger wund, aber so viel ich auch kratzte, ich kratzte nur Lehm. Das Gesicht des Fähnrichs war nirgends zu sehen – es war nur Lehm. Ich faßte nach seinem Arm, nach dem Körper, aber was ich ertastete, was ich faßte, alles war Lehm. Ein Lehmfähnrich hielt mich in seinen Armen gefangen.

»Hilfe! Hilfe!« schrie ich wie von Sinnen und spähte über den Grubenrand, ob nicht jemand käme. Aber ich schrie und spähte in eine Schlammödnis von Toten.

Stunden waren vergangen. Mein Körper war starr vor Schlamm.

Schon drang mir seine tödliche Kälte bis zum Kinn. Ich konnte nicht mehr rufen und schreien. Die Lider begannen zu erkalten und schwer zu werden. Da sah ich mit einem letzten Blick wie sich draußen, jenseits der Grubenwand, die Schlammerde zu regen begann. Da und dort hob sie sich, und es entstiegen ihr die morasttoten Soldaten. Sie wandten sich gegen mich. Der tote Fähnrich an meiner Brust befehligte sie. Sie kamen näher und näher, und ihre Schar wuchs gewaltig an. Nun sah ich auch unsern Kommandanten wieder und hinter ihm marschierend, Reihe um Reihe – die Lemminge. Schon drohten sie mich zu überfallen, da schwanden mir die Sinne.

Als ich wieder zum Bewußtsein erwachte, befand ich mich auf der Pritsche einer rüttelnden Ambulanz. Ein Sanitäter beugte sich über mich und netzte mein Gesicht. Ich hörte ihn etwas sagen, doch begriff ich den Sinn seiner Worte noch nicht, und alles, was ich im Innern des Wagens sah, erschien mir vage und verschwommen wie hinter einem dichten Schleier. Es dauerte eine Weile bis die Dinge Gestalt gewannen und die Worte vernehmbar wurden.

»Was ist geschehen?« fragte ich mit schwacher Stimme.

»Das weiß ich nicht«, antwortete der Sanitäter. »Vielleicht wirst du es uns später sagen können. Ich weiß nur, daß ein Bauer mit seinem Knecht um Schaufeln und Gurten und Laternen ausgezogen ist, die du und noch einer von ihm ausgeborgt hast. Sie fanden dich halbversunken in einer Grube voller Schlamm.«

»Und der andere?« unterbrach ich ihn.

»Von dem andern weiß ich nichts. Ich weiß nur, daß sie dich ins Dorf hinunterbrachten, wo wir die Nacht über lagerten. Dann sind wir bald zum Weitermarsch aufgebrochen.«

»Zum Weitermarsch, wohin?« fragte ich erschrocken. »Nach Turka?«

»Nach Turka? Nein, wir marschieren nach Drohitz.«

Ich atmete erleichtert auf.

Totenhauptmann

Meine Pritsche wurde für einen Kameraden benötigt, den eine Herzattacke umgeworfen hatte und der nun nicht mehr weiterkonnte. Ich bekam ein Glas Cognac, einen neuen Tornister und einen Fußtritt. Gleich war auch die Marschordonnanz zur Stelle und wies mich an den Platz, den der Marode innegehabt hatte. »Nur keine Umstände. Eintreten. Los!« brüllte er.

Warum die Ordonnanz so schrie, konnte ich nicht begreifen. Ich machte doch gar keine Umstände, war bloß noch etwas benommen. Es war schließlich keine Kleinigkeit, sich nach all dem, was zwischen der Schlucht und dem Fußtritt lag, zurechtzufinden.

Der Mann mit der Herzattacke war der Dritte in seiner Reihe gewesen. An seiner Statt ging nun ich. Sonst war alles wie gewohnt: Wir marschierten in Viererreihen; Nebenmann links, Nebenmann rechts, vorne der Vordermann, rückwärts der Hintermann, und endlose Reihen voran und hinterher. Tapp-tapp, immerfort tapp-tapp, dazwischen das Schnauben der Tiere, das Kreischen der Räder, das Ächzen der Lasten.

Natürlich freute es mich, daß ich gerettet war. Aber bald befiel mich dann doch eine skeptische Anwandlung: Hatte sich das Ganze eigentlich gelohnt, es war doch nun schließlich wiederum genau dasselbe!

Das wurde mir dann völlig klar, als wir beim siebenundzwanzigsten Meilenstein zu der Kreuzung gelangten, wo die Aufmarschrouten von allen Seiten in die Drohitzer Heerstraße einmündeten. Von überall her strömten Viererreihen herbei und stritten sich um das Vormarschrecht. Es war bestimmt allerorten das Gleiche. Überall waren Viererreihen im Anmarsch: hinter dem Ural, jenseits der Alpen, auf den Kämmen des Apennins, genau wie hier auf der Heerstraße nach Drohitz. Und Drohitz als Marschziel war vielleicht noch immer das beste. Das meinte zumindest Ignaz Feodorowitsch, der rechts neben mir ging. Er war als Zivilist in Seide gereist und kannte die Stadt.

»Laßt uns nur erst einmal dort sein, Jungens, dann führe ich euch! In der unteren Lastenstraße ist der Silbersaal. So was findet ihr so leicht nicht wieder. Dort arbeitet die Ludmilla ... Natürlich gibt es dort auch eine Menge anderer Mädchen, mindestens dreißig, aber die Ludmilla genügt. Von Sambos und selbst von Maljagorsk kommen die Leute nach Drohitz, nur ihretwegen.«

»Fasele nicht«, unterbrach ihn Montpellier, mein linker Nebenmann, »sag uns lieber, wie die Ludmilla aussieht. Ist sie blond oder brünett?«

»Blond natürlich, ist blond und hat Busen. Eine ganze Armee hat Platz daran.«

»Blond und Busen«, wiederholten einige, und eine seltsame Weichheit mischte sich in die rauhen Soldatenstimmen.

Ich hatte seit Ungvar nur an Rosetta gedacht. Und Rosetta war schlank und zart – ein Hauch, der Mädchengestalt angenommen hat. Was außer den erschrockenen braunen Kinderaugen und dem feingeschwungenen Mund noch sonst an ihr war, darüber hatte ich mir bisher nie Rechenschaft abgelegt. Jetzt aber, wo sich durch Ignaz' Erzählung Ludmillas Busen vor meinen Augen wölbte, versuchte ich angestrengt, mir Rosettas Leiblichkeit in Erinnerung zu rufen. Mir schien aber, daß ihr Busen, wenn sie überhaupt einen hatte, nicht viel größer sein konnte als höchstens eine Haselnuß.

Ja, es war nicht so leicht mit der Treue. Dieser verdammte Ignaz hatte eine Art, über die Ludmilla zu sprechen, daß man nichts anderes mehr sah und dachte als blond und Busen. Ich versuchte nicht hinzuhören. Aber das Tapp-tapp der Füße, das Kreischen der Räder, das Getrappel der Pferde alles wiederholte: blond und Busen! Ludmilla, Ludmilla! Der Kerl hatte die Füße, Räder und Hufe mit seinem Geschwätz verhext. Und dazu reizten die andern ihn noch, jedes Detail mit handgreiflicher Anschaulichkeit zu schildern, so daß mir das Blut in die Wangen schoß.

Zumindest war aber dieses Drohitz kein Wahn. Die Marschkarte, auf der es verzeichnet stand, die Orte, die wir unterwegs passierten, der ganze Weg nach Drohitz war kein Wahn. Das hatte etwas Beruhigendes. Der Ignaz Feodorowitsch brauchte sich bei seinem Geschwätz nicht auf die Stabskarte zu verlassen. Er sprach aus Erfahrung. Er kannte den Silbersaal. So wie die Ludmilla gab es auch Drohitz. Das war ein Ort mit Straßen und Häusern, wo die Betten nicht aus Lehm waren, wo man ohne Wind reden und ohne Regen seinen Proviant verzehren konnte. Ludmilla mit ihrem Busen war eine feste Gewißheit für alles: fürs Leben.

»Wann kommen wir nach Drohitz?« erkundigte ich mich. Es war mir seit dem Marsch nach Turka zur Gewohnheit geworden, nach dem Weg zu fragen. Außerdem konnte ich es auch kaum mehr erwarten, endlich einmal wieder irgendwo anzukommen – im Silbersaal zum Beispiel.

Nach einer Weile fragte ich den Ignaz von neuem, mit Ungeduld fragte ich ihn: »Wie weit ist es denn noch bis Drohitz?«

»Höchstens vierzehn Meilen«, erwiderte er.

Pfütze um Pfütze die erste Meile, Pfütze um Pfütze die zweite, aber was scherten mich Pfützen und Dreck. Nur noch vierzehn Meilen, nur noch zwölf, nur noch acht, acht Meilen bis zum Silbersaal!

Da hielten wir plötzlich an. Ein Meldereiter kam angesprengt und überbrachte dem Bataillonsführer einen Befehl. Kurz darauf wußte es das ganze Bataillon: Die »Abkömmlichen« waren als Ersatz auf Hügel dreihundertundsiebzehn kommandiert.

Von einem Feldwebel begleitet, ritt der Bataillonsführer die Reihen entlang. Die »abkömmlichen« Kompagnien wurden ausgemustert. Die siebente, in der ich mit Ignaz marschierte, war dabei.

»Aus der Reihe treten«, rief der Feldwebel. Der Bataillonsführer zog eine Marschkarte hervor und zeigte unserem Offiziersstellvertreter den Weg, den wir einschlagen sollten. Er schärfte ihm ein, den Aufstieg nicht vor Eintritt der Dunkelheit zu riskieren. Die Besatzung auf dem Hügel warte auf uns, um ihre dezimierten Kader aufzufüllen. Zum Schluß erwähnte er noch, daß der Hügel unter allen

Umständen zu halten sei. Der Feind müsse abgelenkt werden, bis ihn das Gros des Bataillons von Drohitz aus angreifen könne.

Es war wirklich zu dumm, wieder auf einen morastigen Nebenweg abbiegen zu müssen. Wohl führte der diesmal zu einem Hügel anstatt in eine Schlucht, aber was war schon der Unterschied.

»Mach dir nichts draus«, versuchte Ignaz mich zu trösten. »Ob wir ein paar Tage früher oder später nach Drohitz kommen, was liegt daran? Hinkommen werden wir. Das garantiere ich dir.«

»So«, sagte ich spöttisch, »*du* garantierst es mir! Hast du nicht gehört, daß wir auf diesem verdammten Hügel das Feuer auf uns lenken sollen, damit die in Drohitz Zeit gewinnen, dem Feind in den Rücken zu fallen? Was meinst du denn, warum wir hinkommandiert sind? Wir sind Ersatz für die, die das feindliche Feuer so geschickt auf sich gelenkt haben, daß sie nun tot sind. Kanonenfutter sind wir, nichts weiter. Nur ein Trottel wie du merkt das nicht.«

Ignaz Feodorowitsch nahm mir meinen Ausfall nicht weiter übel. »Wenn du wüßtest, in was für Schlamassel ich schon in diesem Krieg hineingeraten bin! Nie ist mir was passiert! Man muß bloß seinem Schicksal vertrauen. Der liebe Gott will nicht jeden von uns gleich bei sich haben. Kerle wie dich und mich schon ganz bestimmt nicht.«

Als Ignaz bemerkte, daß die meisten Kameraden mit hängenden Köpfen durch den Morast wateten, rief er laut: »Macht euch nichts daraus. Wir werden alle zusammen im Silbersaal sitzen und uns an Ludmillas Busen ergötzen.« Die Gesichter hellten sich auf.

Ignaz' Geschwätz vertrieb uns die Zeit. Wir langten noch bei Tageslicht am Fuße des Hügels an. Mit dem Aufstieg warteten wir befehlsgemäß bis zur Dämmerung, um im Schutze der Dunkelheit die Reservestellung am Hügel zu erreichen.

Beim Rasten merkten wir erst, wie müde wir waren. Da hielt einen kein Gespräch mehr wach. Da half nur eines: den Magen und die Kehle wachzuhalten. Wir verzehrten unsern gesamten Proviant, leerten die Gamellen bis zum letzten Tropfen und griffen sogar nach dem Zwieback, der als eiserne Ration im Tornister verstaut lag.

Schließlich begann es zu dunkeln, und wir konnten den Aufstieg antreten. Es war bereits Mitternacht, als wir die Reservestellung endlich erreichten.

Zuerst stießen wir auf zwei Posten, die in der Dunkelheit kaum auszunehmen waren. Wir vernahmen nur den Ruf: »Wer da?« und als wir die Parole gaben, kam die Antwort: »Ich werde es melden.« Darauf verschwand der eine Posten, während der andere stumm zurückblieb, auch weiterhin stocksteif wachestehend, die Hand auf dem geladenen Gewehr.

Dann aber geschah etwas Überraschendes. An Stelle des diensthabenden Offiziers, den wir erwartet hatten, erschien eine ganze Rotte von ausgemergelten Männern, darunter etwa zwölf Hauptleute, sieben Leutnants und elf Unteroffiziere. Bei näherer Betrachtung sahen sie wie Gerippe aus, die sich in Monturen gehüllt hatten. Daß die Augen bei allen in gleicher Weise erloschen, die Stimmen in gleicher Weise tonlos und heiser waren, verstärkte noch den befremdenden Eindruck.

»Da seid ihr also«, hauchte ein Wrack mit einem Vogelkopf. »Kommen noch welche nach?« Er spähte Ausschau haltend in die Dunkelheit und fuhr im gleichen erschöpften Atemzug fort: »Wo ist denn die Proviantkolonne?«

»Die Proviantkolonne«, erwiderte unser Offiziersstellvertreter verwundert, »von einer Proviantkolonne weiß ich nichts.«

»Das ist ja eine schöne Bescherung«, hauchte der Diensthabende und entfernte sich.

Auf die andern schien die Antwort unseres Anführers nicht minder vernichtend gewirkt zu haben. Sie standen betreten schweigend da. Nur einer brachte inmitten der ungemütlichen Stille einige Worte hervor. Es war ein Leutnant mit blassem, plattgedrücktem Gesicht, das an eine Larve erinnerte.

»Also nur Fresser, wieder einmal nur Fresser«, krächzte er heiser. Auch seine Stimme war kraftlos, dennoch schien es, als habe er uns angeherrscht. Jedenfalls war unser Anführer derart eingeschüchtert, daß er keine einzige Silbe hervorbrachte.

Nach einer Weile hob der Flachgesichtige ermattet die Rechte. Mit dem Finger zuerst auf Ignaz' Tornister und dann auf die der andern zeigend, fragte er: »Was habt ihr da drin?«

»Wäsche und so«, antwortete Ignaz.

»Nichts Eßbares«, keuchte die Larve so mißtrauisch und böse, daß es einem durch Mark und Bein ging. Gleich darauf befahl er in rasselndem Ton: »Herunter mit den Tornistern, alle Tornister abschnallen und öffnen!«

Wir lösten die Riemen, nahmen die Tornister ab und öffneten sie. Die Rotte machte sich sogleich darüber her. Wie argwöhnische Zollbeamte wühlten sie in unseren Sachen herum. Wir ließen sie gewähren.

Während sie unsere Sachen durchstöberten, warfen sie die Wäsche samt dem restlichen Kram auf den morastigen Boden, entkorkten unsere Feldflaschen, und nachdem sie sich überzeugt hatten, daß kein Tropfen darin war, schleuderten sie sie zu dem übrigen Zeug, die Flasche dahin, den Korken dorthin. Zuletzt warfen sie uns aus ihren erloschenen Augen noch jeder einen Blick zu, der so feindselig war, daß wir wie betäubt dastanden. Dann drehten sie sich um und gingen davon. Vier oder fünf, die uns unsere Nachtstätte anweisen sollten, blieben zurück.

Wir machten uns daran, unsere Sachen in die Tornister zurückzustopfen. Auch jetzt war es Ignaz, der als erster seine Fassung zurückgewann. »Na sowas«, murmelte er, »ich mach doch schließlich schon seit Kriegsbeginn mit, aber so einen Empfang habe ich bisher noch nirgends erlebt.«

Wir wurden in Sechsergruppen eingeteilt und nacheinander zu unseren Schlafstollen geleitet. Ignaz und ich wurden in verschiedenen Abteilungen untergebracht. Er sah mir meine Enttäuschung an und rief mir aufmunternd zu: »Tut nichts, mein Lieber, wir sehen uns noch! Im Feuer oder im Silbersaal – da kannst du Gift darauf nehmen!«

Der Mann, der meine Gruppe führte, trug die Achselklappen eines Hauptmanns. Er schien wie all seine Kameraden enttäuscht und verärgert, denn er schwieg hartnäckig und wandte sich kein einziges Mal nach uns um. Schließlich hielt er bei einer mit Büschen getarnten Erdöffnung. »Da!« sagte der Hauptmann barsch und verschwand in der Richtung, aus der wir gekommen waren.

»Da! Da!« äffte ich ihn nach, als er fort war. »Sehr gut, da – wo sollen wir uns aber hinlegen?«

Soweit man das bei dem trüben Laternenlicht ausnehmen konnte, war kein einziger freier Schlafplatz im ganzen Raum.

Die Schläfer, die zum Teil auf Brettern, zum Teil auf dem nackten Lehmboden lagen, ließen sich durch unser Eintreten nicht stören. Aber sechs Männer, die wirklich müde sind, kennen keine Rücksicht. Zum Teufel mit denen, die es sich hier gemütlich gemacht hatten und träumen wollten! Wir drangen mit unseren schmutzigen Stiefeln wie bei einem Sturmangriff in die Reihen der Schnarchenden ein und stießen sie mit Füßen und Gewehrkolben beiseite, bis sich jeder von uns doch zumindest einen schmalen Lagerstreifen erobert hatte. Einige fuhren auf und fluchten verschlafen, ohne recht zu begreifen, was eigentlich vorging. Dann aber fanden sie sich mit der neuen Lage ab und schnarchten nach wenigen Sekunden weiter.

Ich hatte mit dem Mann links von mir erstaunliches Glück. Er hatte der Breite nach auf dem Rücken ausgestreckt dagelegen. Als ich aber zwischen ihn und seinen Nachbarn trat, erwachte er und drehte sich auf die Seite, um mir Platz zu machen. Ich weiß nicht, wie es geschah, aber der gleiche Mann, der vorhin noch den ganzen Raum eingenommen hatte, war plötzlich so fadendünn geworden, daß neben ihm jetzt selbst für zwei bequem Raum gewesen wäre. Dazu war er von einer Nettigkeit, die alles Erdenkliche übertraf. Nicht nur, daß er seinen Körperumfang reduziert hatte, um mir Platz zu machen, er bemerkte auch, daß ich durchgefroren war und bot mir sogleich seine Decke an, obwohl er in diesem feuchten Erdloch doch selber frieren mußte. Über den Tornister, den ich als Kissen unter meinen Kopf schob, legte er noch seinen zusammengerollten Mantel, damit ich es weicher haben solle.

»Hast du genug Platz?« erkundigte er sich dann mit geradezu väterlicher Fürsorglichkeit. »Liegst du gut? Streck dich nur richtig aus. Brauchst du noch etwas?«

Seine Stimme klang zwar ebenso heiser wie die der übrigen Hügelbesatzung, doch sprach aus ihr eine Milde und Freundlichkeit, die mir nach dem unerquicklichen Empfang wahrhaftig wohltat.

»Danke, danke, es ist alles in bester Ordnung. Sorg' dich nicht weiter«, sagte ich.

Kurz vor dem Einschlafen fiel mir ein, daß ich mich doch wenigstens nach seinem Namen hätte erkundigen müssen. »Verzeih, wie heißt du eigentlich?« fragte ich verschlafen.

»Prbrthecktskrvnatzki.«

»Danke für alles, Prbeskrvnatzki.«

»Prbrthecktskrvnatzki«, verbesserte er mich.

»Prbrtheck...«, begann ich. Meine Zunge war aber so schwer von Schläfrigkeit, daß ich mitten im Wort verstummte. Ich hörte ihn noch irgend etwas sagen, wahrscheinlich wiederholte er noch einmal seinen Namen, ich konnte es aber nicht mehr aufnehmen.

Ich weiß nicht, wie lange ich schon geschlafen haben mochte, als ich merkte, daß eine Hand auf meinem Knie herumkrabbelte. Als ich die Augen aufschlug, sah ich wie mein Nachbar – er war ein älterer Mann, der eine Brille trug – Nadel und Faden zwischen den Fingern hielt und an meinem zerlöcherten Hosenbein herumflickte.

Am Morgen erwachte ich von dem heftigen Streit zweier Männer in der gegenüberliegenden Schlafreihe. Als ich den Kopf hob, um zu sehen, was vor sich ging, gewahrte ich, daß die beiden Streitenden nebeneinander am Boden lagen und die Augen noch geschlossen hatten. Sie stritten sich im Halbschlaf.

»Stoß mich nicht«, sagte der eine.

»*Ich* stoß dich?« erwiderte der andere. »*Du* bist es, der mich gestoßen hat.«

»Lügner!«

»Bist es selber.«

»Lümmel!«

»Freut mich, Ihren Namen zu erfahren, Herr Lümmel. Mein Name ist Peter van Schlechtendam.«

Da versetzte der, auf dem der Name Lümmel hängengeblieben war, dem, der sich van Schlechtendam nannte, mit der Faust einen Schlag. Im Nu öffnete van Schlechtendam die Augen und richtete sich auf. Im Nu hatte auch der als Lümmel Beschimpfte seine Augen aufgerissen, und schon droschen sie wütend aufeinander los. Auf den Knien begann die Balgerei und wurde schließlich aufrecht stehend mit immer zunehmender Heftigkeit fortgesetzt, von einem ständig wachsenden Schimpfwörter-Vokabularium begleitet.

Nichts gibt einem so rasch und verläßlich Auskunft über die soziale Herkunft, das Temperament, den Bildungsgrad und Charakter von Menschen wie ein richtiger Streit, wo einer dem andern alles an den Kopf wirft, was er über ihn weiß, und der Beschimpfte die noch fehlenden Züge durch seine Reaktion ergänzt.

Ich brauchte mich nachher bei niemandem über die beiden zu erkundigen. Während ihres Streites hatte ich alles Wissenswerte hinlänglich erfahren. Der Lümmel stammte aus Egedin; er war der Sohn von Bauersleuten, jetzt Richtkanonier. Van Schlechtendam kam aus Grovenhal; er war Gutsbesitzerssohn von Kleinadel mit Abiturium, hier oben Kanonier am gleichen Geschütz wie sein Gegner. Der Lümmel war ein Sanguiniker, dessen Heiserkeit bei jedem zweiten Wort in unverständliche Zischlaute umschlug, van Schlechtendam wieder war ein arroganter Schwächling, dessen Bosheit sich in monotones Geplätscher auflöste.

Von ihrem Streit erwachten einige im Stollen, schliefen aber sofort wieder ein. Offenbar gehörte das Geplänkel zwischen Lümmel und van Schlechtendam zur alltäglichen Morgenroutine.

Erst der Weckruf der Stollenordonnanz brachte alle auf die Beine. Auch mein fürsorglicher Schlafnachbar erwachte jetzt. Ich wollte ihn begrüßen und dachte eine Weile angestrengt über seinen Namen nach. Als ich ihn aber aussprach, waren mir doch einige Konsonanten entfallen.

»Prbrthecktskrvnatzki«, verbesserte er mich.

Das Ärgerliche war, daß er so unnachgiebig auf der korrekten Aussprache seines unaussprechlichen Namens bestand. Diese Hartnäckigkeit war bei einem sonst so entgegenkommenden Menschen eigentlich kaum zu verstehen.

Ich hätte ihn gerne gefragt, was mit uns Neuen nun wohl geschehen werde; da er mir aber gerade den Rücken kehrte und damit beschäftigt war, seine Decke auf dem Tornister festzuschnallen, mußte ich ihn ansprechen. Ich war jetzt vorsichtiger. Erst als ich wirklich alle Buchstaben seines Namens beieinander zu haben glaubte, begann ich: »Prbrthecktsk...«

Er hob den Kopf und wartete aufmerksam, wie ein Lehrer bei der Prüfung, gespannt, ob ich es diesmal wohl richtig herausbringen würde.

»...natzki«, fuhr ich fort. Natürlich hatte ich es wieder verpatzt. Ich sah, daß es ihn verletzte, denn er wandte sich unwillig seinem Sturmgepäck zu. »Verzeih mir«, sagte ich, um ihn zu besänftigen, und fügte verlegen hinzu: »Es ist für uns Nichtslaven gar nicht so leicht, uns an eure vielen Konsonanten zu gewöhnen. Aber sag, du mußt doch auch einen Vornamen haben, kann ich dich nicht bei dem rufen?«

»Ich heiße Leo«, antwortete er, ohne mir das Gesicht zuzuwenden, »aber ich sehe nicht ein, warum du mich anders nennen sollst, als alle übrigen. Prbrthecktskrvnatzki ist schließlich ein Name, dessen ich mich keineswegs zu schämen habe. Mein Vater hieß so und all meine Vorfahren. Unser Schneiderladen in Kabor trägt schon seit mehr als achtzig Jahren diesen Namen auf dem Schild. Es ist ein ehrenwerter Name und als solcher auch allen hier oben bekannt. Für jeden heiße ich Prbrthecktskrvnatzki, selbst für den Brigadeoberst, der mich schon zweimal für meine Dienste als Horchposten ausgezeichnet hat.«

Sooft er seinen Namen aussprach, beobachtete ich seine Lippen, um ihn die Laute vom Munde abzulesen. Trotz allem guten Willen erkannte ich aber bald, daß es einfach nicht gehen würde. Meine Zunge sträubte sich eigensinnig gegen die Anhäufung feindlicher Konsonanten.

Ich versuchte, mich durch einen Scherz zu retten. »Gut«, sagte ich, »aber dann mußt du mich auch so nennen, wie es mir beliebt. Ich heiße zwar Adam Ember, aber ich möchte dich bitten, mich Teremtettefeneegyemeg zu rufen.« Dabei lachte ich, denn dieses Wort bedeutete in meiner Sprache: »Gott verdammt, die Pest soll dich holen.«

»Teremtettefeneegyemeg«, sagte er ernst und fehlerfrei.

Es gab keine Ausflucht mehr. Ich zerbrach mir fast die Zunge, doch als ich jetzt anerkennend »Alle Achtung, Prbrthecktszlkrvnatzki«, sagte, waren es diesmal zwei Konsonanten zuviel.

Er schien ernstlich gekränkt, denn er schwieg und machte sich zum Gehen bereit. Ich folgte ihm, ohne erfahren zu haben, was eigentlich mit uns geschehen würde.

Als wir die Stufen aus dem Erdstollen hinaufstiegen, gingen Lümmel und van Schlechtendam vor uns her. Sie stritten darüber, wer den Vortritt haben sollte. Warum sie wie die Kletten aneinander hingen, mochte der liebe Gott begreifen. Als wir zur Fassungsstelle kamen, stritten sie sich noch immer und stießen einander von ihren Plätzen.

Ich verlor sie jedoch bald aus den Augen, denn jetzt ging ihr Streit in einem allgemeinen Gezeter unter. Hier stritten und stießen sich nämlich alle, um bei der Fassung einen besseren Platz zu ergattern. Zudem nahmen hier andere Dinge meine Aufmerksamkeit in Anspruch.

All jene, die uns bei unserer nächtlichen Ankunft einen so unfreundlichen Empfang bereitet hatten, waren hier wieder versammelt. Nur daß in dem gespenstischen Licht der Morgendämmerung ihre Gesichter noch fahler, ihre Wangen noch hohler, ihre Lippen noch blutloser erschienen. In der rauhen Morgenluft hatte auch ihre

Heiserkeit noch zugenommen, so daß ihre Stimmen jeden menschenähnlichen Klang eingebüßt hatten und mehr dem blechernen Scheppern von Menageschalen glichen.

Die ungewöhnliche Zusammensetzung ihrer Ränge und Chargen, die mir schon bei unserer Ankunft aufgefallen war, sprang hier noch eindringlicher ins Auge. Mindestens dreißig gehörten zu ein und derselben Regimentsgruppe, von einer andern aber waren nur sieben da, von einer dritten bloß vier. Von einem Regiment gab es nur Hauptleute und Offiziere, von einem andern nur Unteroffiziere, Wachtmeister und Vizefeldwebel, von einer dritten Gruppe bloß Mannschaften und keine Offiziere. Wer da zu befehlen und wer zu gehorchen hatte, war nicht zu erraten.

Es dauerte eine Weile, bis es zur Essenverteilung kam. Der Menageleutnant schien noch auf irgend etwas zu warten. Schließlich kam jemand von der anderen Seite des Hanges herbeigelaufen und meldete: »Sie sind noch immer nicht zu sehen.«

»Dann müssen wir ohne Zuschuß auskommen. Länger warten kann ich nicht«, sagte der Menageleutnant. Er sagte es aber mehr vor sich hin, als wolle er sich selber in seinem Entschluß bestärken. Dann wandte er sich den Wartenden zu und erklärte: »Die Essenträger sind noch nicht eingetroffen. Ihr müßt euch bis zum Abend mit dem Vorhandenen begnügen.«

Das »Vorhandene« war wirklich nicht mehr als eine Vertröstung auf die Abendfassung: ein wenig wäßrige Suppe mit einem Fettauge in jeder dritten Schale, zwei Löffel Graupen, ein Viertel Laib Kommißbrot und die Feldflaschen zur Hälfte mit Wasser gefüllt.

In dem Menageleutnant hatte ich sogleich die unfreundliche Larve erkannt, die uns in der vergangenen Nacht als »Fresser« bezeichnet und unsere Tornister heruntergefehlen hatte. Das käsige Flachgesicht war nicht zu verkennen. Nur hatten sich gestern in der Dunkelheit die Umrisse von Nase und Kinn in dem schwarzen Rahmen der Nacht deutlicher abgehoben; jetzt im Morgengrauen verschwamm alles, die feldgraue Uniform – ja der ganze Mann schien sich darin aufzulösen. Zuletzt blieb nur noch die knöcherne Hand sichtbar, die Hand, die den Meßlöffel hielt, ihn in die heiße Brühe senkte und seinen Inhalt in die Eßnäpfe austeilte. Als schließlich die letzte Schale mit der gleichen Portion bedacht war, verschwand auch die Hand, und nur der Meßlöffel blieb übrig.

Selbst als ich später erfuhr, daß der Menageleutnant Bogataph hieß und Rechnungsbeamter in Krimont gewesen war, konnte ich ihn nicht anders als »Meßlöffel« nennen. Bald rief ihn der ganze Hügel so.

Ich hatte meine Portion kaum verzehrt, als jemand mir eine Stange in die Hand drückte, an der ein Dutzend Eßbehälter hingen, und mir zugleich einen Riemen um den Hals schlang, an dem ebenso viele Feldflaschen befestigt waren.

»Laß sie füllen und komm«, sagte der Mann. Er hielt gleichfalls eine Stange mit Menageschalen und trug auch einen mit Feldflaschen behangenen Riemen um den Hals; nur waren seine Gefäße schon gefüllt. Sobald der Meßlöffel meine Schalen und Feldflaschen gefüllt hatte, machten wir uns auf den Weg. Hundert Meter weiter krochen wir in ein Loch, das in den Laufgraben führte. An dem blechernen Geschepper vor und hinter uns, erkannte ich, daß ich mich in einer Gruppe von Essenträgern befand.

Die Leute in den Schützengräben, die hinter Brustwehren lagen und durch Schießscharten auf das Vorfeld hinausspähten, ließen bei unserm Herannahen sofort alles stehen und liegen. Sie vergaßen Pflicht und Feind und betrugen sich wie hungrige Wölfe. Die übrigen Essenträger schienen das bereits aus Erfahrung zu kennen, denn sie verstanden es, sich die Leute vom Leibe zu halten, bis sie die Flaschenriemen vom Hals geschnallt und die Eßbehälter von der Stange genommen hatten. Ich aber – auf einen solchen Ansturm unvorbereitet – lag plötzlich mitsamt meiner Last rücklings am Boden. Und da erging es mir wie in meinem Alptraum: Wild aufgerissene Mäuler klafften über mir, gierige Zungen schleckten die Näpfe ab, Hände, nein Krallen, zogen und zerrten an der Stange und den Riemen mit den Feldflaschen. Bei diesem Überfall verschüttete ich den Inhalt mehrere Eßgefäße und einiger entkorkter Feldflaschen. Darauf begannen mich die Zukurzgekommenen mit Fäusten und Fußtritten zu traktieren, daß mir Hören und Sehen verging. Ich floh, so rasch ich nur konnte, den Laufgraben entlang zurück und wagte erst wieder zu atmen, als ich draußen stand.

Nachdem ich mich einigermaßen erholt hatte, überkam mich die Angst. Nun hast du's, dachte ich, nun kommst vor den Hügelkommandanten und später vors Kriegsgericht. Aber meine Sorgen und Ängste erwiesen sich als überflüssig. Denn während ich noch verdattert dastand, hörte ich plötzlich eine helle Stimme meinen Namen rufen, und im gleichen Augenblick sah ich die beleibte Gestalt des Ignaz Feodorowitsch auf mich zurollen. Er war vollbepackt, trug einen großen Blechbehälter auf dem Rücken, einige leere Säcke über dem Arm und in der Rechten einen riesigen Eimer.

»Was machst du denn da«, begann er. »Hast noch keine Einteilung bekommen, ich hab meine längst. Man muß sich eben selber etwas umsehen im Krieg. Aber laß gut sein. Ich erledige es für dich. Bin doch schließlich dein Freund. Komm mit!«

Er ließ mich gar nicht zu Worte kommen. »Fragst wohin, schau dir die Blechkiste auf meinem Rücken an und da die Säcke und den Eimer. Siehst du, ich hab's mir gerichtet, geh um Fassung ins Dorf. So ein Krieg macht nur Spaß, wenn ein wenig Abwechslung dabei ist. Den Hügel kennen wir bereits; nun wollen wir uns ein bißchen im Dorf umsehen. Hast doch sicher auch schon gemerkt, daß die hier Matthäi am Letzten sind. Von den gestrigen Essenholern ist nur die Hälfte zurückgekommen, haben wieder nur Graupen gebracht. Na, das sind halt alles Schwächlinge, die ins erste Schlammloch hineinplumpsen. Bei mir ist das anders. Das ist selbst dem Menagebonzen aufgegangen. Und was für mich gilt, gilt auch für dich. Gehen zu sechst, können aber noch einen siebten gebrauchen.«

Ich wollte ihm berichten, was mir im Graben widerfahren war. Er unterbrach mich aber: »Wirst mir später alles erzählen. Werden noch Zeit genug haben. Du mußt nämlich wissen, das nächste Dorf ist vier Stunden von hier. Der Weg ist nicht gerade der beste. Aber man muß alles immer von der positiven Seite betrachten, und da schaut's so aus: Bist du erst einmal im Dorf, so sitzt du wieder an der Quelle. Und im Dorf, mein Lieber – ich kenne Dörfer im Krieg –, dort findet sich immer auch ein Kätzchen im Bett, und ist es nicht im Bett, so ist es im Heu. Da mußt du nicht bis Drohitz verschmachten.«

»Also abgemacht, ich gehe mit«, erklärte ich freudig.

»Gut«, sagte er, »ich werde es dir beim Menagebonzen richten. Wart hier, bis ich wiederkomme.«

»Ein Kätzchen im Bett oder Heu«, murmelte ich vor mich hin.

Eine Gruppe von mehreren Leuten mit geschultertem Schanzzeug kam vorbei. Ein hagerer Hauptmann in schlotterndem Mantel führte sie an.

»Was gaffen Sie denn so blöd vor sich hin«, herrschte er mich an. »Sie scheinen nichts zu tun zu haben. Kommen Sie und helfen Sie mit!«

»Ich warte auf …«

»Auf … auf …« wiederholte er ungeduldig. »Wo sind Sie eingeteilt?«

Ich wurde verlegen und versuchte mich herauszureden.

Der Hauptmann merkte, daß etwas nicht stimmte. »Also nirgends eingeteilt, steht bloß so herum. Ich kann Leute brauchen.« Er nahm einem aus seiner Gefolgschaft einen Spaten ab und drückte ihn mir in die Hand. Ich mußte mit.

Im Gehen drehte ich mich mehrmals um. Wenn doch Ignaz nur käme! Er würde es schon irgendwie richten. Da aber nahm der Hinterhang eine Biegung, die jede Sicht nach rückwärts verdeckte.

Wir waren in die »Falte« gelangt. So hieß, wie ich später erfuhr, hier oben der Teil des vom Feinde abgekehrten Geländes, in dem sich alles befand, was möglichst selten vom feindlichen Feuer bestrichen werden sollte. Dort lagen die Reserveunterstände, in denen wir die letzte Nacht geschlafen hatten, der Bagagewagen, davor die Fassungsstelle, der Kommandeurstollen und der Sanitätsunterstand, mit einem Wort alles, was das Hinterland eines abgeschnittenen Kampfhügels ausmacht. Ein eigenes kleines Städtchen war hier im Laufe von Wochen und Monaten entstanden. Und wie ein richtiges Städtchen hatte es auch seinen Totenacker.

Unsere Gruppe hatte die Aufgabe, die Ruhestätte der Toten zu erweitern. Sie war nämlich bei dem täglichen Zuwachs an Gefallenen zu eng und zu kurz geworden. Der ausgehobene Graben stieß bereits an den äußersten Rand der »Falte«.

Unser Hauptmann stand eine Weile nachdenklich da. Schließlich befahl er: »Reißt die beiden vorderen Stollen nieder!«

Wir machten uns mit Eisenfäusteln, Beilpicken, Spaten und Schaufeln an die Arbeit. Es ging nur langsam voran. Endlich aber lagen die Trümmer der vorderen Lehmwand am Boden. Mitten in dem Raum, der sich da unseren Blicken öffnete, stand ein Tisch. Darauf brannte ein in den Hals einer Feldflasche gerammter Kerzenstummel. Um den Tisch herum saßen vier Männer, die wir mitten in einer Tarockpartie überrascht hatten. Die Karten lagen noch aufgeschlagen in unbeendetem Spiel vor ihnen.

»Eine Schweinerei, eine hundsinfame Schweinerei«, fluchte der eine.

»Wir haben Befehl, den Stollen niederzureißen«, erwiderte einer der Spatenmänner.

»Das ist unser Ruhetag. Lange genug haben wir draußen im Feuer und Dreck gelegen; wir haben ein Anrecht darauf, hier ungestört zu spielen, so lange es uns beliebt.«

»Wir haben Befehl...« wiederholte der Spatenmann.

»*Den* Befehl möchte ich sehen«, unterbrach ihn der aus dem Stollen kampflustig.

»Ich habe ihn erteilt«, trat jetzt unser hagerer Hauptmann dazu. Wie ein gekrümmtes Knochenbündel sah er aus. Sein Mantel schlotterte ihm um die Glieder, als wäre er ein Skelett. Die bräunliche Haut seines runzligen Gesichtes sah aus wie eine über einen Totenschädel gespannte Schweinsblase.

»Wir brauchen Platz für die Gefallenen, die noch von gestern her auf dem Vorgelände herumliegen«, sagte er kurz. »Wir können sie schließlich nicht den Aasgeiern überlassen.«

Der Tarockspieler erwiderte: »Was gehen uns die Leichen auf dem Vorgelände an? Wir sind vier Tage draußen gewesen und müssen morgen zurück. Deine Toten nicht!«

»Ihr habt genug andere Stollen«, entgegnete der Hauptmann. »Platz genug zum Kartenspielen, Faulenzen und Schlafen. Denkt doch an die dort draußen und seid vernünftig.«

»Wir sind lange genug draußen gewesen. Jetzt haben wir unsern Ruhetag«, wiederholte eigensinnig der aus dem Stollen.

»Ihr, immer ihr, die ihr im Schlamm und Feuer gelegen seid und ein Anrecht auf euren Ruhetag habt. Bedenkt ihr denn nicht, daß die dort draußen auch ein Anrecht auf einen Ruhetag haben – einen ewigen Ruhetag?«

Er sagte »*die* dort draußen«, aber es klang, als meinte er »*wir* dort draußen«. Denn wie er so dastand – mit dem Schlottermantel um sein Skelett gehängt, der bräunlichen Haut über seinen Totenschädel gespannt – und mit gebleckten Zähnen für die Rechte der Toten plädierte, da war es als führe ein Toter für die Toten das Wort.

»Wer weiß«, fuhr er fort, »vielleicht werdet auch ihr, die ihr da sitzt, morgen tot und unbegraben auf dem Haufen liegen. Da erschreckt ihr, nicht wahr, und starrt mich an. Aber ich weiß Bescheid, ich war schon hier, lange bevor ihr auf den Hügel kamt. Ich habe sie alle gesehen, die jetzt draußen im Haufen liegen. Sie taten dasselbe wie ihr. Ihr tut heute bloß das, was sie gestern getan haben, spielt die Tarockpartie weiter, die sie angefangen haben. Und morgen, wer weiß, vielleicht braucht ihr morgen den Platz wie sie heute. Seid doch nicht töricht!«

»Spar dir die Mühe! Auf uns machst du mit diesem Geschwätz keinen Eindruck. Der Stollen gehört uns. Ihr habt hier nichts zu suchen!«

Unser Hauptmann verlor die Geduld. »Schert euch weg«, schnaubte er wütend. »Wir müssen uns an die Arbeit machen.«

Der Sprecher der Tarockspieler ließ sich nicht kleinkriegen. »Du kannst deine Leichen befehligen, nicht uns. Uns befiehlt nur der Hügelkommandant, erst wenn du von ihm eine Order bringst, werden wir den Stollen räumen.«

»Das werden wir sehen.«

»Gewiß, das werden wir sehen«, äffte ihn der Tarockspieler nach.

»An die Arbeit«, befahl uns der Hauptmann.

»Weiterspielen«, wandte sich der Tarockspieler an seine Genossen.

Beide Seiten schienen entschlossen, den Streit auf die Spitze zu treiben. Ich gehörte zu den Totengräbern und hatte pflichtgemäß zu tun, was mein Vorgesetzter befahl. Ich war aber doch höchst gespannt auf den Ausgang dieser Sache.

Wir rissen zunächst die rechte Stollenwand nieder. Die Tarockspieler saßen um ihren Tisch herum und setzten die unterbrochene Partie fort. Unser Klopfen, Hämmern und Stemmen machte einen teuflischen Lärm; unbekümmert darum sagten die Tarockspieler ihre Contras und Recontras an und begannen alsbald, wie das bei Tarockspielern üblich ist, einander als Betrüger zu bezeichnen.

Die rechte Seitenwand lag am Boden. Wir machten uns an die linke.

»Pagat«, rief der Sprecher am Kopfende des Tisches.

Bumm-bumm bröckelte die Lehmwand krachend ab.

»Pagat ultimo!« rief ein anderer Spieler, und gleichzeitig prasselte der Rest der Stollenwand zur Erde. Es standen nur noch Reste des Balkengefüges. Das Tarockspiel ging indessen weiter.

Nun kam die letzte Stollenwand an die Reihe. Bumm-bumm und krr-krr fiel auch sie schließlich in sich zusammen, und das Gebälk stürzte ein. Ein freigelegter Nebenstollen kam zum Vorschein. Spärliche Strohhäufchen lagen auf dem Boden, darauf vier Schlafende, und an den Wänden zwei etagenförmige Bretterreihen mit sechs weiteren Schläfern, die jetzt verdutzt aufschreckten.

»Schlaft ruhig weiter, kümmert euch nicht um ihn«, rief ihnen der Wortführer der Tarockspieler zu.

Die Schläfer schienen nicht recht zu begreifen, was vorging. Sie waren sichtlich erschöpft und sanken, wie der Tarockspieler es ihnen geraten, auf ihre Lagerstatt zurück.

Als unser Hauptmann sie jetzt schüttelte und rüttelte und ihnen seinen Salm von den Gefallenen, für die er Platz benötigte, in die schlaftauben Ohren schnaubte, antworteten sie ihm mit einem Geschnarche, das eindeutiger und überzeugender war als jedes Argument.

Der Totengräberhauptmann schäumte vor Wut. Die streitenden Tarockspieler vergaßen vor lauter Schadenfreude, wer soeben wen betrogen hatte, und lachten aus vollem Halse. Das reizte unsern Hauptmann nur noch mehr, und er tobte jetzt in einer Weise, die die Grenzen jeder normalen Wut überstieg. Nur verärgerte Tote wüten wohl mit solch übermenschlichem Zorn.

Soweit es seine Heiserkeit zuließ, brüllte er: »Reißt die Wände nieder!«

Wir rissen nun auch im zweiten Stollen zuerst die rechte und dann die linke Wand ab. Bumm-bumm und krr-krr, krachte es und der Lärm vermischte sich mit dem Geschnarche der Schläfer.

Wie wird das ausgehen? fragte ich mich gespannt. Wird die Totengruft die Spieler und Schläfer begraben, oder werden Tarockspieler und Geschnarche zuletzt über das Massengrab siegen?

»Hebt den Boden aus«, befahl der Hauptmann.

Wir begannen gehorsam den Lehmboden auszuheben, zuerst in den vier Ecken des Tarockstollens und langsam gegen die Mitte hin vordringend, wo die Spieler um den Tisch herum saßen. Sie ließen sich noch immer nicht stören. Unbekümmert riefen sie ihre Contras und Recontras und beschimpften einander: »Du mogelst!«

Der Boden des Tarockstollens war schon zum größten Teil ausgehoben und zur Totengrube geworden. Nur der Tarocktisch und die Bänke, auf denen die Spieler saßen, standen noch. Unsere Spaten stachen bereits bedrohlich nahe um die Bänke ein. Gleich würden Tisch, Bänke, Spieler, samt Contras, Recontras, Mogeln und Pagat in der für die Toten bestimmten Grube versinken. Und bald darauf würden dann auch die Schläfer aus dem Nebenstollen in die Grube für die ewigen Schläfer geraten.

Nun war der Moment gekommen, auf den ich die ganze Zeit gewartet hatte. Ich stieß meinen Spaten in den Lehmboden unter einer der Bänke, von der gegenüberliegenden Seite arbeitete mir ein anderer entgegen. Die Bank kippte rückwärts in das ausgehobene Loch. Trotzdem ließen die Spieler ihre Partie nicht im Stich. Sie rückten näher an den Tisch und riefen ihre Pagats. Was für eine Hetz, wenn sie die Pagats drei Fuß tiefer rufen, schoß es mir durch den Kopf. Es kam aber nicht dazu, denn plötzlich erscholl draußen der Gong zur Abendfassung.

Die Tarockspieler, die sich bisher durch nichts in ihrer Partie hatten stören lassen, begannen hastig ihr Eßgeschirr hervorzukramen, die Schläfer nebenan stellten ihr Geschnarche ein, die Totengräber warfen ihre Spaten zur Seite. Selbst der Hauptmann war von dem Gongschlag wie hypnotisiert.

Im Nu standen alle in Reihe und Glied: die Tarockspieler, Schläfer und Totengräber ... und ich hätte mich gar nicht gewundert, wenn selbst die Toten vom Vorfeld mit ihren Eßnäpfen und Feldflaschen angerückt wären, um sich gemeinsam mit uns zur Menage zu begeben.

Dabei waren die Portionen kärglich wie immer. Die eingetroffenen Essenträger hatten eben wieder nur Linsen, Steckrüben und Margarine mitgebracht – von der letzteren gerade genug, um in jede Schale ein Fettauge zu zaubern.

Wenn ich mich schon nicht satt essen konnte, so wollte ich mich doch wenigstens durch einen ausgiebigen Schlaf dafür entschädigen. Ich überlegte, wie ich mich am raschesten drücken konnte. Während ich noch an den Steckrüben herumkaute, rückte ich unauffällig von den Totengräbern ab. Mit denen wollte ich um keinen Preis zusammenbleiben. Ihr Hauptmann mit seinem schlotternden Mantel und dem ewigen Totengeschwätz gefiel mir nämlich gar nicht. Kaum aber war es mir gelungen, mich von den Spatenleuten abzulösen, da merkte ich zu meinem Entsetzen, daß all denen, die um mich herumstanden, der Reihe nach Gürtel mit Eßnäpfen und Feldflaschenriemen für den Graben umgehängt wurden. Ich war in die Gruppe der Essenträger geraten. Nein, mich im Graben verprügeln lassen, das wollte ich nicht noch einmal.

Mit einem Satz versuchte ich zu entkommen. Der einzige Ausweg führte hinter dem Menagetisch hügelabwärts. Aber auch hier kam ich nicht zur Ruhe. Etwa zwanzig Schritt weiter putzten einige Küchenleute die Eimer, die von den Linsen und Steckrüben von heute für die Linsen und Steckrüben von morgen gesäubert werden mußten.

»He, he Kamerad«, rief mir einer entgegen, »wo willst denn du hin? Gar vielleicht wegspazieren aus dem Krieg? Scheinst nichts zu tun zu haben. Komm und putz mit. Hast ja noch all dein Fett beisammen, es wird dir nichts schaden, ein wenig mitzuhelfen.«

Nun, es hätte auch schlimmer kommen können. Eßeimer säubern war schließlich nicht das Ärgste, und es konnte vor allem nicht ewig dauern.

Sie waren natürlich frech, diese Eimerputzer. Sie selber taten ihre Arbeit wie unter der Zeitlupe, mich aber spornten sie unausgesetzt an: »Greif gefälligst zu, spute dich!«

Es hat seine Nachteile, ein Dicker unter Mageren zu sein. Man zahlt dabei drauf. Ich eilte mich so sehr ich konnte, denn ich wünschte nichts sehnlicher, als neben meinem Schneider die Nachtruhe zu genießen.

Ja, an den Schneider hatte ich immer wieder denken müssen. Der war doch noch das einzig Erfreuliche auf diesem Hügel. Wie hieß er nur, Prbr... nein, diesmal wollte ich den Namen richtig sagen, selbst wenn ich mir dabei die Zunge zerbrechen sollte. Was hatte ich mir doch im Gymnasium alles an griechischen Namen merken müssen, und das war bei Gott keine leichte Sache. »Prbrthecktskrvnatzki!« Ich sagte es vorsichtig, Konsonant um Konsonant vor mich hin, bis ich es schließlich ganz und fehlerlos im Kopf hatte. Ohne Unterlaß übte ich, während ich die Eimer blankputzte und nach getaner Arbeit meinem Stollen zuwanderte. »Prbrthecktskrvnatzki, Prbrthecktskrvnatzki«, nun saß es.

Ich war heilfroh, als ich die Lehmstufen hinabstieg und mich endlich wieder in dem vertrauten Schlafunterstand befand. Das Herz hüpfte mir im Leibe, als ich die beiden streitenden Kanoniere gewahrte. Ihre Augen waren geschlossen, und ihre schon halb im Traum befangenen Stimmen schienen kaum mehr zu wissen, was die hadernden Zungen einander vorwarfen.

»Prbrthecktskrvnatzki!« rief ich fehlerlos und eilte zu unserer gemeinsamen Lagerstatt. Aber der dort schlief, sah ganz anders aus. Ich hob die Karbidlampe von der Wand und leuchtete dem Schlafenden ins Gesicht. Geblendet schreckte er hoch und stierte mich an: fremde Augen, ein fremdes Gesicht, ein fremder Bart.

»Was willst du«, fuhr er mich an.

»Wieso liegst denn du hier? Wo ist Prbrthecktskrvnatzki?«

Vom Lärm unserer Stimmen erwachte jetzt auch der Mann, der rechts von mir sein Lager hatte. Unwillig über die Störung murmelte er »Prbrthecktskrvnatzki? Den suchst du? Den hat heut morgen eine Granate in seinem Horchloch erschlagen.«

»Erschlagen?« Mir stockte der Atem. »Prbrthecktskrvnatzki ist tot? Tot sagst du?«

»Warum denn nicht? Das blüht uns allen hier oben. Nun gib aber Ruh«, schloß er unwirsch und drehte sich auf die Seite.

Ich mußte einige Faustschläge und Fußtritte austeilen. Der Mann der an Prbrthecktskrvnatzkis Stelle lag, hatte alle Viere von sich gestreckt, als hätte auf der ganzen Welt nur er allein das Recht, es sich bequem zu machen.

Daß der Schneider tot war, wollte mir nicht in den Kopf. »Prbrthecktskrvnatzki, Prbrthecktskrvnatzki«, wiederholte ich immerfort, ohne einen Konsonanten zuviel, ohne einen Konsonanten zuwenig – fehlerfrei und korrekt –, kein geborener Kaborer hätte es richtiger aussprechen können. Aber was nützte das jetzt, Prbrthecktskrvnatzki hörte es nicht mehr. Prbrthecktskrvnatzki war tot.

Ich konnte nicht einschlafen, und so lag ich noch völlig wach, als von draußen her Schritte ertönten, die Zeltbahn auseinandergerissen wurde und der Totengräberhauptmann in Begleitung eines inspizierenden Leutnants in unserm Schlafgraben erschien.

»Hier sind einige von den Neuen untergebracht«, sagte der Leutnant. »Vielleicht ist dein Mann darunter. Weißt du noch wie er aussah?«

Ich schloß die Augen und schlug den Mantelkragen hoch. Da aber vernahm ich des Hauptmanns Stimme: »Natürlich, es war ein blonder Dicker. Es wird nicht schwer sein, ihn zu finden.«

Alsdann hörte ich, wie sie die Reihen abschritten. Sie näherten sich meiner Schlafstelle und blieben schließlich vor mir stehen. Mein hochgestülpter Kragen nützte nicht viel, sie klappten ihn herunter; jemand beugte sich über mich, ich fühlte den grellen Schein einer Taschenlampe auf meinem nackten Gesicht.

»Da ist er«, sagte der Totengräberhauptmann.

Es half nichts, daß ich mich schlafend stellte.

»Steh auf«, schrie mich der Leutnant an, »gehörst von jetzt ab der Suchgruppe an.«

Nun hatte ich meine Einteilung.

Mein Instinkt hatte mich zu Recht vor dem Totengräberhauptmann gewarnt. Dieser elende Kerl sollte nämlich Schuld daran sein, daß ich um das größte Erlebnis geprellt wurde, das einem Soldaten im Krieg beschieden ist; um das erhebende Erlebnis einer wirklichen Schlacht, mit heldischem Sturm und Einsatz der vollen Manneskraft. Dieser Schuft – ich kann ihn nicht anders nennen – war letzten Endes auch dafür verantwortlich, daß ich trotz meines jugendlich begeisterungsfähigen Herzens, das mich freiwillig in den Krieg getrieben hatte, später keine mit Orden behängte Heldenbrust zur Schau tragen konnte.

Die Schlacht in der Mulde war ja keine richtige Schlacht gewesen; geschossen wurde zwar, aber kaum hatte die Sache begonnen, da war auch schon alles im Schlamm ersoffen. Erst hier auf dem

Hügel, der um jeden Preis verteidigt und gehalten werden mußte, boten sich wahrhaft große Gelegenheiten. Ja, hier gab es tagtäglich neue Schlachten, in Permanenz. Hier oben hätte ich sie tapfer mitschlagen können, und wenn mir schon der Weg in Ignaz' vergnügliches Dorf versagt geblieben war, so hätte ich mich doch wenigstens hier als echter Soldat auszeichnen können. Welch ein Pech, daß der Totengräberhauptmann gerade an mir Gefallen finden mußte!

Ich erhob mich von meinem kaum angewärmten Lager und reihte mich draußen in die wartende Suchtruppe ein. Dann zogen wir mit abgeblendeten Laternen aufs nächtliche Schlachtfeld hinaus. Hier und da fielen vereinzelte Schüsse, und wir warfen uns dann jedesmal flach auf den Boden; die wirkliche Schlacht aber war bereits vorbei. Die Helden, soweit sie nicht zur ewigen Heldenruhe eingegangen waren, schliefen den zeitlichen Schlaf der ihnen zugemessenen Feuerpause. Außer einigen diensthabenden Wachtposten, die reglos auf das Vorgelände hinausstarrten, waren wir die einzigen, die auf dem Schlachtfeld eine Tätigkeit entfalteten.

Das Bild, das das Schlachtfeld jetzt bot, war eine ziemliche Enttäuschung. Es sah ganz anders aus, als ich es mir während der Araver Trainingszeit vorgestellt hatte. Daran trug nun allerdings ausschließlich meine unglückselige Diensteinteilung Schuld. Die Suchgruppe fahndete ja doch bloß nach den Überbleibseln der Schlacht, und diese waren wirklich nicht dazu angetan, einem von dem Vorausgegangenen eine hinreichend erhabene Vorstellung zu vermitteln. Wer eine Festtafel abzuräumen hat, auf der nur noch die abgegessenen Teller stehen, kann sich nur schwer die Tafelfreuden des verrauschten Festes ausmalen. Und unsere Aufgabe bestand nun eben darin, die Tafel nach dem Mahle abzuräumen. Was ich zu sehen bekam, war das Schlachtfeld nach der Schlacht: vom Schauplatz heldischer Taten bloß die verwüstete Erde, von den Waffen und Geschützen nur die unbrauchbar gewordenen Teile, von den erhabenen Helden bloß die unerhabenen Leichen.

Daß es vorher anders gewesen, das wußte ich natürlich aus den Berichten. Jetzt aber bedurfte es der größten Anstrengung meiner Phantasie, mir unter den verbeulten Helmen ein stolzragendes Haupt, in den erloschenen Augen ein heldisches Feuer, unter den eingefallenen Brüsten ein im Kampfesmut höher schlagendes Herz heraufzubeschwören. Nein, es fiel mir nicht leicht, die zerbrochenen Gewehre als von angriffslustigen Armen gehalten, die verstreuten leeren Patronenhülsen als zielsichere Geschosse und die umgestürzten Munitionswagen in Bereitschaft stehend und voll siegverheißender Feuerung zu erschauen.

Gemäß der Bataillonsordnung war unsere Gruppe den Sanitätern zugeordnet, auch unser Kanzlei-Unterstand lag Tür an Tür mit dem ihren. Das Verhältnis zwischen uns und ihnen war aber ungefähr dasselbe wie zwischen Sonne und Mond. Die Sanitäter verrichteten ihren Außendienst tagsüber während der Schlacht, unsere Arbeit begann erst nachts, wenn alles vorüber war. Wenn sich die Sanitäter mit ihren Tragbetten auf dem Schlachtfeld tummelten, so waren wir nicht da, und kamen wir mit unseren Karren angerückt, so befanden sie sich bereits in der »Falte«. Geschah es aber zuweilen, daß sich unsere Dienstsphären berührten, dann waren es unter den noch Lebenden stets nur die Sterbenden, die unsere Karren von ihren Tragbahren abbekamen. Nur das letzte Wort einer stockenden Stimme fiel in unser Ressort – der letzte Atemzug einer keuchenden Brust, der letzte Schlag eines flatternden Herzens, der letzte Blick eines brechenden Auges. Nur die unweigerlich und zuverlässig Sterbenden wurden unserer Obhut überlassen.

Diese an sich schon unerquickliche Tätigkeit wurde mir durch das Wesen meiner neuen Genossen noch weiter verleidet. Als habe ihr Dienst ihren Charakter geprägt, waren sie düster und verschlossen: kein menschlich-warmer Blick in ihren Augen, kaum ein menschlich-persönliches Wort von ihren Lippen.

Ich war für sie nur der »Dicke«, dem sie aufhalsten, was ihnen selber zu anstrengend war. »Dicker, heb!« sagten sie. »Dicker, halt!«

»Dicker, hol!« Mit »Dicker tu das« und »Dicker tu dies«, damit kargten meine morosen Genossen nicht, aber darüber hinaus schwiegen sie hartnäckig, als hätten sie es von den Toten gelernt.

Dennoch war es mir unvergleichlich lieber, mit ihnen zu schweigen, als von unserm Hauptmann ins Gespräch gezogen zu werden. Der sprach nämlich nur vom Tod und immer nur vom Tod. Ich versuchte jeden unnötigen Kontakt mit ihm zu vermeiden, aber da ich ihm zugeteilt war, mußte ich immer sogleich zur Stelle sein, wenn er mich zu sich beorderte. Es fiel mir auf, daß er mich öfter rief als die andern, und wenn sich auch dagegen nichts machen ließ, so nahm ich mir vor, zumindest das Recht auszunützen, das mir selbst als Untergebenem freistand; ich konnte mich aufs Gehorchen beschränken, antreten, meinen Dienst erfüllen und gehen … Es kam aber anders.

»Wo stecken Sie denn, Adam Ember? Hierher zu mir!« rief seine heisere Stimme.

»Zu Befehl, Herr Hauptmann«, meldete ich mich pflichtschuldigst und stand schon vor ihm.

»Dort links in der Ecke hat die Grube noch immer nicht die richtige Tiefe; ich habe euch doch die Maße klar genug angegeben.«

»Jawohl, Herr Hauptmann«, antwortete ich und machte mich sofort daran, tiefer zu graben.

Er stand da und schaute mir zu. Als ich die Arbeit fast beendet hatte, hörte ich ihn sagen: »Wie töricht, wie töricht!«

Ich dachte zuerst, ich hätte seinen Auftrag nicht richtig ausgeführt und daß seine Bemerkung mir gälte. Darum fragte ich: »Bitte, Herr Hauptmann?« Aufschauend bemerkte ich aber an seinem versonnenen Blick, daß er ganz woanders weilte, und schon wußte ich auch, daß er in Gedanken den Wortwechsel mit den Tarockspielern fortspann. Wie gerne hätte ich mich jetzt aus dem Staube gemacht. Es ging aber nicht, denn durch meine Frage hatte ich eine Antwort heraufbeschworen, die mich alsbald wie eine Schlinge gefangenhielt. All das, was der Totenhauptmann tags zuvor den Tarockspielern über das Vorrecht der Toten gesagt hatte, setzte er mir jetzt neuerlich, nur noch eindringlicher und langatmiger, auseinander.

Als er mich schließlich entließ, nahm ich mir vor, ihn nie wieder nach irgend etwas zu fragen. Aber die Neugierde ist ein Teufel, der einen stets von neuem reitet, und er verstand es nur zu gut, diesen Teufel zu reizen.

»Adam Ember, wo stecken Sie? Hierher zu mir«, vernahm ich ihn nach einer Weile wiederum.

»Zu Befehl, Herr Hauptmann.«

Es handelte sich um eine Belanglosigkeit, die aber doch in eine stundenlange Todestirade ausartete. Er erkundigte sich, ob wir die Waldflanke sorgfältig abgesucht hätten.

»Gehorsamst, Herr Hauptmann, ja! Alles bis zum äußersten Horchposten«, meldete ich und wollte abtreten. Da aber kam ein undeutliches Gemurmel von seinen Lippen, von dem ich nur das Wort »Posten« verstand, ohne den Zusammenhang zu begreifen. So fragte ich all meinen guten Vorsätzen zu Trotz: »Was belieben Herr Hauptmann wegen des Postens zu meinen?« Und schon hatte er mich von neuem in seiner Gewalt.

»Sie fragen, wieso ich diesen Posten hier übernommen habe, obwohl mein jetziges Amt weder meiner Waffengattung noch meinem Rang entspricht. Danach fragen Sie doch, nicht wahr?«

Einen Schmarren hatte ich ihn danach gefragt. Aber was konnte ich tun, wo er mir diese Frage geradezu in den Mund legte?

»Jawohl, Herr Hauptmann, danach unterstand ich mich mit Verlaub zu fragen.«

»Na ja, Sie haben nicht so ganz unrecht, sich darüber zu wundern«, entgegnete er. »Wenn einer bloß nach Uniform und Waffengattung schaut, versteht er halt nicht, wieso ich, Karoli von Galander, den Totengräberdienst leite, aber sehen Sie ... Nun, ich will es Ihnen lieber von Anfang an erklären.«

Da wußte ich, daß ich nicht so bald loskommen würde.

»Ich habe mich selber dazu gemeldet, weil ich erkannt habe, worauf es hier oben, oder besser gesagt, worauf es in diesem Krieg überhaupt ankommt: auf den Tod und die Toten nämlich.«

Er bleckte die Zähne, als unterdrückte er ein Lachen: das unziemliche Lachen eines Skeletts.

»Ich wollte also von Anfang an auf dem richtigen Posten stehen«, fuhr er fort. »Stürmen, töten, und schließlich selber fallen, wozu dieser Umweg? Um den Tod geht es, nur um den Tod. Sie haben doch nicht etwa geglaubt, daß wir oder der Feind hier siegen, siegen tut einzig der Tod. Schauen Sie die Toten an, zählen kann man die nicht; es ist eben einfach ein Haufen, und dann sehen Sie sich die noch Lebenden an, der Hügelkommandant kann Ihnen sagen, wie viele es sind, wie viele es heute sind und gestern waren. Darum eben habe ich mich selber zu diesem Posten gemeldet.« Er lachte sein unheimliches Lachen. »Ich wollte von Anfang an am richtigen Fleck, das heißt auf der Seite des Siegers stehen.«

Er sprach eifrig und pausenlos, obwohl ihn das Sprechen anzustrengen schien, und immer sprach er nur von den Toten und davon, daß ihr Heer von Tag zu Tag größer und siegreicher werde. Ich zweifelte bereits daran, daß dieser Redeschwall jemals ein Ende nehmen würde, denn es schien ganz so, als wolle er all das sagen, was die zum ewigen Schweigen verurteilten Toten nicht mehr vorzubringen vermochten.

Als Retter in der Not erschien schließlich der Ordonnanzoffizier mit einem Schriftstück, das den Hauptmann in Rage versetzte.

»Das werde ich schon selber erledigen«, schnaubte er, nachdem er einen Blick darauf geworfen, zerknüllte das Papier und verschwand.

Endlich war ich erlöst und konnte in den Kanzleistollen und an meine Arbeit gehen.

Erfreulich war die Tätigkeit, die mich dort erwartete, nun allerdings auch nicht. Aber alles, was mit meinem jetzigen Dienst zusammenhing, war mir zuwider. Als ob die Toten draußen auf dem Schlachtfeld und in der Grube nicht genügt hätten, ich wurde sie auch im Kanzleistollen nicht los. Da tauchten sie auf dem Papier, den Stammrollen, noch einmal auf, um eines zweiten und endgültigen Todes zu sterben. Stundenlang saß ich da und suchte nach ihnen in den Listen wie vorher auf dem Schlachtfeld. Dann strich ich ihre Namen aus und setzte hinter jeden ein Tintenkreuz.

Wenn endlich der Gongschlag ertönte, warf ich erleichtert die Feder weg und eilte zur Fassungsstelle. Wohl waren die Rationen kärglich und das Kärgliche schlecht. Aber der Gang zur Menage war in diesem Totenleben der einzige Gang, der nicht zu Gräbern sondern zu Suppenschüsseln führte; das Essen war die einzige Beschäftigung hier oben, die ganz und gar nichts mit dem Tode zu tun hatte.

Bei der Fassungsstelle hieß es natürlich wieder warten, weil auch der Meßlöffel warten mußte. Wie gewöhnlich hielt einer der Küchenadjutanten bis zum letzten Augenblick vergebens nach den Essenträgern Ausschau.

Was mag wohl aus Ignaz geworden sein, ob der je wiederkommt? überlegte ich. Aber um so einen brauchte man sich wahrhaftig nicht zu sorgen. Kam er nicht, so lag er gewiß irgendwo – nicht von Kugeln durchlöchert im Schlamm, sondern beim Kätzchen im Bett.

Um mir die Wartezeit zu vertreiben, betrachtete ich die Kameraden. Es lohnte sich: nicht so sehr wegen ihrer Gesichter, denn die waren trotz aller natürlichen Verschiedenheit von Haken- und Stumpfnase, von kleinem und großem Maul, doch letzten Endes alle gleich. Sie waren insgesamt abgezehrt und hohlwangig, alle Nasenlöcher vom gleichen Suppengeruch gebläht, alle Lippen vom selben Durst gesprungen. Nein, es waren nicht ihre uniformierten Darbegesichter, sondern ihre wirklichen Uniformen, die meine Aufmerksamkeit erregten. Da gab es Achselklappen mit Regimentsnummern, Kragen mit Sternen und Ärmel mit Streifen von Rängen und Chargen in einem Zahlenverhältnis, das jeder normalen Zusammensetzung von militärischen Formationen widersprach.

Wie ich so dastand und mir den Kopf zerbrach, was das alles bedeuten mochte, blieb mein Blick plötzlich auf einer Uniform haften, aus der zwei unförmig lange Arme herabhingen. Der muß im bürgerlichen Beruf ein Affe im Urwald gewesen sein, so lange Arme hat doch kein Mensch, dachte ich mir. Aber, schoß es mir gleich darauf blitzartig durch den Kopf, den kenne ich doch, das heißt, diese Arme kenne ich. Das sind doch die schlaksigen Arme meines Schlafnachbarn, von denen der rechte nachts immer auf meiner Brust liegt.

Natürlich! Wie hatte ich da auch nur einen Augenblick überlegen können. Allerdings hatten wir nie miteinander gesprochen. Das kam daher, daß sich mein Dienst bis spät in die Nacht hinzog, so daß er, wenn ich in den Stollen kam, schon schlief, und morgens, wenn ich erwachte, war er bereits auf seinem Posten. Unsere Bekanntschaft beruhte ausschließlich auf meiner gut gepolsterten Brust und seinem langen dürren Arm.

Als ich ihn jetzt an seinem Arm erkannte, empfand ich ein Gefühl der Zusammengehörigkeit. Fast im selben Augenblick schien auch er mich erblickt zu haben, das heißt, sein Arm schien sich meiner breiten Brust zu entsinnen, denn er schnellte hoch und strebte über die Köpfe der andern hinweg, um mich mit fröhlichem Winken zu begrüßen.

»Hallo«, rief ich vergnügt, »ich habe dich natürlich gleich erkannt, alter Knochen.« – Diese dumme Redensart war nicht gerade taktvoll, denn er bestand, wie all seine Genossen hier oben, wirklich fast nur aus Haut und Knochen. Er nahm es mir aber nicht weiter krumm.

»Und ich dich auch, Dicker«, gab er gutlaunig zurück.

»So trifft man sich also endlich. Sag mal ...« ich stockte.

»Ich heiße Barnabas«, half er mir lächelnd aus.

»Und ich Adam.«

Wir lachten beide.

»Du gehörst zu den neuen Füchsen was?« sagte er. »Das sieht man dir an.«

»Ja. Und du? Du bist wohl schon lange hier?«

»Zu lange schon.«

Er wollte fortfahren, aber ich unterbrach ihn: »Ich möchte dich etwas fragen, was mich brennend interessiert. Wo du schon so lange hier bist, kannst du mir vielleicht erklären, was das hier zu bedeuten hat?« Ich wies auf die Vielzahl der Uniformen. »Ich meine vom militärischen Standpunkt aus. Ich muß dir nämlich gestehen, ich kenne mich da nicht aus. Eine so verrückte Zusammenstellung von Regimentern und Chargen habe ich in meinem ganzen Leben noch nicht gesehen. Was ist das bloß für eine Einteilung?«

»Das will ich dir sagen. Das kommt nämlich daher...«

In diesem Augenblick rief der Meßlöffel: »Antreten!«

Barnabas ließ mich stehen und drängte ungestüm zum Menagetisch vor.

»Das kommt nämlich daher«, ertönte jetzt eine andere Stimme, und vor mir stand an Barnabas' Stelle der Totengräberhauptmann, »daß hier oben der Tod über die Bataillonsformationen entscheidet. Und der Tod verfährt eben nach seinem eigenen System. Von einem Regiment beläßt er dreißig, von einem andern nur sieben, von einem ruft er alle Offiziere ab, von einem andern verschont er zehn Leutnants und gar keine Mannschaft. Von den Dreiundvierzigern zum Beispiel hat er alle am Leben gelassen, obwohl sie durch sämtliche Feuer gegangen sind; dafür nahm er letzte Woche die Vierundsechziger, die erst vor kurzem als Ersatz gekommen waren, fast durch die Bank weg, in einer einzigen Nacht die ganze Maschinengewehrabteilung, in der nächsten alle Essenträger und tags darauf die Kompagnieführer, die Unteroffiziere und Gemeinen, nur zwei Gefreite ließ er übrig.«

Ich war wirklich ärgerlich. Konnte mich dieser Quälgeist denn nicht einmal bei der Menage in Ruhe lassen? Ich hatte meinen Kameraden Barnabas um Auskunft gefragt, nicht ihn. Wie kam er dazu, sich ungebeten einzumischen. Ein ekelhafter, zudringlicher Kerl! Am liebsten hätte ich ihm... Ich besann mich jedoch meiner subalternen Stellung und zuckte bloß mit den Achseln.

Er aber machte sich selbst diese Geste zunutze. »Welch eine Sinnlosigkeit des Todes, meinen Sie«, fuhr er fort. – Ich hatte gar nichts gemeint. Das war aber so seine Art, daß er einem auf gut Glück irgendwelche Einwände unterschob, um dann darauf erwidern zu können.

»Sinnlos erscheint es nur, solange man vom Leben verblendet ist und nicht erkennt, daß es auch andere Ordnungen gibt als die, welche einem hier vorgegaukelt werden. Ich meine«, er hielt inne, um meine Neugierde zu steigern, »eine höhere und endgültigere Ordnung. Die augenscheinlich so sinnlose Einteilung hier oben ist eben von jenem anderen Gesichtspunkt aus getroffen worden, dem höheren und endgültigen Gesichtspunkt des Todes...«

Der Geruch von Steckrüben kitzelte mich in der Nase. Ich hörte die Eßnäpfe scheppern und sah, wie die andern bereits futterten. Verdammt noch mal, was ging mich der endgültige Gesichtspunkt an? Ich wollte essen und trinken... Aber der Hauptmann ließ nicht locker. Wenn der einmal zu reden begann!

»Betrachten Sie doch bitte«, begann er mit überlegener Ironie, »die Sinnlosigkeit unserer Verbände einmal vom Gesichtspunkt des Todes aus. Da wird Ihnen sogleich klar, daß es in Wirklichkeit gar nicht um die Bataillone der Überlebenden geht, sondern ausschließlich um die Bataillone der Toten. Machen wir uns doch nichts vor! Letzten Endes kommt es einzig und allein auf die Bataillone unter der Erde an.«

»Ja aber«, versuchte ich schüchtern einzuwenden.

»Da gibt es kein Aber«, fiel er mir sogleich ins Wort. »Manchmal braucht eben der Tod, der sein Heer nach ganz anderen Prinzipien aufstellt als wir, Kompagnien, die nur aus Hauptleuten bestehen, und dann wieder welche mit nichts als Gefreiten. Aus irgendwelchen Gründen, die die Lebenden nicht kennen. Was wissen schon die Lebenden von den Geschäften des Todes?«

Er hätte sicher noch stundenlang weitergeredet, doch zum Glück rief uns der Meßlöffel jetzt ungeduldig zu: »Wollt ihr beiden da auf eure Ration verzichten? Das hier ist kein Kasino, kommt gefälligst, oder ich schließe.«

Ich ließ mir das nicht zweimal sagen und lief, um mir meine Ration zu holen.

Diesen Hauptmann hat der fortwährende Umgang mit Leichen komplett verrückt gemacht, dachte ich. So etwas fällt doch einem normalen Menschen nicht mal im Traume ein. Der spricht ja, als ob eine Leiche am Daherschwätzen wäre.

Und doch! »Was wissen schon die Lebenden von den Geschäften des Todes?« Das blieb unwillkürlich in mir haften. Denn damit hatte er recht: Was wissen wir wirklich von den Geschäften des Todes?

Der Rest des Tages verlief verhältnismäßig ruhig. Erst bei Einbruch der Dunkelheit begann ein Schießen, das alles, was dem Hügel tagsüber an Opfern erspart geblieben war, nicht nur wettmachte sondern übertraf. Wir schufteten die ganze Nacht.

Im Morgengrauen stieß ich auf die beiden streitsüchtigen Kanoniere. Zum ersten Mal sah ich sie friedlich nebeneinander liegen. Sie waren tot. Ein Volltreffer hatte in ihre Geschützlaube eingeschlagen.

Jetzt, wo sie friedlich und schweigend nebeneinander lagen, fiel mir auf, wie ähnlich sie einander sahen. Auf den Pritschen im Schlafstollen waren sie ganz und gar verschieden gewesen. Die jetzige Ähnlichkeit hatte der Volltreffer zuwege gebracht, der mit derselben zertrümmernden Wucht den Geschützführer wie den Richtkanonier erschlagen und alle Unterschiede ausgelöscht hatte. Wie Brüder sahen sie aus, wie Zwillingsbrüder.

Zwillingsbrüder des Todes, durchzuckte es mich, und im gleichen Augenblick merkte ich auch schon, daß dies ein fremder Gedanke war. Kaum aber hatte er sich eingeschaltet, da schnappte mein ganzes weiteres Denken darauf ein: Zwillingsbrüder des Todes! Darum also hatte der Krieg, ihrer verschiedenen Herkunft und Art nicht achtend, sie zum gemeinsamen Dienst am selben Geschütz bestimmt und aufs gleiche Nachtlager gebettet. Sie gehörten zusammen. Man darf die Dinge nicht bloß vom Gesichtspunkt des Lebens aus ansehen; es gibt auch noch einen höheren, endgültigeren Standpunkt...

Solches Zeug pflegte der Hauptmann zu faseln. Der Hauptmann denkt und spricht aus dir, durchfuhr es mich, und ich erschrak.

Das einmal in Bewegung gesetzte Schaltwerk der Gedanken war

nicht mehr abzustellen. Zwillingsbrüder des Todes ... der endgültige Gesichtspunkt des Todes ... – Der Hauptmann hockte in meinem Hirn und dachte meine Gedanken.

Ich riß mir hastig den Mantel vom Leibe und warf ihn über die Sterbezwillinge. Aber es half nichts. Wohl hatte der Mantel die Toten bedeckt, nicht aber mein Gehirn und den Hauptmann, der darin brütete. Die Wahnvorstellung von den Sterbezwillingen vermochte kein Mantel zuzudecken, da fror ich vergebens in der kalten Novembernacht.

Ich warf die beiden Toten auf meinen Karren, und um sie so rasch wie möglich unter die Erde zu bringen, galoppierte ich mit ihnen über das dämmrige Feld. Eine Rakete leuchtete auf. Schüsse fielen. Der Feind schien mich erspäht zu haben und jagte mir seine Kugeln nach. Ich scherte mich nicht darum. Nur meine Last loswerden wollte ich. Schließlich langte ich atemlos bei der Grube an. Ich band die Leichen mit einem Strick aneinander und versenkte sie in die Tiefe.

»Von zweierlei Müttern geboren, nun aber geht ihr in den gleichen Schoß der ewigen Mutter ein«, murmelte ich im Tonfall des Hauptmanns.

Ich schaufelte hastig eine Ladung Erde nach der andern in das gähnende Grabloch hinab.

Ist erst einmal die Grube – oder der Schoß – bedeckt und geschlossen, dann ist auch der Wahn des Hauptmanns in meinem Gehirn bedeckt und begraben.

Mutterschoß, ewiger Schoß, Sterbezwillinge ... Nein! In Wirklichkeit waren es bloß zwei Tote, von einem Volltreffer getroffen.

Das Loch war geschlossen, und ich wanderte meinem Schlafstollen zu. Unterwegs nahm ich mir vor, von nun an vor diesem Hauptmann besser auf der Hut zu sein.

Zum Glück bekam ich ihn bis zum nächsten Nachmittag nicht zu Gesicht. Wir waren die ganze Zeit mit der Aufschichtung der Neugefallenen beschäftigt. Dann aber hieß es Rapport erstatten, und das gehörte zu meinen Obliegenheiten.

Als ich mich in seinem Stollen einfand, saß der Hauptmann in Akten vertieft da und schien mein Eintreten nicht zu bemerken. Ich näherte mich seinem Tisch: »Herr Hauptmann, melde gehorsamst...« Er rührte sich nicht. Ich mußte mich wohl oder übel gedulden. Mein Blick fiel auf die Papiere, die vor ihm lagen. Es waren Verlustlisten, daneben einige Blätter, vollgekritzelt mit endlosen Reihen kleiner Tintenkreuze. Ein Friedhof auf Papier. Der Hauptmann blätterte in den Listen und zeichnete unermüdlich an den Tintenkreuzreihen weiter. Ich räusperte mich einige Male. Vergebens. Es gelang mir nicht, seine Aufmerksamkeit zu erregen. Und als er schließlich dann doch den Kopf hob, geschah es mit unerwarteter Plötzlichkeit.

»Herr Hauptmann...«

»Schon marschbereit?« unterbrach er mich in seiner unklaren Art, die mich jedesmal verwirrte. Meinte er mich, die Suchtruppe oder gar die Toten?

Diesmal würde ich ihm nicht in die Falle gehen. Jedenfalls würde ich mich nicht erkundigen, wen oder was er nun eigentlich meinte. Mit solchen Rückfragen hatte ich schon einmal schlechte Erfahrungen gemacht. Es schien mir angezeigt, einfach auf seine Marotte einzugehen. So würde ich am schnellsten den Rapport erledigen können.

»Jawohl, Herr Hauptmann, vollkommen marschbereit«, antwortete ich und dachte, nun könnte ich abtreten. Aber weit gefehlt! Wie immer ich mich auch verhielt, ich machte es falsch.

»So, so! Vergattert und marschbereit als Verstärkung der großen, ewigen Armee!« hakte er sofort ein. »Es freut mich, daß Sie die Sache endlich begriffen haben. Ich wußte ja gleich, daß es so kommen würde. Darum habe ich mich Ihrer auch besonders angenommen. Wir beide sind hier oben die einzigen, die wissen, worum es geht.«

Als ich jetzt merkte, daß er mich in seinen Wahn einbezog, wurde mir unheimlich zumute.

»Die Übrigen«, fuhr er fort, »die sind doch, unter uns gesagt, viel zu töricht, um das alles wirklich erfassen zu können. Die sehen zwar, wie ganze Kompagnien und Regimenter heute noch sind und morgen schon waren, aber es würde ihnen nicht im Traum einfallen, daß auch sie dazugehören, daß auch sie, wie wir alle hier oben, für die große Armee angeworben sind.«

Ich fühlte mich höchst ungemütlich, und mein Unbehagen steigerte sich noch, als er jetzt aufstand. Zum ersten Mal sah ich ihn ohne seinen Schlottermantel. Ein Skelett kam auf mich zu, und eine Knochenhand streckte sich mir entgegen.

Nur so schnell wie möglich aus diesem Stollen heraus, war mein einziger Gedanke. Darum sagte ich jetzt: »Herr Hauptmann darf ich Sie um weitere Disposition bitten?«

»Wozu denn dieses ›Herr Hauptmann‹ und ›Sie‹«, entgegnete er, ohne auf meine Frage einzugehen, dabei faßte er meine Hand und drückte sie fest. »Kannst mir ruhig ›du‹ sagen und mich beim Vornamen nennen.«

Nun war es zwar eine große Auszeichnung für einen Gefreiten, mit seinem Vorgesetzten auf Du zu stehen. Mir aber graute davor, mit diesem Hauptmann intim zu sein. Ich schlug militärisch die Hacken zusammen und wollte abtreten.

»Einen Augenblick«, hielt er mich zurück. Er ging zu seinem Tisch und öffnete eine Lade. »Komm doch näher, wozu diese Dienstdistanz? Na, komm schon«, wiederholte er beharrlich, als ich noch immer zögerte. Er kramte eine Weile in der Lade herum, bis er schließlich zwei zerquetschte Zigaretten mit Goldmundstück hervorzog: »Die habe ich mir für eine besondere Gelegenheit aufgespart. Bitte bedien' dich.«

Ich konnte sein Angebot nicht gut ausschlagen, außerdem hatte ich seit geraumer Zeit keine Zigarette mehr im Mund gehabt und lechzte förmlich danach.

»Setz dich und mach's dir bequem.« Er wies auf den Lehmsitz neben seinem Tisch. »Ja, weißt du, es ist nicht zu fassen, einfach nicht zu fassen, daß Menschen so töricht sein können. Da glauben sie, daß das Halten dieser Erdlöcher und ihr Getue auf dem Hügel das ist, worauf es ankommt. Das meinen die nämlich wirklich.« Er lachte heiser.

Neben dem Raum des Hauptmanns lag der Sanitätsstollen. Von Zeit zu Zeit drangen Stimmen von dort zu uns herüber. Wenn doch nur einer der Sanitäter eintreten wollte!

»Um den Hügel geht es ihnen, ums Vaterland! Dabei merken sie in ihrer Verblendung nicht, daß alles, was sie hier tun, nur Rekrutenübungen für etwas viel Entscheidenderes sind. Sie erkennen einfach nicht, daß der Hügel Dreihundertsiebzehn bloß das Aufmarschgebiet für die große, ewige Armee unter der Erde ist. Hast du schon einmal dem Kommandanten zugehört, wenn er davon faselt, daß die Stellungen hier unter allen Umständen gehalten werden müssen? Man meint, man lausche einem Wahnsinnigen. Er spricht absolut, als ob er wirklich glaubte, es gehe um diesen lächerlichen und zufälligen Erdbuckel und nicht um das, was *unter* dem Buckel ist. Und wenn ich gar seine großartigen Tiraden über die Rettung des Vaterlandes höre! Als ob das wirkliche Vaterland, das Land der Väter, über und nicht unter der Erde läge!«

Ich hatte meine Zigarette erst zur Hälfte geraucht. Jetzt aber drückte ich sie gegen die Lehmwand aus. Zigarette mit Goldmundstück oder nicht – es war nicht mehr zum Aushalten.

Ungeachtet meiner demonstrativen Geste fuhr der Hauptmann eifrig mit seiner Walze fort. Da konnte ich mich nicht länger beherrschen: »Ewige Armee und ewiges Vaterland, sagen Herr Hauptmann«, unterbrach ich ihn höhnisch. »Wahrlich eine schöne Armee, bestehend aus Soldaten mit durchgeschossenen Köpfen, erstarrten Leibern, beinlosen Rümpfen, zerfetzten Uniformen, spitzenlosen Helmen und zertrümmerten Gewehren. Genau so habe ich mir die ewige Armee immer vorgestellt! Und so und nicht anders auch das wahre Vaterland, mit Würmern als Kompatrioten.«

Von meinem spöttischen Einwand betroffen, blickte er mich verwundert an. Gerade von mir hatte er so etwas offenbar nicht erwartet. Dennoch brach er das Gespräch nicht ab. Im Gegenteil, gerade als habe er jetzt erst voll und ganz begriffen, wie wichtig es war, mich für seinen Standpunkt zu gewinnen.

»Ich verstehe dich ganz gut«, sagte er in seiner listig werbenden Art. »Wer sollte dich auch verstehen, wenn nicht ich, wo ich doch anfangs auch gewissen Anfechtungen ausgesetzt war. Ja das Leben ist wirklich ein sauberer Betrug. Aber du gehörst nicht zu den Dummen, die sich auf die Dauer irreführen lassen. Natürlich, solange man die Dinge nur gerade von diesem Erdbuckel aus betrachtet, ist dein Einwand vollkommen berechtigt. Da erscheint einem all das widersinnig. Aber eben nur, solange man es mit einem Blick betrachtet, der nicht über die vergänglichen Formen des Lebens hinaus die ewigen Formen des Todes zu sehen vermag.«

Ich rückte unruhig auf meinem Sitz hin und her und schielte zur Tür, die in den Sanitätsstollen führte. Wenn sie sich doch nur endlich öffnen wollte!

Der Hauptmann ließ sich nicht stören. Sein gläserner Blick schien durch mich hindurchzugehen und irgendwo auf dem »Ewigen des Todes« zu haften.

»Das brauche ich doch einem Menschen wie dir nicht weiter zu erklären«, zwang er mich von neuem in seinen Bann, »daß jede Betrachtung vom Leben aus höchst unverläßlich und fragwürdig ist. Was ist denn schon dieses berühmte Leben? Ein Heute, ein Morgen und vielleicht ein Übermorgen. Nimm meinethalben sogar an, daß du aus diesem Krieg mit heiler Haut davonkommst; was hat das Leben selbst dann für eine Dauer?! Vergleiche das nun einmal mit dem Tod! Der kommt unaufhaltbar und setzt allem ein Ziel. Wann er kommt, ist ganz gleichgültig. Kommen wird er bestimmt! Und ist erst einmal da, so läßt er sich nicht mit der beschränkten Kürze einer Lebensspanne abspeisen. Er verlangt eine Dauer, die kein Zeitmaß zu fassen vermag. Da kannst du Jahr an Jahr, Jahrhundert an Jahrhundert, Jahrtausend an Jahrtausend reihen, du wirst ihm doch nie auf sein zeitliches Ende kommen. Und wenn du nun die lächerliche Kürze des Lebens mit der uns vorbestimmten Unendlichkeit des Todes vergleichst, so erkennst du gleich: Der Tod ist das einzig Dauerhafte, und darum eben ist der Blickpunkt des Todes allein verläßlich.«

Ich hörte plötzlich Schritte im Sanitätsstollen. Die Tür öffnete sich um einen Spalt. Endlich! Jemand steckte den Kopf herein, sah uns im Gespräch: »Pardon, Herr Hauptmann, ich will nicht stören«, und zog sich auch schon wieder diskret zurück ... Verflucht noch einmal!

»Nicht wahr, nun begreifst du es, ich wußte, daß du mich verstehen würdest«, knüpfte der Hauptmann an, wo er unterbrochen worden war. »Und da geht es dir auch sicher gleich auf, wie sinnlos und lächerlich unser Augenblicksgetue den Toten erscheinen muß, die bereits die Ewigkeit erschaut haben. Du sprachst vorhin von zerstückelten Leibern, von Helmen ohne Spitzen und durchlöcherten Monturen, bloß weil du nicht daran dachtest, daß sich das alles vom Tod aus gesehen ganz anders ausnimmt. Wie sinnlos muß doch die Bewegtheit der Lebenden die Toten anmuten, die um die ewige Erstarrung wissen; wie sinnlos muß der Helm mit der Spitze, der Rumpf mit den Gliedern all jenen erscheinen, die bereits erkannt haben, daß auf die Dauer kein Helm seine Spitze, kein Rumpf seine Glieder behält, weil eben nichts zusammenbleibt, was nur zusammengefügt ist. Da siehst du's nun: Man braucht bloß den Blickpunkt zu wechseln ... Aber die meisten – das ist es doch Adam, was ich so töricht finde –, die meisten betrachten stets alles nur vom Leben aus und können daher auch den wahren Sinn der Dinge nie begreifen; unser ewiges Vaterland nicht, den Tod nicht und das Unter-der-Erde nicht! Du aber Adam, nicht wahr, du ...«

»Salami!« rief ich plötzlich, weiß der Teufel warum. Einen Augenblick zuvor hatte ich noch gar nicht an Salami gedacht. Ich hatte ja doch die ganze Zeit wie gebannt dagesessen und den Worten des Hauptmanns gelauscht.

Er schnappte nach Atem. »Was«, stotterte er, »was hast du gesagt?«

»Salami!« rief ich aus voller Kehle. »Salami, Herr Hauptmann!« Und mit diesem Triumphschrei war plötzlich der gesunde Lebensinstinkt in mich zurückgekehrt: Ich konnte mich von meinem Lehmsitz erheben und gehen.

In diesem Augenblick aber wurde, auf meinen Schrei hin, plötzlich die Tür vom Sanitätsstollen aufgerissen, und herein stürmten der Oberarzt Strapetti, der Hilfsarzt Zitrom, beide mit aufgekrempelten Ärmeln, und hinter ihnen eine Meute von ausgezehrten Sanitätern und bandagierten Soldaten. Unter ihnen gewahrte ich auch einen der Tarockspieler. Er kam auf zwei Krücken dahergehumpelt, und hinter ihm bemerkte ich einen, der ganz unbekleidet war und nur eine Maske aus Gaze vor dem Gesicht trug; er war offenbar direkt vom Operationstisch herabgesprungen.

»Salami, Herr Hauptmann«, riefen alle in wildem Durcheinander. »Wo ist sie, wo hast du sie? Her damit!«

»Ja, was heißt das ... ich habe doch nichts, woher sollte ich auch ...« stammelte der Hauptmann in peinlichster Verlegenheit.

»Verstell dich nicht! Uns kannst du nichts vormachen. Her mit der Salami!«

»Dja, dja«, lallte der Nackte im Chloroformrausch; aber auch das bedeutete augenscheinlich nichts anderes als: Her mit der Salami!

»Heraus damit, zier dich nicht!« schrien die andern im Chor.

Der humpelnde Tarockspieler benahm sich am ungebärdigsten. »Den kenn ich, das ist einer von den ganz Schlauen. War mir schon immer verdächtig«, hetzte er. »Laßt euch von dem nicht nasführen!« Er versuchte sich mit seinen Krücken Platz zu schaffen, fiel dabei auf den Hintern und setzte seine Antreiberei nun vom Boden aus fort. »Das Recht der Toten«, parodierte er den Hauptmann mit düsterer Stimme. »Es ist das Recht der Toten, insgeheim und allein die Salami aufzufressen, während die Lebenden vor Hunger absakken.«

»Her mit der Salami! Her mit der Salami!« riefen alle.

»Was wollt ihr von mir, woher soll ich denn eine Salami haben?« jammerte der Hauptmann eingeschüchtert.

Der Tarockspieler gab mit seinen Krücken das Zeichen, und nun begannen Strapetti und Zitrom, den Hauptmann einer regelrechten Leibesvisitation zu unterziehen; einige Sanitäter stürzten sich auf den Schlottermantel, der an der Wand hing, und schon sah ich auch, wie sich die ausgehungerten Bandagierten über den Arbeitstisch des Hauptmanns hermachten, die Schubladen aufrissen und in den Verlustlisten und dem ganzen übrigen Krempel des Papierfriedhofs pietätlos herumwühlten.

Der Hauptmann warf mir einen hilfeflehenden Blick zu. »Adam, so erkläre es ihnen doch«, beschwor er mich.

Ich aber drehte mich auf den Fersen um und ging.

Draußen schüttelte ich mich vor Lachen ... Aber plötzlich würgte mir die Angst das Gelächter in der Kehle ab. Wie würde ich dem Hauptmann beim nächsten Rapport gegenübertreten? Es bestand wohl kein Zweifel darüber, daß ich es mir gründlich mit ihm verdorben hatte.

Und in der Tat, von diesem Tag an würdigte er mich keines freundlichen Blickes und keiner persönlichen Anrede mehr.

Das Wort »Salami« aber blieb seit dem Vorfall als Spitzname an dem Hauptmann hängen. Alle riefen ihn fortab nur so.

Von einem Tag auf den andern hörte die Beschießung unseres Hügels auf. Es schien fast, als habe der Feind aus irgendwelchen strategischen Gründen die Attacken endgültig aufgegeben.

»Vielleicht ist gar der Krieg zu Ende«, hörte ich in der Menage jemanden sagen. Es war Montpellier, der junge Kornett, der mit Ignaz und mir in der Reihe marschiert und auf den Hügel abkommandiert worden war. »Du wirst schon sehen, der Krieg ist aus«, beteuerte er.

Sofort hatte sich eine Gruppe um ihn versammelt.

Das allgemeine Interesse ermutigte den Kornett natürlich, nur noch entschiedener bei seiner Vermutung, die im Nu zur Behauptung geworden war, zu beharren.

»Ja, zu Ende«, nickte er mit Bestimmtheit.

»Wie kommst du darauf? Hast du es von verläßlicher Seite?« sagte einer. »Vielleicht gar vom Kommandanten?«

Montpellier schwieg vielsagend.

»Er hat es vom Kommandanten! Natürlich, von wem sollte er es denn sonst wissen!«
»Sag, hast du es vom Kommandanten? Uns kannst du's doch gestehen, wir machen bestimmt keinen Gebrauch davon.«
Der Kornett schwieg noch immer.
»Es ist klar, er hat es vom Kommandanten!«
Das war die allgemeine Ansicht, und dabei blieb es.

Es waren bereits drei Tage vergangen, ohne daß auch nur ein einziger Schuß gefallen wäre; so brauchte auch unsere Suchtruppe kein einziges Mal in Aktion zu treten.

Salami schlief, schlief jetzt fast immer, die ganze Nacht und den halben Tag. Sooft ich in den Kanzleistollen trat, fand ich ihn ausgestreckt auf seiner Pritsche, den Schlottermantel über sich und – schnarchend. Sein abgezehrtes Gesicht, aus dem jetzt auch noch die Wachheit gewichen war, wirkte abstoßend und unheimlich.

Da die Totengräberarbeit aufgehört hatte, verbrachte ich den ersten ruhigen Tag mit der Aufarbeitung von Kanzleirückständen und der nachträglichen Anfertigung von wöchentlichen Gefallenenlisten.

Ich machte allerdings noch immer pflichtgemäß meinen abendlichen Rundgang zu den Gräben, Geschützlauben und Horchlöchern. An den Brustwehren fand ich die Leute würfelnd oder beim Tarock. Es schien fast, als sei jeder Soldat von Etats wegen mit Tarockkarten ausgestattet worden. Die Horchposten, die ohne Partner auskommen mußten, legten Patience, drehten den rechten um den linken Daumen oder zählten ihre Mantelknöpfe auf gerade und ungerade ab, um festzustellen, ob der Krieg wirklich zu Ende sei.

Der Tod hatte seinen Ruhetag und schlief. Ich war überzeugt: Er schläft auf der Pritsche, wo mein Hauptmann liegt und schnarcht.

Am vierten Tag erkrankte der zweite Küchenadjutant. Am Morgen hatte er noch nach den Essenholern Ausschau gehalten und dem Meßlöffel gemeldet: »Es ist noch niemand zu sehen.« Gleich darauf befiel ihn ein Unwohlsein, und er mußte auf einer Tragbahre in den Sanitätsstollen geschafft werden. Zitrom untersuchte ihn. Er zog den Oberarzt zu Rate, und zusammen schüttelten sie die Köpfe. Eine verläßliche Diagnose war nicht möglich.

Um fünf Uhr nachmittags begann der zweite Küchenadjutant zu sterben. Um sechs bat er einen Sanitäter, falls es mit ihm zu Ende gehen sollte, seinem Mädchen in Illina auszurichten, daß er bis zum Schluß an sie gedacht habe. Eine halbe Stunde später verlangte er Wasser. Von da an sprach er nicht mehr.

»Der Oberarzt hat seinen Zustand für bedenklich erklärt.« Diese Nachricht, die einer kurz nach sieben aus dem Sanitätstollen mitbrachte, verbreitete sich wie ein Lauffeuer bis zu den Brustwehren, Geschützlauben und den äußersten Horchposten. Sie verursachte allgemeine Besorgnis.

»Hast du etwas Neues gehört? Geht es ihm besser?« Mit dieser Frage empfingen sie mich in allen Gräben.

»Wie heißt der Küchenadjutant eigentlich?« fiel einem Kanonier am vorderen Waldrand zu fragen ein.

»Ja, wie heißt der kranke Küchenadjutant?« eilte die Frage von Brustwehr zu Brustwehr, von Graben zu Graben bis zum Sanitätsstollen zurück.

»Andreas Balaban.«

»Andreas Balaban«, lief die Grabenpost vom Sanitätsstollen zum äußersten Horchloch zurück.

»Der arme Andreas Balaban«, ertönte es mitfühlend aus allen Gräben, Geschützlauben und Löchern auf dem Hügel.

»War das der Lange mit den zusammengewachsenen Augenbrauen, der immer mit der Meldung kam: ›Sie sind noch nicht zu sehen‹?«

»Nein, der andere! Ausschauhalten tat allerdings auch Balaban; aber er war klein und untersetzt. Du mußt ihn gesehen haben. Er hatte wäßrige blaue Augen. Der heut früh die Meldung von den Essenholern an den Meßlöffel erstattet hat, das war der Balaban!«

»So. Nein, an den erinnere ich mich nicht. Ich war während der Menage bereits im Graben.«

»Du hast ihn aber bestimmt gesehen, er vertrat häufig den Langen, den du meinst.«

Manche erinnerten sich seiner, andere nicht. Aber was tat das zur Sache? Wo der Balaban jetzt im Sterben lag, konnte keiner gleichgültig bleiben. Allen stockte der Atem, als sich bei der Abendfassung die Nachricht verbreitete, der Oberarzt habe die Hoffnung aufgegeben.

Es waren harte Männer, die hier auf dem Hügel in ihren Erdlöchern hausten. Die meisten von ihnen hatten seit Wochen und Monaten dem Tod tagtäglich ins Gesicht gesehen. Was gab es denn schon hier oben viel anderes als Fallen und Sterben? Aber das war es ja gerade: Das Fallen der Vielen auf dem Schlachtfeld gehörte zum Krieg, wie Tornister, Gewehre, Monturen, Dienst und Einteilung. Was jetzt geschah, war aber etwas ganz anderes. Jetzt starb Einer. Ein Bestimmter! Der zweite Küchenadjutant Andreas Balaban lag im Sterben. Und er starb, während die Schlacht ruhte und der Tod selber auf der Pritsche lag und schnarchte. Da war das Sterben wieder zu Ehren gekommen. Alles, was der Mensch mit dem Sterben verbindet, hatte sich damit auch wieder eingestellt: das Wissen, jemand leidet – einer wie du und ich; ein schauendes Auge bricht; eine Stimme, die Worte formte, verlöscht im Stöhnen; ein Mensch, der lebte, hört auf zu sein. Leben und Sterben hatten ihren ewigen Sinn zurückgewonnen, die ursprüngliche Beziehung war wiederhergestellt.

»Ist er denn wirklich nicht mehr zu retten?«

»Nein, er ist nicht mehr zu retten.«

»Wie furchtbar.«

Daß es mit dem zweiten Küchenadjutanten nun wirklich zu Ende ging, erfuhr ich selber, als ich gegen Mitternacht den Stollen des Hauptmanns betrat – leise, um ihn nicht zu wecken. Ich fand ihn zu meinem Erstaunen in seinem Schlottermantel ungeduldig auf und ab schreiten. Mir wurde kalt ums Herz, denn nun wußte ich: Mit dem Balaban ist es aus. Ich erstattete meinen Tagesrapport und ging in den Sanitätsstollen. Wenige Minuten später gab der zweite Küchenadjutant den Geist auf.

Ergriffenheit und Stille hielten uns alle in ihrem Bann. Als der Hilfsarzt Zitrom endlich das Schweigen brach und sagte: »Wir wollen ein ruhiges Plätzchen für ihn suchen«, da sprach er nur etwas aus was uns allen am Herzen lag. Wohl waren die Offiziere und Chargen aller Ränge, die der Krieg an sich gerissen hatte, wahllos ins Massengrab geworfen worden. Der Küchenadjutant aber, der war menschlich gestorben und sollte menschlich begraben werden.

»Am besten bestatten wir ihn wohl unter dem Baum, von dem er immer Ausschau nach den Essenträgern hielt«, schlug Sanitätsoberleutnant Metexas vor.

Fast im gleichen Augenblick gewahrte ich meinen Hauptmann in der Tür. Keiner war gegangen, ihn zu holen, aber da nun der Küchenadjutant zur Leiche geworden, war er da. Er winkte mir, ihm zu folgen.

»Den Karren!« herrschte er mich draußen in jener unfreundlichen Weise an, in der er seit dem Salami-Vorfall mit mir zu sprechen pflegte. Dann ging er, um die anderen zu holen.

Einige Minuten später stand ich wartend mit dem Karren vor dem Stollen.

Metexas kam aus dem Sterbestollen. »Was soll dieser Karren?« sagte er befremdet.

»Ich bin gekommen, um den Toten zu holen.«

»Der Karren wird nicht gebraucht.«

Ich schob den Karren weg.

Der Hauptmann erschien mit seinen Leuten. »Wo ist der Karren?«

»Oberleutnant Metexas hat mir befohlen, ihn wegzubringen.«

Salami platzte vor Wut. »Sie sind *mir* unterstellt und haben *meinen* Befehlen zu gehorchen, verstanden?« Damit ging er wieder.

Ich holte den Karren und fuhr damit in der Dunkelheit beinah in Metexas hinein.

»Ich habe Ihnen doch gesagt, daß der Karren nicht benötigt wird.«

»Hauptmann von Galander hat es so angeordnet.«

»Wo ist der Hauptmann?«

Ich hole ihn.

»Galander, der Karren wird nicht benötigt. Wir haben beschlossen, Balaban richtig zu bestatten«, erklärte der Sanitätsoberleutnant.

»Beschließen könnt ihr, zu befehlen habe ich«, entgegnete der Hauptmann ungehalten. Tote zu begraben war schließlich sein Ressort.

Metexas versuchte ihn zu beschwichtigen. »Schau Galander, das ist doch diesmal etwas anderes.«

Der Totengräberhauptmann verstand ihn nicht. »Was soll das heißen, es ist diesmal etwas anderes?« schnaubte er böse. Er sah wie gewöhnlich alles nur vom Gesichtspunkt des Todes aus, und da war es natürlich ganz gleichgültig, ob einer gefallen oder gestorben war. Für ihn war er tot wie die übrigen Toten am Hügel und damit für die ewige Armee bestimmt, die wahrscheinlich einen zweiten Küchenadjutanten benötigte.

Die beiden stritten sich noch eine Weile herum. Schließlich hatte der Oberleutnant genug und rief: »Also er wird *nicht* auf den Karren gebracht.«

»Er wird doch auf den Karren gebracht.«

»Der Kommandant wünscht, daß er anständig begraben wird. Ich spreche in seinem Auftrag.«

»Nun, das werden wir ja sehen!«

»Ja, das werden wir sehen!«

Galander stürzte polternd in den Sanitätsstollen, der Oberleutnant ihm nach. Ich folgte ihnen und sah gerade wie Major Berangata dem Totengräberhauptmann den Weg vertrat und ihn in verhaltenem Ton zurechtwies: »Aber Galander, was soll denn das, du könntest wirklich etwas mehr Rücksicht nehmen, hier liegt schließlich ein Toter.«

Diese Bemerkung verschlug Galander sichtlich den Atem. Ihn wollte jemand belehren, wie man sich in Gegenwart von Toten zu benehmen habe!

»Das ... das ... geht denn aber ... doch ... zu ...« keuchte er, konnte aber den Satz nicht beenden, denn ein empörtes »Pst, Pst« ertönte von allen Seiten.

Der Raum war voll von Männern, die die Totenbahre umringten. Selbst der Hügelkommandant, der nur aus Härte zu bestehen schien, stand mit gesenktem Haupt, in Andacht versunken da.

Der Hauptmann biß sich auf die Lippen und wartete, bis der Kommandant für ihn zu sprechen sein würde. Ich beobachtete ihn. Zuerst war es bloß seine Wut, die an der Stille der Andacht zerbrach, nachher der ganze Mann. Seine hagere Gestalt knickte zusammen, und sein Kopf sank immer tiefer herab, bis er schließlich völlig in dem Schlottermantel verschwand.

Nach beendeter Andacht raffte er sich zusammen, denn das war der Augenblick, wo sein Dienstrecht eigentlich begann. Aber da winkte der Hügelkommandant schon den Meßlöffel, den Major Berangata und den Sanitätsoberleutnant Metexas herbei. Zu viert hoben sie die Bahre auf und trugen sie feierlich gemessenen Schrittes hinaus. Vor dem Stollen standen die Totengräber mit ihren Schaufeln. Sie gafften und verstanden nicht, warum heute andere an ihrer Statt den Dienst verrichteten.

Der Bahre folgte eine ergriffene Schar. Alle, die nicht gerade vorne Dienst taten, schritten mit. Hinter dem Trauerkondukt – in gemessenem Abstand – schleppte sich der Schlottermantel in Begleitung der Totengräber, die den leeren Karren rumpelnd hinter sich herzogen.

Am Grab sprach der Hügelkommandant einige Worte, die die soldatischen und menschlichen Vorzüge des Verstorbenen rühmten. Als die Bahre in die Grube hinabgelassen wurde, traten die Schaufler vor, um ihre Pflicht zu tun. Der Hügelkommandant und die drei andern Bahrenträger nahmen ihnen aber die Spaten aus den Händen und schlossen selber das Grab.

Es war einer gestorben, und er war beigesetzt worden! Alle gingen – nur ein Schlottermantel stand ratlos und kopfschüttelnd vor dem zugeschaufelten Grab.

Während der nächsten Tage beschäftigten sich die Hügelbewohner vorwiegend mit Tarockspielen, Patiencelegen, Daumendrehen und Knöpfezählen. Wir alle waren von der leisen Hoffnung erfüllt, daß Kornett Montpellier mit seiner Behauptung, der Krieg sei aus, am Ende recht haben könnte.

Der Kornett selber sprach nicht bloß unausgesetzt davon, sondern er handelte auch danach. Er säuberte Mantel, Montur und Kappe vom Hügeldreck und rasierte sich täglich. Er hatte sogar ein Paar blanke und funkelnagelneue Ledergamaschen aus dem Tornister hervorgeholt und angelegt. Ursprünglich hatte er sie aufsparen wollen für den Einzug in Drohitz, wo es viele Mädchen gab. Aber nun schien sich alles noch besser zu gestalten, in wenigen Tagen, vielleicht schon in Stunden würde die Meldung kommen: Der Krieg ist aus! – Da wollte Montpellier mit seinen neuen blankbraunen Ledergamaschen angetan in die Heimat ziehen: Dort wartete seiner die Eine.

Die blankbraunen Ledergamaschen gefielen allen, im Rang bis zu den Hauptleuten und in der Distanz bis zum äußersten Horchposten. Am meisten jedoch beneidete ihn darum ein Szekler Unteroffizier namens Bonci.

Dieser Szekler war ein merkwürdiger Kauz. Er hatte markante männliche Züge, stahlgraue Augen, eine kühne Adlernase – ein Rittmeistergesicht, wie es im Buche steht. Nur saß dies Gesicht auf einem zu kurzen Hals, der in herabfallenden Schultern verlief. Und überhaupt war Boncis Status miserabel – die unmilitärische Statur eines komischen Knirpses. Das Ärgste waren seine Beine, die wie kurze dürre Stecken aussahen und einen unwiderstehlich zum Lachen reizten. Eine solche Diskrepanz prägt den Charakter.

Boncis einziges Bestreben war darauf gerichtet, die Bosheit des Schicksals, das ihn mit einer so disharmonischen Erscheinung geschlagen hatte, durch allerlei Kunstgriffe wettzumachen. Er war putzsüchtig wie ein Pfau und diebisch wie eine Elster. Unausgesetzt hielt er Ausschau nach Kleidungsstücken, die geeignet schienen, seine Gestalt vom Kinn an abwärts erträglich zu machen. Wenn er sich etwas nicht unbemerkt anzueignen vermochte, so tauschte er es ein. Stehlen und tauschen – das waren seine Lieblingsbeschäftigungen.

Montpelliers blankbraune Gamaschen reizten ihn natürlich aufs äußerste. Die mußt du dir beschaffen, um jeden Preis! befahl das rittmeisterliche Gesicht dem knirpsigen Körper.

Zuerst versuchte er es durch bloße Überredungskunst. Er hatte den Kornett niemals besonders hoch eingeschätzt, seit seiner Äußerung, der Krieg sei wahrscheinlich bald zu Ende, hielt er ihn aber für einen ausgemachten Tropf. Gerissen, wie Bonci war, versuchte er nun, sich die kindliche Friedensgläubigkeit des Kornetts zunutze zu machen.

»Ich begreife nicht, wozu du eigentlich diese Militärgamaschen brauchst, wo du doch ohnehin bald in die Heimat gehst«, sagte er. »Im Frieden trägst du doch wieder richtige Hosen.«

»Und warum willst du sie dann?«

»Du gehst in den Frieden zurück«, antwortete Bonci mit verhohlenem Spott. »Ich aber bleibe im Krieg und will sie zu meiner Uniform tragen. Es wäre ein nettes Abschiedsgeschenk unter Kameraden, was meinst du?«

Der Kornett reagierte nicht. Er war doch nicht ganz so einfältig, wie Bonci gehofft hatte. Da zog der Szekler ein anderes Register: »Du hör mal, viel hab ich ja nicht, aber ein feines Federmesser Marke Swiftman, das überlasse ich dir für deine Gamaschen, und meinetwegen auch noch meine halbledergebundene Bibel. Ein gutes Federmesser und meine Bibel für ein Paar Gamaschen, die du im Frieden ohnehin nicht brauchst.«

»Nein mein Lieber«, wies ihn der Kornett ab, »so verrückt bin ich denn doch nicht. Ein lumpiges Federmesser für meine Gamaschen! Und deine Bibel behalt ruhig für dich. Ich hab mit meiner ganz genug!«

Am nächsten Tag blieben die Essenholer bereits zum dritten Mal nacheinander aus, und der Meßlöffel mußte sich bei der Austeilung auf die aus Linsen bestehenden Reservevorräte beschränken. Sowas spürt ein Magen, und erst recht einer, der schon seit Wochen und Monaten mehr gefoppt als gefüllt worden ist. Wir waren alle mißmutig und übellaunig. Für Boncis Tauschprojekt kam diese Lebensmittelknappheit aber wie gerufen.

Hungrig war der Bonci natürlich auch, aber er hatte ein Rittmeistergesicht und zwei lächerliche Stecken als Beine – und dazu einen festen Willen, der ihm keine Ruhe gab. Der Kornett dagegen war ein Milchgesicht, dem man auf drei Meilen ansah, daß er die Hungerleiderei schon kaum mehr aushielt. Bei der Abendmenage löffelte Montpellier seinen Napf gierig leer. Der Szekler aber wartete mit dem Essen.

Als der Kornett fertig war und sich zum Gehen anschickte, sagte Bonci mit einer Stimme, die Satan dem Verführer verleiht: »Gut, mein Lieber! Das Feldmesser und die Bibel kannst du nicht brauchen. Nun mach ich dir einen anderen Vorschlag. Ich überlasse dir heute meine ganze Portion für deine blöden Gamaschen.« Dabei hielt er Montpellier seinen noch unberührten Eßnapf unter die Nase.

Montpellier schwankte ... aber nur einen Augenblick. Hinter seinem Milchgesicht verbarg sich nämlich ein Eigensinn von höchst unerwarteter Stärke.

Er schob den Napf weg und sagte voll Abscheu: »Du bist wirklich ein gemeiner Kerl. Du glaubst, weil ich Hunger habe, ich wäre zu allem bereit, selbst dazu, feine neue Gamaschen, für die meine Braut wenigstens zweihundert Franken bezahlt hat, für ein Linsengericht herzugeben. Nein, ich nehme sie lieber mit nach Hause, selbst wenn ich sie dort im Schrank verstauen muß und nie wieder tragen kann.«

»Dein Schaden!« sagte Bonci und löffelte seinen Napf selber leer.

Am nächsten Tag waren alle bei der Fassungsstelle in größter Aufregung. Von den zwölf Essenholern, die der Meßlöffel, um sicherzugehen, ins Dorf geschickt hatte, waren nur zwei mit Säcken und Wasserkannen zurückgekehrt. Die übrigen zehn mit zehn Säcken voll Konserven und Brot und zehn gefüllten Wasserkanistern waren unterwegs im Schlamm versunken. Zwei Säcke und zwei Wasserkannen für so viele ausgehungerte und dürstende Mäuler und Mägen ... was fiel da schon auf den einzelnen ab?

»Willst meine Zulage?« raunte der Szekler dem Kornett ins Ohr. »Ich überlasse sie dir für die Gamaschen. Du hast dann das Doppelte. Einen Doppelzuschuß, Mensch! Bedenk doch, was das ist!«

»Mir genügt mein Teil«, antwortete der Kornett kurz angebunden.

Bonci ließ sich nicht entmutigen: »So nimm doch Vernunft an. Gib mir die Gamaschen, brauchst sie ja doch nicht, gehst ja nach Hause, wie du sagst.«

»Nein, ich nehme sie nach Hause mit«, beharrte Montpellier eigensinnig.

»Du nimmst sie nach Hause mit«, lachte der andere. »Sag, merkst du denn nicht, du Tropf, daß sich alle hier über dich lustig machen, weil du einem fort davon phantasierst, daß der Krieg zu Ende sei? Nur ein Grünschnabel wie du glaubt etwas so Einfältiges. Hier wirst du verrecken wie wir alle. Höchstens in die Grube nimmst du sie mit! – Ein letztes Mal biete ich dir mein Essen für deine Gamaschen an.«

»Nie wirst du sie kriegen, nie!«

»Ich werde sie kriegen.«

»Nie!« rief der Kornett, »schau, daß du weiterkommst!«

Trotz dieser Abfuhr machte sich Bonci am nächsten Morgen von neuem an den Kornett heran: »Kannst heute meine Tagesration haben, die ganze, verstehst du? Gibst du mir also die Gamaschen?«

»Nie, nie wirst du sie bekommen.«

»Ich werde sie bekommen!«

»Nie!«

Tags darauf begann die Beschießung ebenso unerwartet und plötzlich, wie sie aufgehört hatte, von neuem. Der Kornett war unter den Ersten, die eingesetzt wurden. Ich traf ihn, als er zum Laufgraben unterwegs war.

»Was für ein Tor ich doch war, Adam. Der Krieg geht weiter«, sagte er niedergeschlagen.

»Ja, er geht weiter, Montpellier, aber sei nicht verzagt«, tröstete ich ihn. »Einmal wird der Tag doch kommen, wo es zu Ende ist, und dann werden wir alle nach Hause gehen.«

»Glaubst du das wirklich?«

»Ja, Montpellier, ich glaube es wirklich.«

»Weißt du«, sagte er, »eigentlich glaube ich es ja auch. Es kann doch gar nicht anders sein.«

»Natürlich nicht, Montpellier.«

Das neuerliche Schießen währte nur einen Tag. Es waren bloß Rekognoszierungssalven. Daß Montpellier dennoch gerade zu denen gehören mußte, die an diesem Tag von einer Kugel getroffen wurden, war für mich ein neuerlicher Beweis, daß Gott das Kriegsgeschäft ausschließlich den Strategen überläßt und selber in seiner Schöpferherrlichkeit nicht daran teilnimmt.

Am frühen Nachmittag bekam Montpellier einen Lungenschuß ab, und am Abend stand es bereits so schlecht um ihn, daß eine Sanitätsordonnanz in den Totengräberstollen trat und zum Hauptmann sagte: »Der Kornett gehört euch, unsere Kunst ist zu Ende.«

Aus seiner Ohnmacht, die eigentlich schon dem Sterben angehörte, war Montpellier noch einmal ins Leben zurückgekehrt. Er verlangte nach mir. Es hatte uns zwar keine besondere Freundschaft verbunden, wir waren aber schließlich in einer Reihe marschiert und zusammen auf den Hügel abkommandiert worden.

»Adam«, seine Zunge hatte schon die Schwere des Todes, und er mußte vor jedem mühsam gestammelten Wort tief Atem schöpfen. »Meine ... Gamaschen – die ... die ...« er setzte lange aus, »vermache ich dir«, brachte er schließlich keuchend hervor.

»Aber Montpellier, wozu, warum, du wirst sie doch selber noch tragen.«

Er wußte, daß ich ihn belog, und wehrte mit einem müden Lächeln ab. »Nein ... ich nicht mehr ... Du *mußt* sie nehmen ... *Mußt!*« Er raffte seine letzte Kraft zusammen, und mit jener Hartnäckigkeit, die Sterbenden eigen ist, rief er jetzt: »*Mußt!* Ich will nicht, daß er sie bekommt – der Bonci!«

»Nun gut«, sagte ich, »so nehme ich sie und danke dir dafür.«

»Gut«, hauchte er erleichtert. Das war sein letztes Wort.

»Der Kornett ist tot«, meldete ich dem Hauptmann.

»Den Karren«, befahl er barsch.

Bonci hatte es schon am nächsten Tag wie ein Spürhund heraus, daß die Gamaschen des Toten in meinem Tornister verstaut lagen. Von da an war er mir stets auf den Fersen.

»Hast du die Gamaschen?« erkundigte er sich, als wir zum ersten Mal nach Montpelliers Tod zusammentrafen.

Ich schwieg.

»Ich frage ob du Montpelliers Gamaschen hast! Natürlich hast du sie.«

Noch immer antwortete ich nicht. Ich wollte mich nicht mit ihm einlassen.

»Erbschleicher!« zischte er.

Ich ließ mich nicht aus der Fassung bringen. Bei der Menage stand er natürlich neben mir. »Ich überlasse dir meinen Teil ... Gib mir die Gamaschen dafür!« nahm er mich sogleich in die Arbeit. Als ich ihn keiner Antwort würdigte, sagte er: »Du wirst sie mir geben, *du* ja!«

»Nie!« brach es aus mir hervor. Nicht etwa, daß ich mit den Gamaschen irgend etwas Besonderes vorgehabt hätte, ich brauchte sie gar nicht.

»Den Leichen kann es doch wirklich egal sein, ob du neue braune Gamaschen trägst, wenn du sie auf den Karren lädst oder nicht«, sagte er frech. »Ich biete dir meine eintägige Ration dafür an und zwar hier, an Ort und Stelle, Napf samt Feldflasche! Ein Fresser wie du! Mach mir nichts vor, der Hunger glotzt dir doch aus den Augen!«

Einige Kameraden, die uns zugehört hatten, redeten auf mich ein: »Sei nicht so verrückt, gib sie ihm doch. Eine doppelte Portion ist schließlich für dich mehr wert als diese blöden Gamaschen. Er hat ja recht, wozu brauchst du sie denn hier oben?«

Auch Barnabas mengte sich ins Gespräch: »Ich würde sie hergeben«, sagte er, freigiebig mit seinen überlangen Armen schlenkernd. »Mensch, bedenke, eine zweite Portion!«

»Ich würde mein ganzes Seelenheil für eine Doppelportion eintauschen«, ließ sich ein dritter vernehmen. »Wer weiß, ob das heute nicht der letzte volle Napf ist und ob wir morgen überhaupt noch etwas zu fressen bekommen. Sei kein Narr!«

»Gibst du sie also?« drängte Bonci von neuem.

»Nie!«

»Recht hast du, Adam«, mischte sich jetzt Leutnant Reilly ein. »Man darf so einen Wucherer nicht aufkommen lassen. Schäm dich«, wandte er sich Bonci zu. »Pfui Teufel! Schließlich müssen wir uns alle hier mit dem begnügen, was wir kriegen, keiner hat es besser als der andere.«

»Du aber könntest es besser haben, wenn du wolltest. Ja, du auch!« entgegnete Bonci unverfroren. »Auf deine Jacke habe ich es nämlich schon lange abgesehen, mit einigen Änderungen würde sie mir gut passen. Wie wär's mit der Jacke für eine Portion? Die heutige habe ich schon Adam für die Gamaschen zugesagt, aber die morgige ist noch frei. Die ganze morgige Ration samt der nächsten Zulage.«

Leutnant Reilly geriet in Zorn. »Also bitte, hab ich's euch nicht gesagt? Ein Wucherer wie er im Buche steht! Jetzt versucht er gar auch mit mir anzubandeln. Von mir aber kannst du was erleben, du schamloser Kerl!«

»Ich werde auf meine Offerte nochmals zurückkommen, Herr Leutnant«, erwiderte Bonci geschäftsmäßig. »Ich will bloß erst die Sache mit Adam erledigen. Nun Adam, wie steht's? Ich bin ein Mann von Wort, mein Angebot gilt noch, du brauchst bloß ja zu sagen.«

»Nie wirst du die Gamaschen bekommen!«

»Er wird sie mir schon geben, paßt nur auf«, wandte sich Bonci den andern zu. »Ich kann schließlich warten, meine Stunde kommt noch.«

»Aber erleben wirst du sie nicht!« gab ich zurück und entfernte mich höchst befriedigt, weil ich es ihm tüchtig gegeben hatte. Das Versprechen, das ich dem Kornett auf dem Sterbebett gegeben hatte, würde ich einhalten, was immer auch geschehen mochte!

Von nun an trachtete Bonci, wo und wann wir uns trafen, sich stets so zu postieren, daß ich ihn unbedingt bemerken mußte. Ich sagte dann jedesmal wie der Kornett: »Nie! Nie!«, und Bonci antwortete stets darauf: »Du wirst sie mir geben.«

Wachtmeister Tihamirs Unterstand war bis auf das letzte Plätzchen gefüllt. Die meisten hockten am Boden, andere standen. Tihamir selber saß in der Mitte, die Beine türkisch gekreuzt und erzählte Witze. Nach jedem Witz hallte der Unterstand vom Gelächter der Soldaten. Der Wachtmeister war unerschöpflich.

»Kennt ihr das mit dem Hund und dem General? Nein? Ehrenwort, nein? Dann erzähl' ich es euch.«

»Hab ich eigentlich schon mal die Geschichte von meinem plötzlich reich gewordenen Onkel verzapft? Onkel Kasimir, der aus der Konkursmasse eines Bordells in Bourreaux mitsamt Wandspiegeln, Lüstern und rotem Plüsch auch einen Papagei erstand, und was der Papagei dann rief, als mein Onkel seine erste große Soirée gab? Hab ich euch das wirklich noch nicht erzählt? So hört! Ich schwöre, es ist wahr.«

Manche seiner Geschichten hatten wir schon zum fünften und sechsten Mal gehört. Dennoch sagte der Unterstand jedesmal: »Ehrenwort, das kennen wir nicht!« – Der Wachtmeister erzählte nämlich köstlich, und wenn er auch immer beteuerte: »Ich schwöre, es ist wahr, haargenau so hat es sich zugetragen«, so waren die Geschichten doch jedesmal anders und Anlaß zu neuem Gelächter.

Es war schon der fünfte Tag, daß der gesamte Wachtmeisterunterstand ein fast ununterbrochenes schallendes Gelächter war. Am herzlichsten und daher auch am schallendsten lachte mein langarmiger Schlafnachbar Barnabas. Der war die richtige Art Publikum für den Wachtmeister Tihamir; unerschöpflich wie dieser im Erzählen war Barnabas im Lachen.

Es war eigentlich Barnabas, der das Gelächter im Unterstand stets von neuem entfachte. Wie ein Vorbeter des Lachens begann er immer als erster damit. Er saß in der Ecke, die affenlangen Arme um seine hochgezogenen Beine geschlungen, und jedesmal, wenn ihn das Lachen überkam, wippte und schaukelte er auf dem Hintern hin und her. Es gab dann nichts an dem ganzen baumlangen Kerl, was nicht mitlachte.

»Kennt ihr die Geschichte vom kleinen Moritz? Der Lehrer fragt in der Geschichtskunde: ›Wißt ihr wann die letzte Schlacht der Goten war?‹ Keiner weiß die Antwort. Da gibt sie der Lehrer schließlich selber. Darauf steht der kleine Moritz auf und sagt: ›Ihre Sorgen möcht' ich haben, Herr Lehrer.‹«

Es war ein alter Witz, aber Barnabas brach bei der Antwort des kleinen Moritz in solch schallendes Gelächter aus, daß er den ganzen Unterstand mitriß.

Darauf erzählte der Wachtmeister die Geschichte vom Pudel der Frau Krawatschnik. Das war nun wirklich etwas völlig Neues und reizte schon bei den ersten Worten, mit denen Tihamir die Frau Krawatschnik einführte, zu hellem Gelächter. Barnabas schüttelte sich ... Nun fehlte nur noch die Pointe mit dem Pudel. Da plötzlich verfinsterte sich Barnabas' Gesicht: Die Nasenflügel zuckten, die Lippen bebten, die Arme, Schultern und Hüften, alles, was sich soeben noch vor Lachen geschüttelt, schüttelte sich nun ebenso heftig in konvulsivischer Wut. Er sprang auf und ging schnurstracks auf den Wachtmeister los.

»Da hatte der Pudel...« fuhr der Wachtmeister fort. In diesem Augenblick versetzte ihm Barnabas eine Ohrfeige, die so schallte, daß nicht nur die Pointe, sondern auch das Gelächter des Unterstands verlorenging. Der Kopf des Wachtmeisters kippte nach rückwärts, aber ehe er sich noch davon erholt hatte, sauste schon von anderen Händen eine zweite, dritte, vierte Ohrfeige auf seine Wangen nieder. Vier von denen, die eben noch über den Pudel gewiehert hatten, hieben jetzt mit vereinten Kräften auf Tihamir ein. Dessen Gesicht war bereits violett geohrfeigt. Die vier Angreifer hätten trotzdem kräftig fortgedroschen, wenn nicht der Oberleutnant Ingabald dem Barnabas einen wohlgezielten Schlag auf das Nasenbein versetzt hätte. Sofort waren andere da, die gleich Ingabald für den Wachtmeiser Partei ergriffen. Damit kam nun die Schlägerei erst richtig in Gang. Nur ging es nicht mehr allein auf Tihamirs Kosten. Wer auf wessen Seite stand und wer wen warum ohrfeigte, war durchaus nicht mehr festzustellen. Man ohrfeigte einander: jeder alle, und alle jeden. Die ganze Schlägerei vollzog sich, ohne daß ein einziger Fluch, ein einziges Schimpfwort oder überhaupt nur eine Silbe gefallen wäre. Das gegenseitige Ohrfeigen geschah wie im Rausch.

Wir kamen erst wieder zu uns, als von der Tür her der Ruf: »Menage!« erscholl. Das hätten wir selbst im Kanonendonner vernommen. Im Nu ließen wir voneinander ab und brachten uns hastig und notdürftig in Ordnung, um halbwegs menschenähnlich bei der Fassungsstelle zu erscheinen. Als sich mein Blick langsam daran gewöhnte, wieder auf mehr als Backen und Nasenbeine zu achten, erschrak ich förmlich, die Kameraden in ihrer ganzen Körperlichkeit so furchtbar zugerichtet zu sehen. Nein, zu vertuschen war dieser Vorfall bei den grün und blau geschlagenen und verschwollenen Gesichtern gewiß nicht.

Dem Meßlöffel fiel die Schöpfkelle in den Topf zurück, und die schmatzenden Münder standen trotz ihrer Gier sekundenlang vor Staunen offen, als unsere Gruppe angerückt kam. Ich bemerkte, daß sich ein kleiner Kanzleisoldat davonschlich und wußte, der geht uns verpetzen.

Wir hatten unsere Näpfe noch kaum ausgelöffelt, da erschien auch schon eine Ordonnanz und rief: »Ihr alle, wie ihr hier steht, zum Kommandanten und zwar sofort!«

Der Kommandant trug sich mit einem großen Plan, worüber nur sein engster Stab informiert war. Er saß schon seit Tagen in Grübeln vertieft in seinem Stollen, so daß man ihm kaum zu Gesicht bekam.

Als wir eintraten, stand er in Gedanken versunken über Meldezettel und Stabskarten gebeugt am Tisch und blickte trotz des Lärms der vielen Stiefel nicht einmal auf, während er ungehalten fragte: »Was ist denn geschehen?«

Keiner traute sich zu antworten. Da hob er endlich den Kopf. Als er uns erblickte, ließ er Karten und Meldezettel, musterte uns durchdringend der Reihe nach und sagte dann um vieles ungehaltener: »Zum Teufel herein, was ist geschehen? Was habt ihr angestellt?« Seine Wut steigerte sich zusehends, denn er erkannte, daß er sich wohl oder übel mit dieser Angelegenheit würde befassen müssen.

»Na, heraus mit der Sprache, oder ich …« Er wollte uns alle, so wie wir da vor ihm standen, verdonnern, aber es fiel ihm anscheinend nicht gleich die geeignete Bestrafung ein, denn erstens waren wir eine ansehnliche Zahl, und zweitens hatte er eben etwas ganz anderes im Kopfe. Der ganze Vorfall ging ihm völlig gegen den Strich. »Na, wird's endlich!« rief er ungeduldig.

Barnabas nahm sich zusammen und gestand, er habe dem Wachtmeister Tihamir eine Ohrfeige versetzt und damit habe die ganze Prügelei begonnen.

»Ja, was hat dir denn der Wachtmeister getan?«

»Nichts.«

»Nichts? Warum hast du ihn dann geschlagen?«

Barnabas dachte angestrengt nach. Er wollte eine aufrichtige Antwort geben. Schließlich sagte er: »Ich weiß es nicht.«

»Herr des Himmels«, rief der Kommandant, »du wirst doch wissen, warum du den Wachtmeister geohrfeigt hast. Und warum hast du all die andern …« Er verstummte, denn er sah ein, daß diese Frage unsinnig war. Barnabas konnte unmöglich allein alle der Reihe nach vermöbelt haben. So wandte er sich dem Nächststehenden zu: »Woher hast denn du dein blaues Auge, he?«

»Ich weiß es nicht, Herr Kommandant.«

»Was heißt das? Du wirst dich doch wohl erinnern können, wer dir ein blaues Auge versetzt hat.«

»Nein, ich erinnere mich nicht.«

»Na, euch werde ich es zeigen, ihr verstockten Hunde«, tobte der Kommandant. Sein Blick fiel auf das verbeulte Gesicht des Oberleutnants Ingabald. »Und Sie, Ingabald?« fragte er. »Was hatten denn Sie im Wachtmeisterunterstand bei der Mannschaft zu suchen? Ich verstehe das Ganze nicht.«

Oberleutnant Ingabald empfand, daß er bei seiner Position dem Kommandanten eine Aufklärung schuldete: »Der Wachtmeister erzählte Witze, und wir hörten zu«, sagte er.

»Und wie kam es dann dazu, daß der dort ...« Der Kommandant wies auf den Wachtmeister; als er aber dann wieder die ganze Gruppe mit geschwollenen Visagen vor sich sah, verbesserte er sich seufzend: »daß ihr alle ... Ich verstehe es nicht.«

»Auch ich verstehe es nicht mehr«, sagte der Oberleutnant.

»Hat denn der Wachtmeister einen ehrenrührigen Witz erzählt?«

»Nein.«

»Also was um aller Herrgottswillen? Seid ihr denn alle verrückt geworden, was hat er denn für einen Witz erzählt?«

Der Oberleutnant schwieg.

»Na, Sie werden sich doch wenigstens noch erinnern, was er für einen Witz erzählt hat!« Ihm war bereits die Geduld gerissen.

Der Oberleutnant schmunzelte.

»Also wird's endlich, Ingabald! Ich habe keine Zeit zu verlieren. Was sollen diese Albernheiten?«

»Es war die Geschichte vom Pudel der Frau Krawatschnik«, sagte Ingabald verlegen. »Die Frau Krawatschnik ...« Da aber brach Barnabas und mit ihm die ganze Gruppe plötzlich in wieherndes Gelächter aus.

Das allgemeine Gelächter steckte selbst den Kommandanten an. »Na los«, drängte er lachend. »Wie geht es weiter?«

»Das weiß ich doch nicht«, brachte der Oberleutnant prustend hervor.

Im Kommandanten kämpften Ungeduld mit Gelächter. »Was sind das für Dummheiten! Sie wissen es nicht! – Was ist die Pointe? Na sag schon«, wandte er sich an Barnabas.

»Wir wissen es nicht, er hat ja den Witz nicht zu Ende erzählt. Da kam doch die Ohrfeige dazwischen ...« Er wies auf den Wachtmeister.

»Na also, Tihamir, laß uns mal die Pointe hören«, rief der Kommandant.

Der Wachtmeister legte los, so gut er konnte. Unter allgemeinem Gelächter begann er die Geschichte von vorn. Der Kommandant mußte sich vor Lachen niedersetzen, und als der Wachtmeister schließlich zur Pointe kam, hielt er sich mit beiden Händen den Bauch.

Die Ohrfeigen, die geschwollenen Augen – alles war vergessen! Der Wachtmeister war wieder in seinem Element, und noch bevor das Gelächter über den Pudel verhallt war, fuhr er fort: »Gehorsamst, kennen Herr Kommandant die Geschichte von meinem Onkel? Ehrenwort nicht?«

»Ehrenwort nicht«, dröhnte der ganze Stollen.

»Ehrenwort nicht«, fiel lachend auch der Kommandant ein.

»Mein Onkel ...« Der Kommandant schüttelte sich vor Lachen, während der Wachtmeister erzählte. Schließlich aber erinnerte er sich des großen Planes, den er im Kopf trug und der noch geheimgehalten werden mußte. Er erhob sich und sagte, nur mühsam das Lachen bezwingend: »Jetzt schert euch alle zum Teufel, ihr albernes Pack, ich habe wirklich Wichtigeres zu tun.«

Als er wieder allein war, fiel ihm ein, daß er noch immer nicht herausbekommen hatte, wieso es eigentlich zu der Keilerei gekommen war. Aber er konnte deswegen jetzt wirklich keine Zeit mehr verlieren.

»Verdammtnochmal!« schrie der Kommandant, als einige Stunden später der Türposten meldete, der inspizierende Leutnant Gamos müsse ihn dringend sprechen. »Ich habe dir doch ausdrücklich befohlen, niemanden vorzulassen, du Rindvieh! Du siehst doch, daß ich bei der Arbeit bin.«

»Der inspizierende Leutnant sagt, er müsse den Herrn Kommandanten sofort sprechen. Es ist ein Unfall passiert, man hat draußen im Graben einem Schützengefreiten das Ohr weggeschossen.«

»Was redest du da? Wer? Wieso?«

»Melde gehorsamst, das weiß ich nicht.«

»Also laß ihn herein, verdammt nochmal!«

Der inspizierende Leutnant trat ein, hinter ihm der Oberarzt Strapetti mit zwei Sanitätern, die den verwundeten Schützengefreiten auf einer Bahre trugen. Der Vorfall war wirklich unerhört und mußte ohne Aufschub behandelt werden.

Der inspizierende Leutnant berichtete, daß der Fahnenträger Jean Glaciereau im Graben plötzlich auf den Schützengefreiten O'Connor zu schießen begonnen und ihm dabei das linke Ohr abgeschossen habe. »Und nun erzähle du selber dem Herrn Kommandanten, wie es sich zugetragen hat«, befahl der Leutnant dem Gefreiten auf der Bahre. Der stöhnte vor Schmerz und war keineswegs in der Verfassung, etwas Zusammenhängendes auszusagen.

»Also um Himmels willen, warum hat er dich angeschossen?« wandte sich der Kommandant dem Blessierten zu.

»Das weiß ich nicht«, brachte O'Connor mühsam stammelnd hervor.

»Aber du wirst doch wissen, warum er auf dich geschossen hat?« schrie der Kommandant empört.

Der Schützengefreite zuckte zusammen und verdrehte die Augen; ihm war schlecht geworden.

»Wir müssen dem Mann eine kleine Ruhepause gönnen, bis er sich einigermaßen erholt hat«, bemerkte der Oberarzt, nicht ohne Vorwurf in der Stimme.

»Eine Ruhepause?« murmelte der Kommandant unwillig und rief gleich darauf dem Mann auf der Bahre zu: »Na wird's endlich?«

Strapetti stand im allgemeinen sehr gut mit dem Kommandanten. Außerdienstlich waren die beiden sogar Freunde. Jetzt aber geriet er sichtlich in Rage.

»Ich möchte doch um etwas mehr Schonung gebeten haben, Herr

Kommandant. Sie sehen schließlich selber, in welchem Zustand sich der Mann befindet. Ich möchte sehr darum *gebeten* haben!« Dieses »gebeten« sagte er mit unmißverständlicher Schärfe.

»Behalten Sie ihre Belehrungen gefälligst für sich«, schnappte der Kommandant auf den gereizten Ton des andern ein. »Ich lasse mir von niemandem in meine Befugnisse hereinreden.«

»Ihre Befugnisse hin oder her, Herr Kommandant! Als Kranker untersteht der Mann meiner Obhut. Ich bin für ihn verantwortlich und werde nicht zulassen, daß er verhört wird, solange er sich in diesem elenden Zustand befindet. Ich bin schließlich Arzt.«

»Was sich so ein kleiner Reservestandsdoktor nicht alles herausnimmt«, eiferte sich der Kommandant. »In diesem Ton konnten Sie vielleicht zu Hause auf Ihrer Klinik herumkommandieren, nicht aber hier. Hier ist Krieg, und hier sind Sie Soldat. Verstanden?«

»Kasernenflegel!« Der Oberarzt merkte sofort, daß er in seiner Erregung über die Schnur gehauen hatte.

Der Kommandant wurde fuchsteufelswild. Er stürzte auf den Beleidiger los, schüttelte ihn bei den Schultern und rief: »So eine Unverschämtheit! So einer untersteht sich!« In seiner Wut ließ auch er sich hinreißen, Dinge zu sagen, die keineswegs in den Rahmen einer dienstmäßigen Zurechtweisung paßten.

Fast im gleichen Augenblick erkannten beide, daß sie in ihrer Erregung in eine höchst peinliche Situation geraten waren … Schließlich waren sie nicht alleine im Raum. Nun bemühten sie sich mit vereinten Kräften einzulenken.

Das Gesicht des Schützengefreiten wurde plötzlich leichenblaß. Er war in Ohnmacht gefallen.

»Er wird bald wieder zu sich kommen«, sagte der Oberarzt. »Ich möchte bloß eine kurze Ruhepause anempfehlen, wenn Herr Kommandant es gestattet«, schlug er höflich vor.

»Bitte, ganz wie Sie meinen«, pflichtete ihm der Kommandant bei. Es fiel ihm jedoch offensichtlich nicht leicht, seine Ungeduld zu bezwingen. Einige Minuten verstrichen, ohne daß der Schützengefreite das Bewußtsein zurückerlangt hätte.

»Führen Sie mir den Fahnenträger vor«, befahl der Kommandant dem inspizierenden Leutnant, um irgendwie weiterzukommen.

Leutnant Gamos kehrte bald darauf mit zwei Eskorten zurück, die den Fahnenträger in der Mitte führten. Der Blick des Kommandanten blieb sofort mißbilligend auf der Hornbrille des Missetäters haften.

»Hast du auf den Mann hier geschossen?«

»Ja«, antwortete der Fahnenträger freimütig.

»Was hat dich dazu veranlaßt. Hat er dir etwas getan?«

»Nein.«

»Warum hast du also dann auf ihn geschossen? Wird's endlich? Ich hab' keine Zeit.«

»Melde gehorsamst, ich könnte es nur psychologisch erklären.«

»Psychologisch, darauf bin ich nicht neugierig, verstehst du! Ich will wissen, warum du auf deinen Kameraden geschossen hast. Und übrigens, halt! Wieso kamst denn du überhaupt in die Brustwehrstellung? Was hast du als Fahnenträger dort zu suchen?«

»Ich ging in den Graben«, begann Glaciereau zögernd, nahm seine Hornbrille ab und begann sie zu putzen.

»Na rascher gefälligst, rascher«, trieb ihn der Kommandant an, nicht ohne einen wütenden Blick auf die unmilitärische Hornbrille.

»... weil ich dort eine Tarockpartie mit ihm verabredet hatte.«

»Aha, Tarock! Hat er dich zu betrügen versucht?«

»Nein.«

»Nein?« wiederholte der Kommandant verwundert und dachte einen Augenblick nach. Er war selber ein leidenschaftlicher Tarockspieler. »Hat er vielleicht alle Pagate gehabt?« fragte er schließlich schon mehr aus Spielinteresse, als um den Zwischenfall selber aufzuklären.

»Nein.«

Der Kommandant glaubte aus der Haut fahren zu müssen.

»Also zum Donnerwetter, warum hast du dann auf ihn geschossen?«

»Melde gehorsamst, ich könnte es nur psychologisch erklären.«

Der Kommandant sah ein, daß er so nicht weiterkam. »Gut, dann erkläre es meinetwegen psychologisch«, seufzte er resigniert. »Aber rasch! Ich hab keine Zeit zu verlieren!«

»Ich konnte es nicht länger aushalten. Ich spürte eine Art Zwang. Ich mußte schießen, mußte, mußte! Bloß schießen, auf wen war ganz gleich, aber ich mußte schießen, auf irgend jemanden. Es war etwas Fremdes in mir, eine Art ›Es‹, das mich dazu zwang.«

»Halt's Maul«, brüllte der Kommandant außer sich. »Dein ›Es‹ interessiert mich nicht. Ich will wissen, warum du geschossen hast, und wenn du es nicht mit normalen Worten erklären kannst, dann halt lieber das Maul, verstanden?!«

Es war klar: Der Kommandant hatte weder Zeit noch Lust, sich mit dem »Es« eines bebrillten Fahnenträgers abzugeben. Deshalb machte er kurzen Prozeß und verfügte die exemplarische Bestrafung Glaciereaus. Dabei geriet er jedoch wieder in große Verlegenheit. Das Leben auf dem Hügel hatte schließlich die meisten Strafmöglichkeiten vorweggenommen. Eine ärgere Strafe, als auf diesem Hügel zu vegetieren, gab es kaum. Arrest? War denn nicht das Leben in den Erdlöchern Arrest an sich? Kürzung der Rationen? Konnten diese kärglichen Rationen hier noch gekürzt werden? Und Hunger strafe? Nein, mehr zu hungern als die Leute es ohnehin taten, konnte man selbst jemandem, der einem Kameraden das Ohr abgeschossen hatte, nicht gut aufbrummen. Es gab eben hier oben zwischen Freiheit und Arrest, Haben und Entbehren kaum einen Unterschied. Da aber unbedingt ein Exempel statuiert werden mußte, entschied sich der Kommandant schließlich für das »An-den-Baum-binden«. Er befahl den Eskorten, den Fahnenträger draußen am Abhang achtundvierzig Stunden lang an den Baum zu binden.

»Achtundvierzig Stunden, damit du dir's merkst, daß man nicht einfach so mir nichts, dir nichts einem Kameraden das Ohr abschießen kann.« So hatte er den Fall wenigstens hinter sich und konnte sich wiederum seinem großen Plan zuwenden.

»Ihr wißt, wie es geregnet hat und was für ein eisiger Wind wehte, als man mich an den Baum band. Ich dachte, ich würde die Strafe nicht überleben«, erzählte uns der Fahnenträger, als am nächsten Morgen der große Plan des Kommandanten endlich allgemein bekannt gemacht worden war. »Es verging aber nicht mal eine halbe Stunde, da erschienen die beiden Eskorten, die mich angebunden hatten, und sagten: ›Wir haben Befehl, dich wieder loszubinden und dich dem Kommandanten vorzuführen.‹ – Ihr könnt euch mein freudiges Erstaunen vorstellen. Es war doch wirklich ein Hundewetter. Sie führten mich in den Stollen, und dort erwartete mich eine noch größere Überraschung.

›Woher hast du das eigentlich mit dem Es‹, fragte der Kommandant, als ich eintrat.

›Ich habe es in einem Buch gelesen‹, sagte ich.

›Bücher interessieren mich nicht‹, schrie er.

Ich glaube, so ein Etatmäßiger wie der Kommandant, hat noch nie im Leben ein Buch in der Hand gehabt, denn er wurde ganz wild über meine Antwort.

›Ich will wissen, was du selber damit zu tun hast‹, rief er.

– Das ist eben bloß ein Etatmäßiger, du mußt auf ihn eingehen, sagte ich mir und bemühte mich, es ihm so zu erklären, daß es selbst ein Etatmäßiger verstehen konnte. ›Melde gehorsamst, nehmen wir an, Herr Kommandant spielen Tarock, Herr Kommandant gewinnen oder verlieren – ganz egal –, plötzlich spüren Herr Kommandant: Das halten Herr Kommandant nicht länger aus! Sie halten es einfach nicht länger aus, fünf Tage im Erdloch zu sitzen, fünf Tage nur Karten zu spielen und nichts geschieht; Herr Kommandant, das hält keiner aus!‹

›Ja, das hält keiner aus, da hast du schon recht‹, murmelte der Kommandant.

›Nun sehen Herr Kommandant, da kommt dann eben das »Es«. Fünf Tage lang schweigt's und schaut zu, auf einmal bekommt's das »Es« aber satt. Es ist doch schließlich Krieg, und Krieg ist keine Kartenpartie. Da wird das »Es« auf einmal rabiat und schreit einem zu:

111

Schießen, schießen, gleichgültig auf wen und warum, schießen!‹ Da merkte ich, es geht ihm ein Licht auf, denn er erhob sich von seinem Sessel und schritt aufgeregt hin und her, wie man's tut, wenn man angestrengt über etwas nachdenkt.

›So, das ist also das Es‹, sagte er schließlich. ›Jetzt verstehe ich's.‹ Dann redete er wirr durcheinander: ›Ohrfeigen im Unterstand, der Auftritt mit Strapetti, schießen!‹ Ich konnte es mir nicht recht zusammenreimen. Aber plötzlich blieb er vor mir stehen: ›Du hast recht! Man hält's einfach nicht aus, man muß schießen! Jetzt versteh ich's, Glaciereau, jetzt versteh ich dieses Es! Und wie wahr, wie wahr es doch ist!‹

Er redete sich in eine immer heftigere Erregung hinein und schien ganz vergessen zu haben, daß ich bloß ein Fahnenträger war, denn er sprach jetzt in einem Ton zu mir, als wäre ich ihm gleichgestellt.

›Ja, man muß etwas tun, endlich etwas tun, dieses ganze Gesindel von lavierenden Hinterländlern, das begreift es nicht, weil es nichts weiß und nicht ahnt, daß das Schießen in einem drinnen sitzt und nur wartet. Weil die Leutchen nicht wissen, daß das »Es« eben im Menschen sitzt und schießen will. Aber was verstehen die vom »Es«, Glaciereau! Ich sage dir, die haben nicht die mindeste Ahnung vom Es, vom Schießen, von dem, was in einem wirklichen Mann und Soldaten auf dem Kriegsschauplatz vorgeht. Wie recht du hast, Glaciereau! Das ist's ja auch, was ich mir die letzten Tage selber immer wieder gesagt habe, und weshalb ich mich schließlich auch entschloß …‹

Er besann sich plötzlich und bemerkte, daß er in seiner Redseligkeit einem Untergeordneten gegenüber schon zu weit gegangen war und fast etwas gesagt hätte, was vorerst nur für die Ohren des engsten Stabes bestimmt war. ›Nun aber genug‹, sagte er. ›Nun … nun!‹ Er blickte mich kopfschüttelnd an. ›Warum du bloß dem Schützengefreiten gerade ein Ohr abschießen mußtest. Na ja, das »Es«, ich versteh's. Aber jetzt geh gefälligst wieder zu deinem Baum zurück.‹

Ich merkte, es tat ihm innerlich leid, daß er auf seinen Strafbefehl bestehen mußte, aber ich sah selber ein, daß er von Dienst wegen nicht anders handeln konnte.

Als die Eskorte mich gerade abführen wollte, rief er plötzlich: ›Halt! Einjähriger, in was für einem Buch steht das vom »Es« eigentlich? Ich lese zwar keine Bücher, aber so was, wie das vom »Es«, das würde ich mir gelegentlich doch ganz gerne einmal anschauen. Du mußt mir nächstens den Titel sagen, vergiß es nicht!‹ Und wie ich mit den Eskorten schon in der Tür stand, schrie er ein zweites Mal: ›Halt!‹ und fügte dann beinah bittend hinzu: ›Mach dir nichts aus dem Baum, es wird nicht lange dauern!‹

Und so kam es dann auch. Ich stand nachher nur noch ein paar Stunden angebunden, dann kam die Order, daß ausnahmslos alle beim Kommandanten zum Appell zu erscheinen hätten, weil die Offensive beginnt!«

Das Feldtelefon

Das Es hatte in seiner unbewußten Urart, in seinem »Eshaften« ich-weiß-nicht-warum-aber-ich-muß-es-drängt-mich-zum-Ohrfeigen-zum-Schießen ungestüm das zum Ausdruck gebracht, wozu der Kommandant durch nüchterne Überlegung gleichfalls gelangt war. Bloß daß beim Kommandanten die Überlegung diesem zwingenden Hügeldrang zum Ohrfeigen und Schießen eine bewußtere, militärisch geordnete Form verlieh; die Form einer wohlgeplanten Offensive. Während das Es, ohne zu wissen, warum, dazu gedrängt hatte, erkannte die Überlegung mit vollster Klarheit, daß es nicht so weiterginge und daß das Losschlagen und Losschießen die einzige Lösung sei. Schließlich hatten all die Männer hier oben ihre Garnisonen, Familien und Geliebten nicht darum verlassen, um auf einem von Gott und der Welt vergessenen Schlammhügel, halb verhungert und in dreckigen feuchtkalten Unterständen, sich gegenseitig beim Tarock zu bemogeln, anzupöbeln oder über derbe Witze krummzulachen, was sie in ihren Garnisonen, Offiziersmessen, Kaffeehäusern auch mit vollem Magen und unter viel behaglicheren Verhältnissen hätten tun können, ohne dabei Gefahr zu laufen, von einem Kerl von drüben abgeschossen zu werden und in einer Schlammgrube verrecken zu müssen. Der Kommandant hatte Tage und Nächte hindurch die Feldkarten studiert, den Mannschafts- und Munitionsbestand sowie die Verpflegungsvorräte genau revidiert, kurz das Für und Wider genau erwogen, und Offensive war das Fazit.

Wohl besagte der von der Obersten Stelle erlassene Befehl, daß der Feind durch Demonstrationsschüsse abzulenken sei, während östlich von Drohitz die eigentliche Schlacht geschlagen wurde. Und der refrainartig immer wieder durchgesagte Befehl der Obersten Stelle lautete: Halten! Hügel 317 muß unter allen Umständen gehalten werden. – ›Unter allen Umständen halten‹ – sehr schön und gut für die Oberste Stelle, die in Ungvar in einem warmen Amt sitzt, sich dreimal am Tag sattfrißt und den Rauch von dicken Zigarren in großen Ringen vor sich hin pafft, während sie mit gewichtiger Miene, ohne dabei abgeschossen zu werden, die Karte studiert, auf deren strategischem Punktsystem der Hügel 317 abgesteckt ist.

Was Hügel anbetrifft, so kennt die Oberste Stelle nur den mit Villa bebauten Residenzhügel von Ungvar, auf dem die Oberste Stelle nach den Amtsstunden Tarock zu spielen oder mit den Damen von der Ungvarer Gesellschaft zu flirten beliebt. Von einem Hügel, der bloß ein Punkt auf der strategischen Stabskarte ist, wie z. B. Hügel 317, hat die Oberste Stelle keine blasse Ahnung und es interessiert sie auch gar nicht. Die Aufgabe der Obersten Stelle besteht darin festzustellen, welche Punkte auf der Stabskarte aus operationstechnischen Gründen zum Angreifen bestimmt und welche aus Ablenkungsgründen gehalten werden müssen. Was auf dem Schlammhaufen östlich von Drohitz von einer zu Skeletten abgemagerten Besatzung gehalten werden mußte, das fiel ins Ressort des Hügelkommandanten, der dem Befehl der Obersten Stelle »unter allen Umständen halten« blind zu gehorchen hatte.

Seit Monaten schon hatte unser Kommandant durch Demonstrationsschüsse den Feind »abgelenkt«. Als sich aber der Befehl »unter allen Umständen halten« in immer mikroskopischeren Rationen in den Eßnäpfen und immer wenigeren Schlucken in der Feldflasche, in feuchter und feuchter werdenden Erdlöchern und in einer ständigen Erweiterung der mit Leichengruben gefüllten Falte ausdrückte, da konnte schließlich der Hügel 317 bestenfalls von der Obersten Stelle in Ungvar, die den Befehl erteilte, ohne zu wissen, was sie befahl, aus Ablenkungsgründen weiter gehalten werden.

Die zugesagte Proviantsendung, die die Larven seinerzeit bei unserer Ankunft mit Bestimmtheit erwartet hatten, war auch seither nicht eingetroffen. Ob er von den nach Drohitz strömenden Verstärkungstruppen, die die Anmarschstraße verstopften, abgedrängt worden oder unterwegs im Schlamm steckengeblieben war – Gott weiß es. Die Vorräte gingen in immer bedrohlicherem Maße zur Neige.

Einige Zeit half noch das untere Dorf, aus dem die vom Meßlöffel ausgesandten Essenholer zuweilen Ersatz heraufschafften. Es kehrten aber immer weniger Essenholer mit gefüllten Säcken und Kübeln zurück.

Und mit jedem Kalendertag, mit jedem Regenguß ging es mehr in den Herbst und den Schlamm hinein. Langsam schwand jede Hoffnung, daß die Proviantkolonne jemals eintreffen würde. Bald würden die Anfahrtsstraßen überhaupt unpassierbar sein, und dann war der Tag gekommen, wo der Hügel von aller Welt abgeschnitten und auch der »eiserne Ersatz« hier oben erschöpft sein würde. Dann gab es nicht mal mehr einen Rest von Graupen in den Säcken, keinen Tropfen Wasser in den Behältern, und der Meßlöffel konnte sich seinen Meßlöffel zum Putz auf die Militärkappe stecken. Wenn wir den Feind noch eine Weile weiter ablenken und den Hügel halten würden, dann mochte höchstens der Totenhauptmann – nun selber endlich unter der Erde – an der Spitze seiner unterirdischen Armee den Feind ablenken, während die Hauptschlacht in Drohitz geschlagen wurde.

Nein, aus unzähligen Gründen war es sinnlos, dieses selbstmörderische Ablenkungsmanöver weiter fortzusetzen. Und zu den unzähligen Gründen war vor zwei Tagen noch ein neuer, der ausschlaggebende Grund hinzugekommen. Die Rekognoszierungstruppe, der es gelungen war, mittels ihrer Erdtel-Apparate die telefonischen Dispositionen des Gegners abzuhorchen, berichtete, daß der Feind bloß noch auf Materialverstärkung warte, die am 17. eintreffen sollte, um dann einen entscheidenden Frontangriff auf unseren Hügel zu machen. Die Zeit bis zum 17. mußte ausgenutzt werden. Es war die einzige Chance, die letzte Möglichkeit, dem Feind durch eine überraschende Offensive zuvorzukommen und die Hügelbesatzung zu retten.

Mit all den übrigen Gründen, daß der Magen es nicht mehr aushielt, auf die Graupen am nächsten Tag vertröstet zu werden, daß das bloße »Halten« nicht länger auszuhalten war, hätte der Kommandant bei der Obersten Stelle nur wenig Eindruck gemacht. Der von Feind geplante Frontangriff war aber eine andere Sache. Da hatte der Kommandant ein Argument, das selbst die Oberste Stelle, für die der Hügel 317 nur ein Punkt im Punktsystem auf der strategischen Karte war, davon überzeugte, daß die Offensive das einzige Mittel war, um den Punkt 317 auf der Stabskarte zu halten.

Aber selbst dies hätte noch nicht den Ausschlag gegeben, wäre nicht just eine Woche zuvor der bisherige Kriegsminister Krassnau, der unserem Kommandanten aus persönlichen Gründen ungnädig gesinnt war und all seine Gesuche stets abschlägig beschied, durch den neuen Kriegsminister Dagribö ersetzt worden. Diesem Wechsel ist es nicht zuletzt zuzuschreiben, daß kaum 24 Stunden nachdem unser Kommandant den Bericht von der geplanten feindlichen Attacke an die Oberste Stelle durchgeben ließ, der Befehl zurückkam: »Bereitschaft zum Angriff!«

Vom Verpflegungsamt in Ungvar, an das sich der Kommandant mit Berufung auf diese Order gewandt hatte, um den für die Offensive unerläßlichen Proviant anzufordern, erhielt er die feste Zusage, daß er spätestens innerhalb von drei Tagen im Besitz der Lebensmittel sein werde.

Am gleichen Nachmittag fand eine Offiziersbesprechung im Unterstand des Kommandanten statt, um die Gefechtsordnung festzulegen. Am Abend erschienen Korporalschaftsführer, Zugführer, Kompagnie-Feldwebel, Meldegänger, Ordonnanzen, Materialträger, Artilleriebeobachter, Gefechtsläufer und Verbindungsoffiziere zum Befehlsempfang. Auch der Totenhauptmann war dabei. Am nächsten Morgen sollten die zur Offensive notwendigen Vorbereitungen getroffen werden.

Die Tätigkeit unserer Totengräbergruppe hatte natürlich noch nicht begonnen. Die setzte erst ein, wenn wir die Offiziere, Kompagnie- und Zugführer, Korporäle und Ordonnanzen, die jetzt so emsig den ihnen zugeteilten Wirkungskreis antraten, als Leichen aufklaubten und in die Grube warfen.

Am frühen Morgen hatte der Totenhauptmann uns zu sich befohlen und in seiner kargen Art den Beschluß des Kommandanten zur Offensive verlautbart. Zugleich erteilte er den Befehl, die Leichenkarren und Spaten bis auf weiteres in Bereitschaft zu halten. Das war bald getan. Die Leichenkarren und Spaten standen schon seit geraumer Zeit unbenutzt und gereinigt an der Wand. Mehr um etwas zu tun, schoben wir sie von einer zur anderen Seite des Stollens und putzten mit einigen Fetzen von Totenmänteln noch etwas an ihnen herum. Die sechs Morosen hockten wie gewöhnlich in der Nähe der Bahren, wartend bis der Totenhauptmann sie wieder beordern würde. Der Totenhauptmann ging die Namensliste der noch vorhandenen Hügelbesatzung durch, um sie als Unterlage für die voraussichtliche Totenliste bereit zu haben. Ich rückte unauffällig immer mehr dem Ausgang zu, bis ich schließlich draußen war.

Ich hatte ja bisher vom Krieg außer Muldenschlamm, halbleeren Eßnäpfen und aufgeklaubten Toten so gut wie nichts zu Gesicht bekommen. Ich war neugierig, endlich einmal etwas vom Krieg zu sehen, bevor die Leute zu Leichen geworden waren, in einem Augenblick, wo sie voll Kampfeslust und Siegeshoffnung waren. Ich wollte den Kommandanten kommandieren, die Munitionsträger Munition tragen, die Kompagnie sich zu Kompagnie formen sehen. Da ich nichts zu tun hatte, flanierte ich das ganze Vorbereitungsterrain ab.

Der Kommandant hatte gerade die Inspektionsrunde bei den verschiedenen Waffengattungen und Kompagniestellungen angetreten. Ich hielt mich in unauffälliger Entfernung, um zu beobachten, wie eine Offensive vorbereitet wurde.

»Sie Ochse«, hörte ich den Kommandanten brüllen – er inspizierte gerade die Kompagnie an der rechten Flanke –, woraufsich der Leutnant der rechten Flankenkompagnie mit einem »Gehorsamst, Herr Kommandant« in militärische Positur warf und das Geschimpfe des Kommandanten wegen der unrichtigen Aufstellung der Kompagnie gehorsamst entgegennahm.

»Wo sind die übrigen Geschütze, Sie Rindvieh!« schrie der Kommandant den Anführer der Maschinengewehrabteilung an, worauf dieser »Gehorsamst, Herr Kommandant, sie sind im Anrollen« antwortete.

»Die Meldungen der Patrouille sechs!«, und ohne dem Patrouillenführer auch nur die erforderliche Zeit zur Antwort zu geben, fuhr der Kommandant brüllend fort: »Na, wird's schon, Sie Rhinozeros«, worauf das Rhinozeros, das die Patrouille anführte, gehorsamst Bericht erstattete.

Und das ging so fort. Welche Stellungen er auch inspizieren, welche Befehle und Anweisungen er auch erteilen, welche Meldungen er auch entgegennehmen mochte, gleichgültig ob der Angesprochene ein, zwei oder drei Sterne, Epauletten oder keine Epauletten trug, unbekümmert um alle militärischen Chargen und Ränge, der Beginn von allem war stets ein Anbrüllen, die Anrede stets ein tierisches Schimpfwort, wobei der Kommandant während seines Inspektionsganges eine ziemliche Reihe bekannter Tiernamen, mitunter aber auch ausgestorbene Tiergattungen wie Ichthyosaurus heranzog.

Sind denn hier alle militärischen Chargen und Ränge abgeschafft und durch Tierränge ersetzt? fragte ich mich, wobei es mir natürlich nicht ganz leicht fiel, die Hierarchie der Tiergattungen zu verstehen. Daß all die Tiernamen ausgesucht blöden Viechern angehörten, war mir allerdings klar. Schwierig war nur den Gradunterschied der tierischen Blödheit bei Hornochse, Rindvieh, Rhinozeros festzustellen oder gar den Unterschied zwischen ausgestorbenen blöden Tieren wie Ichthyosaurus und noch existierenden wie Schafen. Auch verstand ich nicht, wie die Tierränge mit den Rängen von Hauptmann, Oberleutnant und Kompagnieführer korrespondierten. Das war besonders darum nicht leicht herauszubekommen, weil der Kommandant während der Inspektion mehrfach Hauptleute und Feldwebel in gleicher Weise als Hornochse, Rindviecher oder Schafe ansprach.

Als Mitglied der Totengräberabteilung verstand ich so gut wie nichts davon, was der Kommandant bei der rechten Flankenkompagnie aussetzte, nicht, welche Geschütze er bei der Maschinengewehrabteilung vermißte, nichts von der Wichtigkeit der Meldungen der sechsten Patrouille. Dies mochte zum großen Teil dazu beitragen, daß mir alles, was er befahl oder sich melden ließ, als völlig untergeordnet, mehr als Zugabe zu seinem Gebrüll und Geschimpfe erschien. Jedenfalls erhielt ich damals den Eindruck, daß die militärischen Vorbereitungen für eine Offensive in nichts anderm bestehen als im Herumwerfen mit schimpflichen Tiernamen. Dies schien mir auch noch dadurch bestätigt, daß jeder, der als Ochse, Hornvieh oder wie immer angebrüllt wurde, sich sofort bei seinem richtigen Rang und Namen angesprochen zu wissen schien, sich sogleich stramm in militärische Position warf und mit einem »Gehorsamst, Herr Kommandant« antwortend den Befehl vollstreckte.

Dieser Eindruck sollte sich in den folgenden Tagen noch verstärken. Das Gebrüll des Kommandanten, das Herumschmeißen mit Tiernamen wurde nämlich fortgesetzt. Von früh bis spät widerhallte der Hügel von seinem wilden Geschimpfe. Was mich aber vor allem beeindruckte, war der schier ans Wunder grenzende Effekt seines Gebrülls. Man mußte bloß diese Kerle hier oben gekannt und gesehen haben, bevor die Schimpfbarrage einsetzte. Eine undisziplinierte Bande von halbverhungerten, verkommenen Gesellen, deren Kräfte höchstens dazu ausreichten, sich auf die Eßnäpfe zu stürzen, sich zu balgen, zu streiten oder über Tihamirs derbe Witze zu lachen. Was danach übrigblieb, war eine Besatzung von abgemagerten Kerlen, deren fahle Gesichter mehr Larven als Gesichtern glichen. Der schleppende Gang wenn sie zum Rapport gingen, die ermatteten Handbewegungen, mit denen sie nach den Gewehren griffen, erinnerten mehr an die mühsamen Anstrengungen von Maroden als an das Gehaben von Soldaten, die mit dem Halten einer militärischen Position betraut sind.

Nur wer sie in ihrer ganzen früheren Jämmerlichkeit gesehen hatte, vermochte die geradezu magische Wandlung zu ermessen, die das Herumschreien und die Tiernamen des Kommandanten bereits am ersten Tag bewirkte. Sie waren wie ausgewechselt. Ich traute meinen Augen kaum. Was pure militärische Befehle, Rügen, selbst die ärgsten Strafen bei diesen Burschen niemals zuwege gebracht hatten, das bewirkte jetzt die Anrede: Ochse oder Rindvieh. Ihre gestern noch schlaffen Glieder waren mit einem Mal gestrafft. Ihr gestern noch schleppender Gang war elastisch geschnallt. Ihre ermatteten Gesten waren zum festen Griff verwandelt. In ihren gestern noch fahlen Gesichtern glühte die Röte pulsierenden Lebens. Ihre kraftlosen heiseren Stimmen klangen plötzlich männlich und klar. Gestern noch eine demoralisierte Bande von Herumlungerern, standen sie jetzt als eine eisern disziplinierte Mannschaft, zu gefechtsbereiten Formationen geordnet, voller Kampfeslust da.

Der Kommandant kam jetzt kaum dazu, seiner brüllenden Anrede einen Befehl hinzuzufügen – schon hatte der Ochse das Gewünschte herbeigeschafft, schon standen die Rindviecher stramm da, schon hatte das Rhinozeros die Meldung erstattet. Ich war gewiß, daß wenn der Augenblick zum Angriff gekommen war, unser Kommandant bloß »Ochse! Rindviecher!« brüllen mußte, und die Gefechtstruppen von Ochsen und Rindviechern würden nicht bloß den feindlichen Hügel im Sturm nehmen, um dem Feind zu zeigen, was stürmende Ochsen und Rindviecher vollbringen können – bis Skiliza würden sie vorstürmen, Skiliza selber dem Schlamm gleichmachen, alles vom Feind zurückerobern, siegen, siegen, bis der letzte Mann der feindlichen Armee im Schlamm begraben liegen würde.

Beim Stürmen wie beim Abohrfeigen ist es natürlich immer das »Es«, das die Sache macht. Und unser Kommandant schien das genial herauszuhaben, obwohl er doch selber erst vor einigen Tagen etwas von der Existenz eines »Es« erfahren hatte. Er wußte, wie ein Kommandant zum »Es« in den Leuten sprechen muß und daß das »Es« im Soldaten keine besonderen Ausführungen benötigt, sondern vor allem mit Ochse oder Rindvieh angebrüllt werden muß. Er wußte, daß das »Es« der »innere Ochse«, das »innere Rindvieh« im Stürmer ist und bloß angerufen werden muß, um loszustürmen und alles krumm und klein zu schlagen.

Ich war überzeugt, daß wenn alle Kommandanten unserer Armee

diese klare Erkenntnis vom »Es« besessen und sich daran gehalten hätten – der Krieg am nächsten Tage siegreich beendet sein würde. Kein Feind konnte einer ganzen Armee von stürmenden Ochsen und Rindviechern widerstehen.

Ich muß gestehen, daß ich mich bis dahin nur wenig für den Kommandanten interessiert hatte. Das war nicht weiter verwunderlich, wo doch mein Wirkungskreis als Zugehöriger der Truppe des Totenhauptmanns sich vorwiegend auf Soldaten erstreckte, die bereits tot waren. Die Geschäfte der noch lebenden Soldaten fielen im allgemeinen nicht in mein Ressort, und so interessierte mich auch der Kommandant nicht sonderlich, der hauptsächlich damit beschäftigt war, Anweisungen und Befehle – wie salutieren, gehorchen, exerzieren, rekognoszieren, Meldungen erstatten – zu erteilen, deren Ausführung ausschließlich lebendige Soldaten anging.

Jeder, der eine Diensteinteilung im Krieg gehabt hat, weiß, wie stur einteilungs-patriotisch einen eine solche Einteilung macht und wie wenig man sich um den Wirkungskreis jener kümmert, die eine andere Einteilung haben, ausgenommen natürlich diejenigen Kameraden, die der Menageabteilung angehören, wie z. B. der Meßlöffel und die Essenholer, von denen es abhängt, was man in den Magen bekommt.

Ein Ereignis wie die so unerwartet gekommene Ankündigung einer Offensive, die die Befreiung aus unserem Schlammgefängnis in Aussicht stellte, veränderte selbstverständlich auch die Perspektive von uns, die wir der Totengräbergruppe angehörten. Es war schließlich etwas anderes, ein paar gelegentliche Tote zu verscharren oder die von einer Offensive am laufenden Band produzierte Massenware von Toten unter die Erde zu bringen.

Eine solche Offensive konnte eben niemanden gleichgültig lassen, und die Wichtigkeit des Kommandanten, von dessen Entscheidung jetzt Leben wie Sterben abhing, konnte nicht ignoriert werden. Jeder seiner Befehle, jede seiner Entscheidungen, wann die Offensive beginnen, wie sie vor sich gehen werde, war von ausschlaggebender, ja geradezu schicksalhafter Bedeutung. Und dazu kam noch seine unique Art: dieses unausgesetzte Anbrüllen und Herumschmeißen mit Tiernamen, die wie Kampfer- oder Coffein-Injektionen all diese völlig entkräfteten, lethargischen Wracks wieder springlebendig gemacht und in kampfbereite Soldaten verwandelt hatte.

Hatte ich mich früher ganz und gar nicht für den Kommandanten interessiert, so erschien er mir jetzt mit einmal als das Wichtigste und Interessanteste im Leben. Am meisten beschäftigte mich, wie er darauf gekommen war, daß man das »Es« im Soldaten mit »Ochse« oder »Rindvieh« anbrüllen muß, damit es pariert. Der bebrillte Fahnenträger Glaciereau hatte nämlich mit seinem »Es« uns allen den Kopf verdreht. Ich jedenfalls konnte seither alles nurmehr vom »Es« aus sehen. Die Entdeckung des Kommandanten erschien mir daher von geradezu epochaler Bedeutung, insbesondere vom militärischen Standpunkt aus.

Ich konnte es kaum erwarten, abends mit dem Oberarzt Strapetti zu sprechen, der mit dem Kommandanten eine Zeitlang in derselben Garnison stationiert gewesen und mit ihm befreundet war. Von ihm hoffte ich näheres über den rätselhaften Mann zu erfahren.

Der Sanitätsunterstand lag direkt neben unserem Totengräberunterstand. An den unzähligen für Oberarzt Strapetti wie für mich beruflich ereignislosen Tagen, wo es weder Verwundete zu verbinden noch Tote zu begraben gab und wir beide vor Langeweile nicht ein noch aus wußten, war ich dem Oberarzt, obwohl ich keine Charge hatte, menschlich näher gekommen. Und zwar durch Schach. Es stellte sich heraus, daß wir beide leidenschaftliche Schachspieler waren. Natürlich gab es hier oben kein Schachbrett und keine Figuren, da schlug ich Strapetti Kopf-Schach vor. Ich hatte es seinerzeit im Gymnasium von einem Buben erlernt, mit dem ich häufig wegen Zuspätkommens nachsitzen mußte. Strapetti hatte die bloß im Kopf durchgeführten Züge und Gegenzüge bald heraus, so daß es ihm schon nach kurzer Zeit gelang, mich zweimal zu schlagen, was ihn ungemein stolz machte. Zuletzt wurde Strapetti förmlich ein Süchtiger des Kopfschachs, und da er es nur mit mir spielen konnte, erzeugte dies in ihm eine Art Hörigkeit. Wenn ich abends seinen Unterstand betrat, so empfing er mich mit der Freudigkeit einer Geliebten. Ich machte es mir diesmal zunutze.

Für diesen Abend hatte ich mir vorgenommen, die Partien absichtlich zu verspielen und ihn gleich nach den ersten paar Zügen gewinnen zu lassen, um die obligatorischen Partien rasch hinter mir zu haben und ihn außerdem in gute Laune zu versetzen. Dann konnte ich ihn nach Herzenslust über den Kommandanten ausfragen.

»Eben ein Konrad! Das erklärt doch wohl alles«, rief er, als ich auf das Anbrüllen und Geschimpfe des Kommandanten zu sprechen kam. Als er bemerkte, daß ich ihn verständnislos anglotzte, sagte er: »Du weißt doch wohl, was ein Konrad ist!«

»Nein«, gestand ich verlegen.

Er traute seinen Ohren nicht. »Mensch«, sagte er, »erzähl mir doch so was nicht. Jeder, der selbst auch nur die geringste Ahnung von unserer Armee hat, weiß, wer die Konrads sind.« Als ich noch immer dumm dasaß, fügte er hinzu: »Na also, dann will ich's dir erklären.«

Abgesehen davon, daß ich erfuhr was »eben ein Konrad« bedeutet, war die Auskunft, die der Oberarzt mir über die Konrads gab auch als naturwissenschaftliches Phänomen interessant; ein Phänomen, wie es wohl nur in unserer Armee vorkommen konnte.

Seit drei Generationen bereits waren die Konrads ausnahmslos, sowie sie das vorschriftliche Dienstalter erreicht hatten, Generäle geworden, hatten sie es noch nicht erreicht, so waren sie auf dem Weg, General zu werden. Und geradezu als habe die biologische Natur, die männliche Samen und weibliches Ei zusammenbringt, sich im Falle der Konrads an Armeeprinzipien halten wollen, gebaren die Frauen der Konrads seit Urgroßmutterszeiten, ohne auch nur ein einziges Mal fehlzugehen, stets nur Söhne. Wenn es maßvoll zuging, drei oder vier, die zuerst in die untere Militärschule, danach in die Militärakademie gingen und zu Generälen erzogen wurden.

Wo immer man auch hinschaute, ob es die Süd-, Nord-, Ost- oder Westfront war, überall gab es Konrads, solche, die entweder den Generalsrang innehatten oder auf der Leiter zu ihm emporkletterten.

»Auf unsern Konrad, den Adolf Nepomuk«, sagte Strapetti, »hatten die Konrads wie die Armee die größten Hoffnungen gesetzt gehabt. Held in drei großen Offensiven, errang er sich den Ruhmestitel ›Offensiv-Konrad‹. Bis dann bei der vierten Offensive an der Piat Vitzka sich die fatale Geschichte mit dem Oberstleutnant Krassna ereignete, die die Ursache war, daß unser Konrad auf diesem Hügel saß. Krassna hatte den Hauptangriff gegen den Feind an der Piat Vitzka anstatt von der linken Flanke, was nach militärischen Erwägungen das einzig Richtige gewesen wäre, von der rechten Flanke anbefohlen, worauf der ihm als Adjutant zugeteilte Offensiv-Konrad sich nicht enthalten konnte, laut und für die ganze Entourage hörbar ›Esel‹ auszurufen. Adolf Nepomuk hat – das aber unter dem Siegel strengster Verschwiegenheit, Adam – mit dem ›Esel‹ den Nagel auf den Kopf getroffen. Der Angriff der rechten Flanke hat die Armee über dreihundert Mann und einen beträchtlichen Materialverlust gekostet. Er endete später mit einem Rückzug, der natürlich als geplante Umgruppierung und Beziehung stärkerer Positionen und schließlich sogar als Sieg präsentiert wurde. Dadurch war es für das Kriegsministerium auch leichter, die Strafversetzung Adolf Nepomuks wegen grober Unrespektierlichkeit seinem Vorgesetzten gegenüber, trotz dem Einfluß der Konrads, durchzusetzen. Adolf Nepomuk hat mir das alles selber erzählt. Du weißt ja, wir sind Freunde seit unserer gemeinsamen Garnisonszeit. Du hast sicherlich von unserer kleinen Auseinandersetzung wegen des Schützengefreiten O'Connor gehört, wo ich mich, wie er seinerzeit, gehen ließ und ihn einen Kasernenflegel nannte. Aber Adolf Nepomuk ist im Grunde ein gutmütiger und verständnisvoller Kerl und hat es mir nicht weiter krumm genommen. Ein Kasernenflegel, das siehst du ja jetzt selber, wie er mit den Leuten herumschreit, ist er, war er und bleibt er. Aber auch das ist echt konradisch. Sein Vater, seine Onkel, seine Brüder sind alle genauso. Befehlen ist für alle Konrads gleich-

125

bedeutend mit anbrüllen und fluchen. Echte Militärs eben – Kasernenflegel!

Um nun aber auf die Sache zurückzukommen: Dem ›Esel‹ verdanken wir es, daß Adolf Nepomuk unser Hügelkommandant ist. Der damalige Kriegsminister, ein Bruder des ›Esels‹ – aber reinen Mund halten, Adam! – war nämlich einer der rachsüchtigsten Kerle in der Armee. Wenn der einen einmal aufs Korn genommen hat ... Ein ausgesprochener Sadist. Ich bin überzeugt, daß er, wissend, daß Offensiven das eigentliche Element Adolf Nepomuks sind, ihn absichtlich auf diesen nur zum Ablenkungsmanöver bestimmten Hügel strafversetzt hat, um ihm keine Chance zu geben, sich irgendwie auszuzeichnen. Wäre nicht vorige Woche der Wechsel im Kriegsministerium eingetreten, so würden wir bis zum Ende hier den Feind ablenken müssen. Eine Offensive, wie sie jetzt vorbereitet wird, wäre schier unmöglich gewesen.«

»Die Geschichte, die Herr Oberarzt vorhin von dem Esel erzählt haben«, unterbrach ich ihn, »erklärt natürlich alles. Wegen dem Esel an der Piat Vitzka wurde Kommandant Konrad auf diesen Hügel strafversetzt. Das Wort ›Esel‹ wurde ihm zu einem Trauma, und wo er jetzt durch den Offensivbefehl wieder in seinem wahren Element ist, schuf sich der inhibierte ›Esel‹ Ersatz-Tiernamen, wie ›Ochse, Rindvieh‹, etc. Da ist mir jetzt alles vollkommen klar, und auch warum das Es sich so leicht durchzusetzen ...« Ich hielt inne, denn ich merkte, daß Strapetti sich immer nervöser die Nägel biß.

»Adam, ich flehe dich an«, rief er unbeherrscht, »hör auf damit! Verschone wenigstens mich mit diesem dummen Es. Vergiß nicht, daß ich schließlich Arzt bin, Militärarzt, und für einen ernsten Mediziner, der seine Physiologie und Neurologie studiert hat, existieren solche Phantome wie das Es nicht. Das sind doch alles Hirngespinste. Und wozu, frage ich dich, ist es nötig, mit solch übersteigerten Erklärungen zu kommen, wo im Falle von Adolf Nepomuk ›Kasernenflegel‹ alles einfach und in normalster Weise erklärt. Daß selbst du als ehemaliger Pharmazie-Student dem Unsinn des Bezwickerten hereinfällst ... Nein, laß uns doch lieber noch eine Partie spielen.«

Bevor wir uns trennten, sagte er nochmals: »Du versprichst mir, Adam, daß du über die Sache, die ich dir von den Krassnas erzählt habe, reinen Mund hältst.«

»Herr Oberarzt können dessen gewiß sein«, versicherte ich. Ich hielt mich auch an mein Versprechen, bis zu diesem Moment, wo ich es hier erzähle. Seither ist der Krieg längst vorbei; und die Brüder Krassna sind bereits zu Gemeinen oder Kriegsministern in der unterirdischen Armee des Totenhauptmanns geworden. Auch sehe ich keinen moralischen Grund, Geheimnisse aus vergangenen Kriegen, wie daß der Oberstleutnant Krassna ein Esel und sein Bruder, der Kriegsminister, ein rachsüchtiger Sadist war, bis in alle Ewigkeit zu bewahren.

Am nächsten Morgen setzte der Kommandant sein Anbrüllen der Leute fort, und der Rapport ihres »Es« wurde immer vollkommener. Mehr Kampfbegeisterung, größeren Gehorsam, perfektere Bereitschaft zum Losschlagen, als unsere Leute darboten, waren kaum vorstellbar.

Was für ein Jammer, daß ich von alledem ausgeschlossen bleiben mußte und gewissermaßen nur als Zaungast daran teilnehmen konnte. Aber daran war meine verdammte Einteilung schuld. Von Anfang an litt ich an ihr, litt ich an diesem schier unnatürlichen Zustand, in einem großen Krieg zu sein und nie etwas tun zu können, was einen erregt, begeistert und das Blut zum Sieden bringt. Wie verfluchte ich jetzt die Stunde, wo ich unglücklicherweise dem Totenhauptmann in die Hände geraten war. Denn der war, das wußte ich jetzt, wie der Tod selber: Hatte er einen einmal gepackt, so ließ er einen nie mehr los.

Als ich so untätig über den Hügel schlenderte und den Kommandanten die Leute mit Ochse und Rindvieh anbrüllen hörte, verging ich geradezu vor Neid. Wie die sich alle doch fühlen mußten, mein Gott! Wenn der Kommandant nur einmal, wenn auch nur ein einziges Mal, mich »Rindvieh« anbrüllen würde, ich würde Hunger und Durst vergessen, die ganze tödliche Müdigkeit würde aus meinen

Gliedern weichen, die kaum mehr zu ertragende Unlust zum Leben, die mir dieser verdammte Totenhauptmann mit seinem Totengeschwätz angezaubert hatte, würde im Nu aus meiner Seele schwinden. Ich würde wieder der sein, der ich war, als ich voller Glauben und Kampfeslust mich freiwillig für den Krieg gemeldet hatte. Aber das waren alles natürlich eitle, unerfüllbare Wunschträume. Hätte ich es selbst so angestellt, daß der Kommandant mir bei seinem Hügelgang begegnen mußte, er hätte mich sicherlich gar nicht bemerkt, geschweige denn »Rindvieh« angebrüllt. Ein Totengräber wie ich war kein Subjekt seiner Vorbereitungen zur Offensive. Und selbst alles, was mit dem Verscharren nach der Schlacht zusammenhing, unterstand einzig und allein dem Kommando des Totenhauptmanns.

Am Nachmittag geschah etwas, was meinem Selbstgefühl noch eine weitere empfindliche Schlappe versetzte. Obwohl die Offensive noch gar nicht begonnen hatte, konnte der Hügel bereits seinen ersten Helden feiern. Und dieser als Held Gefeierte war zu unser aller Überraschung der vom Kommandanten seiner heldischen Tat wegen emphatisch als »Hornochs Bonci« Begrüßte. Ausgerechnet der Bonci, dieser früher von allen verachtete Bonci, das gemeinste Subjekt am Hügel, dieser schamlose Wucherer, der zuerst dem hungrigen Kornett Montpellier seine Gamaschen und nach dessen Tod mir die Gamaschen und dem Leutnant Reilly seine Jacke hatte ablocken wollen! Aber so ist es im Krieg. Oft erweisen sich just die niedrigsten Charaktere als Helden.

Bonci war es in der vorausgegangenen Nacht an der Spitze seiner Suchgruppe nicht bloß gelungen, in der Nähe des Feindes neue Erdtel-Apparate anzulegen, was das Abhorchen der feindlichen Stellungen ermöglichte. Er hatte noch Wichtigeres vollbracht. Es gelang ihm, und zwar unter größter Lebensgefahr, all die Erdtel-Apparate, die der Feind in der Nähe unseres Hügels gelegt hatte, um unsere Leitungen abzuhorchen, bis auf den letzten Apparat zu zerstören. Dadurch war unser Kommandant in die doppelt vorteilhafte Lage versetzt, feststellen zu können, was der Feind im Schilde führte, ohne daß der Feind die Möglichkeit gehabt hätte, auch nur das Geringste über unsere Dispositionen zu erfahren. Die denkbar günstigste Situation, um eine Offensive erfolgreich zu beginnen.

Man muß bloß gesehen haben, wie dieser von Eitelkeit zerfressene Szekler mit dem effektvollen Drum und Dran seiner Rüstung behängt, mit Drahttrommel, Kabelrollen, Elementprüfern, Nachrichtentaschen und Büchsen, die seine lächerlich verbaute Gestalt verdeckten, pfauenhaft über den Hügel stolzierte. Und dazu kam noch, daß ihn jetzt alle, die ihn noch wenige Tage zuvor verachtet hatten, voll kriecherischer Bewunderung umringten, selbst Leutnant Reilly, der ihn einen Schuft genannt hatte, gesellte sich den übrigen zu. Vielleicht hatte er gar insgeheim beschlossen, dem Helden Bonci seine Jacke zu geben. Menschen haben ja keinen Charakter. Auch mir war es offen gestanden für einen Moment durch den Kopf gegangen, Bonci die Gamaschen des toten Kornetts auszufolgen. Ich aber würde eine solche Charakterlosigkeit niemals über mich bringen, und darum trachtete ich auch dem Bonci auszuweichen.

Seit zwei Tagen war nun schon alles bis zur Schußbereitschaft vorbereitet, so daß es bloß noch des letzten Befehles zum Angriff bedurfte. Er war für den nächsten Tag vor Morgengrauen geplant. Am Vorabend aber brachte der Melder des Kommandanten die Nachricht, daß der Angriff auf den nächsten Spätnachmittag verschoben sei. Die Lebensmittelkolonne, die nach den Zusagen des Proviantamtes in Ungvar am Tag zuvor hätte da sein sollen, war bis zum Abend nicht eingetroffen. Sie wurde jedoch stündlich erwartet und mochte wahrscheinlich im Laufe der Nacht eintreffen. »Die Mannschaft bleibt weiter in voller Bereitschaft«, lautete der Befehl des Kommandanten.

Die Mannschaft schlief und erwachte in Bereitschaft. Da aber die Proviantkolonne weder nachts noch morgens und selbst bis zum Mittag nicht eingetroffen war, mußte der Angriff von neuem verschoben werden. Die Leute wurden ungeduldig. Es war kein Spaß, den ganzen Tag schußbereit herumzustehen und nicht losschießen zu können. Schließlich trugen ja die Leute ein Es in sich. Die Ungeduld wuchs von Aufschub zu Aufschub, sich mit jeder Stunde des Wartens steigernd, bis die Spannung geradezu unerträglich war.

Unter dem Kommando eines anderen Kommandanten hätte das Es, das doch bloß aus Drang und Rage besteht, sich einen Schmarrn um solche Vernunftsgründe gekümmert, wie daß man auf die Proviantkolonne warten müsse, weil ohne die nötige Munition für Magen und Kehle keine erfolgreiche Offensive begonnen werden könne. Das Es hätte einfach losgeschlagen, mit oder ohne Proviant, mit oder ohne Befehl. Es mußte einer schon »eben ein Konrad« sein, um zu wissen, wie man ein Es, das schon nicht mehr zu halten ist, dennoch zähmen kann.

»Die Leute sind außer Rand und Band, sogar die Offiziere haben ihre Selbstdisziplin verloren«, meldete der Adjutant dem Kommandanten, nachdem er die Ungeduld wahrnahm, mit der der Hügel auf die weitere Verschiebung der Offensive reagierte.

Wenige Minuten später erschien der Kommandant selber: »Ihr Hornochsen, Rhinozerosse«, brüllte er die Truppen an. »Ihr wartet gefälligst bis ich den Befehl zum Angriff gebe. Punktum. Ihr Rindviecher, ihr!« Das war alles. Kein einziges Wort der Erklärung. Darauf ging er in seinen Unterstand zurück, im sicheren Bewußtsein, daß das Es in den Leuten warten werde, bis er den Befehl zum Angriff erteilte.

Und so war es. Daß es ihm gelungen war, das in Rage geratene Es der Truppen zu bändigen, erschien nach alldem, was er in den letzten Tagen vollbracht hatte, noch einigermaßen verständlich. Ein Tierbändiger eben, der sich darauf versteht, die innere Bestie im Menschen, das Es, zu zügeln. Viel rätselhafter war, wie er mit sich selber fertig wurde, wissend, daß wenn die Proviantkolonne nicht spätestens in den nächsten vierundzwanzig Stunden eintraf, so daß die Offensive beginnen konnte, der Feind, der seinen Angriff für den 17. geplant hatte, uns zuvorkommen würde. Das Es eines Offensiv-Konrads, für den eine siegreiche Offensive die einzige Rettung vom

Hügel, der einzige Weg zurück zur ruhmreichen Karriere aller Konrads bedeutete, war schließlich kein weniger elementares Es. Ob er wohl, wenn er allein in seinem Unterstand saß, sich selber Hornochs und Rindvieh anbrüllte, um sein Offensiv-Es zu zähmen, bis der Proviant eintraf?

Er hatte ein dringendes Gespräch mit den Hornochsen im Proviantamt in Ungvar anmelden lassen, um sich über die Verzögerung zu beschweren und auf die katastrophalen Folgen hinzuweisen, die eine weitere Verzögerung nach sich ziehen würde.

Ich war selbst als Zaungast der allgemeinen Spannung so erschöpft, daß ich abends wie ein Sack auf mein Lager fiel und sogleich in tiefen Schlaf versank. Plötzlich spürte ich, wie eine brutale Hand an meiner Schulter rüttelte.

»Wirst denn endlich erwachen?« hörte ich eine Stimme.

Als ich mühsam die Augen öffnete, stand einer der widerwärtigen Morosen vor mir.

»Befehl zum Antreten.«

»Zum Antreten? Wann hat's denn begonnen?« fragte ich völlig verschlafen.

Na das hab ich ja gut gemacht, dachte ich, als ich langsam zu mir kam. Da steh ich mir tagelang die Füße ab, um einmal im Leben zu sehen, wie so eine Offensive beginnt, und dann verschlafe ich zuletzt das ganze eigentliche Spektakel und komme wieder nur zum Abräumen der Leichen zurecht.

»Wieso haben wir schon jetzt anzutreten? (Es begann kaum erst zu tagen.) Hat denn die Offensive in der Nacht begonnen?« drang ich in den Morosen ein. Der aber blieb stumm wie ein Toter. So waren aber diese Morosen alle. Nie war aus denen irgend etwas herauszubekommen. Wenn sie überhaupt sprachen, so höchstens, um in ihrer tonlosen Art die Befehle des Totenhauptmanns zu wiederholen oder während des Dienstes »Na wird's schon«, »sput dich Dicker«, »heb!«, »halt!« zu sagen. Ansonsten hätte man zweifeln können, ob sie überhaupt wirklich am Leben waren. Was so ein konstanter, ergebener Dienst unter dem Totenhauptmann aus Menschen zu machen vermag!

Als ich mit dem Morosen den Unterstand des Totenhauptmanns betrat – die übrigen Morosen standen schon in Reih und Glied, seinen Befehl erwartend –, da schien alles darauf hinzudeuten, daß nun der große Moment in der Kommandotätigkeit des Totenhauptmanns gekommen sei, der Moment, wo er uns den Befehl zur Massentransferierung der Offensivetoten unter die Erde erteilen werde.

Als er so starr aufrecht vor uns stand – selbst der Schlottermantel hing wie erstarrt –, kam er mir wie das in einen Schlottermantel gehüllte Skelett eines Riesen vor, dessen erhöhter Schädel den Lehmplafond des Unterstandes zu durchstoßen schien. Seine Gestalt erschien mir wahrscheinlich bloß deshalb so riesenhaft, weil ich ihn in der letzten Zeit, wo es hier oben nichts zu begraben gab, meist nur zusammengekrümmt auf seinem Lager hatte schlafen sehen.

Gleich im nächsten Augenblick jedoch erwies sich diese nur für einen großen Augenblick passende düstere Feierlichkeit seiner Haltung als nichtig, bloß eine Pose. Denn was er uns zu verscharren befahl, war, wenn man seit Monaten nichts anderes mehr tat, vom Dienststandpunkt aus betrachtet, so gut wie nichts.

»Ihr drei«, befahl er mir und zwei Morosen, »geht sofort in den Kommandantenunterstand und bringt den Telefonisten, der tot liegt, zur Grube. Und ihr«, wandte er sich den übrigen Morosen zu, »schaufelt inzwischen einen Platz für den Toten.«

»Juchhe!« rief ich aus. Ich konnte es einfach nicht zurückhalten.

Er warf mir einen empörten Blick zu, der mich gleich einem Dolch durchbohrte, und dennoch nicht das freudige »Juchhe« in mir zu treffen vermochte; das Juchhe, daß es nur ein toter Telefonist war, den wir wegzuschaffen hatten und nicht die Toten der großen Offensive. So hatte also die Offensive noch nicht begonnen, und ich hatte nichts von dem aufregenden Schauspiel versäumt. Mich meiner Dienstpflicht besinnend, riß ich mich sogleich zusammen und machte mich gehorsamst daran, den Befehl des Totenhauptmanns auszuführen.

Wir waren gerade im Begriff hinauszugehen, als ein Sendbote eintraf und atemkeuchend meldete: »Die Ordonnanz des Kommandantenunterstandes läßt sagen, es sei eilig. Der Kommandant hat eine wichtige Besprechung einberufen, und der Tote muß unbedingt vorher aus dem Weg geschafft werden.«

»Sie sehen doch, daß meine Leute auf dem Weg sind. Jedesmal dieses ›eilig und eilig‹«, sagte der Totenhauptmann gereizt zum Sendboten. »Daß auch unser Dienst – das Wegschaffen der Toten – Zeit benötigt, daran denken diese Herrn Lebendigen nicht. So sputet euch also und holt ihn«, rief er uns zu. »Ich bin in einer halben Stunde bei der Grube und warte auf euch.«

Es regnete wie aus Fässern. Der Weg zum Kommandantenunterstand war voller Lachen, in die man hineinpatschte, und Schlammlöchern, die die Stiefel einsaugten. Aber ich war noch so voll vom Juchhe, daß ich die Offensive nicht versäumt hatte, daß mir kein Hindernis ein Hindernis war. Mit dem übermütigen Elan eines Knaben watete ich, die vorderen Stangen der Totenbahre haltend, frischfröhlich durch Lachen und Pfützen, platsch, platsch, platsch ging es immerfort. Der Dreck spritzte mir ins Gesicht. Ich übersprang einige Pfützen und riß die Morosen, die die hinteren Stangen hielten durch Lachen und Schlacken mit. Einmal der eine, dann der andere plumpsten sie in den Schlamm, mit einem Handgriff half ich ihnen hoch und löste die Bahre aus dem Dreck. »Sputet euch«, herrschte ich sie an. »Habt ihr nicht gehört, daß es eilig ist?«

Wir hatten den halben Weg zurückgelegt, als uns mit lautem Geplatsch ein neuer Sendbote entgegengewatet kam. »Die Ordonnanz läßt sagen, ihr sollt euch beeilen, es ist höchst dringend. Was soll dieses Schneckentempo?«

»Bist du denn blöd, siehst du nicht, daß wir uns beeilen? Mehr als beeilen können wir uns schließlich nicht.«

Er kanzelte mich mit einem verächtlichen Blick ab und spuckte in den Schlamm. Dann schloß er sich uns an, blieb aber schon nach einigen Schritten hinter uns zurück.

»Beeil dich doch, es ist höchst dringend«, rief ich spöttisch über die Schulter zurück. Da sah ich wie er beim Überspringen einer Pfütze in ein Schlammloch fiel und bis zur Brust darin stecken blieb.

»Geh und melde der Ordonnanz, daß wir gleich an Ort und Stelle sein werden«, rief ich ihm schadenfroh zu.

»Na endlich«, empfing uns die Ordonnanz beim Lehmstollen des Kommandanten. »Braucht ihr aber lange!«

»Wenn's dir zu lang dauert, dann mußt' eben beim nächsten Toten die Bahre per Flugzeug kommen lassen«, versetzte ich schnippisch.

»Ich verrichte ja bloß meinen Befehl«, sagte der Mann sichtlich beleidigt und wies uns den Weg zum Raum des Telefonisten.

»Nichts für ungut«, erwiderte ich und stieß ihn mehr aus Spaß ein wenig mit der Bahrenstange in den Bauch.

Im Telefonistenraum empfing uns einer der Sanitätsleute. Man konnte ihm ansehen, daß auch er bereits ungeduldig auf unser Kommen gewartet hatte.

»Da ist wieder einmal einer für euch«, sagte er und wies auf den toten Telefonisten. Der Tod mußte ihn inmitten des Sprechens ereilt haben. Die Sprechmuschel mit einer Hand noch an den Mund haltend, die Hörmuschel mit der andern noch krampfhaft ans Ohr gepreßt, lag der tote Kopf schräg auf dem Telefonbrett. Die Bluse über der Brust war vom Sanitäter halb aufgerissen worden, wohl um festzustellen, ob das Herz noch schlug.

»Vielleicht kannst du ihn loskriegen«, wandte der Sanitäter sich mir zu. »Schwer wie ein Stein ist der Kerl. Konnte ihn kaum abhorchen.« Er schickte sich zum Gehen an.

»Moment«, rief ich, »was ist denn geschehen?«

»Was soll schon geschehen sein? Herzkrampf. Schlag. Einfacher Schlag«, antwortete er.

Ich wollte mich erkundigen, wann und wie es passiert sei. Er schnitt mir das Wort ab: »Ich bin leider in Eile«, und schon war er gegangen.

Einen Schmarrn war er in Eile. Kein Sanitäter war zur Zeit hier in Eile, wo es überhaupt nichts am Hügel für sie zu tun gab. Sobald aber einer tot war, gehörte er nicht mehr ins Dienstressort der Sanitäter, und da lohnte es sich einfach nicht, auch nur eine Sekunde mehr darauf zu verwenden. Das war es.

Ich machte mich an den Toten heran. Es war aber keine leichte Sache, ihn aus der Position, in der ihn der Tod befallen hatte, zu befreien. Ich versuchte zuerst den Kopf des Toten vom Telefonbrett zu heben. Huch, war das eine Arbeit! Heb mal, was der Tod mit Totenschwere aufs Telefonbrett geworfen hat! Kaum glaubte ich, daß ich ihn hoch hatte, da fiel er sogleich wieder, womöglich mit noch schwererem Gewicht, genau auf die gleiche Stelle zurück, die er zuvor eingenommen hatte. Und das wiederholte sich einige Male. Was zum Teufel war denn in diesen verdammten Totenschädel des Telefonisten gefahren?

Ich war schließlich kein Neuling in diesem Geschäft und hatte schon ganz andere Totenlasten aus viel schwierigeren Lagen befreit, einmal sogar einen baumlangen Kanonier, den der Schlamm schon fast eingesaugt hatte. Und da sollte es mir nicht gelingen, einen bloßen toten Kopf vom Tischbrett zu heben? »Horub, horub«, rief ich mir selber zu. Es war Sitte hier oben, wenn man eine Last hob, zur Selbstanspornung ›horub, horub‹ zu sagen. Eine Art Aberglaube, daß es dann leichter geht. Bei dem verdammten Kopf des Telefonisten versagte aber selbst die Magie des Horub.

Fatalerweise hatte ich mich zu Beginn meiner Tätigkeit auf ein Arbeitsteilungsabkommen mit den Morosen eingelassen, wonach ich die Toten zu bergen, d. h. aus ihren Lagen, Löchern, etc. zu befreien hatte, während die Morosen die übrige Arbeit leisteten, den Toten auf die Bahre legten und zur Grube schafften. War ein neues Loch zu graben, so war das meist ein Gruppenunternehmen der Totengräber, desgleichen das Zuschaufeln der Grube, das stets unter den wachsamen Augen unseres Hauptmanns vor sich ging.

Als ich seinerzeit dieses Abkommen geschlossen hatte, glaubte ich, die Morosen übers Ohr gehauen und mir den leichteren Teil ausbedungen zu haben. Tote aus Löchern herauszufischen war natürlich auch nicht gerade die bequemste Arbeit, hatte ich dies aber hinter mir und lag der Tote der Länge nach auf dem Boden ausgestreckt, so mußte ich mich bis aufs Verscharren nicht mehr um ihn kümmern. Die Plage der Beförderung der Last vom Auffindungsort bis zur Grube war Sache der Morosen.

Jetzt natürlich hatte ich den Kürzeren gezogen. Und obwohl sie sahen, wie ich mich abrackerte, hätten sie mir um nichts in der Welt geholfen.

»Kameraden, könnt ihr mir nicht …« wandte ich mich mit fast flehender Stimme an sie.

Sie drehten mir als Antwort den Rücken zu. Von denen konnte ich nichts erwarten. Menschliche Regungen waren diesen sturen Gesellen fremd. Die hielten sich eisern an das Abkommen. Ich mußte schon selber mit dem Telefonisten fertig werden.

Plötzlich glaubte ich eine Lösung gefunden zu haben. Ich hob seinen Kopf von neuem, bis er wieder gerade auf dem Nacken saß, stemmte rasch als Halt meinen eigenen Schädel schräg unter sein Kinn, um zu verhüten, daß der Totenkopf wieder aufs Brett zurückfiel, und dachte mir, wenn ich ihn jetzt unter die Achsel fasse und es mir gelingt, ihn ein wenig zu heben, so wird er vom Sitz herabgleiten. Das übrige ist dann die Sache der Morosen.

Was für eine Last das Gewicht eines Toten Hauptes ist, davon kann sich keiner eine Vorstellung machen, der nicht versucht hat, mit seinem lebendigen einen toten Kopf zu stemmen. Meine Plage und Anstrengung führte allerdings zu nichts. Ich hatte nämlich übersehen, daß ich, bevor ich den Telefonisten von der Sesselkante auf den Boden gleiten lassen konnte, sein Haupt vom Apparat, seinen toten Mund vom Sprecher, sein Ohr von der Hörmuschel ablösen mußte. Schließlich konnten wir ihn nicht mit der ganzen Telefoninstallation begraben. Wie hätte denn sonst der Kommandant die Nachrichten über den Abgang der Proviantkolonne und all die übrigen wichtigen Meldungen der Obersten Stelle erhalten können?

War es schon eine verdammt schwere Sache, den toten Kopf vom Telefonbrett zu heben, verglichen mit der Loslösung der toten Finger, des toten Mundes und Ohres vom Apparat, war es geradezu ein Kinderspiel. Die schienen vom Todeskrampf geradezu an den Apparat angeschmiedet zu sein. Gott weiß, was die Ursache war: Wollte der Apparat den einzigen Mann hier oben, der ihn verstanden und treu bedient hatte, nicht freilassen? Oder war es der Diensteifer des Telefonisten, der selbst im Tod sein Amt nicht im Stich lassen wollte? Der tote Telefonist und der Telefonapparat wollten sich um keinen Preis voreinander trennen.

Die Zeit verging. Jeden Moment konnte der Kommandant zur geheimen Besprechung erscheinen. Der Tote mußte vorher um jeden Preis aus dem Stollen geschafft werden. Und an der Grube wartete überdies im strömenden Regen der Totenhauptmann. Dienstpflicht im Krieg geht schließlich vor aller menschlichen Achtung von Toten und vor aller Menschlichkeit im Generellen. Ich mußte den Toten, egal mit welchen Mitteln, von seinem Apparat loskriegen. Es mag im allgemeinen vielleicht stimmen, daß den Toten keine wie immer gearteten Regungen eigen sind. Aber im Falle des Telefonisten war dies keineswegs so. Dafür kann ich Zeugnis ablegen. Einen Eigensinn, ja einen geradezu bösartigen Eigensinn, wie ihn der tote Telefonist zur Schau trug, findet man selbst bei den boshaftesten und eigensinnigsten Lebenden nur selten. Welch hartnäckigen Widerstand der Kerl leistete, mit welchem Trotz er die Sprechmuschel an seinen Mund, das Hörrohr an sein Ohr gepreßt hielt, und wie krampfhaft er mit den Fingern den Apparat umklammerte! Es bedürfte allerlei Kunstgriffe, um diesem Telefonisten begreiflich zu machen, daß wenn einen Telefonisten einmal der Schlag getroffen hat, es auch mit dem Telefonieren ein für allemal aus ist.

Der Schlaganfall hatte den Telefonisten daran verhindert, im kleinen eisernen Ofen nachzulegen. Es war kalt im Unterstand, und trotzdem war ich in Schweiß gebadet. Ich mußte Mantel und Bluse abwerfen, bevor ich mich an die Loslösung der Hörmuschel von seinem Ohr heranmachte. Das war die schwerste Aufgabe von allen. Die Ablösung jedes einzelnen Fingers, die in verkrampfter Erstarrung die Muschel ans Ohr gepreßt hielten, glich einer kleinen Operation. Endlich bewegte sich die Hörmuschel. Gleich würde ich sie los haben. Dann bloß nochmals das Hochstemmen mit meinem Schädel, das Heben unter den Achseln – und es war geschafft.

Da öffnete sich die Tür. Die Ordonnanz rief durch die Spalte hinein: »Na wird's endlich! Der Kommandant wird mit den Offizieren gleich hier sein. Wie oft soll ich euch noch sagen, daß es eilig ist?«

Wiederum dieses »eilig«, wie oft würde ich das noch schlucken müssen? Ich antwortete dem Kerl gar nicht. Was hätte ich ihm auch antworten sollen. Sollte ich ihm etwa erklären, daß Tote ein anderes Zeitmaß, daß sie ihre Totenruhe haben, sich für alles Zeit nehmen und sich nicht drängen lassen? Daß sie daher von solchen Dingen wie »rasch« und »es ist eilig«, was nur auf Lebende einen gewissen Eindruck macht, völlig unberührt bleiben. So ein blöder Kerl wie die Ordonnanz hätte es ja ohnehin nicht verstanden, daß es eine gewisse Zeit braucht, bis ein toter Telefonist sich entscheidet, seinen Diensttisch zu verlassen und sich ins Grab zu legen. Ich hatte schließlich das Möglichste getan, was ein Lebender in einem solchen Fall tun konnte.

War das ein Morgen! Kaum hatte ich die Hörmuschel abgelöst und mich angeschickt den Toten auf den Boden zu bugsieren, da begann der Apparat zu klönen: »Täk, täk, täk« – ohne Unterlaß: Täk, täk, täk. Ich dachte, wenn ich den Hörer auf die Gabel auflege, werde ich Ruhe haben. Da begann der Apparat aber schrill zu klingeln. Von mir aus kann es läuten, soviel es will. Es war nicht meine Sache zu antworten. Wir hatten den Toten zur Grube zu befördern, wo der Totenhauptmann im strömenden Regen unserer harrte. »Macht euch dran, wir gehen«, sagte ich zu den Morosen.

Die Morosen begannen den Toten vom Boden zu heben. Das unausgesetzte schrille Geklingel war nicht länger auszuhalten. Ich mußte sehen, was zum Teufel da eigentlich los war. Die Morosen, die inzwischen mit ihrer Last dem Stollenausgang zugingen, konnte ich mit einigen Pfützensprüngen auf dem Weg zur Grube einholen.

Sowie ich den Hörer von der Gabel hob, war es wieder das gleiche Täk-täk-täk von vorhin. Nur um diesem unerträglichen Geklöne ein Ende zu machen, rief ich: »Hallo!«

»Wo warst du denn?« quäkte eine Stimme aus dem Apparat. »Siehst denn nicht, daß die Leitung wieder in Ordnung ist?« fuhr die Stimme vorwurfsvoll fort. »Läßt mich da in diesem verdammten Schlammloch hängen und mir die Beuschel aus dem Leib klingeln, ohne dich zu melden. Sag dem Kommandanten es waren bloß die Litzenenden von Sektor 16/III.«

Ich verstand kein Wort von dem, was ich dem Kommandanten sagen sollte. »Was, was soll ich dem Kommandanten ausrichten?« fragte ich ratlos.

»Wisper nicht, mußt schon etwas lauter sprechen, damit ich dich verstehe.«

Ich wiederholte meine Frage.

»Ich sagte es dir doch schon, daß es bloß die Litzenenden waren. Nun geht's wieder, wie du siehst.«

»Wie, was, mit den Litzen, ich versteh nicht«, stotterte ich in den Apparat.

»Sag mal bist du total verblödet, Adabrandt«, quäkte die Stimme. Plötzlich schien dem Sprecher im Schlammloch das Ganze nicht geheuer, denn er fragte jetzt: »Adabrandt, holla Adabrandt, bist denn nicht du am Apparat?«

»Nein«, antwortete ich. »Hier spricht Freiwilliger Adam Ember.«

»Ach du«, quäkte die Stimme, »hätt ich mir ja eigentlich nach deinen blöden Fragen denken können. Wo ist denn der Adabrandt?«

»Adabrandt hat heute morgen der Schlag getroffen. Er ist tot.«

»So …« quäkte die Stimme. »Darum also hat er nicht mehr auf mein Klingeln geantwortet. Ich konnte mir's nicht erklären. Übrigens Beileid. Sag mal, ist denn niemand anders da, wieso vertrittst denn ausgerechnet du den Adabrandt?«

»Ich vertrete ihn nicht, ich bin nur gekommen, um den Toten abzuholen, und als es klingelte, meldete ich mich.«

»Ist sonst niemand da, der die Meldung aufnehmen kann?«

»Nein.«

»Na dann notiere genau auf, was ich dir sage, und berichte es dem Kommandanten. Er wartet darauf.«

Wenn ich mich doch nur gleich aus dem Staub gemacht hätte, als das Klingeln begann, statt die Muschel aufzuheben und »hallo« zu sagen. Nun hatte ich die Bescherung. Es schien geradezu, als wäre ich seit Beginn meiner Kriegskarriere unausgesetzt vom Pech verfolgt. Was immer ich auch tun oder lassen mochte, brachte mich in unmögliche Lagen. Ich saß wie auf Nadeln. Die Morosen waren längt abgezogen, und an der Grube stand im strömenden Regen der Totenhauptmann. Was der für ein Theater aufführen würde, wenn ich nicht rechtzeitig zum Verscharren da war! Und ich hatte mich jetzt ruhig hinzusetzen, um eine Telefonmeldung über irgendwelche Litzen in einem Schlammloch aufzunehmen. Nicht genug, daß mich dieser eigensinnige tote Telefonist so viel Zeit und Mühe gekostet hatte, am Schluß sollte ich jetzt gar noch seinen Dienst verrichten. Vor der Aufnahme einer Meldung, auf die, wie die quäkende Stimmte sagte, der Kommandant wartete, konnte ich mich aber unmöglich drücken. Vielleicht hing die ganze Offensive, das Schicksal des Hügels von den Litzenenden ab, und wenn das der Fall war, dann war es ganz gleichgültig ob der Totenhauptmann im Regen wie Zucker zerschmolz oder nicht.

»Ich schreibe mit«, sagte ich.

»Andreas Bonci«, quäkte die Stimme. Mir fiel fast der Bleistift aus der Hand. Also der Bonci, der Schuft war es, der aus dem Apparat quäkte. Ich hätte mir's nach dem frechen Ton, in dem er mit mir sprach, eigentlich denken können.

»Hast du den Namen?« fragte Bonci, »der wird dir ja nicht unvertraut sein, Adam, was? Nun den Standort«, setzte er fort: »Sektor 16/III meldet: Zerstörungsstelle gefunden. Fehler in den Litzenenden geflickt. Verbindung mit Leitungsnetz hergestellt. Sämtliche Linien sprechfertig. Bika, das ist mein Gehilfe, vom Schlamm eingesaugt.«

»Ich werde es melden«, sagte ich. »Muß leider Schluß machen.«

»He warte!« rief Bonci.

»Ich notiere«, erwiderte ich und zückte den Bleistift.

»Hast dir das mit den Gamaschen überlegt?«

So eine Gemeinheit. Nicht, daß Adabrandt tot war, nicht das Dienstgespräch, nichts hielt diesen Kerl zurück, seine Gemeinheiten fortzusetzen. Ich hängte wütend ab.

Bevor ich ging, schrieb ich in aller Eile noch die Meldung für den Kommandanten ins Reine, damit er sie auf seinem Tisch vorfinden sollte. Doch ehe ich mit dem Reinschreiben fertig war, schrillte das Telefon von neuem.

Sicher war es wieder der Bonci. Mag er klingeln, so lange er will, dachte ich erst, aber dann überlegte ich's mir. Ich antwortete ihm, um ihm zu sagen, daß wenn er auch sämtliche Erdtel-Apparate des Feindes zerstört und alle Litzenenden geflickt hat, er in meinen Augen auch weiter ein ausgemachter Schuft ist und bleibt.

Ich hob den Hörer auf, rief »Hallo«, und bevor er noch ein Wort sagen konnte, schrie ich: »Schuft, Schuft, Schuft!«

»Was, was?« quäkte es aus dem Apparat. »Vermittlung A.« Es war eine völlig andere Stimme. »Falke wünscht über Vermittlung A mit Habicht zu sprechen«, setzte die Stimme fort. »Falke noch am Apparat? Ich verbinde mit Habicht.«

»Ich gebe«, begann jetzt eine andere Stimme zu quäken. »Kopf: Absenderstelle Falke. 28.11. Zeitgruppe: 17.30. An Habicht.«

Habicht mußte der Deckname für Adabrandt sein. Ich wollte dem Falken sagen, daß der Habicht tot ist. Es war aber unmöglich, ihn zu unterbrechen. Wie ein aufgezogenes Grammophon fuhr Falke fort: »Inhalt: Punkt 48 erreicht. Leichte Bewegung gegen Sektor B. Geht auf Dorf C I. zu. Ostwald ruhig.« Worauf Falke noch eine Reihe römischer und arabischer Ziffern hinzufügte.

Vermittlung A schaltete sich ein und fragte: »Wird noch gesprochen?«

»Beendet«, erwiderte Falke.

Gott sei Dank, dachte ich, habe ohnehin das meiste von dem, was der Falke dem toten Habicht durchgesagt hat, nicht verstanden, geschweige denn mir gemerkt.

Ich hatte den Hörer aber kaum auf die Gabel zurückgelegt, als der Summer wie irrsinnig zu klönen begann.

»Bleiben Sie gefälligst auf der Leitung«, rief eine befehlende Stimme. Warum ich, statt meiner Einteilung entsprechend zur Grube zu eilen, mich von Vermittlung A, einer mir völlig unbekannten Vermittlung, die außerdem gar nicht zu mir, sondern zu einem Toten sprach, bestimmen ließ, an der Leitung zu bleiben, ist mir bis heute nicht klar.

»Relay römisch elf«, klönte es. »C arabisch zwei, hören Sie mich denn nicht?«

Im ersten Moment verstand ich überhaupt nichts, aber allmählich wurde mir klar, daß jetzt nicht mehr der Falke von vorhin zu dem vermeintlichen Habicht sprach, sondern daß ich vermutlich C arabisch zwei, und der andere römisch elf war.

»C arabisch zwei, hören Sie mich?« insistierte die Stimme.

»Natürlich höre ich Sie, Falke«, antwortete ich ungehalten.

»Relay römisch elf«, besserte mich die Stimme sofort aus.

»Verzeihung, das meinte ich ja.«

Hätte ich doch nur nicht zugegeben, daß ich römisch elf höre!

»Sie haben vor einigen Stunden Z 7 und O. P. dringend angemeldet. Mit wem wollen Sie zuerst verbunden werden?«

Mit wem zuerst, Z 7 oder O. P.? Woher sollte ich das wissen. Das konnte doch bloß der wissen, der Z 7 und O. P. angemeldet hatte, und dessen Geist befand sich bereits in einer Welt, wo es weder Z 7 noch O. P. und auch kein zuerst und nachher gab, wo überhaupt keine derartige Entscheidungen getroffen werden mußten.

Ich erwog einen Moment lang, Relay römisch elf geradeheraus zu sagen, daß der, der die Anmeldung gemacht hatte, tot war und ich weder mit Z 7 noch mit O. P. zu sprechen wünschte. Ich dachte aber, daß der Telefonist die beiden Verbindungen wahrscheinlich dringend angemeldet hatte, weil der Kommandant im Hinblick auf die Offensive von dort wichtige Informationen erwartete, und so wagte ich nicht, die Anmeldungen einfach zu streichen.

Als daher römisch elf immer vorwurfsvoller auf mich einquäkte:

»Zuerst waren die Verbindungen so dringend, und jetzt können Sie sich nicht entscheiden. Ich frage zum letzten Mal, ob Sie zuerst mit Z 7 oder O. P. sprechen wollen?« antwortete ich aufs Geratewohl: »O. P.« Die Hauptsache war, daß ich die Entscheidung zwischen zwei mir unbekannten Nummern hinter mir haben sollte.

»Verbinde«, sagte Relay. Darauf langes Schweigen. Dann wieder die Stimme: »O. P. spricht soeben auf der Hauptleitung. Bitte warten Sie eine Sekunde.«

Es verging eine gute Weile. Die Sekunde hatte schon mindestens zehn Minuten gedauert. Und wenn eine Sekunde am Telefon, die ihr vom Uhrzeiger zugemessene Zeitspanne übertreten und zehn Minuten dauern kann, warum dann nicht auch eine Stunde oder einen ganzen Vormittag?

Adabrandt, der nichts anderes zu tun gehabt hatte, als am Telefon zu hängen, konnte es egal sein, ob eine Sekunde eine Sekunde oder einen Vormittag dauert. Ich aber, der ich in einer halben Stunde, die schon längst überschritten war, beim Totenhauptmann an der Grube hätte sein sollen, konnte diese telefonische Abänderung der seit dem XII. Jahrhundert eingeführten Stunden- und Sekundenzeit nicht einfach in Kauf nehmen. Ich mußte trachten die Sache, die schließlich nicht meine Sache war, so rasch wie möglich zu erledigen. Wenn O. P. auf der Hauptleitung zurückgehalten wurde, dann würde ich eben zuerst mit Z 7 sprechen. Versuch aber einmal, einem Relay im Krieg zu sagen, was du zu sagen hast!

»O. P. noch immer besetzt«, sagte Relay. »Ich verbinde inzwischen mit 1/RR4, der schon den ganzen Morgen darauf wartet.«

1/RR4 gab eine mir völlig unverständliche Meldung durch und schloß mit den Worten: »Bitte wiederholen.«

Da ich nichts zu wiederholen hatte, hängte ich einfach ab. Kaum aber hatte ich abgehängt, da klingelte Relay wieder: »Warum bleiben Sie denn nicht auf der Leitung?« Da O. P. noch immer nicht frei war, verband mich Relay inzwischen mit X/7, das gleichfalls schon den ganzen Morgen auf dieses Gespräch gewartet hatte. Wer weiß, wie viele Buchstaben-Bruchstrichzahlen noch außerdem den ganzen Morgen warteten. Wenn die jetzt alle angeklingelt kamen, schaute ich schön aus.

»O 1305?« fragte X/7. »Jawohl, am Apparat«, antwortete ich, worauf X/7 fortfuhr: »Bitte geben, ich nehme auf. Journalnummer?«

Journalnummer? Noch nie von so etwas gehört ... Wenn jemand wie ich nicht mal weiß was ein Journal, das telefoniert werden muß, ist, war es unmöglich zu erraten, ob die Journalnummer eine Jahreszahl, Tageszeit, Regiment- oder Telefonnummer war. Ich hängte ab.

Damit war ich zwar die Journalnummer, leider aber auch die Verbindung mit Relay losgeworden. So hatte ich mich also nun selber um die Möglichkeit gebracht, mit O. P. zu sprechen. Und gewonnen war damit gar nichts. Denn während ich vorher nicht wegkonnte, weil Relay mich auf der Leitung hielt, so konnte ich jetzt nicht weg, weil ich nicht mehr auf der Leitung war.

Es galt also, Relay selber anzurufen. Das war jedoch leichter gedacht als getan. Die Schwierigkeit begann schon bei der rein technischen Handhabung des Telefons. Mit so einem Doppelwesen wie einem Feldsummer-Apparat, der eine Kombination von Klopfer und Fernsprecher ist, mußte man sich nämlich auskennen, mußte wissen, welches die Summertaste und welches die Sprechtaste ist. Natürlich drückte ich zuerst auf die falsche Taste. Der Summer schien nur darauf gewartet zu haben, denn sogleich brach ein förmlicher Hagel von Morsezeichen auf mein Trommelfell ein. Ich hatte schon kaum etwas verstanden, als der Apparat noch in menschlichen Lauten quäkte. Mit den Morsezeichen kannte ich mich natürlich überhaupt nicht aus.

Ich drückte auf die andere Taste. Die Stelle, mit der ich jetzt in Verbindung kam, war die lokale Vermittlung, und Relay lag auf der Fernleitung. Selbst als ich endlich die richtige Verbindung erwischte, die den Kontakt mit der Fernleitung herstellte, war damit gar nichts erreicht.

»Das Schlüsselzeichen, bitte«, sagte die Verbindungsstelle.

»Ich habe das Schlüsselzeichen gerade nicht zur Hand«, stotterte ich. »Können Sie mir die Verbindung nicht so geben?«

»Sind Sie denn völlig wahnsinnig geworden?« quäkte das Amt entrüstet. »Wo haben Sie denn Ihre Ausbildung erhalten, daß Sie nicht mal die primitivsten Feldtelefonregeln kennen. Wer ist denn eigentlich dort am Apparat?«

»Freiwilliger, Adam Ember. Soeben erst meinen Dienst angetreten«, sagte ich kleinlaut, »und daher noch keine Möglichkeit gehabt, mich mit dem Schlüsselzeichen vertraut zu machen.«

Darauf das Amt etwas milder: »So machen Sie sich also erst vertraut und rufen dann an.«

Heute weiß ich natürlich, daß die Amtszentrale damals ordnungsgemäß vorgegangen ist und daß, aus Schutz gegen feindlichen Mißbrauch der Leitung, niemand, der das geheime Schlüsselzeichen nicht kannte, mit der Fernsprechstelle, deren Leitungen bis ins Herz unserer Kriegsführung gingen, verbunden werden konnte. Damals aber dachte ich mir: Was zuviel ist, ist zuviel.

Wenn das, was an diesem Morgen über mich hereingebrochen war, die Strafe für mein unzüchtiges Leben mit Katrin in Monotov sein sollte, so war mit dem, was ich durch die aufgezwungene Fortsetzung von Adabrandts Dienst bereits ausgestanden hatte, das Sühnemaß reichlich erfüllt. Was nachher durch das Schlüsselzeichen noch dazu kam, war zweifellos zuviel der Sühne. Es wäre selbst dann zu viel und unverdient gewesen, wenn ich Katrin in Schande zurückgelassen hätte.

Nachdem die Zentrale abgehängt hatte, versuchte ich mich in den mit Buchstabengruppen, Zahlen, verschlüsselten Abkürzungen und Vogelnamen vollgekritzelten Notizblättern, die auf Adabrandts Telefonbrett herumlagen, zurechtzufinden, in der Hoffnung, das gesuchte Schlüsselzeichen für das Fernamt zu finden. Kenn dich aber aus in dem wirren Durcheinander von unentzifferbarem Gekritzel, das nur dem etwas sagt, der es selber hingekritzelt hat! Der vom Schlag Getroffene hatte der Nachwelt keine geordneten Aufzeichnungen, sondern einen Sauhaufen hinterlassen.

Abkürzungen, Zahlen, Vogelnamen und Buchstabenpaare, samt

Summer und Tischbrett begannen vor meinen Augen Cancan zu tanzen, bis mir ganz schummrig zumute wurde. Ich mußte von diesem Telefon weg, weg aus diesem Stollen, und zwar schleunigst. Und wenn selbst der Proviant und die Offensive von der Auffindung des Schlüsselzeichens, der Erreichung des Fernamtes und der Herstellung der dringenden Verbindung mit O. P. abhingen, ich hielt es einfach in diesem Raum nicht länger aus. Es war mir übel geworden. Und wenn einem übel ist, ist einem nicht nur eine bestimmte Offensive, sondern alle Offensiven – der ganze Krieg – egal. Ich mußte rasch an die Luft, meinetwegen selbst an die von Toten verpestete Luft an der Grube.

Ich sprang auf, versetzte dem Sessel einen Fußstoß und taumelte der Tür zu.

Da hörte ich, wie der Apparat just in diesem Moment schrill zu klingeln begann. Einen Moment zögerte ich an der Tür. Da schlug sie mit einem wuchtigen Stoß gegen meine Stirn. In ihr stand der Kommandant.

»Sie Rindvieh! Hören Sie denn nicht, daß das Telefon klingelt?« brüllte er wütend. »Da hört so ein Rindvieh das Telefon und geht nicht an den Apparat, sondern spaziert einfach hinaus«, fuhr er fort. »Was gaffen Sie mich so blöd an, Sie Hornvieh? Na wird's bald, werden Sie wohl an den Apparat gehen?«

Nur einen Moment hatte ich ihn so blöd angestarrt, und dies allein, weil es der Moment war, den zu erleben ich kaum erhofft hatte, bloß vor Wonne der Erfüllung, die meinen ganzen Körper durchrieselte, mich Schwindel und Übelkeit vergessen ließ und mich neu belebte.

»Ich gehe schon«, und noch bevor ich hinzufügen konnte: »Gehorsamst, Herr Kommandant«, hielt ich die Hörmuschel am Ohr und rief dem Kommandanten jubelnd zu: »Sie ist es, sie ist es!« Dann in die Sprechmuschel: »Gewiß, Relay römisch elf, ich bin sprechbereit. Natürlich, aber selbstverständlich bleibe ich auf der Leitung.«

»O. P. kommt«, wandte ich mich dem Kommandanten zu.

»Endlich«, brummte der Kommandant. »Lange genug darauf gewartet.«

Ich merkte, wie wichtig es ihm war, mit O. P. zu sprechen. So hatte ich also, indem ich O. P. als erstes verlangte, das Richtige getroffen. Meine Brust schwoll vor Stolz. Als ich sah, daß er kaum erwarten konnte, die Hörmuschel von mir zu übernehmen, sagte ich: »Relay römisch elf bittet bloß eine Sekunde ... O. P. wird sofort da sein.«

»Was, was«, stotterte ich darauf wie aus allen Himmeln gefallen in die Sprechmuschel hinein. Ich wagte nicht, die Meldung, die mir Relay ins Ohr quäkte, laut zu wiederholen.

Der Kommandant merkte sogleich, daß etwas nicht in Ordnung war. Er riß mir die Hörmuschel aus der Hand: »O. P. war schon da? ... Wurde inzwischen wieder von der Hauptleitung abgerufen ...« wiederholte er, mir wütende Blicke zuwerfend. »Gewiß ist es nicht Ihre Schuld, sondern die unseres Telefonisten.« – »Sie Rindvieh«, explodierte er. Dann ins Telefon: »Verzeihung, ich sprach nur zu meinem Telefonisten. Wie lange kann es Ihrer Schätzung nach dauern? ... Unbestimmt? ... Werden sobald O. P. von der Hauptleitung frei ist wieder anrufen ... Gewiß wird jemand am Apparat sein, können sich drauf verlassen.«

Nachdem er abgehängt hatte, stand der Kommandant für einen Moment sprachlos da. Scheinbar fand er in seiner unbeschreiblichen Wut in seinem Wort-Zoo nicht sogleich den Namen jenes blödesten aller Tiere, der in der gegebenen Situation meiner Viecherei voll angepaßt war.

Ich wollte die Gelegenheit ausnutzen, mich zu entschuldigen. Bevor ich aber etwas sagen konnte, rief er: »Wo treibt sich denn dieser Hornochs Adabrandt herum? Warum müssen Sie Rindvieh ihn vertreten?«

»Der Hornochs Adabrandt« – ich fühlte sofort, daß die Benützung von Tiernamen das Privileg des Kommandanten war – »Verzeihung, ich meine den Telefonisten Adabrandt hat heute morgen der Schlag getroffen.« Ich schickte mich an zu erklären, daß ich bloß gekommen war, um den Toten abzuholen, und wollte ihm außerdem Boncis wichtige Nachricht ausrichten, da unterbrach uns sein Adjutant mit der Meldung: »Die Herren sind bereits zur Konferenz versammelt.«

»Komme«, und mir zugewandt in Eile: »Sowie sich O. P. meldet, lassen Sie mich sofort holen. Ich bin in meiner Kanzlei. Inzwischen verschaffen Sie sich die lokalen Standberichte vom Hinterposten 3 und Artillerieunterstand 6 römisch zwei und verlangen eine Fernverbindung mit dem Divisionskommando. Wenn sich das Divisionskommando meldet, sagen Sie einfach ›OGA‹ und unsere Kopfnummer. Verstanden?«

Ich mußte bei dem Wort ›Fernverbindung‹ ein blödes Gesicht geschnitten haben, denn als sei er meiner nicht ganz sicher, sagte er: »Sie werden doch wohl im Stande sein eine Fernverbindung herzustellen, Sie Rindvieh!«

»Zu Befehl, Herr Kommandant, gewiß Herr Kommandant«, versicherte ich mit fester Stimme. Denn als er mich Rindvieh anbrüllte, fühlte ich plötzlich eine solche innere Gewißheit, daß ich mir nicht bloß zutraute, die lokalen Standberichte abwickeln, sondern auch das vorhin vergebens gesuchte Schlüsselzeichen finden zu können. Wie doch so ein einziges treffendes Wort des Kommandanten einen Menschen zu inspirieren und anzufeuern vermag!

Kurz zuvor noch saß ich als ein Haufen Unglück vor dem Apparat, und jetzt war mir plötzlich klar, daß, ob man etwas schaffen kann oder nicht, allein davon abhängt, ob man es sich zutraut oder nicht. Ein Rindvieh, das nie von einem Summerapparat telefoniert und niemals im Leben ein Schlüsselzeichen zu Gesicht bekommen hat, jedoch die Courage besitzt, Schlüsselzeichen zu enträtseln und das Fernamt anzurufen, schafft es. Ich jedenfalls habe es geschafft.

Der Kommandant war kaum gegangen, da waren die zwei Standbericht-Gespräche auch schon bewerkstelligt. Und mit welcher Perfektion! Als hätte ich im Leben nie etwas anderes getan, als Standortmeldungen aufzunehmen.

Gewiß, wenn man nicht das nötige Selbstvertrauen besitzt, in einem Wust von Gekritzel das Schlüsselwort für das Fernamt herauszufinden, so muß man vorerst einen Unterrichtskurs in Schlüsselworten nehmen und überdies in die Schlüsselgeheimnisse des spezifischen Telefons eingeweiht sein. Für mich aber ging jetzt alles mühelos und leicht. Ich mußte bloß einige Minuten lang die Notizen auf dem Telefonbrett durchsehen, um mich in den Buchstaben, Zahlen und Vogelnamen so auszukennen, als hätte ich sie selber hingekritzelt. Es war geradezu, als wäre ich mit dem toten Telefonisten eins geworden, als habe sich der vom Schlag gefällte Kopf des Adabrandt auf meinen Nacken gesetzt, um weiter zu telefonieren.

Daß das Schlüsselzeichen des Fernamtes ein Vogelname sein mußte und unter den verschiedenen von Adabrandt notierten Vogelnamen nur »Fink« sein konnte, war eine jener Eingebungen, die Zutrauen den Seinigen zuteil werden läßt. Und sie schien davon bestätigt, daß in unmittelbarer Nähe vom Fink – sozusagen unter den Fittichen des Finken – sich die Ferngespräche O. P. und Z 7 befanden. Es war infolgedessen ganz leicht weiterhin noch zu erraten, daß das Divisionskommando, das der Kommandant anzurufen befohlen hatte, sich im selben Gekritzelbereich befinden müsse, und daß es nur eines von den zwei dick eingekreisten Schlüsselzeichen, entweder BBB oder 222 sein konnte. Da beide gleich dick eingekreist waren, mußten sie von gleicher Wichtigkeit sein. Es konnte somit keine Rolle spielen, in welcher Reihenfolge ich sie anrief.

Daß ich die Verbindung mit dem Fernamt nicht sogleich herstellte, geschah bloß, weil plötzlich der Kommandant hereinstürzte und in aller Eile – es schien, daß er aus einem mir unbekannten Grunde die Konferenz unterbrechen mußte – mir zurief: »Bin bald wieder zurück. Sollte sich O. P. inzwischen melden, sagen Sie es Madar. Der weiß, wo ich zu finden bin.« Der Kommandant war in solcher Eile, daß er selbst das Schimpfwort vergaß.

Herauszufinden, wer Madar war, durch dessen Vermittlung ich den Kommandanten erreichen konnte, war natürlich eine unvorhergesehene neue Aufgabe. Und da O. P. jeden Augenblick kommen konnte, ging die Lösung dieser Aufgabe selbst dem Anruf des Divisionskommandos voraus. In meinem felsenfesten Selbstvertrauen erschien es mir im ersten Moment ganz leicht. Daß »Madar« übersetzt »Vogel« heißt, verleitete mich dazu, ihn zuerst unter den verschlüsselten Vogelnamen auf dem Brett zu suchen. Ich ging sämtliche Notizen durch und suchte ihn sogar in der Schublade. Als ich Madar nicht fand, dachte ich: Vielleicht ist er ein doppelt verschlüsselter Vogel, und ich finde ihn, wenn ich die Schlüsselzeichen wie im Hebräischen von rechts nach links lese. – Madar war aber auf keinem der Papiere, weder auf dem Brett noch in der Schublade, und auch nicht von rechts nach links. Vielleicht ist es einfach der Name der Ordonnanz oder der Wache, durchfuhr es mich. Schließlich war Vogel ein überall häufig vorkommender und ehrwürdiger Familienname.

Ich ließ das Telefonbrett, rannte hinaus zur Ordonnanz, zur Wache, jeden mit »Madar« anrufend. Sie glaubten, ich sei übergeschnappt. Hätte ich nicht noch immer etwas von dem festen Selbstvertrauen bewahrt gehabt, so hätte ich jetzt von neuem verzagen müssen. Vielleicht, dachte ich, ist Madar ein Sondermelder, den der Kommandant herbeordern wird, damit er ihn beim Anruf von O. P. sofort holen kann. In diesem Falle konnte ich jeden Moment mit Madars Erscheinen rechnen.

Um das Gespräch mit dem Divisionskommando nicht weiter hinauszuschieben, beschloß ich inzwischen das Fernamt anzurufen. Wie ich richtig getippt hatte, war »Fink« das Fernamt ... Kaum hatte ich BBB verlangt, da wußte ich auch schon, daß das Divisionskommando wahrscheinlich 222 war. Ich hatte es jedoch nicht zu bereuen, denn BBB war die Stelle, die von Ungvar jeden Freitagmorgen die letzten kriegsamtlichen Nachrichten an die verschiedenen Kommandanturen vermittelte. Und die Kriegsmeldungen von BBB ließen mich selbst Madar vergessen.

Es wurden fast ausschließlich Siege gemeldet, an der Ost-, Süd-, West- und Nordfront. Leider gab es nur diese vier Windrichtungen, hätte es mehr gegeben, unsere tapferen Truppen hätten sicherlich auch an diesen gesiegt. An manchen, ja an recht vielen Stellen zogen sich unsere Truppen zurück und gaben bestimmte Positionen auf. Aber dies geschah stets aus strategischen Gründen und stets unter den schwersten Verlusten des Feindes. Und rückten die feindlichen Truppen wie z. B. an der Goro Manu ins Herz unserer Reihen vor, so führte der Vormarsch bloß in eine Falle, die unsere Truppen ihnen gestellt hatten, um sie endgültig zu vernichten. Was wo immer auch geschah, überall sah es schlecht für den Gegner aus.

Wenn man sich inmitten eines großen Krieges befindet und dazu noch auf einem schlammigen Abwehrhügel wie dem unsern mit der Verscharrung von Toten beschäftigt ist, verfällt man nur allzu leicht dem trügerischen Augenschein von dem, was sich einem vor der Nase abspielt. Nicht nur, daß Schlamm und Leichen einem alles hoffnungslos erscheinen lassen, man macht sich auch gar keine Vorstellung von dem, was in Wirklichkeit geschieht, nämlich daß wir eines der größten und wunderbarsten Ereignisse erlebten. Und daß, wenn wir auch augenscheinlich verhungert im Schlamm sitzen, sich dieser ganze hungrige Schlammhügel de facto zum Weltsieg unserer Nation auf dem Vormarsch in eine ruhmreiche Zukunft befindet!

Man gehört schließlich nicht umsonst einer Nation an und steckt in Kriegsmontur, sowas Erhebendes muß einem die Brust zum Schwellen bringen. Ich konnte mich vor Begeisterung kaum zurückhalten, die Nationalhymne vor mich hin zu summen. Was ich allein nicht verstand, war, warum trotz unserer Siege auf der ganzen Linie der Krieg noch immer weiter geführt wurde und wir nicht bereits nach Hause gehen konnten. Sicherlich gab es aber auch dafür wichtige strategische Gründe, womöglich war auch dies bloß als Falle für den Feind gedacht.

Am aufregendsten wurden die offiziellen Meldungen natürlich, als der Heeresbericht nach der Schilderung der allgemeinen Lage zu den lokalen Siegesmeldungen der einzelnen Kampfabschnitte überging. Es war kein Zweifel, daß nunmehr bald auch die offiziellen Meldungen über unseren Drohitzer Sektor an die Reihe kommen würden. Was für ein Glück ich doch hatte, daß Adabrandt verschieden war und ich jetzt seinen Dienst versehen konnte. Hätte ich am Morgen das Telefon einfach klingeln lassen und den Toten zur Grube begleitet, so hätte ich auch weiter nur die düstere Seite des Krieges gesehen und nie etwas von den wirklichen Ereignissen, von den wunderbaren Siegen unserer Armee erfahren.

Ein zweimaliges Klopfen an der Tür riß mich aus meiner Ekstase. Zuerst war ich ärgerlich, inmitten der Aufnahme der Siegesberichte gestört zu werden, dann aber fiel mir ein, daß es wahrscheinlich Madar sei, den der Kommandant geschickt hatte. So rief ich: »Eintreten!«

Anstatt Madar – mir stockte der Atem – stand der Totenhauptmann vor mir. Inmitten all der aufregenden Erlebnisse hatte ich sein Warten an der Grube ganz vergessen. Nun stand er von oben bis unten vom Regen durchnäßt da. Ich war mir natürlich meiner Dienstverletzung bewußt und fühlte, daß ich mich zu rechtfertigen hatte. Ich sprang daher sogleich auf und warf mich pflichtgemäß in »Habt acht« Positur, den Hörer noch immer am Ohr haltend.

»Sofort zu Ihrem gehorsamsten Befehl, Herr Hauptmann. Bloß einen Moment. Es ist äußerst wichtig«, sagte ich entschuldigend.

Der offizielle Heeresbericht von BBB begann nämlich gerade die Siegesmeldungen über unseren Abschnitt zu verlautbaren. Zu hören, wie planmäßig alles, selbst in unserm Abschnitt, vor sich ging und wie durch eine siegreiche Ablenkung des Feindes (»das sind wir«, schrie ich auf), es unseren Drohitzer Truppen gelungen war, den Feind auf der ganzen Front zurückzudrängen, nein, das konnte ich mir einfach nicht entgehen lassen. Das war ein zu großer Augenblick. Seit Tagen in dem angstvollen Glauben zu leben, daß durch die Verzögerung der Proviantsendung der Feind uns mit seiner Offensive zuvorkommen könnte und wir endgültig verloren wären, und dann offiziell zu erfahren – man muß eben die offiziellen Nachrichten kennen, um zu wissen was wirklich vorgeht –, daß der Fall der letzten feindlichen Hügelstellung (das war just die Stellung uns gegenüber) nurmehr die Frage von Tagen, ja Stunden sei, all das waren zu aufregende Neuigkeiten.

»Herr Hauptmann, Herr Hauptmann«, ich konnte nicht länger in der dienstgemäß steifen Position verharren. Ich vermochte meine Beine einfach nicht mehr im Zaum zu halten und begann mit dem Apparat um das Telefonbrett herumzutanzen. »Wir siegen, Herr Hauptmann, wir siegen!« jubelte ich wie von Sinnen. »Hätte sich das je einer hier oben gedacht, Herr Hauptmann, hören Sie nicht, wir ... wir ...«

Da stockte mir plötzlich die Stimme in der Kehle. Meine Arme, meine Hände begannen zu zittern, kaum konnte ich den Hörer am Ohr halten. Da stand der Totenhauptmann vor mir, durchnäßt vom Scheitel bis zur Sohle, alles tropfte an ihm.

Der Totenhauptmann schien nur darauf gewartet zu haben, denn sobald die Stimme im Hörrohr verstummt war, begann er zu sprechen.

»Da warte und warte ich auf Sie draußen an der offenen Grube, und Sie, Sie kümmern sich nicht um Befehl und Dienst, sitzen hier einfach bequem, als wären Sie auf Urlaub, und hören sich Siegesmeldungen an«, sagte er in seiner tonlosen Stimme, die sich von dem monotonen »Tapp-tapp« mit dem die Nässe von seinen verregneten Kleidern in die Lache herabtropfte, so wenig unterschied, daß man glauben konnte, daß der von draußen in seinem Mantel mitgebrachte Regen Menschenstimme angenommen hatte, um mich wegen meiner Dienstverletzung zu rügen.

»Siege! Und wenn unsere Armee selbst schon siegt, Adam«, tropften seine Worte weiter, »was bedeuten schon all diese zeitlichen Siege zeitlicher Armeen? Heute sind sie und morgen nicht mehr, für immer nicht mehr. Allein auf die Armee der Gefallenen, auf die zeitlose Armee unter der Erde, allein auf die kommt es an. Hast du denn alles, was ich dich gelehrt habe, wieder vergessen, Adam. Adam?«

Er hatte mich wieder zu duzen begonnen, wie damals, ehe der Zwischenfall mit der Salami passiert war.

Nicht nur all die erhebenden Gefühle von vorhin; die patriotische Begeisterung, der patriotische Stolz auf unsere tapfere Armee waren geschwunden. Viel schlimmer war, daß auch alles, was vorhin noch so klar vor mir stand – daß ich das Divisionskommando erreichen, auf O. P. warten und Madar ausfindig machen müsse –, aus meinem Bewußtsein zu schwinden begann. Noch war eine Weile das dumpfe Gefühl vorhanden: Der Kommandant hat es befohlen, ich muß, ich muß es tun, unter allen Umständen. Ich schickte mich auch schon an, den Hörer abzuheben, als ich entsetzt bemerkte, daß ich mich nicht mehr an das Schlüsselzeichen des Fernamtes zu erinnern vermochte.

Ich schau halt eben nochmals in den Papieren nach, dachte ich und nahm sie zur Hand. Es war wieder das gleiche Cancan-Getanze des unentzifferbaren Geschreibsels, über dem ich mich schon einmal verwirrt hatte. Ich konnte kein einziges Schlüsselzeichen finden und auch nichts, was dick eingerahmt gewesen wäre.

Schließlich wußte ich überhaupt nicht mehr, wonach und warum ich eigentlich suchte. Ich erinnerte mich an nichts mehr, weder an den Befehl noch an Madar, selbst kaum mehr daran, daß es den Kommandanten gab. Und da erschien mir mit einemmal der Apparat, das mit Papieren bedeckte Brett als völlig fremd, als hätte ich all das nie zuvor gesehen. Und ein angstvolles Unbehagen überkam mich. Ich konnte mir nicht erklären, was ich eigentlich in diesem fremden Raum tat, warum ich an dem Tisch eines Fremden saß und in seinen Papieren herumkramte, anstatt draußen an der Grube zu sein und den Morosen zu helfen, den Toten zu verscharren.

Es waren nicht die Worte des Totenhauptmanns, die mich in diesen Verwirrungszustand versetzten. Oh keineswegs. Dieses Totengeschwätz war mir bis zum Überdruß bekannt. Das machte auf mich schon längst keinen Eindruck mehr. Sooft er damit begann, sagte ich für mich »Salami«, und damit war's auch erledigt.

Die Lache war es, einzig und allein die Lache, auf die ich während des Suchens nach dem Schlüsselwort zwangsmäßig immer wieder hinstarren mußte, bis ich schließlich nichts anderes mehr sah als nur noch diese Lache, die durch das fortgesetzte Herabtropfen der Nässe aus dem Schlottermantel erschreckend wuchs.

Warum sagte er nicht schon endlich, anstatt seine langweilige

Totenlitanei fortzusetzen: Du kommst mit mir, und zwar sofort, und trittst wieder deinen wahren Dienst an!? Ich wäre ihm auf der Stelle gefolgt. Ich wäre jetzt jedem auf der Stelle gefolgt, der sich zum Gehen anschickte. Selbst einem fremden räudigen Hund, der hinausgelaufen wäre, wäre ich nachgerannt, bloß um diese furchtbare Lache nicht mehr zu sehen.

Als der Totenhauptmann einen Augenblick Atem schöpfte, sagte ich: »Ich komme mit Ihnen, Herr Hauptmann. Lassen Sie uns gehen.«

Ich erhob mich von meinem Stuhl und griff nach meinem Rock. Als das Telefon klingelte, ließ ich es klingeln, obwohl es wie wahnsinnig läutete.

Der Totenhauptmann, der sich vorwiegend in der Welt von stummen Toten bewegte, sackte von diesem schrillen Klingeln wie auf den Kopf getroffen, zusammen. »Adam, heb doch um Himmelswillen den Hörer ab und mach diesem infernalischen Geklingel ein Ende. Was ist geschehen? Was wollen denn die am Telefon? Mensch, hörst du nicht?« Es war die reflexartige Reaktion eines Mannes, der nicht an Telefondienst gewöhnt ist und glaubt, daß wenn es so wild klingelt, schon gleich etwas besonderes passiert sein müsse.

Ich ging zurück mit dem Vorsatz, den Apparat einfach abzustellen, und hob dabei mechanisch den Hörer ans Ohr.

»Halten Sie sich sprechbereit. Ich bringe Ihnen in wenigen Minuten die gewünschte Verbindung mit O. P. Verstanden?«

»Verstanden«, antwortete ich noch immer mechanisch und legte den Hörer auf. Aber mit dem Quäken waren, wie durch eine Kettenreaktion, der Reihe nach alle Begebenheiten vom Morgen wieder in meine Erinnerung zurückgekehrt. Ich hörte den Kommandanten: »Sie werden doch wohl noch eine Fernverbindung herstellen können, Sie Rindvieh!«, und seine Worte klangen so deutlich als stände er leibhaftig vor mir.

Der Kampf in meinem armen Schädel zwischen der magischen Fixiertheit auf die Lache und dem halluzinatorisch wiedergekehrten Ruf: »Sie Rindvieh!« gehört zu den ärgsten unter den vielen

Nerven- und Bewußtseinsproben, die ich in meinem Leben durchgemacht habe.

Aber am Ende triumphierte das halluzinatorische »Rindvieh« über die magische Lache, so daß ich nicht dem Totenhauptmann zur Grube folgte, sondern weiter am Apparat hängenblieb.

Gleichfalls wie durch eine Kettenreaktion geschah es nämlich, daß während ich auf den Rückruf von Relay wartete und überlegte, wie ich Madar verständigen könnte, das Telefon von neuem klingelte. Ich hob zitternd den Hörer ab.

»Madar«, dröhnte eine tiefe Baßstimme aus dem Apparat.

»Madar, lieber Madar«, brüllte ich auf, beseligt vor Freude, weil jetzt mein Ansehen als verläßliches Rindvieh vor dem Kommandanten gesichert war.

»Gibt's schon was zu melden?« erkundigte sich Madar.

»Gewiß Madar. Ich wollte Sie gerade anrufen. Verständigen Sie den Kommandanten, O. P. wird jeden Augenblick da sein.«

Relay römisch elf hatte eben erst: »Ich verbinde mit O. P.« gesagt, als der Kommandant auch schon in Begleitung seines Adjutanten in den Stollen trat. Sein bloßes Erscheinen brach im Nu den Bann des Totenhauptmanns und restaurierte in mir das telefonierende Rindvieh so vollkommen, daß ich gar nicht bemerkte, was nachher eigentlich mit dem Totenhauptmann geschah, und bis heute nicht weiß, wann und wie er gegangen war. Selbst die Lache kam mir erst wieder zum Bewußtsein, als ich den Kommandanten auf sie hinweisend zum Adjutanten bemerken hörte: »So eine Sauerei. Konnte dieser Kadaver seinen Schlottermantel denn nicht draußen ablegen? Rufen Sie Pista, damit er diesen Mist hier in Ordnung bringt.«

Ich blickte für einen Moment auf die Lache. Es war ein gewöhnlicher nasser Fleck, wie ihn Menschen, die mit verregneten Kleidern in einen Raum kommen, zu hinterlassen pflegen.

Was Brüllen anbetrifft, so war ich von unserem Kommandanten schon an manches gewöhnt. Die Lautstärke jedoch, mit der er jetzt in den Apparat hineinbrüllte, hätte selbst im Dschungel Aufsehen erregt.

Seine Empörung darüber, daß er die geplante siegreiche Offensive, von der doch die Rettung unseres Hügels abhing, von Tag zu Tag hinausschieben mußte, weil die Proviantsendung nicht eintraf, kam jetzt völlig zum Ausbruch.

Wie sich herausstellte, war O. P. nämlich das mit der gesamten Durchleitung der Verpflegung betraute Zahlmeisteramt der Intendantur, respektive das oberste Proviantamt. Schon die Anfrage des Kommandanten, warum der von der Intendantur vor Tagen bewilligte und für vorgestern fest zugesagte Transport noch immer nicht eingetroffen sei, war mehr eine von Wut schäumende Brüll-Attacke als eine sachliche Erkundigung, und begann mit »Zum Teufel hinein.«

Der Proviant Unterzahlmeister, der die Anforderung des Kommandanten vor einer Woche entgegengenommen und die prompte Abfertigung des Transportes zugesagt hatte, war inzwischen auf Urlaub gegangen, und der ihn vertretende Unterzahlmeister Aspirant Suwal, der von der ganzen Angelegenheit keine Ahnung hatte, bat den Kommandanten, am Apparat zu warten, bis er den Akt herausgesucht habe. Es dauerte endlos.

Der Kommandant vertrieb sich die Zeit, indem er sein gesamtes Vokabular an schimpflichen Tiernamen, dazu den ganzen Reichtum an saftigen Flüchen in sämtlichen Sprachen, die in unserer zusammengewürfelten Armee gesprochen wurden, auf den auf Urlaub gegangenen Unterzahlmeister, seinen Stellvertreter, die Intendantur in toto und schließlich die Schöpfung, die so etwas erschaffen hatte, verausgabte. Der Adjutant sekundierte ihm mit Adjutanteneifer, indem er die Schimpfworte und Flüche seines Herrn durch Hinzufügung kräftiger Nuancen unterstrich.

Um wieviel reicher als alle übrigen Gefühlsäußerungen die Wut an Steigerungsmöglichkeiten ist, erfuhr ich jedoch erst nachdem der Unterzahlmeisteraspirant wieder am Apparat war und vermeldete: »Hügel 317 gibt es nicht.«

»Was, es gibt ihn nicht?« schnaubte der Kommandant. »Ich spreche doch von dort, oder glauben Sie, ich spreche vom Mond, Sie ... Sie ...« Er konnte es nicht herausbringen, ihm ging der Atem aus, und der Adjutant mußte ihm mit einem entsprechenden Schimpfwort aushelfen.

Natürlich hatte der Unterzahlmeisteraspirant mit seiner Äußerung: »Den Hügel 317 gibt es nicht« sich in der Eile bloß unkorrekt ausgedrückt, in Wirklichkeit meinte er – und er verbesserte sich auch sogleich dahin –, daß ein Akt bezüglich des Ansuchens von Hügel 317 dort amtlich nirgends aufzufinden sei.

Damit verschlimmerte er natürlich die Sache noch. Hatte verständlicherweise bereits die amtlich unpräzise Auskunft des Aspiranten den Kommandanten in rasende Wut versetzt, so konnte sie doch als ein bloß haarsträubender Blödsinn eines Kamels aus Ungvar interpretiert werden. Die Präzisierung seiner Behauptung bedeutete jedoch die amtsgemäße Feststellung eines amtlichen Tatbestandes. Der Aspirant erklärte, er habe den gesamten Akteneinlauf Stück für Stück durchgeblättert, ein Akt bezüglich Proviantansuchens des Hügels 317 sei jedoch dortamts nirgends vorhanden.

»Was? Was heißt das: dortamts nirgends vorhanden?« brüllte der Kommandant außer sich. Sein Gesicht verfärbte sich grün und gelb, seine Züge verzerrten sich, die Augenlider begannen zu zittern. Er schwankte. Ich fürchtete, daß ihn jeden Moment der Schlag treffen werde und mir zum zweiten Mal beschert sein würde, einen Telefontoten aufzuklauben. Ich griff rasch nach Adabrandts Papieren, um ihn zu fächeln. Der Adjutant sprang herbei und tat das gleiche mit seiner Feldmütze, bis der Kommandant sich so weit gefangen hatte, daß er mit seinem Gebrüll fortfahren konnte.

»Sie, Sie werden doch wohl nicht behaupten wollen, daß der Unterzahlmeister den Akt Hügel 317 als Reiselektüre auf seinen Urlaub mitgenommen oder ihn vielleicht gar vorher anstelle von Toilettenpapier benützt hat. Na also, wenn Sie das selber nicht annehmen können, dann muß der Akt, zum Donnerwetter, eben auffindbar sein«, schrie er ins Telefon.

Der Aspirant erklärte, daß der Akt möglicherweise vielleicht verlegt worden sei, was doch schließlich in jedem Amt, und besonders in Kriegszeiten, vorkommen könne.

»Verlegt, sagen Sie?« schnaubte der Kommandant. »Kann in jedem Amt vorkommen? Gewiß, alles kann in einem Amt vorkommen. Der verlegte Akt sind aber meine Leute, die hier im Schlamm verhungern und verdursten. Der verlegte Akt ist die siegreiche Offensive, Rettung oder Untergang. Verstehen Sie? Natürlich für euch, die ihr in euren bequemen Kanzleistuben hockt, ist all das bloß ein verlegter Akt, und ihr schert euch einen Dreck darum. Wer bloß euch, ihr Dromedare, in der Etappe erschaffen hat ... Ich gehe zu weit? Na, das ist wirklich noch schöner. Seit Tagen läßt man uns hier in voller Angriffsbereitschaft hängen, hängen, bis es zu spät ist, und da wagen Sie mir zu sagen, daß ich zu weit gehe ... Sie bedauern? Was habe ich von Ihrem Bedauern? Von Ihrem Bedauern werden meine Leute nicht satt. Mit Ihrem Bedauern kann ich keine Offensive beginnen. Ihr Bedauern können Sie als Löschpapier auf Ihrem Schreibtisch benutzen. Sie haben den Akt herzuschaffen, egal ob er verlegt ist oder nicht. Sie haben ihn einfach herzuschaffen und zwar sofort. Haben Sie verstanden, Sie Kanzleiuntier, Sie?«

Das Kanzleiuntier hatte abgehängt.

»Natürlich hängt er ab. So sind aber all diese Etappenschweine in Ungvar. Sowie sie einmal die Wahrheit zu hören bekommen, hängen sie ab«, bemerkte der Kommandant zornig zum Adjutanten.

»Na aber denen werde ich's geben. Diese Schweine kommen noch einmal in meine Gasse.«

»Ja diese Superschweine kommen gewiß noch einmal in die Gasse des Herrn Kommandanten. Und wie Herr Kommandant es ihnen dann geben wird. Meine Güte! Ein Schweineschlachten wird nichts dagegen sein«, sekundierte der Adjutant und kicherte selbstgefällig über seine witzige Bemerkung.

Er hatte in seiner Überbeflissenheit den Bogen überspannt, denn bei seinem Gekicher wurde der Kommandant plötzlich todernst. Es kam ihm nämlich offenbar zum Bewußtsein, daß bis die Etappenschweine von Ungvar in seine Gasse kommen würden, die Leute am Hügel doch längst verhungert, die Offensive vereitelt und der Hügel vom Feind überrannt worden wäre. Und er erkannte auch, daß schließlich die Etappenschweine der Intendantur mit ihrem Hintern auf den Proviantvorräten der Armee saßen und daß von ihnen alle Lieferungsorders abhingen, so daß, wenn er die Verbindung mit diesen Etappenschweinen abbrach, auch die letzte Hoffnung auf Lebensmittel geschwunden war. Sichtlich erschrocken, befahl er mir: »Rufen Sie sofort O. P. zurück, bevor wir getrennt werden.«

Zum Glück hatte Relay O. P. noch auf der Leitung.

Was so ein Kraftmeister wie der Konrad an Angstmeierei zuwege bringt, wenn den einmal die Angst packt, was für Doppel- und Tripelpedale so ein Schreier wie der Konrad seiner Stimme aufzulegen weiß, wenn der einmal seine Selbstsicherheit verliert und sich aufs Winseln verlegt, das hätte ich niemals für möglich gehalten.

Er war wie ausgewechselt. Nicht bloß, daß er mit einer so leisen und bescheidenen Stimme sprach, daß das Kanzleiuntier aus Ungvar ihn immer wieder ermahnen mußte, doch etwas lauter zu reden, weil er kaum zu hören sei. Noch frappierender peinlich war die erbärmliche Betretenheit, mit der er sein Ansuchen vorbrachte:

»Entschuldigen Herr Unterzahlmeisteraspirant, bitte hunderttausendmal um Entschuldigung, daß ich mich vorhin so gehen ließ. Wir befinden uns hier oben aber in einer so prekären Situation, daß einem manchmal die Nerven durchgehen. Ich hoffe nur, Herr Unterzahlmeisteraspirant werden es mir nicht weiter verargen. Herr Unterzahlmeisteraspirant haben natürlich vollkommen recht damit, daß ein Akt in einem Amt zuweilen verlegt werden kann, besonders in Kriegszeiten, inmitten der zu Hunderten einlaufenden Akten. Ich verstehe auch vollkommen, daß ein Akt nicht so leicht auffindbar ist. Was einmal verlegt ist, ist eben verlegt, nicht wahr? Vielleicht sehen aber Herr Unterzahlmeisteraspirant dortamts einen Modus, um uns aus dieser, wie gesagt, höchst prekären, ja fatalen Situation herauszuhelfen.«

Gewiß war unsere Situation höchst prekär, ja fatal, aber dennoch drehte sich einem der Magen, als er »mit der gütigen Erlaubnis des Herrn Unterzahlmeisteraspiranten« nachher auf die auf Grund der Zusage des Proviantamtes in die Wege geleiteten Offensivvorbereitungen hinzuweisen begann. Wobei er es selbst nicht unterließ, ausdrücklich hervorzuheben, daß er natürlich das bisherige Nichteintreffen des Proviants in Anbetracht der Überbürdung des Proviantamtes sehr gut verstehe. Schließlich erkundigte er sich untertänigst, ob nicht vielleicht doch eine Möglichkeit der baldigen Proviantsendung bestehe.

Der Unterzahlmeisteraspirant erkannte, daß dortamtlich etwas geschehen müsse. Nicht so sehr wegen der Verhungerungsgefahr der Hügelmannschaft (wir lebten schließlich im Krieg, wo so etwas zuweilen vorkommen kann) als vielmehr wegen der vom Kommandanten betonten strategischen Wichtigkeit der geplanten Offensive. Er sagte dem Kommandanten generell seine Hilfe zu und versprach, über einen entsprechenden Amtsweg nachzudenken, der es ihm ermöglichen würde, die verlegte amtliche Genehmigung eines verlegten Ansuchens innerhalb des Rahmens der amtlichen Befugnisse eines Unterzahlmeisteraspiranten zu restaurieren.

Die erste und unerläßlichste Voraussetzung dazu – das Alpha und Omega jeder amtlichen Handlung – war natürlich die Ausfertigung eines neuen Aktenstücks, weshalb er den Kommandanten aufforderte, den ganzen Fall telefonisch von neuem zu Protokoll zu geben, worauf sich am Apparat Amtsschreiber Unteroffizier Tatschi aufnahmebereit meldete.

Die amtliche Prozedur einer Protokollaufnahme vermag selbst den von Natur aus demütigsten und höflichsten Applikanten zum Grobian zu machen, den Gefaßtesten in Raserei zu versetzen, ja im mildesten Gemüt Mordinstinkte zu erwecken. Daß unser Kommandant, für den Demut und Höflichkeit, Gefaßtheit und Milde bloß die abenteuerliche Außertour eines geborenen Grobians und Rasenden waren, während der Protokollaufnahme einige Male aus der Haut fahren mußte, ist nur selbstverständlich.

Und dieser Tatschi in Ungvar war dazu noch ein besonders arges Exemplar jener protokollierenden Amtsschreiberspezies, die ein strafender Gott als achte zu den sieben Plagen über die Menschheit heraufbeschworen hat. Der hatte selbst nicht das geringste Verständnis dafür, daß ein Mensch, bevor seine Angelegenheit zum Aktenstück geworden ist, doch eben ein Mensch ist und daher in der unprotokollierten Sprache von Menschen spricht.

Angesichts unserer katastrophalen Situation war es schließlich menschlich begreiflich, daß der Kommandant im Laufe der Protokollaufnahme wiederholt der Versuchung verfiel, die Dienstprozedur nicht achtend, auf das Eigentlich zu sprechen zu kommen; nämlich auf das Verhungern seiner Mannschaft. Was jedoch menschlich begreiflich ist, ist für einen protokollierenden Amtsschreiber von Amts wegen unbegreiflich und ungerechtfertigt.

Kaum hatte der Kommandant über unsere Lage zu sprechen begonnen, da unterbrach ihn der Amtsschreiber auch schon, er bedauere, aber er müsse der Protokollordnung entsprechend Punkt für Punkt vorgehen und um die Data, Nummer des applizierenden Sektors, Regimentsnummer des applizierenden Kommandanten, Kopfzahl der Besatzung, Waffengattung, Datum und genaue zahlenmäßige Angaben der bereits erhaltenen und noch vorhandenen Proviantbestände ansuchen. Sowie der Kommandant im Laufe dieser Angaben selbst nur den kleinsten Versuch machte, das anzudeuten, worum es eigentlich ging, schnitt ihm der Amtsschreiber sogleich das Wort ab und ermahnte ihn, sich doch bitte an die Protokollordnung zu halten und »zur Sache zu sprechen«, d. h. strikt bei den amtlichen Fakten zu bleiben.

»Ich ermorde noch dieses Vieh!« Diese zur Seite gesprochenen und noch dazu geflüsterten Worte waren die einzige freie Äußerung, die sich der Kommandant gestattete. Im übrigen bewahrte er während der ganzen Prozedur der Protokollaufnahme eine geradezu bewundernswürdige Selbstbeherrschung. Fast bei jedem zweiten Satz unterbrach ihn der Amtsschreiber und ermahnte ihn: »Bitte zur Sache«, und stets antwortete der Kommandant mit der gleichen

Beherrschtheit – obwohl er dabei innerlich zersprang: »Gewiß, gewiß.«

Mochte er aber auch mit noch so unerschütterlicher Beherrschtheit: »Gewiß, gewiß«, sagen – ich mußte bloß auf seine mechanisch herumfuchtelnde Faust achten, die von einem »Gewiß, gewiß« zum nächsten immer wilder fuchtelte, um mit ziemlicher Sicherheit voraussagen zu können: Ganz ohne Krach wird das nicht abgehen. Und so kam es auch.

Der Amtsschreiber hatte den Kommandanten gerade von neuem zurechtgewiesen, und dieser hatte wieder mit unverändert beherrschter Stimme »Gewiß, gewiß« gesagt, als es ihm schließlich zu dumm wurde, und die Faust, mit jener unbeirrbaren Entschlossenheit, die geballten Fäusten zu eigen ist, der Sprechmuschel einen zielsicheren Schlag versetzte. Es machte bumm, und der Apparat lag auf dem Boden, wobei die durch den Fall mitgerissene Hörmuschel, bevor sie verstummte, den Kommandanten empfindlich in die Backe schlug.

Wir schickten uns bereits an, den Kommandanten von neuem aufzufächeln, als es vom Boden zu quäken begann.

»Schauen Sie doch nach, was das ist. Hören Sie's denn nicht, Sie Hornvieh?« rief mir der Kommandant zu.

Der Amtsschreiber war neuerlich am Apparat. »Wir scheinen getrennt gewesen zu sein, lassen Sie uns fortsetzen«, vernahm ich seine Stimme.

Als ich den Apparat vom Boden aufheben und dem Kommandanten überreichen wollte, winkte er ab. »Lassen Sie den Apparat lieber, wo er ist, solange dieses Vieh spricht«, sagte er, und zum Adjutanten gewandt: »Besser, *Sie* führen dieses Gespräch weiter.«

Schließlich war die Protokollaufnahme beendet.

Der Kommandant bat nochmals mit dem Unterzahlmeisteraspiranten sprechen zu dürfen und erkundigte sich, ob nun nach neuerlicher Protokollierung unseres Aktes bald mit dem Eintreffen des Proviantes zu rechnen sei. Der Aspirant erwiderte, daß er beim besten Willen keine genaue Voraussage machen könne, müsse doch der Eingang des neu aufgenommenen Protokolls vorerst registraturmäßig gefertigt, dem Oberzahlmeister zur Überprüfung vorgelegt, von diesem an die nachgeordnete Dienststelle – das Ergänzungsamt – zu Händen des Sachbearbeiters zwecks Einholung weiterer Erhebungen weitergeleitet, alsdann an das Oberzahlmeisteramt zurückgeleitet, dort nach nochmaliger Überprüfung genehmigt, sodann zur obersten Genehmigung dem Behördenleiter der Intendantur unterbreitet werden, die ihrerseits dem Oberzahlmeister die Order erteilen würde, das Proviantmagazin in Skolpje anzuweisen, die Order auszuführen.

Der Kommandant sah allerdings ein, daß der Aspirant angesichts der erwähnten Umstände den genauen Tag der Proviantabsendung nicht vorausbestimmen könne, er frage sich nur, was er inzwischen mit der in Angriffsbereitschaft befindlichen Mannschaft anfangen und wie er sie bis zum Eintreffen der Lebensmittel verpflegen solle.

Der Aspirant räumte ein, daß die vom Kommandanten aufgeworfenen Fragen zweifelsfrei von allergrößter Bedeutung seien, doch müsse er hinzufügen, diese an ihn gerichteten Anfragen des Kommandanten brächten ihn in die Situation, seine Befugnisse zu überschreiten. Er sei schließlich nur für Registratur und Ablage zuständig, und seine Aufgabenbereiche umfaßten die Aufbereitung hereinkommender Anforderungen in die richtige Form, um sie an seine übergeordnete Stelle weiterleiten zu können, und andererseits die von der übergeordneten Stelle empfangenen Anträge mit dem Stempel »Genehmigt« auf dem Dienstweg an das Proviantmagazin weiterzuleiten, begleitet von einem Ausführungsbefehl. Er versicherte dem Kommandanten jedoch, er werde innerhalb der Grenzen der Amtsbefugnisse, Aufgabengebiete und Regeln seiner Dienststelle alles in seiner Macht Stehende tun, um den neu protokollierten Akt auf den richtigen Dienstweg zu bringen.

Der Kommandant bat inständig darum, die bescheidene Anfrage zu stellen, ob der Oberzahlmeister angesichts des Umstandes, daß der ursprüngliche Antrag bereits vor einem Monat genehmigt worden war und das Protokoll darüber zwar verständlicherweise, gleichwohl aber versehentlich, verlegt worden sei – ob es nicht aus diesem Grunde vielleicht möglich sei, eine Ausnahme zu machen und einen Dienstbefehl direkt ad hoc, ohne die gewöhnliche Verfahrensweise, an das Proviantmagazin zu richten.

Wo würde das hinführen? fragte der entsetzte Aspirant. Der Kommandant müsse schließlich wissen, daß in jeder Dienststelle alles auf dem vorgeschriebenen Dienstweg zu geschehen habe und er keinesfalls von seinem strikten Befehl abweichen könne, ohne seine Amtsbefugnis zu überschreiten. Doch um dem Kommandanten seine Bereitschaft zur Amtshilfe, natürlich unter den Beschränkungen seiner Amtsbefugnisse, Aufgabengebiete und Regeln, zu demonstrieren, versprach er, den Antrag noch vor der Mittagspause in die Form seiner Dienststelle zu bringen und ihn danach mit dem Vermerk »Dringend« an den Gehilfen des Oberzahlmeisters Leutnant Hammet weiterzuleiten. Er erwähnte noch, daß allerdings vierzehn Ungvarer Präferenzakten dem unseren vorausgingen.

Der Kommandant dankte für dieses Entgegenkommen und erkundigte sich bloß zuletzt noch, ob mit Rücksicht auf die Dringlichkeit der Sache der Aspirant nicht glaube, daß die nächste Instanz, d. h. der Oberzahlmeister, im Rahmen seiner Amtsbefugnisse etwas unternehmen könne, um die amtliche Erledigung zu beschleunigen.

Der Aspirant erklärte, es stünde leider nicht im Rahmen seiner Amtsbefugnisse über die Amtsbefugnisse einer höheren Instanz Auskunft zu geben. Wenn der Kommandant sich aber etwas davon erhoffe, möge er sich am Nachmittag, wenn Herr Oberzahlmeister Hammet seine Amtsstunde antritt, mit seiner Frage an diesen direkt wenden.

Nach der Mittagsfassung – Wassersuppe mit drei Steckrüben und einem winzigen Fettauge obendrauf – machte ich mich sogleich daran, für den Kommandanten die Verbindung mit dem Oberzahlmeisteramt herzustellen. Es schien im kriegsamtlichen Fernverkehr zu dieser frühen Nachmittagsstunde nicht viel los zu sein. Schon nach kurzem Warten kam das Fernamt, und bald darauf meldete sich auch das Oberzahlmeisteramt. Eine verschlafene Stimme frug ungehalten, als wäre es Mitternacht und ihr Träger ungebührlich aus seinem Schlaf aufgestört, was ich eigentlich wolle.

»Den Oberzahlmeister sprechen.«

»Der Oberzahlmeister hält sein Nachmittagsschläfchen und kann nicht geweckt werden.«

Auf meine Frage, wie lange der Oberzahlmeister zu schlafen geruhe, antwortete die Stimme – es war, wie sich herausstellte, die des Gehilfen des Oberzahlmeisters: »Wie soll ich das wissen? Es ist ganz verschieden und hängt von dem jeweiligen Schlafbedürfnis des Oberzahlmeisters ab.« Er riet mir, später wieder anzurufen.

Ich wies darauf hin, daß es von unserm Hügel aus nicht immer leicht sei, eine Fernverbindung gerade dann zu bekommen, wenn man sie braucht, und daß ich befürchte, den Oberzahlmeister zu verpassen. Ich fügte noch hinzu, daß es sich um eine höchst wichtige und dringende Angelegenheit handle, ja daß Leben oder Tod einer ganzen Hügelbesatzung von diesem Gespräch abhänge.

Der Gehilfe bedauerte, es sei ihm aber strengstens untersagt, den Oberzahlmeister zu wecken. Er riet mir jedoch eine Voranmeldung für den Oberzahlmeister anzumelden und laufen zu lassen. Er werde, sowie der Oberzahlmeister erwacht sei, dem dortigen Amt das Aviso: Sprechbereit geben. Das sei alles, was er tun könne, und er tue es auch nur in Hinsicht auf die erwähnte gefährliche Lage. »Nun aber genug«, sagte er von einem selbst durchs Telefon vernehmbaren Gähnen begleitet und hängte ab.

Als ich dem Kommandanten von meinem Gespräch mit dem Oberzahlmeisteramt berichtete, bemerkte er: »Natürlich, diese sybaritischen Etappenschweine in Ungvar, die leben sich eins. Fressen in der Offiziersmenage ihre Bäuche voll, saufen dazu ihre zwei, drei Krüge Pilsner und brauchen natürlich nachher einen Verdauungsschlaf. Und wir hier oben –, na aber darüber möchte ich lieber nicht reden.«

Der Adjutant tat es: »Ja, sich die Wänste vollfressen und krügeweise Pilsner saufen, da brauchen diese Oberschweine in Ungvar natürlich, wie denn auch anders, ihr Nachmittagsschläfchen, diese Faultiere, während wir hier, mit Verlaub zu sagen, im Dreck verrecken werden.«

Dem Kommandanten ging es von Mal zu Mal mehr auf die Nerven, daß der Adjutant all seine Worte nicht nur wiederholte, sondern in seinem übermäßigen Diensteifer dazu noch in schier unerträglicher Weise übertrieb. Wie der Adjutant jetzt das mit dem »im Dreck verrecken« sagte, konnte der Kommandant sich nicht länger beherrschen.

»Wie können Sie bloß einen solchen Blödsinn sagen, Sie, Sie mesopotamischer Oberpapagei, vielleicht werden *Sie* im Dreck verrekken, nicht aber ich und meine Mannschaft. Verstanden? Ich und meine Mannschaft, wir werden den Proviant rechtzeitig erhalten und die Offensive siegreich durchführen, dafür garantiere ich. Sowie der Oberzahlmeister von seiner Siesta erwacht, und wie lange er schläft, ist seine Privatsache, wird alles wie am Schnürchen gehen.«

Der Adjutant, im Bestreben seinen Fehler gutzumachen, sagte: »Gewiß ist es die purste Privatsache des Oberzahlmeisters, wie lange er schläft. Jeder würde nach einem üppigen Mittagsmahl mit ein paar Krügen Bier das gleiche tun.«

»Das habe ich wieder nicht gemeint«, wies ihn der Kommandant zurecht. Er war nahe daran, dem Adjutanten eins in die diensteifrige Fresse zu versetzen. »Besser Sie gehen jetzt, aber schleunigst. Und sorgen Sie dafür, daß ich die letzten Abhorchermeldungen bekomme.« Mir befahl er, sowie der Oberzahlmeister am Apparat sei, ihn sofort aus seinem Stollen herüberzurufen.

Ich hatte zwar bloß die Hälfte eines Tages hinter mir, aber was für eine Hälfte! Allein schon das brutale Gewecktwerden zu einer unmenschlich frühen Morgenstunde, danach die rein physische Anstrengung, die es mich kostete, den toten Adabrandt von seinem Apparat loszulösen, dann die mit dem plötzlichen Umsatteln vom

Totengräber zum Feldtelefonisten verbundenen Aufregungen, die seelischen Verwirrungen mit dem Totenhauptmann, und bei all dem noch der Mangel an Kalorien – all das war strapaziös genug, um einen Menschen, wenn es selbst auch erst Mittag war, todmüde zu machen.

Aber wenn man auch sonst nichts lernt, eines lernt man im Krieg: Sowie der Befehl eines Vorgesetzten ertönt, vermag man Entkräftung und selbst tödliche Müdigkeit sofort zu überwinden – Kniebeugen zu machen, Brückenwachen zu halten, zu marschieren, Fernverbindungen herzustellen, oder was der Vorgesetzte einem sonst zu tun befiehlt.

Obwohl ich also zum Umfallen müde war und die Augen kaum offen halten konnte, hätte der bloße Befehl des Kommandanten vollauf genügt, wenn mich nicht bei dem Gespräch über die Mittagsgewohnheiten der Etappenschweine in Ungvar eine geradezu tierische Zivilschläfrigkeit übermannt hätte, die mich in die Tage meiner Aufenthalte in Kramasch zurückversetzte.

Damals hatte ich, bevor ich den Beruf eines Apothekenlaboranten ergriff, doch in einem Schmierentheater Statistenrollen gespielt, und mein Leben war an einem Tiefpunkt angelangt. Die Bürgerstöchter gaben sich mit einem Statisten nicht ab. Die Heroine der Schmiere, die ein Auge auf mich warf, hätte meine Großmutter sein können. Und nicht mal ein Bordell gab es in dieser verdammten hinterweltlichen Provinz. Und selbst bei größter Theaterbegeisterung war es wirklich nicht allzu erhebend, stets mit sechs andern Manderln, die die Garde oder die aufrührerische Masse spielten, über die Bühne zu stampfen und im Chor »Hoch lebe unser Patron« oder »Viva die Revolution« zu brüllen. Die einzige Freude, die ich in Kramasch dem Leben abgewann, war der Schweinsbraten, ein paar Krüge Bier und die täglichen Zwetschgenknödel in der Goldenen Ente, von denen ich regelmäßig zwischen acht und zwölf Stück verschlang. Und vor allem natürlich das zwei-, dreistündige Verdauungsschläfchen nachher, das geradezu mit der gebieterischen Macht eines Naturgesetzes seine Rechte forderte.

Heute hatte ich natürlich, wie schon die ganze Zeit hier am Hügel, kaum etwas im Magen. Als aber der Kommandant vom Mittagsschmaus der Etappenschweine sprach und der Adjutant es in seiner idiotischen Art noch ausmalte, rief dies in mir plötzlich die Mittagessen in Kramasch mit solcher Macht in Erinnerung, daß meine Kiefer unbewußt Kaubewegungen machten und mir von der bloßen Erwähnung der zwei, drei Krüge Pilsner die Glieder schwer wurden. Weiß der Teufel, war es die Mechanik der bedingten Reflexe oder eine Art Kettenreaktion, die in mir zu arbeiten begann – jedenfalls übermannte mich ein Schlafbedürfnis, wie es das Etappenschwein von einem Oberzahlmeister in Ungvar nicht stärker verspüren konnte.

Es versteht sich wohl von selbst, daß ich der Versuchung nicht nachgab. Um nichts in der Welt! Schließlich war es der Antrittstag meines neuen Dienstes als Telefonhornvieh, und da hieß es sich bewähren, wollte ich nicht in die Totengrube zurückversetzt werden.

Ich tat allerlei, um mich wach zu halten. Zuerst probierte ich es mit Hornvieh. Man würde glauben, daß ein Wort, das eine so vitalisierende Kraft ausübt, einen sicheren Effekt haben müsse. Gegen die tierische Zivilmüdigkeit, die mich überfallen hatte, war es jedoch erfolglos.

Da fiel mir ein, daß, als ich mich in Geber für mein Examen vorbereitete und ganze Nächte hindurch langweilige lateinische Namen von Pulvern, Extrakten, Mixturen und Ölen büffeln mußte, ich einen Trick angewandt hatte, der mich stets wach zu halten vermochte: Ich hatte meine Zunge fest gegen den Gaumen gestemmt bis es ordentlich schmerzte. Das versuchte ich jetzt. Ich stemmte und stemmte die Zunge, bis sie fast zerbrach. Gegen die von der Freßillusion in Gang gesetzten Reflexe und Kettenreaktionen half aber auch das Zungenstemmen nichts. Ich nickte prompt ein und kam erst wieder zu mir, als mein herabgefallenes Kinn gegen den Apparat schlug.

Ich versuchte es mit geistigen Mitteln. Ich spielte eine imaginäre

Kopfschachpartie mit dem Oberarzt Strapetti. Aber schon beim dritten Zug spürte ich, daß mir die Augenlider zufielen.

Ich griff zu sinnlichen Mitteln. Vom Hinterhoffenster meiner Stube im Blomberry konnte ich seinerzeit ins Schlafzimmer einer Blondine hineinspähen. Sie wußte, daß ich herüberluge. Wenn sie spät abends nach Hause kam, streifte sie mit erregender Langsamkeit die Bluse ab, lächelte leicht lüstern und ließ darauf prüde die Rolleaus herab. Ich verbrachte damals ganze Nächte damit, mir genau vorzustellen, wie sie Stück für Stück alle übrigen Kleidungsstücke abstreifte. Selbst nachdem ich von Blomberry weggezogen war und mich in anderen Städten und Ländern herumtrieb, vermochte ich mich durch diese Vorstellungen, wann immer ich wollte, nächtelang wachzuhalten.

Nun hatte ich seit Kriegsewigkeiten keine Frau zu Gesicht bekommen, weder an- noch ausgekleidet. Ich glaubte mir nur intensiv die Blondine von Blomberry in sinnliche Erinnerung rufen zu müssen, um wach zu bleiben. Ich tat es und zwar sehr intensiv. Jedes einzelne abgelegte Kleidungsstück und was es nicht bedeckte, malte ich mir aus. Ich ging sogar so weit, mir sinnlich auszumalen, daß ich durch ihr Fenster stieg und sie ohne viel Umschweife fest an meine Brust drückte. Ich drückte – fester konnte man gar nicht drücken –, nickte darüber ein und erwachte erst, als der Apparat, den ich an mich gedrückt hatte, lärmend zu Boden fiel.

Mit dem Geistigen ging es nicht, mit dem Sinnlichen ging es nicht. Ich kehrte zu den physischen Mitteln zurück. Ich pfiff, machte Armbewegungen, Kniebeugen, ging auf und ab. Nur war ich zu müde, um das lange durchzuhalten, und mußte mich nach einer Weile wieder hinsetzen.

Die sinnlosen motorischen Bewegungen hatten aber dennoch meine Schläfrigkeit bis zu einem gewissen Grade vertrieben. Und außerdem war bereits eine geraume Zeit verstrichen. Der Oberzahlmeister mußte, selbst wenn er einen noch so gesegneten Nachmittagsschlaf hatte, jeden Moment erwachen. Die paar Minuten würde ich schon noch durchhalten können. Ich beschloß, mich beim Fernamt zu erkundigen, ob sich das Oberzahlmeisteramt nicht vielleicht inzwischen sprechbereit erklärt habe. Wenn man so todmüde ist, wie ich es war, erschien dies natürlich als kein ganz einfaches Unterfangen. Zum Glück ging aber alles erstaunlich leicht. Ich hätte es mir einfacher gar nicht erträumen können. Ich mußte weder die Linie verlangen, ich mußte nichts fragen, nichts sagen, ja meinen Mund gar nicht aufmachen, und der Oberzahlmeister war schon am Apparat. Ich brauchte auch gar nicht von meinem Stuhl aufzustehen, um den Kommandanten herüberzuholen. Der Kommandant stand bereits neben mir, als habe er sich selber herübergeholt.

»Kann ich nun endlich den Oberzahlmeister sprechen?« schrie er ins Sprachrohr.

»Warum schreien Sie so? Ich steh doch vor Ihnen«, sagte der Oberzahlmeister.

»Es handelt sich um das dringende Ansuchen des Hügels 317 ... wegen ...«

»Sie sehen doch, daß ich Ihr zu Protokoll gegebenes Ansuchen gerade in Arbeit habe«, unterbrach der Oberzahlmeister und wies auf das Aktenstück, das auf seinem Schreibpult vor ihm lag.

Ich konnte mir nicht erklären, wieso ich nicht gleich bemerkt hatte, daß der Tisch, von dem der Kommandant telefonierte, und der Schreibtisch des Oberzahlmeisters, auf dem unser Akt aufgeschlagen lag, derselbe Tisch war und daß unser Telefonstollen und die mit Wandregalen bestellte Kanzlei des Oberzahlmeisters ineinandergeschoben waren, so daß wir uns zugleich in beiden Räumen befanden.

»Wenn Sie es wünschen, können wir das Ganze nochmals zusammen durchgehen, um zu sehen ob die Protokolldaten korrekt und vollständig sind«, gluckste der Oberzahlmeister und hob das Aktenstück, damit der Kommandant hineinsehen könne.

Was mich persönlich störte, war, daß ich nur die Hände und Finger des Oberzahlmeisters sah, die den Akt hochhielten, nicht aber die dazugehörigen Arme und den Körper.

Der Oberzahlmeister begann die im Protokoll niedergelegten

Zahlen herunterzuglucksen: Applikationsnummer, ursprüngliche Kopfzahl, gegenwärtiger Stand der Proviantmenge etc.

»Stimmt, richtig«, bestätigte der Kommandant bei jeder der Zahlen und Mengen.

»So ist also alles amtsmäßig in Ordnung«, meinte der Oberzahlmeister und schickte sich an, den Akt von sich aus abzuschließen und ihn an seinen Gehilfen zwecks Weiterleitung an die nächste Instanz auszuhändigen.

»Nein, nicht doch«, schrie der Kommandant und drückte die Sprechmuschel auf die noch offenen Aktenseiten, um den Oberzahlmeister daran zu hindern, den Akt zu schließen.

»Das Wichtigste fehlt daraus. Die wahre Sache des Eigentlichen, worum es in Wirklichkeit geht.«

»Wieso denn?« gluckste der Oberzahlmeister erstaunt. »Das vom Amtsschreiber ausgefertigte Protokoll enthält sämtliche von der Aktenordnung vorgeschriebenen und zur Weiterleitung an die nächste Instanz erforderlichen Sachangaben.«

»Der Grund«, schrie der Kommandant. »Die Dringlichkeit, die Unaufschiebbarkeit ... Ich suche an, sie nachträglich in dem Akt zu vermerken. Ja, ich muß darauf bestehen. Ich meine, ich suche allerhöflichst darum an, da ich darauf im gegebenen Fall unter allen Umständen bestehen müßte.«

»Gar keine Ursache zur Echauffierung, Herr Kommandant. Nichts steht einem nachzüglichen Einvermerken von Amts wegen im Wege. Zum nachträglichen Einvermerken ist ja von der Kanzleiordnung der Aktenrand vorgesehen. Nun bitte also um das Nachzügliche, ich vermerke.« Er legte den Akt auf den Tisch zurück und griff nach dem Federstiel.

Griff nach dem Federstiel? So erschien es mir zuerst. Gleich darauf erwies es sich jedoch, daß er in Wirklichkeit gar nicht nach dem Federstiel greifen mußte, war doch seine Hand selber der Federstiel, einer jener Federstiele, Stahlspitze am Unterende, dick in der Mitte und sich am oberen Stielende wiederum zuspitzend, wie solche in ärarischen Ämtern noch in Gebrauch sind.

Er tauchte den Federstiel in das Tintenfaß, das auf seinem Amtstisch, auf unserem Telefonbrett, stand. Wie einen doch der gewohnte Anblick von Dingen zu täuschen vermag. Das Tintenfaß, in das er Feder und Federstiel eintauchte, stand de facto gar nicht auf dem Tisch, auch nicht sonstwo, er selber war das Tintenfaß. Wie merkwürdig, daß ich nicht gleich bemerkt hatte, daß der ganze Oberzahlmeister bloß ein Tintenfaß war. Wahrscheinlich hatte ich, von den gewohnten Vorstellungen verleitet, die ganze Zeit nach etwas Körperlichem Ausschau gehalten und dabei das einzige zu einem Federstiel Gehörige – das Tintenfaß – übersehen.

Die Feder tauchte ins Tintenblut des Oberzahlmeisters und begann das »Nachzügliche« auf dem Aktenrand zu vermerken.

Alles, was während der Protokollaufnahme am Vormittag durch die fortwährende Zurechtweisung »Bitte doch zur Sache, Herr Kommandant« im Kommandanten aufgestaut war, brach jetzt lavaartig aus ihm hervor: Das Eigentliche, die wahre Sache: das Verhungern und Verdursten der Hügelbesatzung bis zum letzten Mann. Die Dringlichkeit des Eintreffens der Proviantsendung.

Völlig unbekümmert darum, daß dem Oberzahlmeister von Amts wegen doch nur der Aktenrand für nachträgliche Vermerke zur Verfügung stand, gab der Kommandant mit detaillierter Ausführlichkeit unsere Situation zu Protokoll. In seinem Eifer ließ er sich zu Wiederholungen, ja zu Wiederholungen von Wiederholungen hinreißen, die selbst die Wiederholungen in Reden von buddhistischen Mönchen übertrafen. Und dennoch, ich muß gestehen, ich habe weder zuvor noch nachher den Worten eines Menschen so zutiefst hingerissen, mit solch atemloser Spannung gelauscht.

Er schilderte das langsame Verdursten und Verhungern seiner Leute mit einer so beschwörenden Macht, daß man geradezu glaubte, die Verhungernden mit ihren ausgehöhlten Wangen, abgezehrten Leibern und schlotternden Gliedern leibhaft vor sich zu sehen, ihre matten Stimmen deutlich zu hören. Er schilderte es so intensiv, daß ihr verhungerter Hunger selbst den gefülltesten Magen in Ungvar zum Knurren, daß ihr verdurstender Durst selbst die von Bier gefüllten Kehlen in Ungvar zum Ausdörren bringen mußte. Ich war schließlich doch selber einer jener langsam Verhungernden und Verdurstenden, über die er sprach, und so wußte ich aus eigener Erfahrung, wie schrecklich es war. Und doch, wie schrecklich, schrecklich es wirklich war, wurde mir erst völlig klar, als der Kommandant es jetzt mit so erschütternder Ausführlichkeit schilderte.

Hätte er zu einem Felsen gesprochen, der Felsen hätte, zutiefst davon bewegt, sich zu unserer Labung in lauter Schweinsbraten, warme Semmeln und Zwetschgenknödel verwandelt und die Erdtiefe angezapft, um frisches Pilsnerbier hervorquellen zu lassen. Hätte er zu den im Proviantdepot in Skolpje aufgestapelten Konserven und Bierflaschen gesprochen, sie wären, von Mitleid überwältigt, von ihren Regalen herabgestiegen, hätten sich zu einer Hilfsarmee geformt und wären trotz der verschlammten Wege im Eilmarsch zu unserem Hügel gekommen. Sie hätten sich automatisch geöffnet und alles, was sie enthielten, in unsere Mäuler entleert.

Mochte er mit seiner beschwörenden Rede selbst in Felsen, Konservenbüchsen und Bierflaschen lebendiges Mitleid erwecken, bei der oberzahlmeisterlichen Amtsfeder – eine böse Vorahnung sagte es mir – würde er kaum solches Glück haben. Diese Vorahnung überfiel mich bereits, als die oberzahlmeisterliche Feder (sie war aus hartem und sprödem Stahl, recht spitzig geschnitten und machte bei jedem Federstrich krrtz, krrtz) am Kopf des Aktenrandes: »Nachzüglicher Vermerk« notierte. Da wußte ich schon, mochte der Kommandant auch noch so beschwörend reden, nicht mal die winzigste und vertrockneteste Steckrübe würde zur Stillung unseres Hungers aus diesem Aktenrand herausschauen. Nicht mal einen nassen Flecken auf dem Amtspapier würde der nachträgliche Vermerk zur Stillung unseres Durstes hinterlassen.

Bloß meine verdammte Müdigkeit, die mich daran hinderte den Mund zu öffnen, ließ mich versäumen, den Kommandanten zu warnen: ›Umsonst Ihre Mühe, umsonst Ihre Beredsamkeit, Herr Kommandant. Sie sprechen zu einem Tintenfaß, zu einer Amtsfeder.

Hören denn Herr Kommandant nicht, wie alles, was Sie sagen, krrtz, krrtz macht und zum Tintenstrich auf dem Aktenrand wird? Sie beschwören ein Amt, das aber liegt außerhalb aller von Gott geschaffenen Natur. Ein toter Amtsschimmel thront darüber und lenkt es an Gottes statt. Sein Leib ist weißes Aktenpapier, sein geronnenes Blut in den toten Gefäßen – ist schwarze Tinte. Das krrtz, krrtz einer harten Stahlfeder sind seine toten Gebote.‹

In seinem leidenschaftlichen Eifer, zur wahren Sache zu sprechen, bemerkte der Kommandant natürlich nicht, was um ihn herum vorging. Leidenschaftlicher Eifer macht Menschen, in deren Gefäßen rotes Blut kreist, blind, taub und närrisch. So sehr ich auch von seinen Worten beeindruckt war, ich mußte doch innerlich über seine Verblendung lächeln. Glaubte denn dieser Phantast, dieser Narr von einem Kommandanten tatsächlich, daß er mit seinen, wenn auch noch so erschütternden Worten in einem Tintenfaß Mitleid erregen, eine Feder in ihrem krrtz, krrtz beeindrucken, einen auf dem Aktenrand hingekritzelten Vermerk zum Handeln bewegen könne? Bemerkte er nicht, daß was immer er auch vorbringen mochte, sich sofort in ein bloßes krrtz, krrtz verwandelte?

Wäre ich bloß nicht von dieser verdammten Müdigkeit geradezu wie gelähmt gewesen, so hätte ich selbst in dieser bereits fortgeschrittenen Phase, das sich immer drohender anschickende Unheil noch abwenden können. So aber ging es unaufhaltsam seinen Gang.

Ein namenloser Schrecken packte mich, als ich jetzt wahrnahm, wie der Kommandant, nicht nur was er sagte, sondern auch all seine Gesten und Bewegungen, der ganze leibhafte Kommandant samt Haut und Haar, wie er da stand, sich in Papier verwandelte.

Eine Gestalt aus Papier, und nicht mal mehr nach Menschenform gegliedert, sondern in Folie geschnitten, Papier in Aktenformat. Ein pures Aktenblatt war der ganze Kommandant. Er sprach, gestikulierte – eine in Tinte getauchte Feder machte krrtz, krrtz, und eine angekritzelte Aktenseite raschelte trocken.

Blind und taub, verzehrt von leidenschaftlichem Eifer, hörte er noch immer nicht auf. Er mußte wirklich völlig von Sinnen sein, daß er, wo doch alles schon längst nur noch Federgekritzel und raschelndes Aktenpapier war, in seinem Redefluß weiter fortfuhr, von Verhungern und Verdursten, von der Unerläßlichkeit der sofortigen Absendung des längst zugesagten Proviants zu sprechen.

Ich war selber so völlig von diesem unheimlichen Geschehen, daß ein leibhafter Kommandant sich in raschelnde Foliobögen und Federgekritzel verwandelt, gefangen genommen, daß ich nicht achtsam genug die übrigen Geschehnisse verfolgen konnte. Nur deshalb konnte auch all das geschehen, was nachher kam.

Nachher? Nein. Es wäre ganz falsch zu behaupten, daß es erst nachher geschah. Sicherlich war es bereits vorher geschehen, nur hatte ich es nicht bemerkt. Daß nämlich in gleicher Weise wie der Kommandant auch alles übrige, die gesamte in Offensivbereitschaft stehende Mannschaft samt Material, Stollen, Laufgräben, Steckrüben und Fettaugen, mit all den Verhungernden und Verdurstenden, der ganze Hügel, und ich selber, oh weh, oh weh, mein eigener Hunger und Durst, meine eigene Hoffnung auf Rettung und Heimkehr, zu raschelndem Aktenpapier geworden waren.

Eine Feder, die von keiner Menschenhand, sondern von etwas, was Amtshandlung hieß, geführt wurde, eine Amtsfeder, von keinem Gott erschaffen, sondern gegen Gottes Willen in die Schöpfung hineinpraktiziert, machte krrtz, krrtz auf unserem zu Papier gewordenen Hunger und Durst und legte raschelnd die angekritzelten Aktenseiten unseres Hügels um.

Hätte ich es bloß rechtzeitig wahrgenommen, so hätte ich vielleicht zumindest mich selber vor dieser Verpapierung bewahren können. Nun aber war es zu spät.

Der nachzügliche Vermerk war beendet und unser Akt abgeschlossen. Das letzte was ich den Kommandanten rascheln hörte, war: »Ich muß aber wissen, für wann wir endlich mit der Perfektuierung unseres Ansuchens rechnen können.« Worauf eine Stimme glucksend erwiderte: »Es geht seinen amtlichen Dienstweg.«

Die Verwandlung vom körperlichen Dasein, mochte dieses auch noch so dreckig gewesen sein, war an sich schon recht ungemütlich, insbesondere wenn man dabei das Bewußtsein bewahrte und die ganze Pein wie in der Hölle wissend erlebte. Bevor jedoch der Akt seinen Dienstweg angetreten hatte, bestand noch immer eine gewisse Hoffnung, daß sich im letzten Moment alles zum Besseren wenden und wir unsere menschliche Gestalt am Ende wieder zurückerhalten würden.

Gewiß, die empirische Evidenz des realen Alltags encouragierte eine derartige Hoffnung nicht. Da mußte man sich schon eher auf Märchen verlassen, in denen es sozusagen an der Tagesordnung ist, daß Menschen, die von einem bösen Zauberer in Tiere, Bäume oder Berge verwandelt werden, durch die magischen Worte eines guten Geistes wieder ihre menschliche Gestalt annehmen. Und was ist letzten Endes schon der große Unterschied zwischen den Schauervorgängen in einem Ammenmärchen und dem Soldatenleben im Kriege? Warum sollte nicht der von Amts wegen über uns verhängte Zauberbann, der uns zu Aktenpapier verwandelt hatte, eines Tages durch ein magisches Wort, wie z. B.: »Die Revolution ist ausgebrochen, und der Krieg ist beendet«, gebrochen werden?

Mit dem Dienstweg ging aber auch diese letzte Hoffnung zum Teufel. Was sich einmal auf dem Dienstweg befand, war für alle Zeiten dahin. Ist doch der Dienstweg das Jüngste Gericht, in dem der Amtsschimmel die Bittsteller zur ewigen Verdammnis verurteilt. Kein guter Zaubergeist, keine Fee und selbst kein Schutzengel vermag dagegen etwas auszurichten.

Den Dienstweg geht man nicht, denn er ist ja kein Weg wie die Wege, die durch die gottgeschaffene Natur führen. Außerhalb aller Natur schlängelt er sich labyrinthisch von Instanz zu Instanz. Auf dem über Instanzen führenden Dienstweg wird man unentwegt als Einlauf eingetragen, durchblättert, weggelegt, liegengelassen, von neuem vorgenommen, in eine Mappe gelegt, als Abgang ausgetragen und an die nächste Instanz weitergeleitet, wo sich das gleiche wiederholt. Man wechselt zwar den Ort, da aber ein Registraturfach wie das andere, ein Regal wie das andere, ein Schreibpult wie das andere ist, macht es letzten Endes wenig Unterschied, in welchem Amt man einläuft und zu welchem man weitergeleitet wird.

Anfangs war ich bloß angeödet von der trostlosen Einförmigkeit des Instanzweges und verärgert über das Schneckentempo, mit dem die Zeit verstrich. Als wir jedoch – ich konnte bei dieser Einförmigkeit nicht genau feststellen, ob wir uns bei der fünften, fünfzehnten oder fünfundzwanzigsten Instanz befanden – abermals durchblättert und weggelegt wurden, durchlief mich mit einem Mal ein solches Erschaudern, daß der ganze Akt ins Zittern geriet und der zuständigen Amtsstelle aus der Hand fiel.

Ich merkte nämlich plötzlich, daß wir uns schon seit einer geraumen Weile gar nicht vom Fleck rührten und daß auch die Zeit stillzustehen schien. Wahrscheinlich war es mir nicht schon früher aufgefallen, weil unsere an Wechsel und Bewegung in Raum und Zeit gewohnten Sinne das Unbewegte nicht gleich wahrzunehmen vermögen und wir, im Verstreichen der Zeit groß geworden, einen zeitlosen Zustand nicht sogleich zu erfassen vermögen. Sobald ich aber einmal diesen Trug von Bewegtheit und Zeitverfließen überwunden hatte, ging mir plötzlich ein Licht auf. »Ich wette«, sagte ich mir, »das ist die Ewigkeit! Es kann gar nichts anderes sein.« Und ich mußte mich bloß an diesen neuen Zustand gewöhnen und mich ein wenig umschauen, um zu erkennen, wie richtig meine Vermutung war.

Während wir warteten, daß die Reihe an uns kam, sah ich zu Haufen auf den Regalen Akten, die vor Jahrhunderten, ja Jahrtausenden den Dienstweg gegangen und unerledigt geblieben waren; etliche auf Kanzleipapier der Generalintendanturen Napoleons und Friedrichs des Zweiten, andere noch auf Wachstafeln, Pergament, Bambusstäben, Papyrusrollen, von ägyptischen Schreibern, römischen Beamten oder von mittelalterlichen Capellarii und Protonotarii in Karolingischen Minuskeln und Merowingischen Kursiven registriert und mit Vermerken versehen. Dringende Eingaben, in denen verzweifelte Kommandanten aus den assyrischen und punischen Feldzügen gleichwie aus dem unter Heinrich IV. im Sumpf steckengebliebenen Sachsenfeldzug und den napoleonischen und russisch-japanischen Kriegen vergebens um unverzüglichen Proviantnachschub ansuchten. Daneben lagen Unterstützungsgesuche von unversorgt gebliebenen Witwen und Waisen verhungerter Helden und Ansuchen von Zivilisten, die gegen ungerechte Requisitionen seitens ausgehungerter Truppen protestierten. Zuunterst lag der Urakt, von Urbeamten mit der ersten Registrationsnummer versehen.

Wem sich aber einmal die Ewigkeit gezeigt hat, dem zeigt sich kein Stückwerk, sondern ein Ganzes, Geschlossenes nach rückwärts wie nach vorn. Auf dem Regal über den Akten der Vergangenheit lagen bereits turmhoch auch all jene vergeblichen Ansuchen verzweifelter Kommandanten aus kommenden Kriegen, die den Dienstweg gehen würden. Hier lagen sie alle, versackt und unerledigt, vom gleichen feinen unirdischen Staub der Ewigkeit bedeckt.

Als jetzt endlich unser Akt an die Reihe kam und durch die Registraturprozedur der Ewigkeit hindurchging, sah ich eine Feder auf uns niederzucken. Zuerst kannte ich mich nicht recht aus: War es die Stahlfeder des Oberzahlmeisters, die krrtz, krrtz machte, oder eine ägyptische Binsenrispe, ein Calamus aus Rattanpalmen, ein Gänsekiel, eine schnabelspitzige italienische Rohrfeder, ein Griffel, Pinsel, ein moderner Füllfederhalter oder ein arabisches Schreibrohr, wie ich solche einmal, als ich noch in der Zeitlichkeit weilte, gesondert etikettiert im Federmuseum zu Karakut gesehen hatte. Hier in der Ewigkeit war das alles natürlich ein und dasselbe. Die Feder aus verschiedenen Zeiten – eine einzige Feder, die ewige Beamtenfeder.

Im gleichen Augenblick wo die Feder unseren Akt berührte, hörte ich eine Stimme: »Ich vermerke: dringend« sagen. Genau die Worte, die auch der Oberzahlmeister gebraucht hatte, nur klangen sie jetzt wie mittelhochdeutsch, zugleich aber auch aramäisch, chinesisch, hebräisch, lateinisch, arabisch, französisch und englisch, in allerlei Sprachen und Mundarten. In Wirklichkeit war dieses »Ich vermerke: dringend« natürlich ein und dieselbe Sprache: die ewige Amtssprache.

Gewitzigt von dem, was ich mit »dringend« vermerkten Akten auf den Regalen sah, fiel ich auf unseren dringlichen Vermerk auch nicht für eine Sekunde lang hinein. Wußte ich doch genau, was uns hier an letzter Instanz erwartete. Das einzige, was mir einigen Trost gab, war eine gewisse Schadenfreude. Ich stellte nämlich fest, daß mit uns auch die vierzehn Ungvarer Preferenzakten auf demselben Regal verstaut lagen. Die Beförderung aufs ewige Regal hielt außerdem auch noch eine andere herzerquickende Feststellung für mich bereit.

Zuoberst des Aktenstoßes, der links von uns lag, sah ich ein Ansuchen, das in der Sprache unseres Feindes verfaßt war. Das konnte nichts anderes sein als jenes dringende Ansuchen des feindlichen Kommandanten vom Hügel gegenüber, in dem er den erforderlichen Munitionsnachschub urgierte, den er brauchte, um uns überrennen zu können. Mit einem vieldeutigen papierenen Lächeln lenkte ich die Aufmerksamkeit unseres Kommandanten darauf, der mir sogleich papieren zuwinkte, mich darüber zu vergewissern.

Ich schickte mich an, seinem Befehl Folge zu leisten, als eine unheimlich strenge Stimme (es mußte die Stimme des Geheim-Agenten der Ewigkeit sein) mich brutal anfuhr: »Spion!«

Beschämt und bis ins Innerste erschrocken, wandte ich meinen Blick sofort von dem Akt ab und versuchte zu fliehen. Es war jedoch völlig unmöglich. Denn kaum hatte die Stimme das Wort »Spion« ausgesprochen, als ein irrsinniges Alarmläuten einsetzte, wie in einem Gefängnis, wenn einer der Sträflinge bei einem Fluchtversuch ertappt wird. Es läutete pausenlos und nahm kein Ende, wurde vielmehr immer lauter und lauter. Die ganze Ewigkeit widerhallte und erbebte von diesem Läuten. Es war wie ein Weltengericht, das sich in Läuten vollzog.

Zuerst erbebten bloß die Regale, dann fielen all die jahrtausendalten Akten von den ewigen Regalen herab, aufeinander, untereinander, durcheinander; mitsamt den vierzehn Preferenzakten und dem unseren. Die ganze Registratur, selbst die Wände, der Boden des ewigen Amtes begannen wie bei einem Erdbeben immer bedrohlicher zu wackeln, dann zusammenzustürzen, bis schließlich die ganze Ewigkeit, zu Trümmern geworden, gleichwie in einem bodenlosen Abgrund in dem Trommelfell zersprengenden Geklingel versank.

»Das ist das Ende, das Ende der Ewigkeit«, sagte ich versinkend. Da aber spürte ich plötzlich etwas Festes in meiner Hand. Es fühlte sich wie ein Apparat an, und ich klammerte mich krampfhaft daran fest. Worauf eine quäkende Stimme sagte: »Moment, ich verbinde«, und gleich darauf eine andere Stimme: »Hier O. P.«

»Was? Was?« stammelte ich völlig durcheinander.

»Hören Sie mich denn nicht? Hier O. P. Der Oberzahlmeister ist jetzt sprechbereit.«

Ich rieb mir die Augen und begann allmählich zu mir zu kommen.

»Hallo, hallo, was ist denn los? Hören Sie zu. Der Herr Oberzahlmeister ...«

»Sofort«, antwortete ich, mich einigermaßen erfassend, »ich rufe sofort den Kommandanten.«

Ich erhob mich, um ihn zu holen, torkelte aber noch, als ich in seinen Stollen trat. »Herr Kommandant«, sagte ich, »der Ober-Krrtz, Krrtz will Sie sprechen.«

Der Kommandant blickte mich befremdet an: »Was reden Sie da?«

Ich weiß nicht, warum ich anstatt Oberzahlmeister auch das zweite Mal wieder Ober-Krrtz, Krrtz sagen mußte.

»Sind Sie denn verrückt geworden, Sie Hornochs?«

Erst als er mich jetzt beim Namen nannte, riß ich mich zusammen.

»Verzeihung Herr Kommandant, ich, ich«, stotterte ich, »ich wollte sagen, der Herr Oberzahlmeister ist am Apparat.«

Einen Moment noch blickte er mich mißtrauisch an, dann stürzte er zum Telefon.

Der Kommandant wiederholte seine schon morgens an den Aspiranten gestellte Frage, wann wir endlich mit dem zugesagten Proviant rechnen könnten, und betonte dabei die allerhöchste Dringlichkeit.

Der Oberzahlmeister schien auf die vierzehn Ungvarer Preferenzakten hingewiesen zu haben, deren Erledigung dem unsrigen vorausgingen, denn der Kommandant antwortete: »Ich verstehe das mit der Preferenz sehr gut, aber was sollen wir inzwischen anfangen? Ich kann doch nicht mit meiner Offensive auf dem Hintern sitzen und abwarten, bis die andern vierzehn Lieferungen abgewickelt sind. Versetzen Sie sich doch bitte in meine Lage.«

....

»Gewiß, ich begreife, daß der Akt seinen amtlichen Weg gehen muß. Unser ursprüngliches Ansuchen, das verlegt wurde, ist aber den vierzehn Preferenzakten vorausgegangen. Könnten Sie nicht auf dem Dienstwege ...«

Bei dem Wort »Dienstwege« sprang ich wie von einer Tarantel gestochen auf und riß dem Kommandanten mit jähem Griff den Hörer vom Ohr.

»Sie rascheln vergebens, Herr Kommandant, sehen Sie nicht, daß er Sie zu Papier macht? Retten Sie sich, um Himmels willen, retten Sie sich, sonst legt er Sie zu den punischen Akten«, rief ich erregt.

Der Kommandant geriet in solche Rage, daß ich glaubte, er werde mich an Ort und Stelle totschlagen.

»Sind Sie völlig irrsinnig, Sie rasend gewordenes Aas«, tobte er und stieß mich zur Seite. Er ergriff den Hörer: »Hallo, hallo, hallo ...« Es war umsonst. Die Verbindung war abgebrochen. »Da haben wir's«, schnaubte er puterrot.

Ich stand am ganzen Leibe bebend vor ihm da.

»Ich werde Sie in die Divisonsirrenanstalt abtransportieren lassen«, brüllte er, »und bis dahin Sie anketten und auspeitschen lassen, Sie gefährliches Biest.«

Als er dann, vom Toben und Brüllen völlig erschöpft, auf dem

Sessel zusammengesunken war und ratlos vor sich hin starrte, versuchte ich, bis ins Innerste betreten, mich zu entschuldigen.

»Ich sehe ein«, stammelte ich, »daß es wahnsinnig von mir war. Es geschah aber bloß, weil ich übernächtigt bin. Ich flehe den Herrn Kommandanten gehorsamst an, mir dieses eine Mal mein Verschulden nachzusehen. Ich werde nie wieder Anlaß zu Ärgernis geben.«

Ich sagte dies alles aber bloß, um ihn zu besänftigen. Insgeheim war ich noch immer davon überzeugt, daß wenn ich dem Kommandanten den Hörer nicht rechtzeitig vom Ohr gerissen hätte, wir alle, samt Telefon und Hügel, vom Ewigkeitsstaub bedeckt auf den Regalen neben dem punischen Akt gelandet wären.

Der Kommandant wies mich an, die Verbindung mit O. P. wieder herzustellen. Es gelang mir auch, und so konnte er sein unterbrochenes Gespräch mit dem Oberzahlmeister fortsetzen.

Ich entschuldigte mich flüsternd, daß ich austreten müsse. Nicht bloß weil doch selbst ein Telefonist neben Ferngesprächen auch natürliche Bedürfnisse hat, ging ich ins Freie. Nach dem, was passiert war, traute ich mir selber nicht mehr. Sicher ist sicher, sagte ich mir und zog die Verrichtung so lange hin, bis ich annahm, daß das Gespräch zu Ende war.

Der Kommandant war wie ausgewechselt, als ich in den Stollen zurückkam. Die Besorgnis war aus seinen Zügen geschwunden, seine Augen leuchteten, seine Gesten waren wieder mit echt konradischer Vitalität geladen.

Der Erfolg seines Gespräches mit dem Oberzahlmeister hatte diese Verwandlung bewirkt. Die oberzahlmeisterliche Instanz hatte zwar betont, daß sie nicht von dem vorgeschriebenen Dienstweg abweichen könne, der Überredungskunst des Kommandanten war es jedoch gelungen, den Oberzahlmeister von der Unaufschiebbarkeit der Offensive derartig zu überzeugen, daß dieser schließlich einen Weg zu sehen glaubte, der es ihm ermöglichte, die Proviantlieferung beschleunigen zu können. Es gingen unserem Akt bekanntlich vierzehn Preferenzakten voraus, was der Oberzahlmeister im Sinne hatte, war, unserem Akt angesichts des besonderen Tatbestandes

Preferenz vor den Preferenzakten einzuräumen. Natürlich benötigte er dazu eine spezielle Amtsorder seitens der nächsten höheren Instanz, die er aber im telefonisch amtlichen Wege zu erlangen hoffte. Er versprach, nach Ordererhalt den Kommandanten unverzüglich, und zwar noch im Laufe dieses Amtsnachmittags, zurückzurufen.

»Die rechtzeitige Lieferung ist so gut wie gesichert«, rief der Kommandant. »Wir sind gerettet.«

Was für einen Unsinn man doch zuweilen zusammenträumt, dachte ich mir. Jedenfalls freute ich mich, daß ich kein prophetischer Träumer war. So würden wir also dem Feind doch noch zuvorkommen, ihn siegreich schlagen und vor allem wieder einmal zu fressen haben. Mehr konnte sich selbst ein Feldtelefonist nicht wünschen.

Der Adjutant trat ein und meldete, daß sich die Offiziere und Unteroffiziere im Kommandantenstollen zum Routinerapport und Befehlsempfang eingefunden hatten. Da jedoch alles Weitere von der versprochenen Verständigung des Oberzahlmeisters abhing und sein Anruf jeden Moment erfolgen konnte, wollte der Kommandant den Telefonstollen nicht verlassen. So befahl er: »Lassen Sie die Ochsenherde hierherkommen. Die können ja auch hier futtern und wiederkäuen.« Zugleich befahl er dem Adjutanten den auf seinem Amtstisch liegenden Offensivplan samt Terrainskizzen und Rekogniszierungsberichten herbeizuschaffen. Nachdem sämtliche Routinerapports abgegeben worden waren, befahl der Kommandant den Offizieren und Unteroffizieren zu warten, bis die Verständigung der genauen Zeitangabe der Proviantlieferung durchgesagt werde und er ihnen die nötigen Befehle mit den von der Zeitangabe abhängigen eventuellen Abänderungen erteilen könne.

Während die Offiziere und Unteroffiziere im Halbkreis herumstanden, setzte sich der Kommandant an das Telefonbrett und breitete den Plan samt allen zugehörigen Unterlagen vor sich aus, um nochmals alle Angriffs- und Reservestellungen sorgfältigst zu überprüfen. Die Offiziere und Unteroffiziere standen mit klopfendem Herzen und verhaltenem Atem da, die Blicke starr auf den Apparat geheftet, in äußerster Nervenspannung auf das Klingelzeichen harrend. Wußten doch alle: In diesem Apparat entscheidet sich unser Schicksal. Und da war er nicht mehr bloß ein toter Gegenstand, vielmehr erschien er ihnen wie ein Wesen, das jetzt stumm auf dem Tisch stand, jeden Moment aber mit Menschenstimme zu sprechen beginnen konnte, und von dem, was er sagen würde, hing ab, ob wir zu essen und zu trinken bekamen, ob wir weiterleben würden, oder ob wir, verhungert und verdurstet, bald stummer und toter sein würden als der Apparat.

Gespannte Stille herrschte im Raum, die selbst nicht von der geringsten Bewegung, nicht vom leisesten Hüsteln, nicht mal von dem Geräusch eines hörbaren Atemzuges gestört wurde.
 Da plötzlich brach das Summen einer verspäteten Herbstfliege in diese atemlose Stille hinein. Ob die Fliege auch schon vorher im Stollen gewesen und bloß von niemandem bemerkt worden war oder ob sie in einer Ecke geschlafen und erst durch die atemlose Stille erwacht war – wer konnte das wissen? Nun flog sie unruhig summend kreuz und quer durch den Stollen, eine kurze Strecke geradeaus, dann einen Winkel schlagend, hin und her, von einer Ecke in die andere, von einer Wand zur andern, saß bald da, bald dort, auf Wänden, auf dem Telefonbrett, auf den Monturen, doch überall ohne zu verweilen, nur einen Augenblick, und flog dann schon wieder mit Fliegenrastlosigkeit zu einem anderen Ort. Zuweilen sah man sie nicht, dann kam sie wieder von neuem angesurrt, in verschiedenen Tonarten summend.
 Sie nahm unser aller Aufmerksamkeit gefangen. Unser Augenmerk war während dieses gespannten Wartens auf die rastlose Fliege gerichtet, als würde uns nichts anderes im Leben interessieren als: Wo ist sie jetzt, wohin summt sie jetzt, wohin will sie jetzt? Vielleicht war es das vertraute Summen von früher oder das so oft geschaute Herumschwirren oder beides: die Fliege! Die Fliege der

Vergangenheit, die in unserer Erinnerung lebte. Die Fliege des Friedens: eines langen Nachmittages in der Kaserne, im Büro, im Ordinationszimmer, in der Studierstube. Wer von uns hatte nicht seine hin und her summende Fliege der Friedenszeit, seinen unwiederbringlichen geruhsamen Fliegennachmittag? Und so versanken wir alle im Verweilen der Erinnerung.

Nur der Kommandant saß, die Fliege ignorierend, in seinen Plan vertieft.

Der wußte, was er wollte. Der verfolgte einen Plan, und wer einen Plan verfolgt, den vermag selbst keine Fliege davon abzulenken.

Nach einer Weile, die Fliege hatte inzwischen alle nur erdenklichen Linien im Raum durchmessen und durchsummt, fand sie schließlich die Stätte, wo sie ausruhen wollte.

Sie erwählte sich den Offensivplan der auf dem Telefonbrett lag. Sogleich aber verjagte sie die Hand des Kommandanten. Die verspätete Herbstfliege gehörte nicht in seinen Plan hinein. Die Fliege, von dem vielen Herumschwirren ermüdet, bestand aber auf einem Ruheplatz und ließ sich nunmehr auf dem Handrücken des Kommandanten nieder. Die Hand des Kommandanten schnellte empor, um die lästige Fliege loszuwerden. Die Fliege aber kehrte alsbald auf die gleiche Stelle des Handrückens zurück. Die Hand des Kommandanten zuckte abermals, nun schon sichtlich nervös. Dreimal verjagte er sie, dreimal kehrte sie trotzig zurück. Beim vierten Mal fluchte er: »Zum Teufel nochmal!« Das war der erste menschliche Laut, der inmitten der Stille ertönte.

Vom Plan und Handrücken verscheucht, setzte sich die Fliege nun auf die Glatze des Kommandanten, der nach vorn gebeugten Stirne zu, als wolle sie in den Plan hineingucken. Der Kommandant bewegte den Kopf, um sie abzuschütteln. Sie summte einige Male quer durch den Stollen und setzte sich abermals auf die glänzende Glatze. Der Kommandant riß die Hand zur Stirne und vertrieb sie: »Verdammt nochmal«, brummte er und versenkte sich von neuem in seinen Plan.

Die Fliege kehrte auf ihren ursprünglichen Ruheplatz, auf den Plan, zurück. Die Hand des Kommandanten schlug zu, die Fliege war aber flinker und entkam.

Sie schien nun die Nachstellungen des Kommandanten satt zu haben, denn sie summte und summte und flog schließlich zu uns herüber. Der Kompagnieführer der achten Patrouille hatte einen Wald von einem Bart; dort versuchte sie es zuerst, dann setzte sie sich auf die silberne Medaille eines Leutnants, auf einen Korporalsstern, Ruhe schien sie aber nirgends zu finden.

Ich beobachtete den Landwehr Oberleutnant Badger, der zu meiner Rechten stand. Von Beginn an war er mit seinen Augen der Fliege gefolgt, mit einem Interesse, ja einer Leidenschaft, ich hätte wetten können, daß dieser Landwehr Oberleutnant früher irgendwo Magistratsbeamter gewesen sein und seine Amtsstunden mit Fliegenjagd verbracht haben mußte. Sobald die Fliege sich irgendwo niederließ, durchzuckte es den ganzen Mann. Nur der ungewöhnliche Ernst der Situation vermochte ihn daran zu hindern, der Fliege nachzulaufen und sie zu fangen. Als die Fliege sich auf die silberne Medaille des Leutnants neben ihm setzte, war er nahe daran, ihr mit halbgeschlossener Faust nachzufolgen. Er beherrschte sich aber.

Fliegen sind von einer Tücke der Schöpfung erschaffen. Obwohl die Fliege irgendwo im Raum hätte verweilen können, kehrte sie wiederum auf die Glatze des Kommandanten zurück, und als sich die Glatze zu schütteln begann, auf den Handrücken und von diesem zu ihrem ursprünglichen Ruheort – zum Plan – zurück. Das war der Moment, wo der Landwehr Oberleutnant, früher Magistratsbeamter und Fliegenfänger von Beruf, die Contenance verlor. Er stürzte aus der Reihe, und mit einem Sprung, der rasch war wie ein Flug, ein Fliegenflug, war er auch schon mit seiner Hand auf dem Telefonbrett, mitten drin im Plan und hielt die Fliege in seiner geschlossenen Faust gefangen. Ein kurzer, fester Druck des Mittelfingers gegen die Handfläche und – die Fliege summte nicht mehr.

»Hach!« schrie der Landwehr Oberleutnant erleichtert.

»Na«, rief der Kommandant ungehalten, doch ehe er noch den Oberleutnant zurechtweisen konnte, begann der Apparat zu schrillen.

Die Faust des Oberleutnants entließ die tote Fliege. Sie fiel auf den Plan.

Der Kommandant hob die Hörmuschel ans Ohr: »Jawohl, Hügel 317«, rief er in den Apparat hinein.

»Was? Wer? Ich verstehe nicht? Wer möchte mich sprechen?« frug der Kommandant. Mit seiner Hand die Hörmuschel abdeckend, rief er mir zu: »Zum Teufel, kommen Sie doch her und stellen Sie fest, wer auf der Leitung ist. Ich kann kein Wort verstehen.«

Ich übernahm das Gespräch. »Abteilung D von der Obersten Stelle wünscht den Herrn Kommandanten zu sprechen«, meldete ich. »Die Verbindung wird gleich da sein.«

»Die oberste Stelle?« sagte der Kommandant verwundert.

»Die oberste Stelle?« murmelten die Offiziere und Unteroffiziere im Chor.

»Sollte der Oberzahlmeister unsere Angelegenheit gar bis zur obersten Stelle getragen haben? Nicht zu fassen!« sagte der Kommandant vor sich hin.

»Bis zur obersten Stelle? Nicht zu fassen!« ging das erstaunte Murmeln der Offiziere und Unteroffiziere durch den Stollen.

»Abteilung D von der Obersten Stelle ist am Apparat«, sagte ich und überreichte dem Kommandanten den Hörer.

»Jawohl, Kommandant Konrad, allergehorsamst. Ich höre …«

.....

»Ich höre.«

....

»Ja aber …« Sein Gesicht erbleichte.

....

»Jawohl zur Kenntnis genommen.«

....

»Schluß.«

Er legte den Hörer kraftlos auf die Gabel zurück. Das Kinn auf die Brust gesenkt, mit der Handfläche die Augenlider bedeckend, begann er mit tonloser Stimme: »Meine Herren ...« Lange Pause. »Meine Herren ...« Es war seit langem zum ersten Mal, daß er die Offiziere und Unteroffiziere nicht mit »Rindviecher«, sondern mit »meine Herren« anredete. Alle ahnten, daß etwas Furchtbares vorgefallen sein mußte.

Eine angstvolle Spannung erfüllte den Raum. Als er zum dritten Mal mit der gleichen tonlosen Stimme: »Meine Herren ...« sagte und danach abermals stockte, brach es aus den Offizieren und Unteroffizieren hervor: »Was ist denn geschehen, Herr Kommandant? Bitte sagen Sie es uns doch.«

Er hob den Kopf, nahm all seine Kräfte zusammen: »Gewiß, es ist Ihr Recht, es zu wissen, meine Herren«, begann er in der gleichen tonlosen Art, so daß die Offiziere und Unteroffiziere zusammenrücken und ihre Ohren um seine Lippen aufpflanzen mußten, um seine Worte vernehmen zu können. »Und meine Pflicht ist es, Ihnen meine Herren zu sagen ...« fuhr er fort und verstummte abermals.

»Was? Was?« fragte der düstere Chor. »Sagen Sie es doch schon. Was immer es sein mag, wir wollen es wissen, Herr Kommandant.«

Es schien ihm immer schwerer zu fallen, etwas über die Lippen zu bringen. Obwohl sämtliche Ohren der Offiziere und Unteroffiziere sich so nahe um ihn scharten, daß sein Atem ihre Ohrläppchen netzte, vermochten sie noch immer nicht zu verstehen, was ihr Recht war zu wissen.

»Laßt *mich* es machen«, sagte schließlich der Adjutant, »*ich* kann alles verstehen und wiederholen, was der Herr Kommandant sagt.« Er schob die übrigen Ohren zur Seite und legte das seine breit an die Lippen des Kommandanten.

»Der Kommandant sagt, wir sind verloren«, verkündete er alsbald.

»Verloren? Wieso verloren?« frug der düstere Chor.

Der Adjutant schnellte sein Ohr zu den Lippen des Kommandanten zurück, damit ihm keine Silbe der Antwort entgehen möge. Die

Unteroffiziere und Offiziere begannen nervös hin und her zu zappeln, so lange dauerte es, bis der Kommandant dem Adjutanten mitgeteilt hatte, warum wir verloren waren.

Es war so furchtbar, daß dem mesopotamischen Papagei selbst das Nachplappern schwer fiel. »Halten«, begann er und erschrak beim lauten Aussprechen dieses Wortes derartig, daß er das Weitere nicht auszuführen vermochte.

Auch der fragende Chor verstummte vor diesem Wort.

Von neuem bloß »Halten«? Wochen- und monatelang hatten sie den Schlammhügel gehalten und gehalten.

Lastende Stille erfüllte den Raum. Alle Blicke, von Entsetzen erstarrt, gewahrten allein das Schreckgespenst, das das Wort »halten« heraufbeschworen hatte. Die summende Fliege lag tot auf dem Plan.

Solange Krieger aber nicht die ewige Ruhe einer zerquetschten Fliege erlangt haben, können sie sich auch nicht erlauben, auf die Dauer in regungslosem Schweigen zu verharren, am allerwenigsten ein Kommandant, und schon gar einer aus dem Geschlecht jener Konrads, die von ihren Vätern bloß gezeugt und von ihren Müttern bloß ausgetragen wurden, um im Leben als Soldaten ihren Mann zu stehen. Just das wortlose Entsetzen der Offiziere und Unteroffiziere verhalf dem Kommandanten, sich von seinem eigenen unsoldatischen Entsetzen allmählich zu befreien und seine Soldatenstimme zurückzugewinnen.

»Wir haben von oberster Stelle den Befehl erhalten, jede Angriffsaktion zu unterlassen und uns nur auf das Halten des Hügels, d. h. auf Abwehrgefechte zu beschränken, bis der durch die veränderte Kriegslage im Osten notwendig gewordene Abzug der Truppen ordnungsgemäß vonstatten gegangen ist.«

»Die Truppen werden abgezogen? Sind wir denn geschlagen?« frug der Chor, die Stimme zurückgewinnend.

Der Kommandant überging die heikle Frage und fuhr fort: »Unsere Offensive muß somit abgeblasen werden.«

Ich merkte, wie verteufelt schwer es ihm fiel, den Konrad in sich auch weiterhin aufrecht zu erhalten. »Ich muß Ihnen ja nicht sagen«, fuhr er fort, »was das bedeutet. Es bedeutet, tatenlos dasitzen und warten, bis der Feind uns angreift. Und wie Sie wissen, wartet der Feind bloß auf Materialverstärkung, und wir haben bereits den vierzehnten.«

»Da müssen sich Herr Kommandant keine Sorgen machen, der Feind wartet vergeblich auf Munitionsnachschub«, unterbrach ich, ohne selber klar zu wissen, warum ich es sagte.

»Warum sagen Sie vergebens? Wieso vergebens? Wir haben doch Boncis Erdtel-Bericht«, wandten sich die Offiziere und Unteroffiziere mir zu.

Ich sah, wie der Kommandant ihnen mit dem Finger auf die Stirn tippend ein Zeichen machte, daß bei mir im Kopf etwas nicht ganz richtig sei.

»Er spinnt«, flüsterten die Offiziere und Unteroffiziere einander zu.

Die vom Oberzahlmeister in Aussicht gestellte Beschleunigung des Proviantnachschubs beruhte auf der von unserem Kommandanten hervorgehobenen Notwendigkeit einer Offensive. Die Frage war nun, ob der Oberzahlmeister die Preferenz unseres Aktes vor den übrigen Preferenzakten vor der Bekanntgabe des Abzugsbefehles der Truppen bei der nächsten Instanz hatte durchsetzen können.

Der Kommandant hatte keine Geduld, noch länger auf den versprochenen Rückruf des Oberzahlmeisters zu warten.

»Verlangen Sie dringend das Oberzahlmeisteramt«, wies er mich an.

Ich hob den Hörer und meldete O. P. an.

Während wir auf die Verbindung warteten, sagte er: »Wir müssen doch schließlich Bescheid wissen, bevor wir der seit Tagen in Angriffsbereitschaft gehaltenen Mannschaft die harte Mitteilung machen, daß die Offensive abgeblasen ist. Wir müssen ihnen zumindest die Zusicherung geben können, daß sie wieder zu fressen kriegen werden. Wie sagte doch bloß der verrückte Fähnrich so treffend? Das – Sie wissen doch, was ich meine, das mit der Ohrfeige. Na, wie heißt dieses Zeug bloß, verdammt noch mal, daß ich mir dieses Wort nicht merken kann ...«

»Ja, auch ich kann's mir nicht merken«, sekundierte der Adjutant.

Alle versuchten es sich in Erinnerung zu rufen.

»Ich hab's«, schrie plötzlich der Landwehr Oberleutnant, der die Fliege gefangen hatte, »Herr Kommandant meinen das Es, mit dem abgeschossenen linken Ohr und selbstverständlich auch mit der Ohrfeige.«

»Ganz richtig«, sagte der Kommandant. »Notieren Sie es und legen Sie es zu meinen Papieren«, wies er den Adjutanten an, »man kann nie wissen, wann man so ein Ding brauchen kann.« Sich wieder den andern zuwendend, fuhr er fort: »Ja, was ich damit eigentlich sagen wollte ... Ich weiß schon ... Nun haben wir selber in den Leuten dieses Es entfesselt, es sozusagen aus dem Häuschen herausgelassen, ihm die Beute vor die Nase gehalten und es wild gemacht. Und jetzt sollen wir dem Es befehlen: Marsch zurück ins Häuschen? Und dann wollen wir noch, daß es parieren soll. Ich weiß, wie schwer ich es selber mit dem Es habe. Um aber auf die Leute zurückzukommen. Ich meine eben, wenn wir ihnen doch zumindest ein paar Knochen zum Nagen hinwerfen könnten, dann wäre das Ganze viel leichter. Was denken Sie, meine Herren?«

»Herr Kommandant meinen, wie ich allergehorsamst annehme, ein paar Knochen, an denen natürlich noch ein paar Kilo Fleisch hängen, ha, ha, ha«, bemerkte der Unteroffizier von der Maschinengewehrabteilung, über seinen eigenen Witz amüsiert.

Der Scherz war bei weitem nicht so gut wie Tihamirs Witze. Aber in einer wirklich verzweifelten Lage genügt der blödeste Feldscherz, um einen zum Lachen zu bringen. Es fehlte nicht viel, daß die Heiterkeit in ein ähnlich entfesseltes Gelächter ausgeartet wäre wie das, welches seinerzeit in Tihamirs Stollen mit einer Schlägerei geendet hatte.

Das schrille Klingeln des Apparates schnitt es ab.

Ich hob den Hörer. Eine entfesselte Hölle von Summergeräuschen und Stimmen, die alle durcheinander gingen, brach auf mein Trommelfell ein.

»Munkasc, bitte dringend Ungvar ...« – »Falke, sind Sie es? Falke ...?« – »Bedauere, Linie eingestellt ...« – »Homonna, hier Homonna, bitte um ...« – »Sie kommen schon die Straße herab, muß Schluß machen ...« – »Bumm, bumm ...« – »Befehl vom Oberkommando...« – »Tak, tak, tak, tak.« – »Relay römisch elf antwortet nicht mehr ...« – »Homonna, hier Homonna ...« – »Knacks, knacks ...« – »R. R. 24 ...« – »Bis auf weiteres eingestellt.« – Homonna ... Falke ... eingestellt ... Munkasc ... tak, tak, tak ... knacks ... knacks ... – Kein menschliches Ohr konnte das aushalten.

»Es muß etwas mit der Leitung nicht in Ordnung sein«, sagte ich. »Wir müssen ein wenig warten, Herr Kommandant.« Ich legte die Hörmuschel auf die Gabel zurück. Als ich sie nach einer Weile aufhob, war es das gleiche Stimmengewirr, Tacken und Knacken. »Es ist hoffnungslos, Herr Kommandant.« Ich übergab ihm den Hörer, damit er sich selber überzeugen solle.

»Es scheint ja schon alles drunter und drüber zu gehen«, murmelte er vor sich hin.

»Haben wir gar den Krieg verloren?« fragten von neuem die Offiziere und Unteroffiziere.

Der Kommandant überging wie vordem diese Frage. »Wir können nicht so dasitzen«, raffte er sich auf. »Wir müssen unter allen Umständen wissen, ob wir mit der Proviantsendung rechnen können. Versuchen Sie es nochmals«, wies er mich an.

Das Durcheinander von Stimmen und Geräuschen war der letzte Kontakt mit der Außenwelt gewesen. Als ich von neuem den Apparat zum Ohr hob, war er ein stummer, tauber, toter Gegenstand. Kein Tastendrücken, kein Anklingeln, kein Hallo half da. »Wir sind abgeschnitten, Herr Kommandant«, meldete ich.

»Na das hat uns noch gefehlt.« Er nahm all seine Kräfte zusammen. »So bleibt also nichts anderes übrig, meine Herren ...«

Die Tür wurde aufgerissen, und herein stürmte in höchster Erregung Bonci mit Drahttrommeln, Kabelrollen, Elementenprüfer und Nachrichtentasche behängt. Sein Gesicht strahlte nur so. »Eine wichtige Nachricht, Herr Kommandant. Alles gerettet!«

Wie elektrisiert scharten sich alle um ihn, um die Nachricht zu hören.

»Herr Kommandant werden es nicht glauben«, begann er. »Ich schlich mich hinüber, der feindliche Posten sichtete mich und nahm mich tüchtig aufs Korn. Ich aber scherte mich nicht darum.« Seine Brust schwoll zum Bersten vor heldischer Selbstgefälligkeit, seine Brust, die schon das eiserne Verdienstkreuz auf sich prangen fühlte. »Und so ist es mir denn gelungen, während die Kugeln unausgesetzt um mich herum pfiffen …«

Der Kommandant hielt es nicht länger aus. »Sagen Sie doch endlich, was ist die Nachricht.«

Ich jubelte innerlich, daß dem Kommandanten die Geduld gerissen war. Mir hatte sich gleich von Beginn an der Magen gedreht. Ich konnte das selbstherrliche Getue dieses von Eitelkeit zerfressenen Knirpses von einem Szekler einfach nicht ertragen. Man mußte bloß gesehen haben, wie er sich auch jetzt wieder benahm. Da fing dieser Schurke mit seinem dreckigen Erdtel zufällig eine Nachricht auf, die uns wieder aufrichten könnte, und anstatt die gute Nachricht mitzuteilen, schilderte er erst lang und breit die Heldentaten des kühnen Ritters Bonci. Denn natürlich ging es ihm doch selbst bei der Überbringung der großen Nachricht vor allem darum, sich ein eisernes Verdienstkreuz herauszufischen. Selbst als der Kommandant ihm bereits ein zweites Mal dazwischenfuhr: »Rücken Sie doch endlich mit ihrer Nachricht heraus, Bonci«, warf er sich zuerst in Positur, suchte durch Spreizen und Dehnen seine Knirpsbeine zu verlängern, und machte, um sich das volle Interesse aller zu sichern, noch eine raffinierte Kunstpause.

»Ja, also«, begann er schließlich gewichtig, bei jedem Wort die Wirkung der Nachricht voll auskostend, »ich habe die Nachricht aufgefangen, daß der Feind nicht mit dem Eintreffen des Munitionsnachschubes rechnen kann.«

Worauf alle Bonci mit seiner großen Nachricht stehen ließen und sich auf Kommando mir zuwandten.

»Sagen Sie mal, woher wußten Sie es?« fragte der Kommandant.

Die Offiziere und Unteroffiziere umringten mich und drangen auf mich ein: »Ja, woher wußten Sie es?« Als würde an der ganzen großen Nachricht allein das wichtig sein, woher ich sie vorher bereits gewußt hatte.

Ich muß wohl nicht sagen, daß mich ihr Bestehen auf eine Antwort in äußerste Verlegenheit brachte. Menschen wie unser Kommandant und die Offiziere und Unteroffiziere hätten die Wahrheit, nämlich daß ich den Akt bezüglich des Munitionsnachschubsansuchens des Feindes auf dem Regal in der Ewigkeit neben den punischen und anderen Kriegsakten hatte liegen sehen, weder geglaubt noch verstanden.

Es blieb mir nichts anderes übrig, als etwas zu erfinden, was ihnen glaubwürdig erscheinen würde. So log ich: »Ich hab's heute mittag aufgefangen.«

Bonci, fuchsteufelswild darüber, daß ich ihm zuvorgekommen war und ihm die Gloriole gestohlen hatte, rief: »Erzähl doch keine Geschichten, Ember. Du kannst es unmöglich schon mittags gehört haben, wo ich doch mit meinem Erdtel die Nachricht just in dem Moment aufgefangen habe, als sie dem Feind übermittelt wurde. Und das war um drei. Wenn der Feind selber erst um drei davon Kenntnis erhalten hat, so kannst du es unmöglich früher gehört haben.«

Es gelang aber Bonci trotz dieser Enthüllung nicht, das Interesse wieder auf sich zu lenken. Vielmehr hatte seine Bemerkung die Offiziere und Unteroffiziere nur noch wilder gemacht, zu erfahren woher ich es schon früher hatte.

Verbissen versuchte es Bonci nochmals. »Willst du mir sagen, wie du es gehört haben kannst, wo feindliche Meldungen nur durch einen Erdtel-Apparat aufgefangen werden können und niemals mit deinem lausigen Feldsummer? Oder willst du gar behaupten, daß du einen geheimen Erdtel besitzt, den man auf die Stollenwand anlegen kann? Lüg doch nicht so, du Eintagsfliege von einem Feldtelefonisten.«

»Ich habe es eben mittags und ohne Erdtel erfahren«, gab ich zurück.

»Na dann können Sie uns vielleicht auch sagen ob unser Proviant eintreffen wird«, bemerkte der Kommandant.

Ich hatte nicht das Herz, noch weitere Amtsgeheimnisse aus der Ewigkeit auszuplaudern, und so sagte ich achselzuckend: »Es kann immer ein Wunder geschehen.«

Die Hungerprobe

Abgesehen von der katastrophalen Situation, die der Abbruch der Telefonverbindung mit Ungvar für unsern Hügel schuf – beschwor er doch die Gefahr eines völligen Verhungerns herauf –, so traf er mich auch persönlich bis ins Mark. Meine kaum erst angetretene Kriegskarriere als Telefonist, die so vielversprechend begonnen hatte, war plötzlich zu Ende. Für die paar lokalen Gespräche, die noch zu erwarten waren, Übermittlung von Horchpostenmeldungen, Flankenorders, bedurfte es keiner besonderen Intelligenz oder Sachkunde in der Entzifferung von Abkürzungen und Deckzeichen. Das konnte irgendeiner der vielen Dummköpfe besorgen, die sich bei uns hier oben umtaten. Es war klar, daß mich nun wiederum der Totenhauptmann mit Beschlag belegen würde. Es war mir offenbar nicht vergönnt, mich aus der Unterwelt der stummen Toten in die Welt von telefonierenden Lebendigen heraufzuarbeiten.

Gewiß war auch der Feldtelefondienst nicht immer erfreulich gewesen. Ich hatte schließlich genug auszustehen gehabt. Aber was ist schon im Krieg erfreulich, insbesondere auf einem so ›verlegten Aktenstück‹, wie unser verdammter Ablenkungshügel es war. Der Telefondienst hatte zumindest den einen Vorteil, daß man jemand war, ja geradezu ein wichtiger Jemand. Das ist selbst schon im Frieden allerhand, im Krieg aber ist es das einzige wofür es sich lohnt, diesen ganzen Schlamassel durchzustehen.

Wehmut erfaßte mich, als ich mich jetzt an all die Berichte, die ich entgegengenommen und die ich vermittelt hatte, zurückerinnerte. Welche Bedeutung doch jedes meiner Worte für die Zukunft unseres Hügels gehabt hatte. Wenn ich all das mit dem mir neuerlich bevorstehenden Totengräberdienst verglich, wurde mir schlecht davon.

Und dazu kam noch der unwiederbringliche Verlust des gesellschaftlichen Verkehrs, dessen ich mich als Feldtelefonist erfreut hatte.

An meinem Apparat hatte ich es ausschließlich mit Männern von Rang zu tun, mit Oberzahlmeistern und Oberzahlmeisteradjutanten und mit Leuten, die so wichtige Positionen innehatten, daß ihre wirklichen Namen geheimgehalten werden mußten und sie sich unter Decknamen oder Zahlen zu erkennen gaben. Und dabei behandelten sie auch mich als einen der ihren und bezeichneten mich gleichfalls nur mit Zahlen oder Vogelnamen.

Und nun sollte ich von neuem in die niedere Klasse von Totengräbern hinabsteigen und mich wieder mit diesen trostlosen Morosen abgeben, mit denen kein höheres Gespräch möglich war.

Als ich die auf dem Tisch herumliegenden Papiere ordnete, um sie dem Kommandanten zu übergeben, ließ ich ein mit Vogelnamen und Ziffern beschriebenes Blatt heimlich in meine Brusttasche verschwinden, gewissermaßen als Andenken, wie manch reisende Amerikaner Aschenbecher aus Hotels entwenden, in denen sie eine angenehme Zeit verbracht haben.

Ich erschien zwecks Übergabe des abgeschlossenen Telefonaktes in der Kommandantur und fand den Platz des Kommandanten vom Meßlöffel besetzt. Kommandant Konrad selber saß links vom Meßlöffel an einem kleinen Nebentisch, wo früher sein Adjutant zu amtieren pflegte. Der Adjutant teilte mit dem Schreiber ein kleines Pult. Das Ganze war zwar völlig unerklärlich, ich war aber derart mit meiner unvermeidlichen Rücktransferierung präokkupiert, daß ich mir weiter nicht den Kopf darüber zerbrach.

Erst als ich das nächste Mal, dann schon in meiner alten Diensteigenschaft im Auftrag des Totenhauptmanns, im Kommandostollen erschien und den Kommandanten wiederum links von dem Meßlöffel, quasi bloß danebensitzend vorfand, begann mir die Sache verdächtig zu werden. Ich bemerkte überdies, daß jeder, der Rapport erstattete, was immer auch seine Diensteinteilung sein mochte, zuerst vor dem Meßlöffel salutierte und sich erst dann dem Kommandanten zuwandte.

Wir Totengräber waren natürlich die Letzten, denen wichtige Veränderungen, die sich in der Welt der Lebendigen zutrugen, mitgeteilt wurden. So erfuhr ich erst, was für eine tiefgreifende Veränderung diese äußerliche Verschiebung der Sitzordnung bedeutete, als es schon alle wußten. Wenn es Dächer und auf den Dächern Spatzen auf unserem Hügel gegeben hätte, so hätten es selbst die Spatzen bereits vom Dach gerufen, nämlich daß der Meßlöffel das Hügelkommando übernommen hatte!

Das bedeutete natürlich nicht, daß der Kommandant Konrad etwa von irgendeiner Obrigkeit offiziell abgesetzt worden war. Er nahm noch immer die Meldungen der verschiedenen Abteilungsleiter und Horchposten entgegen, studierte Terrainkarten und Gefechtspläne und gab hie und da Befehle. Nur ist es eben so, daß tiefgreifende Machtverschiebungen in der Wirklichkeit oft keiner Absetzung von Amts wegen bedürfen. Eine Behörde, die über allen Amtsbehörden amtet und selbst über die Köpfe des Oberkommandos in Ungvar Verfügung trifft – die reale Notlage, in die wir geraten waren –, hatte den Konrad abgesetzt und den Menageleutnant Bogataph zum Kommandierenden ernannt.

Seit dem letzten Gespräch mit Ungvar hatte sich der Krieg hier am Hügel grundsätzlich verändert: sein Ziel, die erforderliche Taktik, ja selbst der Kampfschauplatz: die Front. Was bedeutete es schließlich vom Hunger aus gesehen, ob die Artillerie ihre angewiesenen Stellungen bezogen hatte, wer in die Vorderlinie und wer in die zweite Linie befohlen wurde, ja selbst ob der Feind erfolgreich »abgelenkt« und der ganze Hügel noch weiter gehalten werden konnte.

Der wahre Feind, den es jetzt zu bekämpfen galt, befand sich nicht auf dem gegenüberliegenden Hügel. Er saß in unsern Leibern, in unserm Magen und Schlund. Und nicht von den Kanonen und Maschinengewehren dort drüben drohte uns die Niederlage, sondern aus den leeren Kesseln und Kübeln an der Fassungsstelle. Nicht der sichtbar vorhandene Feind war unser Verderben. Das Nichtsichtbare, Nichtvorhandene war unser Feind. Der wahre Krieg, die entscheidende Schlacht wurde nicht mehr draußen an der Waldflanke geschlagen, sondern hier in der »Falte«, am Menagetisch. Dort fiel die Entscheidung, ob wir den Hügel würden halten können oder ob Hunger und Durst ihn erobern würden.

Und sämtliche Positionen waren einander gleich geworden; derselbe Hunger lag in der vordersten und in der zweiten Linie, verschanzte sich in den Schützengräben, lief durch die Laufstände und spähte aus dem Horchloch hervor. Das ganze Gefechtsterrain samt dem feindlichen Hügel sank zur Kulisse für den wahren Krieg, den Krieg gegen den Hunger herab. Und in diesem Menagekrieg kam es nicht auf rasches Zielen, kräftiges Zugreifen und Heldenmut zum Sterben an, sondern auf Geduld im Warten, Kraft im Entsagen, und Heldenmut zum Weiterleben.

Es ist nur selbstverständlich, daß der Mann, der den Hügel in einem Krieg gegen die Hungersnot zu kommandieren bestimmt war, nicht ein Kommandant wie der Konrad, sondern ein Mann wie der Meßlöffel sein mußte, einer, der sich aufs Einteilen und Aufteilen der noch vorhandenen Lebensmittelreserven und auf die Strategie der Verpflegung der Hügelbesatzung verstand.

Und Rechnen und Kargen war für den Meßlöffel nicht nur die Dienstpflicht eines Menageleutnants, es war auch das einzige, was ihn persönlich am Krieg interessierte. Und wo der ganze Krieg für ihn nichts anderes war, als auszurechnen, wieviel Vorräte, wieviel Köpfe und wieviel Essen pro Kopf – so war der Meßlöffel jetzt, als der Mangel an Lebensmitteln immer bedrohlicher wurde, just in seinem Element. Wie für einen Sturmkommandanten der Angriff, so war für den Meßlöffel der Mangel die große heldische Stunde, wo er seinen Mann stehen konnte.

Die erste Amtstat, mit der der Meßlöffel sein Kommando antrat, war, daß er drei Männer nach Trigwitz entsandte, um dort bei dem Magazinör durch Überreden, Flehen, Fordern, Drohen – was immer sich als geeignet erweisen sollte – Nothilfe zu erwirken und den Proviant selber ohne Verzug auf den Hügel zu bringen. Ein solcher Versuch bot zwar keine Garantie, dennoch bestand da eine gewisse

Möglichkeit, vielleicht die einzige und letzte, um uns vor dem Verhungern zu retten. Jedenfalls konnte durch die bloße Hoffnung, der wahre Feind, der Hunger, für eine Weile »abgelenkt« werden.

Was mir persönlich die Hoffnungsfreude verdarb, war, daß sich Bonci unter den drei nach Trigwitz Ausgesandten befand. Er war der einzige, der sich freiwillig gemeldet hatte. Mir war natürlich klar, daß er es aus purem Ehrgeiz tat, aber die übrigen Verhungernden scherten sich nicht um seine Motive. Sie sahen bloß, daß er alle Unbilden und Gefahren einer solchen Expedition auf sich nahm, um den Hügel vor dem Verhungern zu bewahren. Als Bonci und die zwei andern am Abend loszogen und ihnen die Zurückbleibenden einen gefühlvollen Abschied zollten, schluckte ich mein Mißbehagen hinunter und wünschte auch ihm Hals- und Beinbruch.

Die Verfügung, eine Abordnung nach Trigwitz zu schicken, war sozusagen Bogataphs Debut. Es war aber keineswegs das einzige, was für seine Berufenheit zum Hungerkommandanten sprach. Jede seiner Anordnungen, selbst jede, die er getroffen hatte, bevor er noch das Kommando übernahm, wie z. B. das ständige Kargen mit den Vorräten, bestätigten jetzt, daß allein der Bogataph es war, der, wenn es überhaupt möglich war, den Hügel gegenüber der Hungersnot zu halten vermochte. Daß es noch immer eiserne Reserven gab, hatten wir schließlich allein seiner Voraussicht zu verdanken.

Ich gestehe das alles ein, obwohl mir mit Ausnahme von Bonci keiner hier oben so aus tiefstem Herzen verhaßt war wie gerade der Meßlöffel. Erstens hatte ich seit jeher eine Aversion gegen Rechenmenschen im generellen. Natürlich wußte auch ich, daß man sie braucht, daß sie in manchen Fällen geradezu unentbehrlich sind, das änderte aber nichts daran, daß ich sie nicht ausstehen konnte. Den Meßlöffel konnte ich aber außerdem auch im speziellen nicht schmecken, und zwar schon vom ersten Moment an nicht, als er uns bei unserer nächtlichen Ankunft auf dem Hügel damals mit der Anrede: »Also nur Fresser« empfangen hatte. »Also nur Fresser« war der erste Satz, den ich aus seinem Munde vernahm, und er bestimmte auch sein ganzes weiteres Verhältnis zu uns.

Nur Fresser waren für ihn auch all die übrigen hier oben. Daß der einem auch nur einmal grad ins Gesicht geschaut hätte, wenn wir um den Menagetisch standen! Niemals! Stets streifte sein Blick bloß zusammenzählend über uns hinweg, um zu sehen, wieviel Köpfe, wieviel Fresser sich diesmal eingefunden hatten. Und das einzige, was wir von ihm am Menagetisch zu hören bekamen, war: »Weiter, der Nächste«, und wieder: »Der Nächste.« Nie geschah es, daß er etwa von dem vorauskalkulierten und ausgewogenen Maß abgewichen wäre. Da konnte einer ihn um ein paar Linsen mehr anflehen, soviel er wollte – nichts erweichte den Bogataph. Der wußte nichts anderes als bloß: »Weiter, der Nächste« zu sagen. Der hatte keine Herzklappen, sondern eine Waage im linken Brustkorb hängen. Der ganze Bogataph war, als sei er niemals aus einem Mutterschoß hervorgekrochen, sondern als habe bloß eine Schöpfkelle eines Tages beschlossen, sich als lebendiges Wesen umzutun. Noch gut, dachte ich, daß wir den Atem aus der Luft und den Schlaf aus der Müdigkeit unserer eigenen Glieder beziehen, sonst hätte er sicherlich auch das rationiert.

Zu alledem kam noch sein käsiges Flachgesicht, das nichts von einem Menschengesicht mit lebendig bewegten Wölbungen und Einbuchtungen besaß, sondern die unpersönliche Fläche einer Larve zur Schau trug. Und seine Stimme. Stimme? Ein bloßes kraftloses Fauchen, das nicht mal wie das Fauchen eines Tieres, sondern wie das Geräusch des Gespenstes eines verendeten Vogels klang.

Nichts vermag einen, wenn man Hunger leidet, so zu irritieren wie eine unpersönliche Visage, eine Stimme, die niemals von einem Temperament, von einer menschlichen Regung gehoben oder gesenkt wird. Da war es mit dem Konrad doch ganz etwas anderes. Der hatte uns wütend angebrüllt und zuweilen mißhandelt, aber in seinem Gesicht, in seiner Stimme bebte doch zumindest ein menschliches Gefühl, da hatte man es mit einem wütenden Menschengesicht, mit einem echten Menschengebrüll zu tun.

Ich war übrigens nicht der einzige, dem der Bogataph so von Herzen zuwider war. Keiner auf dem Hügel stand mit ihm kameradschaftlich, bis auf den Bertalan Mongula, der aus dem gleichen Dorf wie er stammte. Aber mit wem hätte der Mongula, dieser sanfteste, wohlwollendste von uns allen, nicht gut gestanden? Hätte es die Armee erlaubt, so wäre er selbst dem Feind ein guter Kamerad gewesen. Mongula war einfach ein Lamm, das das Blöken verlernt, das Grasen aufgegeben hat, von der Armee eingezogen wurde und zu marschieren begann.

Es ist wahr, daß der Bogataph auch mit sich selber keine Ausnahme machte. Wenn er nach der allgemeinen Abfütterung schließlich als letzter an die Reihe kam und sich vermutlich gewohnheitsmäßig »der Nächste« anfauchte, da teilte er sich das gleiche Maß zu wie allen andern.

Aber wenn man auch all seine Tugenden genau kannte, ein widerlicher Kerl war und blieb er eben, und die Aversion gegen ihn wuchs nur noch, seit er zum Kommandierenden auf dem Hügel geworden war. Und zwar nicht, weil er sich etwa als oberster Herr aufspielte, das wäre noch eine begreifliche menschliche Schwäche gewesen, sondern vielmehr, weil mit ihm eine unmenschliche, unpersönliche Macht, die Macht eines Rechenbeamten, das Kommando über den Hügel angetreten hatte. Und was das Ganze noch ärger machte, war, daß er in diese Machtposition von der faktischen, unabweisbaren Not der Stunde eingesetzt worden war.

Das Unmenschliche unserer Notlage war das Unmenschliche an ihm. Sein unpersönliches Gesicht war die Gesichtslosigkeit der Not; seine blicklosen Augen – das Blicklose des Mangels; seine tonlos fauchende Stimme – das tonlose Fauchen des Elends. Sein Kargen und seine Härte – die Gewaltherrschaft, die er jetzt auf dem Hügel ausübte, war die Gewaltherrschaft des kargenden, harten Elends. Und das grausame Elend, das uns zu wortloser Unterwürfigkeit zwang, bestimmte auch die Unterwürfigkeit, mit der wir uns den grausamen Bestimmungen seines Kommandos unterwarfen. Ausnahmslos alle, was immer auch ihr Rang oder Dienst sein mochte, versahen die gleiche Kampfaufgabe: den Hunger zurückzuschlagen.

Standen wir dem Meßlöffel am Menagetisch gegenüber, da war der Konrad, gleich all seinen früheren Untergebenen, ein Untergebener der Not, die mit der Schöpfkelle des Meßlöffels kommandierte. Eine so einheitliche und vollkommene Subordination der ganzen Besatzung hatte selbst der Konrad in seiner großen Zeit, als er noch mit seinem »Rindvieh« und »Hornochs« Ordnung hielt, nicht zu erzielen vermocht.

In dieser vom Hunger erzwungenen gleichen Dienstleistung bildete nur der Totenhauptmann eine gewisse Ausnahme, und zwar durch seine fixe Idee. Nicht weniger verhungert als die andern, hielt er dennoch an seiner besonderen Dienstpflicht fest. Wenn man ihn so in seinem Schlottermantel auf der Lauer hocken sah und ihn reden hörte, so hätte man nicht geahnt, welch grundsätzliche Veränderung bezüglich des Kriegsziels, der Taktik und Kampffront auf unserem Hügel vor sich gegangen war. Vom Standpunkt seiner großen Armee unter der Erde gesehen, war es natürlich völlig gleichgültig, ob die Rekruten Tote durch Kugeln oder Tote der Hungersnot waren.

»Wir müssen auf unserem Posten verharren«, sagte er zu mir. »Unser Dienst ist ein permanenter. Der Grube ist noch keiner entkommen. Gewiß, es gibt Pausen, aber bloß Pausen, kein wirkliches Aufhalten, keine Niederlagen. Vorwärts und abwärts zum Sieg!«

Ich muß in einer früheren Inkarnation etwas Schreckliches verschuldet haben, denn all die Sünden dieser Existenz vermochten es nicht zu erklären, warum ich zu all der Hungerqual auch überdies noch einem Verrückten dienen mußte.

Es war natürlich fraglich, ob die Ausgesandten sich durch den verschlammten Wald und die in Auflösung befindlichen Truppen durchschlagen und zu ihrem Ziel gelangen würden. Und nicht minder fraglich war es, ob ihre Vorsprache beim Magazinör in Trigwitz erfolgreich sein würde. Aber selbst wenn alles glücklich verlief, so konnte man nicht mit Sicherheit voraussagen, wann sie mit dem Proviantzuschuß zurück sein würden. Was, wenn die eisernen Reserven schon vorher aufgezehrt waren?

So grausam auch der Meßlöffel unsere Rationen kürzen mochte, wir wußten: Die unappelilerbare Notwendigkeit kürzte sie, kürzte sie, als die letzten Graupen und Stückrüben zu Ende waren, auf Brotlaibe. Ein Laib Brot und Wasser war nicht gerade genug, um einen Mann im Feld bei Kräften zu halten. Selbst mit dem Wasser stand es nicht allzu gut. Die zwei Reservebehälter mit reinem Trinkwasser mußten für die Verwundeten und Maroden reserviert werden. Natürlich gab es noch immer Regenwasser, aber Regenwasser schmeckt nicht wie Wasser. Etwas geschieht auf dem Weg von der Erde zu den Wolken und zurück, was dem aufgefangenen Regenwasser den frischen Wassergeschmack raubt. Allerdings, in der Not frißt der Teufel fliegen und trinkt Regenwasser. Solange es noch einen Laib Brot und Regenwasser gab, ging es noch irgendwie. Es ging auch noch mit einem halben Laib Brot. Als aber die Ausgesandten noch immer nicht zurück waren und selbst der Vorrat an Brot bedrohlich zusammenschmolz, begann es arg zu werden, ärger von einem Gongschlag zum nächsten.

Während der letzten Tage hatte die Kampftätigkeit geruht. Selbst die Erkennungsschüsse, die anfangs noch vereinzelt von hüben und drüben fielen, hatten aufgehört. Zuweilen sahen die Spähposten den Feind aus seinen Stellungen herauskommen, und auch die unseren verließen zuweilen ihre Deckung und taten sich um. Es geschah jedoch nur, um einander gegenseitig nicht vergessen zu lassen, daß man noch da war. Es war fast, als hätte man ein stummes Waffenstillstandsabkommen getroffen.

Freitagnachmittag hatte ein plötzliches Feuern von drüben diesem Abkommen ein Ende gemacht. Wir saßen und lagen von Hunger gequält herum, und das einzige Gesprächsthema drehte sich darum, wann die Ausgesandten wieder zurück sein und ob sie etwas mitbringen würden. Da erging der Befehl: »Stellung nehmen.« »An die Geschütze.« »Zurückfeuern!« Im Nu befanden wir uns inmitten des heftigsten Gefechtes. Schüsse flogen über unsere Stellungen, und Schuß auf Schuß ging es hinüber.

Ich hatte unsere Krepiererl, als es selbst noch Steckrüben und

Linsen gab und Fettaugen in der Suppe herumschwammen, nie so aufspringen gesehen wie jetzt. Der Hunger sprang so kampfentschlossen aus den Laufgräben und rannte nach vorn. Der hungrige Magen stürmte und schoß. Der Hunger war es, der eine so unbändige Heldenlust hervorrief.

Obwohl heldisches Losstürmen nicht in meinen Dienstbereich fiel und ich mir ruhig hätte Zeit lassen können, war ich mit den andern aufgesprungen, mitgerannt und hatte, mangels einer Kampfwaffe, zumindest durch Mitbrüllen, Anfeuern und in die Hände Klatschen am heldischen Kampf teilgenommen. Auch in mir raste der Hunger.

Hätten sie mich bloß gelassen, ach was für Schüsse ich bei meinem Mordshunger hätte abfeuern können! Kein einziger wäre drüben am Hügel übriggeblieben. Es war wirklich ein Jammer, so einem Mordshunger seine Betätigung zu versagen.

Nach zwei Stunden hatte der Heldenmut unserer Hügelbesatzung die feindlichen Geschosse zum Schweigen gebracht. Da waren wir an der Reihe, den Dienst anzutreten. Die Gefallenen hatten kaum Zeit gehabt, ihre Totenstarre anzulegen, als bereits der Schlottermantel erschien und in seinem düsteren Amtston kommandierte: »Los. Einsammeln und für die Grube bereit machen.« Und zu mir gewandt: »Sie sorgen für die Meldung.« Für ihn war natürlich der ganze Krieg nur dazu da, um Leichen einzusammeln und Totenlisten anzufertigen.

Wir rüsteten uns mit Spaten und Tragbahren, um das Feld abzusuchen. Was Hunger aus Menschen zu machen vermag! Selbst die stummen und faulen Morosen vermochte er zu verwandeln. Für gewöhnlich hatte ich meine Mühe, dieses Schneckenpack in Bewegung zu setzen. Jetzt rannten, ja flogen sie geradezu, als wären sie aus der Kanone geschossen.

Die ersten Opfer, die wir auflasen, waren der Feldwebel Chiu und der Leutnant Kapistram, die am linken Abhang im Schlamm festgesaugt waren. Sonst waren die Morosen bei ihrer Arbeit so stumm wie die Leichen selber. Jetzt mußte man sie erlebt haben, wie sie die

Festgesaugten aus dem Schlamm herauszogen und dabei aus tiefster Kehle: »Haruck, haruck« riefen, um einander anzuspornen. Das ganze Leichenfeld widerhallte von ihrem Haruck.

Sooft es früher galt, einen Toten von dem linken Abhang, wo jetzt die meisten Opfer herumlagen, den etwas steileren Aufstieg hinaufzubefördern, behaupteten sie, selbst eine Leiche nicht zu zweit schaffen zu können, und versuchten mich dazu zu kriegen, ihnen beim Hinaufschleppen zu helfen. Jetzt luden sie zwei oder gar drei auf dieselbe Bahre und mit welchem Schwung! Sie gurteten die Leichen übereinander fest. Nichts erschien ihnen heute zuviel.

»Es ist zu schwer, Ihr werdet es nicht schaffen«, warnte ich.

»Hohoho, wir nicht schaffen«, höhnten sie und stiegen flink und gelenkig hügelan, als trügen sie eine Vogelfeder hinauf.

Während sie weg waren, schaute ich mich um, was noch auf dieser Seite zum Aufräumen übriggeblieben war.

Schon glaubte ich meine Inspektion im linken Sektor beendet zu haben, als ich hinter einigen Büschen ein leises Wimmern vernahm. Ich lief hin und schaute nach. Es fielen mir fast die Augen heraus. »Nicht möglich«, rief ich. Denn da war der Oberarzt Strapetti, einen Hilfsverband in der Hand haltend, mit dem ganzen Gewicht seines Körpers auf einen getroffenen Maschinengewehrschützen gesunken. Mein erster Gedanke war natürlich: Donnerwetter noch mal, was hat denn der Strapetti hier zu suchen? Der Oberarzt blieb doch im allgemeinen in seinem Sanitätsstollen, während die Sanitäter das Aufklauben der Verwundeten besorgten. Hatte auch ihn der Hunger aufs Gelände getrieben? Und dazu hatte es ihn auch noch erwischt! Das Wimmern kam nämlich, wie ich feststellte, nicht von dem Maschinengewehrschützen, sondern von Strapetti.

Nun, etwas von Erster Hilfe versteht selbst so einer wie ich. Zumindest reichte es, bis die Morosen zurückkamen und ich jemanden um die Sanitäter schicken konnte. Als ich Strapetti hochhob und seine Bluse aufriß, öffneten sich für eine Sekunde seine Augen. Er blickte mich schmerzvoll groß an: »Du ... Du ...« Er versuchte etwas zu sagen. Das Wimmern erstickte es.

»Was, Herr Oberarzt?« Er hörte meine Frage nicht mehr. Es war zu Ende.

Die zurückgekehrten Morosen machten sich in ihrem elektrisierten Diensteifer bereits daran, ihn mit der Leiche des Maschinengewehrschützen zusammenzugurten.

»Nicht!« schrie ich. »Den trage ich selber.«

»Mit bloß einem lohnt sich der Weg nicht«, sagten sie ungehalten.

»Dann findet euch ein paar andere. Den hier trage ich. Verstanden?«

Um mich zu necken, warfen sie die Bahre mit dem Maschinengewehrschützen wie einen Ball in die Luft und fingen ihn wieder auf. Schließlich zogen sie aber ab. Ich konnte kaum erwarten, daß sie aus meinem Blickfeld verschwanden, denn bevor ich Strapetti am Sammelplatz ablieferte, wollte ich noch einige Sekunden in Ruhe allein mit ihm verbringen. Bisher war ich niemals auf solche Extravaganzen verfallen. Wenn man eine Weile einen Beruf wie den meinen versah, so gewöhnt man es sich ab, Toten gegenüber noch etwas Besonderes zu fühlen, selbst wenn es Tote waren, mit denen man die gleiche Schlafstelle geteilt, vom gleichen Mordshunger getrieben am gleichen Menagetisch gewartet und mit denen man sich im Stollen mit Scherzen, Jammern und Fluchen die Zeit vertrieben hatte. Wie viele von ihnen hatte ich schon als Leichen aufgelesen, ihnen die Erkennungsmarke abgenommen, ihre Namen in die Verlustliste eingetragen, sie in die Grube geworfen und verscharrt, ohne mir jemals darüber weitere Gedanken zu machen oder gar etwas dabei zu empfinden. Das war noch ein Glück, denn wie hätte ich sonst meinen Dienst versehen können?

Als ich aber jetzt den Oberarzt Strapetti tot vor mir sah, ihn, den ich vorher noch deutlich wimmern hörte, ihn, der mich so groß anblickte und mir etwas sagen wollte, was ich nie mehr erfahren sollte – da brachte mich all dies völlig aus dem Gleichgewicht und rief in mir höchst dienstwidrige Gefühle hervor. Ich empfand z. B. plötzlich eine unsagbare Trauer, wie sie einen bei dem unerwarteten Ableben eines Freundes zu ergreifen pflegt. Selbstverständlich sagte ich mir: Mensch, du bist im Dienst. Eine derartige Sensitivität Toten gegenüber, konntest du dir vielleicht in Friedenszeiten im Zivilleben leisten, wo das Sterben von Menschen mehr oder weniger in vernünftigen Abständen geschieht und all die Einrichtungen: Auslegen des Toten, Kondolenzbesuche, Totenmesse und was sonst solchen Gefühlsanwandlungen freien Lauf bieten. Aber doch nicht im Krieg, auf dem Feld, wo neben dem Töten das Sterben eigentlich die Hauptbetätigung ist. Da gibt es keine Zeit zur Abwicklung von Trauergefühlen. Die Toten müssen husch-husch weggeräumt, in die Grube geschmissen und verscharrt werden. Basta. Da kann man es sich einfach nicht leisten, wie ein Mensch zu reagieren. Entweder man ist ein Mensch oder ein Toteneinsammler. Ich wußte das alles recht gut, aber was kann einer tun, wenn es ihn plötzlich überkommt?

»Adam«, ermahnte ich mich, »stehst doch schließlich im Beruf. Dich jetzt Einzeltrauer hinzugeben ist glatte Berufsstörung.« Aber all das war für die Katz. Da konnte ich an meine Vernunft appellieren, so viel ich wollte. Wenn's einen einmal überkommt, da kann man im Grunde noch so vernünftig sein, da schwimmt einem eben der Grund weg. Und man weiß vor Erschütterung nicht ein noch aus.

Dabei hatte mich mit Strapetti eigentlich keine so innige Freundschaft verbunden. Wir haben uns z. B. nie geduzt, geschweige denn wie Freunde einander fest die Hand gedrückt oder irgendwelche Intimitäten über Erlebnisse mit Frauen ausgetauscht. Es war bloß das Kopfschach, das uns verband. Wo er aber jetzt tot vor mir lag und ich an unsere Schachabende zurückdachte, mich an all die aufregenden Züge und Gegenzüge von Turm, Bauern, Läufern, ans Überspringen der Königin, Schachmatt oder Remis zurückerinnerte – da erschien mir unsere Beziehung als ein ganz großes menschliches Erlebnis. Diese Kopfschach-Abende gehörten eben einer anderen Welt an, wo Strapetti all die Wunden und Verbände und ich meine Leichen und die Grube vergessen konnte. Diese Schachpartien waren eine Friedenswelt inmitten des Hügelkrieges, und so trauerte ich denn tief und ehrlich um den Verlust dieses unwiederbringlichen Schachpartners. Wenn ich nur noch weinen hätte können wie früher! Aber die Tränen der Erleichterung waren versickert. Etwas kam mir aber doch zur Hilfe. Fast unbewußt begann ich ein kleines Gebet zu murmeln, das mich meine Mutter gelehrt hatte, und davon wurde es mir leichter. Danach konnte ich von ihm Abschied nehmen, seine Leiche auf meine Schultern laden und den Aufstieg zum Sammelplatz antreten.

»Schau daher, hm«, prahlten die Morosen, auf den Haufen von Leichen, die sie eingebracht hatten, hinweisend. »Hast dir das nicht gedacht, was?«

Ich fühlte den Vorwurf heraus, daß ich mit meinem Mann so lange gebraucht hatte, während sie sich inzwischen abgeschuftet und sämtliche Leichen geborgen hatten.

Bis dahin war alles verhältnismäßig noch gut ausgegangen. Das Blöde begann erst jetzt, als ich mich an die Aussortierung und Bestandaufnahme der Leichen heranmachte.

Für gewöhnlich pflegte ich ihnen die Erkennungsmarken abzunehmen, ihre Namen aufzunehmen und danach dem Totenhauptmann Bericht zu erstatten. Wenn es nicht gerade allzu viele Opfer gab, ging dieser Teil der Arbeit meist rasch vonstatten. Die wirklich anstrengende Arbeit begann erst nachher an der Grube. Was aber sonst immer pure Routinearbeit war, das Sortieren und die Namensaufstellung, erschien mir heute mit einemmal als eine so schwierige Aufgabe, daß ich einfach nicht wußte, wie ich damit fertigwerden sollte.

Natürlich war es die Sache mit dem Strapetti, die mich aus dem dienstlichen Geleise geworfen hatte. Seither war es mit der ganzen Tüchtigkeit und Sachlichkeit, ohne die man meinem Beruf gar nicht nachkommen konnte, zu Ende. Was nämlich passierte, war nicht bloß, daß sich das Gesicht des Strapetti quasi selbständig machte und von allen übrigen Leichengesichtern abhob, sondern daß, gleichwie durch eine Art Kettenreaktion, jetzt auch die Gesichter der übrigen Toten im Haufen vor mir der Reihe nach in ihrer Einmaligkeit erstanden. Bei manchen dieser Gesichter kam es mir vor, daß ich sie überhaupt jetzt zum ersten Mal richtig sah. So wenig Bedeutung hatten sie früher für mich gehabt, als sie noch lebendig und verschieden voneinander waren: freundlich, unfreundlich, prahlerisch, bescheiden, jung, alt, gleichgültig, erschrocken oder spöttisch. Jetzt aber, wo sie alle gleich blicklos, gleich unbewegt und erstarrt waren, da mußte ich beim Anblick eines jeden verweilen, mir sein Gesicht so fest und lange anschauen, daß ich nur noch dieses eine zu sehen vermochte, gesondert von allen übrigen; ein einziges Gesicht, das mit keinem andern vergleichbar war; nur das Gesicht des Mette, nur das des Kapistram und von jedem einzelnen, der zum Sortieren ausgelegt war, sein eigenes, einmaliges Gesicht.

Und wie der Strapetti, so hörten auch all die andern im Haufen auf, für mich bloß »die Toten« zu sein. Sie verwandelten sich zu diesem oder jenem, der dies oder jenes getan und gesagt hatte und eben verschieden von allen andern war.

Alles, was ich vom Mette hier oben wußte, fiel mir jetzt ein. Und obwohl just der Mette keineswegs einer der angenehmsten Kameraden gewesen war – so drängte er sich z. B. stets beim Menagetisch vor –, ich fühlte dennoch seinen Tod als Verlust und mußte mich richtig zusammenraffen, um mich dem Kapistram als nächstem zuzuwenden. Bei ihm, dessen bübischem Gesicht die Kugel grausam die Kinnladen weggerissen hatte, packte es mich so, daß ich mich nur mit Mühe zusammennehmen konnte.

»Was vergaffst dich denn da so lange, Dicker? Hast doch wohl schon genug zerschossene Visagen gesehen«, drängte einer der Morosen und begann mich zu rütteln.

Diese Morosen waren ein Pack! Daß mir der Himmel es nicht ersparen konnte, mit einem solchen Gesindel zusammen zu dienen! Entweder waren sie stumm und lethargisch oder brutal und frech. Ein Teufel hatte sie erfunden und auf unseren Hügel verpflanzt.

Jetzt nahm einer von ihnen dem Kapistram selber die Erkennungsmarke ab, stieß den Leichnam zur Seite, und im gleichen Augenblick hatten zwei andere Morose mir die nächste Leiche zur

Inspektion unter die Nase geschoben. Und bei jedem einzelnen überkam mich eine trauervolle Versunkenheit, die mich daran hinderte, gleich den nächsten routinemäßig an die Reihe zu nehmen. Das machte die Morosen natürlich teufelswild.

»Willst du endlich Schluß machen mit dem blöden Angaffen?« fragte einer.

»Recht hast du. Ich gehe besser und hole den Hauptmann. Mit dem stimmt etwas nicht«, drohte ein anderer.

Davon bekam ich einen solchen Schreck, daß ich mit einem Schlag gleich wieder in die Tageswirklichkeit meiner Diensttätigkeit zurückversetzt wurde.

»Ich mach schon«, sagte ich mit fester Stimme. »Es ist mir bloß vor Hunger etwas schwindlig geworden«, versuchte ich mich herauszureden. »Stellt alles für die Grube bereit, inzwischen gehe ich und melde dem Hauptmann.«

Ich nahm die Erkennungsmarken zu mir und machte mich auf den Weg.

Die Tageswirklichkeit und das Dienstpflichtbewußtsein hielten aber nicht lange an. Nach wenigen Schritten bereits hatten mich die Einzeltoten mit ihren Einzelgesichtern eingeholt und begleiteten mich. Lebendigen Verfolgern kann man unter Umständen entkommen, von toten Verfolgern aber, die sich einem im Kopf festsetzen, gibt es kein Entrinnen.

Weiß der Teufel, was in mich gefahren war. Es schien mir, als seien sie alle mit mir gekommen, und ich hatte keine Ahnung, wie ich es anstellen sollte, sie alle in dem furchtbaren Zustand, in dem sie sich befanden, mit abgerissenen Kinnladen, durchschossenen Brüsten, blutenden Schläfen, in die Kanzlei hineinzubefördern und dem Totenhauptmann der Reihe nach zu präsentieren. Dabei wußte ich gleichzeitig, daß sie in Wirklichkeit draußen im Haufen lagen und bloß im Geiste, in meinem Kopf, mit mir gekommen waren. Ich wußte, daß die ganze Frage, wie ich die Toten in den Stollen hineinbefördern solle, pure Einbildung war. Nichts aber ist schwerer als

Tote, die man im Kopf trägt, draußen zu lassen, bevor man einen Raum betritt. Gott weiß, wie schwer es mir fiel, wie oft ich mir sagen mußte: Schau dich doch um, ist ja niemand mit dir. Du mußt die draußen schließlich vergessen und loswerden. Selbst die Kopfschachpartie mit Strapetti, jawohl den ganzen Strapetti mit seinem letzten Gewimmer. Bringst dich doch sonst mit dem Unsinn noch in die ernstesten Unannehmlichkeiten mit dem Hauptmann. Willst dir denn das Leben am Hügel noch schwerer machen, als es mit den leeren Eßnäpfen ohnehin ist? Sei nicht verrückt, Adam. Ich weiß, was du sagen willst. Es ist so schwer, weil es in deinem Kopf ist. Laß halt eben deinen Kopf, zum Teufel! Ein Soldat braucht keinen Kopf. Und erst recht nicht in deinem geistlosen Dienst. Vergiß ihn draußen, wenn du eintrittst, dann bleiben auch die mitgekommenen Toten draußen.

Ich ließ nichts an Argumenten unversucht, und als ich mich schließlich vor dem Eingang befand, glaubte ich wirklich, die Meldeprozedur anstandslos durchstehen zu können. Es wäre mir auch gewiß gelungen, wenn mich im Stollen nicht eine überraschende Situation erwartet hätte, die mich wiederum auf meinen Kopf zurückwarf.

Es begann gleich beim Eintritt. Zu meiner größten Verwunderung fand ich nämlich den Meßlöffel auf dem Platz des Totenhauptmanns sitzen, über irgendwelche bezifferten Papiere gebeugt, während der Totenhauptmann selber daneben auf einem kleinen Lehmsitz hockte. Schon das befremdete mich.

Die wirkliche Überraschung kam aber erst, als der Totenhauptmann, meiner ansichtig werdend, aufsprang und dem Meßlöffel meldete: »Hier ist er. Nun werden wir's gleich erfahren.« Worauf der Menageleutnant mit einem Ruck seinen Kopf von den Rechnereien hob und sich mir zukehrte. Der Totenhauptmann stellte alsdann die Frage: »Nun wie steht es, schießen Sie los!« Und ich fühlte, wie beide mit äußerster Gespanntheit auf meine Antwort warteten.

All dies rief ein unbeschreibliches Unbehagen in mir hervor. Ich verstand nicht, warum der Meßlöffel auf dem Sessel des Totenhauptmanns saß, warum der Totenhauptmann ihm mein Erscheinen wie einem Vorgesetzten melden mußte. Und was hieß das, daß der Meßlöffel jetzt alles von mir erfahren werde? Und auch dieses: Wie steht es draußen? – Woher sollte ich wissen, wie es draußen stand? Ich hatte doch nur die Toten eingebracht. Und dieses »Schießen Sie los« war so gar nicht die Art, mit der der Totenhauptmann sonst meinen Report entgegenzunehmen pflegte. Was hatte dies alles zu bedeuten? Hatte der Meßlöffel zuletzt gar auch noch das Kommando über die Leichen übernommen?

Wenn man seiner ohnehin nicht ganz sicher ist, muß einen all das in Verwirrung bringen. Ich hielt mich aber noch und begann wie gewöhnlich die Namen der Gefallen anzugeben. Doch kaum hatte ich mit der Aufzählung begonnen, als der Meßlöffel mich mit der Frage unterbrach: »Wie viele insgesamt?«

Ich ignorierte seine Frage und fuhr mit der Aufzählung der Namen fort.

»Hören Sie denn nicht? Ich frage: Wie viele insgesamt?« unterbrach er mich abermals und klopfte dabei ungeduldig mit dem Bleistift auf sein Rechenpapier.

Ich lasse mich im allgemeinen selbst von Menschen mit einer menschlichen Stimme nicht gerne drängen. Einer, der faucht, konnte bei mir aber schon gar nichts erreichen. Ich stellte mich einfach taub. Schließlich war es eine allgemeine Gepflogenheit, die Namen der Gefallenen einzeln aufzuzählen. Selbst einer wie unser Totenhauptmann, der das ganze Hiersein nur vom Dortsein, alles lebendig Gesonderte nur von der Gleichförmigkeit des Todes aus betrachtete, zollte den Gefallenen soviel Respekt, daß sie, bevor sie ins Massengrab geworfen wurden, noch einmal bei ihrem Eigennamen aufgerufen und einzeln in die Stammverlustrolle eingetragen wurden. Was berechtigte den Meßlöffel, der in unserem Beruf doch bloß ein Eindringling war, einen so eingebürgerten Brauch abzuändern? Da mich bisher niemand verständigt hatte, daß der Meßlöffel die Totengräberabteilung übernommen hatte, galt für mich noch immer der Totenhauptmann als Vorgesetzter. Ich drehte mich absichtlich so, daß ich nur zu ihm sprach, als wäre der Meßlöffel gar nicht anwesend. Ich war aber kaum bis zu den Namen gelangt, die mit D begannen, da fuhr der Meßlöffel schon wieder dazwischen.

»Mich interessiert ausschließlich, wie viele insgesamt! Wollen Sie endlich antworten?«

Es kochte in mir. Was wollte denn dieser widerliche Kerl mit seinem »insgesamt, insgesamt.« Just nicht. Ich wollte fortfahren. Er aber hatte mich mit seinem blöden »insgesamt« derart verwirrt, daß ich nun bei den Namen der Toten zu stottern begann und sie kaum mehr herausbrachte.

Der Totenhauptmann merkte, daß mit mir etwas los war und sagte erklärend: »Der Menageleutnant Bogataph muß von Dienst wegen wissen, wie viele es insgesamt sind, um seine Berechnungen dementsprechend machen zu können. Verstehen Sie, Ember? Nun packen Sie aus.«

»Zu Gehorsam, Herr Hauptmann!«

Ich wollte auch gehorchen, obwohl in diesem Augenblick mein letzter Respekt für den Totenhauptmann dahin war. Dem Meßlöffel so einfach das Feld zu räumen, bloß weil man mit seinem irdischen Fressen von ihm abhing, das war wirklich erbärmlich. Wo blieb denn da die Majestät des Todes, von der er immer so viel herumgefaselt hatte? Ein Kriegstotenverräter! Aber schließlich war er mein Vorgesetzter, und ich mußte mich fügen.

»Es sind insgesamt«, begann ich, »insgesamt ...« Ich stockte und stand dumm da. Ich wußte nämlich aufrichtig gesagt nicht, wie viele es insgesamt waren. Die Erschütterung mit dem Strapetti hatte mich so durcheinandergebracht, daß ich vergessen hatte, sie zusammenzurechnen.

»Mensch, Sie werden doch wohl noch eine Zahl aussprechen können«, fauchte mich der Meßlöffel an, als ich schwieg.

»Ember, war ist denn mit Ihnen. Sie müssen doch bloß die Erkennungsmarken zusammenzählen? Na wird's? Sie sehen doch, der Menageleutnant ist in Eile.«

»Zu Gehorsam, Herr Hauptmann«, murmelte ich dienstpflichtgemäß. Ich begann lautlos die Erkennungsmarken zu zählen. Es ging nicht. Ich verrechnete mich sogleich und mußte von neuem beginnen. Doch als der Menageleutnant immer nervöser mit seinem Bleistift auf dem Papier herumklopfte und der Totenhauptmann mich anherrschte: »Sie werden doch wohl noch zählen können« – da war es ganz aus. Es wurde mir nämlich plötzlich klar, daß ich es, selbst wenn sie mich deshalb vors Kriegsgericht stellen würden, nicht hätte sagen können.

Daran trug nicht nur der Meßlöffel Schuld, sondern auch der Totenhauptmann, der mich gezwungen hatte, die Erkennungsmarken wieder einzeln vorzunehmen. Bei jeder Marke drängte sich mir nämlich sogleich die vom Tod verschandelte Gestalt der einzelnen Kameraden auf: dieser mit blutigen Schläfen, jener mit durchschossener Brust, andere mit aufgeschlitzten Bäuchen, weggerissenen Kinnladen, das Bein zu Brei zermalmt, der schießende Arm nurmehr ein lose baumelnder Fleischklumpen, Augen, aus denen am Mittag noch Leben ins Leben hineinschaute, in denen sich Himmel und Erde widerspiegelten, die mittags noch Wunderwerk Gottes waren und nunmehr nur zwei furchtbar klaffende Wunden. Und da machte der eine oder der andere: die durchschossene Brust des Mette, das kinnlose Gesicht des Kapistram nicht zwei Tote aus, und der zum baumelnden Fleischklumpen geworden Arm des Chiu ließ sich nicht als dritter dazurechnen, und der aufgeschlitzte Bauch des Zarnum, die blutenden Schläfen, die klaffenden Augenwunden der übrigen, all die verschiedenen Toten wollten und wollten sich nicht zu einer insgesamten Zahl vereinen lassen. Waren es denn nicht Kameraden, dieser und jener, der Kamerad Mette, Kamerad Kapistram und Zarnum, die es nur einmal gab, jeder mit seiner eigenen Gestalt, Antlitz und Blick, Gang und Stimme allein ihm eigen. Und dieses eigene war es, was der Tod unwiederbringlich zerbrochen, verschandelt, erloschen, erstarrt und verstummt hat. Von Strapetti gar nicht zu sprechen. Wie hätte ich jemals den erloschenen Blick seiner Augen, seine vertraute Stimme, die überraschenden Schachzüge, die sein nun für immer entflohener Geist in Gedanken durchführte, als bloßen Teil einer Summe nennen können? Verstanden die denn das nicht, daß einem, dem sich der Tod so einzeln und unvergleichbar gezeigt hatte wie mir, das Rechnen verging? Vielleicht würde ich es morgen oder später wieder können, wenn die Gefallenen schon aus der Stammrolle gestrichen und unter die Erde gebracht waren. Aber doch nicht in diesem Moment, wo die Erschütterung noch in mir nachzitterte und die Gesichter der einzelnen mich bedrängten. Erlebtes hat keine Zahl. Erschütterung macht kein Insgesamt aus.

Wie der Totenhauptmann sagte, mußte der Meßlöffel es von Dienst wegen wissen, um seine Einteilung machen zu können. Das mochte wohl sein, und dennoch war der Meßlöffel ein Schwein. Sein drängendes Fauchen verriet es mir. So ungeduldig kann doch nur ein Schwein auf das Insgesamt bestehen.

Als ich noch immer schweigend dastand, begann auch dem Totenhauptmann die Geduld zu reißen. Er sprang auf, nahm mir die Erkennungsmarken ab und rechnete sie selber zusammen. »Siebzehn insgesamt«, wandte er sich an den Menageleutnant.

»Nicht viel, aber wenigstens etwas«, fauchte der Meßlöffel.

Dann sah ich, wie er mit dem gezückten Bleistift zu rechnen begann. Weniger siebzehn macht so und so viel aus. So und so viel Brotlaibe umgerechnet in Scheiben macht so und so viel zusätzliche Scheiben. Er fauchte natürlich die genauen Zahlen vor sich hin. Mein Kopf war aber unfähig, Zahlen aufzunehmen, geschweige denn, sie zu behalten. Das einzige, was dieses Zahlengefauche in mir hervorrief, war eine wilde Wut gegen dieses Rechenschwein. Und die wuchs noch, als ich den Meßlöffel beim Hinausgehen mit dem Totenhauptmann über mich tuscheln sah.

»Ich würde mich mit dem Mann vorsehen, Galander«, fauchte der Meßlöffel.

»Bloß der Hunger und die Nerven, Bogataph. Kein Wunder«, beschwichtigte ihn der Totenhauptmann.

»Na, na, besser Vorsicht«, fauchte der Meßlöffel im Gehen.

Als er draußen war, überkam mich einen Moment lang der Gedanke, ihm nachzurennen und ihn so lange zu verhauen, bis ihm die letzte Fauch-Puste vergangen war. Dann würde ich ihn auf den Haufen zu den andern werfen, damit es rund achtzehn ausmachte.

»Achtzehn sind es, achtzehn!« entrang sich ein schriller Schrei meiner Kehle. Dann wurde mir alles blutrot vor den Augen.

»Was ist Ihnen denn, Ember?« hörte ich den Totenhauptmann fragen. Er rüttelte mich an den Schultern, und ich raffte mich sogleich auf, um mit ihm auf den Sammelplatz zu gehen. Es wurde diesmal nichts aus dem Verscharren. Kaum waren wir ein paar Schritte vom Stollen entfernt, da begannen die drüben tückisch schon wieder von neuem mit ihrem »tacktack«, »krack, krack« und »bumm, bumm«. Kämpfen und selber sterben war nicht unsere Dienstaufgabe. Wir hatten in solchen Fällen so rasch wie möglich Deckung zu suchen, um uns fürs Einsammeln der Opfer aufzusparen. Schon kamen auch die Morosen tapfer in den Unterstand gerannt.

Ich fühlte mich durch die Wiederaufnahme des Schießens irgendwie erleichtert. Ich wußte ohnehin nicht, wie ich bei meinem jetzigen Zustand den Mette, den Kapistram, den Chiu, die andern und gar erst den Strapetti ordnungsgemäß hätte verscharren sollen. Solange der Kampf anhielt, mußte ich mir darüber keine Gedanken machen, und die neuen Opfer, von denen wußte ich schließlich noch nichts als einzelnen. Dazu hatte ich mir auch vorgenommen, den Meßlöffel, falls er mir beim nächsten Report wieder mit seinem blöden »insgesamt« dazwischenfahren sollte, eins derart in die Fresse zu hauen, daß ihm das »insgesamt« in der Kehle steckenblieb, davor schützte ihn dann kein Totenhauptmann und nicht die ganze Armee. Ich würde auch dem Totenhauptmann und der ganzen Armee eins in die Fresse hauen, ja dem ganzen »von Dienst wegen«, in dessen Namen einer ein solches Schwein sein durfte wie der Meßlöffel. Ein so fester Entschluß hat immer etwas Gutes. Man glaubt danach, daß man ein Mann ist und nicht bloß ein Stück Mist.

Es dauerte volle drei Stunden, bis die Schießerei aufhörte. Indessen hatte ich genügend Zeit, mich zu erholen. Es gab nur einen kleinen Zwischenfall, als der Totenhauptmann unbedingt wissen wollte, warum ich dem Meßlöffel nicht die Zahl der Gefallenen angegeben hatte, wo er sie doch von Dienst wegen brauchte.

Von Dienst wegen, natürlich, sagte ich mir. Alles Unmenschliche in unserer Armee geschieht immer nur von Dienst wegen. Der Dienstweg ist eben die große Gemeinheit! Kein Dienstweg hat jedoch das Recht, den Einzeltod von Kameraden so mir nichts, dir nichts in bloße Zahlen zu verwandeln.

Ich hätte das dem Totenhauptmann fast gesagt, aber ein gesunder Instinkt hielt mich davon ab. Wenn ich ihm das mit den Einzeltoten erklärt hätte, so würde ich ihm ja nur einen neuen Anlaß zu einer endlosen Tirade über den Tod und die große Armee unter der Erde gegeben haben. Und davor sollte mich Gott bewahren ... So entschuldigte ich mich dienstgemäß und vermied damit jede weitere Erörterung. Er zog sich wieder auf seinen Platz zurück und versank in euphoristische Träumereien von der siegreichen Totenarmee.

Als nach dem Verstummen der letzten Geschosse wieder unsere Stunde gekommen war, sah ich mich weislich vor, um nicht nochmals in dieselbe Situation zu geraten. Ich mußte einen Rückfall in ähnliche Gefühlsanwandlungen unter allen Umständen vermeiden.

Am meisten grauste es mir davor, die Opfer des ersten Feuers unter denen Strapetti war, vom Sammelplatz zur Grube zu tragen und sie dort zu verscharren. Wie durch Gottes Fügung sollte mir diese Probe erspart bleiben. Ein Volltreffer hatte den Sammelplatz mitsamt den Toten verschwinden lassen. Als wir hinkamen, war nur noch ein riesiger Trichter übriggeblieben.

Während ich mich mit den Morosen aufmachte, um die Neugefallenen einzusammeln, dachte ich mir einen listigen Plan aus, den ich auch nachher erfolgreich durchführte. Ich hatte mir während der letzten Tage heimlich einen Teil meiner Brotration vom Mund abgespart und sie zur Seite gelegt, damit wenn es schon gar nichts mehr zum Beißen gab, ich es noch einige Tage länger aushalten würde. Als wir nun am Gelände waren, holte ich die Brotscheiben hervor und lud die Morosen generöserweise ein, sich gütlich zu tun. Mir selber fiel fast der Magen vor Hunger heraus, es ging aber um meine Seele, und da mußte ich stark bleiben und Verzicht üben. Man mußte die Morosen bloß sehen. Nicht nur, daß sie sich auf die Ration stürzten und sie wie ausgehungerte Tiere verschlangen, sie gerieten danach in einen förmlichen Zustand der Trunkenheit. »Hoch der Dicke«, jauchzten sie und klopften mir freundlich auf den Rücken.

Als ich sie so weit hatte, sagte ich: »Kinder, laßt uns doch einmal eine kleine Abwechslung haben, bloß der Hetz halber. Ihr tut heute hier meine Arbeit und ich die eure. Ihr lest die Leichen auf, sortiert sie, zählt sie zusammen, und ich helfe euch dafür beim Heraufschleppen der Bahren.« Sie stimmten zu.

Beim Heraufschleppen vermied ich, mich umzudrehen und die Last, die ich schleppte, anzuschauen. Oben überließ ich den Morosen das Sortieren und Zusammenzählen. Sie gaben mir die Zahl einunddreißig an.

Der Menageleutnant und der Totenhauptmann würden ihr Wunder erleben, wie dienstmäßig ich diesmal in der Totenkanzlei die 31 melden würde. Ich war schon im Gehen, da lief mir einer der Morosen nach: »Dicker«, sagte er, »weißt, wer diesmal darunter ist? Die rechte Hand vom Meßlöffel, der Mongula. Nichts mehr von seinem Kopf übriggeblieben.« Obwohl ich den Mongula zum Glück selber nicht als Toten zu Gesicht bekommen hatte, krampfte sich mir einen Augenblick das Herz zusammen.

Gleich aber dachte ich: Da habe ich etwas, womit ich die unmenschlich kalte Rechenschweinerei des Meßlöffels brechen kann. Nun würde auch er zu fühlen bekommen, was der Tod eines einzelnen bedeutet, stammten doch er und der Mongula aus dem gleichen Ort und waren unzertrennliche Freunde.

Ich trat in den Stollen: »Melde gehorsamst, einunddreißig insgesamt«, sagte ich mit sicherer Stimme, wie es dem neueingeführten Meldereglement entsprach. Nur fügte ich noch hinzu: »Einer, versehentliches Opfer eigener Kugeln.« Dann sagte ich mit Betonung, jede Silbe gezogen den Namen: »Ber-ta-lan Mon-gu-la.« Der Meßlöffel starrte mich an, schloß die Augen, das käsige Flachgesicht begann nervös zu zucken, selbst der Bleistift in seiner Hand erzitterte von dem Schock, den ihm der Name versetzte. Gleich darauf aber beherrschte er sich, beugte sich wieder über seine Rechenpapiere und machte sich daran, die einunddreißig als tot Vermeldeten in Brotscheiben umzurechnen. Nichts vermochte diesen Unmenschen von seiner Diensthandlung abzubringen. Bis es ihn nicht einmal selber ereilte, würde er wohl niemals erfahren, was persönliches Sterben ist. Der Gedanke, daß es einmal auch ihn treffen würde – schließlich war keiner hier oben lebensversichert –, gab mir eine gewisse Befriedigung.

Im Hinausgehen warf ich noch einen letzten Blick der Verachtung auf ihn und malte mir aus, wie ich am Tage seines Fallens mit meinem Report im Stollen erscheinen und die insgesamte Zahl der Gefallenen vermelden würde. Und ich stellte mir vor, wie dann sein Ersatzmann, ein anderer Rechenfritze, hier sitzen und die Gefallenen samt dem Meßlöffel in Brotscheiben umrechnen würde. Wenn bis dahin die Ausgesandten mit dem Proviant nicht eingetroffen waren und es mit den Brotbeständen noch knapper wurde, dann mochte sein Tod in der Umrechnung bestenfalls den Bruchteil einer Scheibe ergeben. Man mußte nur warten können.

Nachdem wir die Einscharrungsarbeit hinter uns hatten, konnten wir endlich zur Ruhe kommen. Es schien auch für die drüben am feindlichen Hügel ein anstrengender Tag gewesen zu sein, so daß auch die den Schlaf der Gerechten brauchten. Bis auf die Spähposten draußen, schlief unser ganzer Hügel wie ein einziges riesiges Murmeltier.

Ich stand von meinem Lager erst auf, als meine Ohren den Gong, der zur Morgenfütterung rief, vernahmen. Huch, hatte ich einen Hunger. Tote eigenhändig heraufschleppen war schließlich nicht für mich erfunden und hatte mich über alle Maßen angestrengt. Da das Kämpfen sich bis tief in die Nacht hingezogen hatte, war aus der Abendmenage nicht viel geworden, und meine eigenen eisernen

Reserven hatte ich leichtsinnigerweise für die Seelenruhe geopfert. Schließlich hat aber der Mensch neben seiner Seele auch noch einen Magen! Selbst ein Winterwolf, dem die Lämmer abgehen, konnte das nicht mehr verspüren, als ich es jetzt tat.

Da ich beim Schlafengehen zu müde gewesen war, um selbst Stiefel und Uniform abzustreifen, mußte ich jetzt wenigstens keine Zeit aufs Anziehen vergeuden. Ich sprang auf, drängte mich an der Fassungsstelle vor und hielt meinen Eßnapf dem Meßlöffel entgegen. Wo es gestern hieß, daß auch der Brotvorrat zur Neige ging, wußte jeder: Viel war da an der Fassungsstelle nicht mehr zu holen. Jedenfalls nicht das, was so ein Wolfsmagen brauchte. Und wo sich noch dazu ein ganzes Rudel von ausgehungerten Wölfen um den Menagetisch herumdrängte.

Da gab's aber heute eine Überraschung. Was so ein Wolfsmagen braucht, war's natürlich nicht, aber dennoch eine pyramidale Überraschung. Nicht nur, daß die zukurzgekommene Abendration mit der Morgenration gekoppelt war, es gab noch zwei Brotschnitten als Extraportion. Wenn einem der Hunger so zusetzt wie uns in den letzten Tagen, da weiß man jeden Bissen zu schätzen. Es mutete einen geradezu wie ein Festgelage an. Und wenn dieses Gelage auch nicht länger als ein paar Bissen währte – so war es doch ein richtiges Schwelgen für mich. Wenn nur der Barnabas nicht just in dem Augenblick, wo die erste Extrascheibe mir so geschmackvoll den Schlund herunterrutschte, die unziemliche Bemerkung gemacht hätte: »Gut schmeckt's, das Essen von Toten, Dicker, was? Sie verdienen wahrlich, daß wir als Dankesschuld eine Totenmesse für ihr Seelenheil sprechen.«

Dazu erdreistete sich der Kerl noch, mit priesterlicher Gesalbtheit ein Totengebet zu murmeln. Er glaubte natürlich, daß das alles höchst komisch war.

Mir blieb davon, so hungrig ich auch sein mochte, der Bissen im Halse stecken. Die zweite Scheibe rührte ich gar nicht mehr an. Beim Aufstehen stieß ich den Barnabas. Er stieß nicht zurück. »Entschuldige, Dicker, ich wußte nicht, daß du ein so Überfeiner bist und nicht mal einen Scherz verstehst«, sagte er und lachte dröhnend. Als ich ging, hörte ich, wie auch die andern hinter mir herlachten.

In unseren Stollen zurückgekehrt, verspürte ich Stolz, daß ich mich so betragen und trotz meinem Hunger den Rest der Extraportion stehengelassen hatte. Du hast dich wie ein Kamerad benommen, der das Andenken seiner Kameraden ehrt. Wie ein Mensch, der noch Herz und Seele bewahrt, lobte ich mich selber. Zuerst gab mir das volle Befriedigung. Aber gegen Nachmittag, als mein Wolfsmagen zu knurren begann und ich den Hunger durch Selbstlob zu beschwichtigen versuchte, da hatte die Kraft und Überzeugtheit, mit der ich mich am Morgen gelobt hatte, bereits nachgelassen. Es schob sich jetzt nämlich immer häufiger das Bild der zurückgelassenen Extrascheibe in meine Gedanken ein.

Ich begann diese Brotscheibe so realistisch zu sehen, wie sie selbst einer, der sie vor sich hält und sie genau auf ihre Konsistenz hin untersucht, nicht stofflicher zu sehen vermag. Es begann in meinen Ohren zu gongen und zu gongen, obwohl die Fassungszeit noch gar nicht gekommen war. In meinen Ohren war aber die Stundenzeit vorgestellt, und es gongte schon jetzt. Und wie es gongte – meine Güte! Ein förmliches Sturmgongen, das mir fast das Trommelfell sprengte.

Von diesem Gegonge angeregt, begann ich das Brot mit dem Gaumen zu schmecken. Einer, der einen wirklichen Bissen Brot im Mund hält, kann niemals Brot so schmecken wie ich mit meiner vorgestellten Brotscheibe. Natürlich traten darauf sogleich auch der Reihe nach all die berühmten »bedingten Reflexe« auf: Mein Kaumechanismus begann zu arbeiten, sofort schied sich der Speichel aus, um das Brot schmackhaft einzuwickeln. Und hätte einer jetzt wissenschaftlich meinen Magen untersucht, er hätte gewiß die Magensäure entdeckt, die der Pawlowsche Hund in ähnlichen Fällen ausscheidet. Und zwar in Tonnen! Das Sturmgongen fuhr nämlich fort und fort. Gab es noch etwas anderes im Kosmos als dieses Sturmgegonge? Die »kleine Stimme« in meiner Seele versuchte sich krampfhaft verzweifelt gegen diesen Zauber des Gonges durchzusetzen. Sie rief: »Mette, Kapistram, Mongula!« und zuletzt: »Strapetti!« und beschwor die Bilder der so furchtbar zugerichteten toten Kameraden herauf. Sie kam aber nicht gegen den mächtigeren Zauber auf, der mit so brutalen Mitteln wie Kaumuskeln, Speicheldrüsen und Magensekreten am Werke war. Das Gongen übertönte die Namen, die die »kleine Stimme« rief. Die zur Höchstleistung gesteigerte Saliva-Produktion überschwemmte bereits den Weltenraum in allen vier Richtungen vom Erdboden bis zum Horizont. Und die Bilder der toten Kameraden lösten sich in der Magensäure auf.

»Hörst du's denn nicht draußen gongen, Dicker?« rief einer der Morosen, mich aus meiner Versunkenheit rüttelnd. »Es ist Fassungszeit. Oder hast dich bereits heimlich irgendwo satt gefressen und brauchst dein Verdauungsschläfchen?« Schon eilte er hinaus.

Im Nu war das den Kosmos durchtönende Gegonge wie durch ein plötzliches Umschalten auf den Gongschlag von der Fassungsstelle umgestellt. Ich stürmte dem Morosen nach und langte noch vor ihm beim Menagetisch an. Ich sah mich jetzt vor, um nicht wieder in die Nähe des Witzboldes Barnabas zu geraten. Dann gab ich mich selbstvergessen meinen Kaumuskeln hin. Zum Glück waren auch all die übrigen Wölfe in eine solche Hungertrance verfallen, daß sie nur auf ihre Fassung bedacht waren. So blieb ich von frechen Blicken und blöden Bemerkungen, die mich auf irgendwelche Gedanken bringen und mir den Genuß an der Fassungsstelle neuerlich hätten verderben können, verschont.

Ich konnte mich nach Herzenslust der Magenlust hingeben: die Brotbissen von einer Backe zur andern schieben, dem Gaumen Gelegenheit geben, sich daran zu delektieren, und danach mit voller Wonne die Bissen durch den Schlund in den Magen hinunterrutschen lassen. Eine halbe Stunde zuvor, wo mein leerer Magen noch die Dimensionen des Kosmos besessen hatte, wäre das, was man hier jetzt an der Fassungsstelle erhielt, natürlich nichts gewesen. An solcher Hungergröße gemessen, wären die paar Bissen nicht größer und nicht substantieller erschienen als die winzigsten, selbst durch ein Submikroskop nicht wahrnehmbaren Elementarteilchen, die in die Weltall-Leere des Hungers hineinfielen. Jetzt aber, wo ich die Brotbissen wieder in natura vor mir sah, gewann auch der Magen wieder seinen natürlichen Umfang zurück, und da waren wirkliche Bissen doch immer noch wirkliche Bissen, die einen zumindest daran erinnerten, daß es noch so etwas wie Essen auf der Welt gab. Und wie köstlich mundeten dazu die paar Schluck kühlen Wassers, die wir nachher ausgeteilt erhielten.

Nachdem aber einmal alles verzehrt war und ich von der Fassungsstelle wegging, überkam mich unterwegs eine Art Niedergeschlagenheit. Sie mochte vom Gehirn, von der Seele oder vom kosmischen Gewissen herrühren. Weiß der Himmel, von woher einen solche Gefühle überfallen! Jeder Psychologe sagt etwas anderes darüber. Erraten! Es war die kleine Stimme, die sich jetzt wiederum meldete und ihre Beschwörungskünste an mir probierte.

»Hast denn die toten Kameraden ganz vergessen? Bist denn kein Mensch?« flüsterte sie und begann gleich wieder die verstümmelten Leichen in meine Gedanken zurückzuzaubern.

Die Erschütterung war wieder die gleiche, nur hielt sie diesmal nicht lange an. Die Schuld daran trug wahrscheinlich, daß ich am Morgen die Extraportion unverzehrt zurückgelassen hatte und daß die Abendration zu gering war, um den Hunger lange zu foppen. Eben erst waren die Brotbissen gegessen, schon waren sie auch bereits vergessen. Der leere Magen war wieder obenauf und der ließ neben sich keinen Gedanken bestehen, nichts, was überhaupt mit Gedanken zu tun hatte, sondern nur Notdurft: Mordshunger. Ich weiß nicht, wohin das alles noch geführt hätte, schließlich war ich nicht als Wolf auf die Welt gekommen und konnte mich nicht so mir nichts, dir nichts an so kolossale Ausmaße der Magenleere adjustieren.

Die Ablenkung, die das mitten in der Nacht einsetzende Schießen brachte, errettete mich aus dieser unerträglichen Situation. Als der ganze Hügel aufsprang und in die Stellung rannte, sprang auch ich auf und unternahm – bloß um mich mit etwas anderem als mit meinem Hungern zu beschäftigen – eine kleine Inspektionstour auf dem Kampfplatz. Als nach einer Weile die Beschießung beendet war, hatte ich meine Hände voll, um die Leichen unter Maschinengewehren, hinter Büschen und aus Schlammlöchern hervorzuziehen. Natürlich entging mir auch jetzt nicht, wie furchtbar das alles war. Ich war bloß diesmal in größter Eile und spornte die Morosen unausgesetzt an. Warum es mir so eilig war, das wußte ich nicht genau; womöglich hatte es etwas mit dem Hunger zu tun.

»Legt sie rasch in die Reihe, daß ich sie sortieren kann. Macht aber schnell. Ich muß zur Meldung. Der Totenhauptmann wartet im Stollen.«

Der Totenhauptmann wartete immer im Stollen, noch niemals aber hatte ich mich derart beeilt und mir die Beine so ausgerissen wie jetzt. Nie zuvor hatte ich so ganz außer Atem mit der Meldung begonnen wie jetzt, wo ich es vor Hunger kaum noch aushielt. Und seitdem der Meßlöffel auf dem Platz des Totenhauptmanns saß, war es auch das erste Mal, daß ich mich direkt mit meiner Meldung an ihn wandte.

»Achtundzwanzig!« platzte ich heraus, bevor er noch Zeit gehabt hätte, eine Frage an mich zu stellen. Dabei ertappte ich mich, daß ich halb unbewußt die Gefallenen am Sammelplatz selber schon zusammenaddiert hatte. Das gab mir ein schlechtes Gefühl, und um es gutzumachen, wollte ich, während der Meßlöffel mit seinen Rechnungen beschäftigt war, dem Totenhauptmann einzeln die Namen der Gefallenen sagen. Es ging aber nicht. In der Eile hatte ich vergessen, eine Liste anzufertigen, und ich mußte jetzt die Erkennungsmarken der Reihe nach vorziehen, um die Namen einzeln von ihnen abzulesen.

Wenn einmal die Seele in den Magen gerutscht ist, dann saust und saust sie hinab wie auf einer Rutschbahn in Pruter. Nichts vermag ihr Einhalt zu bieten, und ist sie erst einmal beim Magen angelangt, dann hat sie in solchen Hungerzeiten ihre Mühe, sich wieder emporzuarbeiten.

Es war wieder ein weiterer Tag vergangen, ohne daß die Ausgesandten mit dem rettenden Proviant erschienen wären. Noch ein oder zwei weitere Tage und wir würden glattwegs verhungern. An diesem Morgen aber war wenigstens noch kein unmittelbarer Anlaß vorhanden, sich solch düsteren Vorstellungen hinzugeben. Es war, wenn auch natürlich nicht genügend – nie war's genug –, so doch noch immer etwas zu essen da.

Oh welch unsagbare Wonne und Beglückung war es doch, überhaupt noch kauen zu können. Den aufgeweichten Bissen auf Zunge und Gaumen zu spüren. Und welch prächtiger Genuß der erfrischende Schluck danach. Das alles hatten wir den gefallenen Kameraden zu verdanken. Es war das Brot der Toten, das uns beglückte, das Wasser der Toten, das uns erfrischte; der Zusatz, den ihr Nichtmehrsein abwarf. Daß es diese Menage überhaupt noch gab, war eine Spende der Toten. Hätten sie nicht für uns gesorgt, wer hätte es sonst getan? Wären sie nicht gefallen, so hätte es heute morgen nichts, weder für uns noch für sie, zu kauen gegeben, und wir hätten alle der Reihe nach vor Hunger verrecken können. Alle wußten es, die bebend vor Gier den Menagetisch umstanden und lüstern die Brotspende der Toten genossen und sich am Wasser der Toten labten. Auch ich wußte es und stand mit ihnen bebend vor Gier da und verspürte den gleichen Genuß.

Wenn der Feind damals ganze Arbeit geleistet hätte, so wäre es mit alledem niemals so weit gekommen. Es hätte dann weder den Hügel noch uns weiter gegeben, und wenn alle tot waren, so wäre auch der Hunger kein Problem mehr gewesen.

Aber mit unserer Eingabe um zuzüglichen Proviant war scheinbar auch die feindliche Eingabe um zuzügliche Munition auf den ewigen Regalen des Amtsweges liegen geblieben. Statt der draufgängerischen Offensive mußte sich der Feind auf die berühmte Kriegstaktik des »Mürbemachens« verlegen. Ein Feuern, das sich zuerst anschickte, als ginge es um das Letzte, verpuffte bereits nach einigen Runden wie eine Rakete. Beschießungen von zwei Stunden, dann einer halben, dann wieder drei oder vier Stunden – man wußte niemals, ob es aufgehört hatte oder bloß die Ouvertüre zum wirklichen Konzert war. Mit einem Wort: Irritieren war jetzt die Taktik des Feindes.

Wenn man schon als Soldat verrecken muß, und der Krieg war doch dazu erfunden, so besser rasch. Das wirklich Arge war dieses Mürbegemachtwerden, die leeren zwischen Leben und Sterben eingeschobenen Stunden und Tage, die Unsicherheit, das Hin- und Herschwanken zwischen Hoffnung und Verzweiflung.

Und dazu noch dieses vom unerträglichen Hunger über kleine Labungsstationen einiger Bissen Brot und Schluck Wasser sich zum nächsten unerträglichen Hunger Hinschleppen. Das machte es, daß man am Schluß nicht mehr der Kamerad und Mensch war, als der man diese ganze Sache hier angetreten hatte.

Nach dem nächsten Schießen, Fallen und Einsammeln – der Feind hatte diesmal vorwiegend fehlgeschossen – meldete ich im Totenstollen: »Sieben.«

»Was, nur sieben, nicht mehr?« fragte der Meßlöffel. Die geringe Verlustzahl machte ihn sichtlich niedergeschlagen. Sein ohnehin fahles, käsiges Flachgesicht hatte jetzt überhaupt alle Farben verloren. Apathisch vollzog er die Kinderaufgabe der Subtraktion und Addierung der Brotscheiben. Der Totenhauptmann teilte natürlich von seinem eigenen Standpunkt aus die Stimmung des Meßlöffels. Ihre Niedergeschlagenheit und Apathie übertrug sich auch auf mich.

Beim Heraustreten aus dem Stollen empfing mich zu meiner Überraschung eine Riesenmenge. Wenn auch nicht die ganze noch vorhandene Besatzung erschienen war, so gab es doch keine Waffengattung, keine Kompagnie, keine Charge, die hier nicht vertreten gewesen wäre. Selbst die Horchpostenleute und die Küchenjungen hatten eine Abordnung geschickt gehabt. Wie ein mächtiger Orkan brauste aus all den Kehlen die Frage: »Dicker, wie viel sind es?«

»Sieben.«

»Nur sieben, nicht mehr«, brauste es dumpf. Es klang wie ein niedergebrochener, verhallender Orkan.

Die Niedergeschlagenheit des Meßlöffels im Stollen war nichts, verglichen mit dieser zur Masse geballten Niedergeschlagenheit der Menge hier draußen. Sie standen in bewegungsloser Apathie, unfähig, zu ihren Posten und Stellungen zurückzukehren. Sie konnten sich's leisten; ihre Geschäftsstunden waren beendet. Die meine begann aber erst.

Nach dem Einscharren einige Stunden Pause. Leere Zeit mit leerem Magen. Dann begannen die drüben von neuem mit ihrem Mürbemachen. Nur dauerte das »Irritieren« diesmal etwas länger, und die Ernte war ergiebiger. Als ich nach dem Sortieren im Stollen die Zahl vermeldete, sprang der Meßlöffel geradezu wie ein Gummiball von seinem Sessel auf.

»Vierundvierzig«, fauchte der Meßlöffel jauchzend. »Vierundvierzig!« Dieses jauchzende Fauchen hatte unbestreitbar etwas Amüsantes, ich möchte fast sogar sagen etwas Gewinnendes an sich. Ich mußte lächeln, obwohl lächeln für einen Toteneinsammler nicht dienstgemäß war. Es ging aber auch ansonsten in diesem Augenblick nicht alles so streng dienstmäßig vor sich. Selbst auf der käsigen Fläche des Gesichtes des Meßlöffels spielte jetzt so etwas wie ein Lächeln. Und ich merkte sogar, daß auf dem düsteren Antlitz des Totenhauptmanns etwas vorging, was sich wie eine Art irdisches Grinsen ausnahm.

»Jawohl, insgesamt vierundvierzig«, bekräftigte ich.

»Das ist ja allerhand«, sagte der Meßlöffel. Sein Bleistift hüpfte wie eine leichtfüßige Ballerina über das Papier dahin. »Nun wird es reichen«, sagte er befriedigt und schloß seine Akten.

Vor dem Stollen draußen umringte mich dieselbe Menge, der gleiche mächtige Orkan brauste mir entgegen: »Wie viele sind es?«

Sie warfen ihre Mützen hoch, als sie die Zahl hörten. Sie stießen sich nach der Art von ausgelassenen Schulbuben gegenseitig in die Rippen, kniffen sich in die eigenen Wangen und brüllten und tobten. Orkane der Natur, Sturmgesause und Meeresbrausen hätten einen Wettstreit mit diesem Gebrüll verloren.

Vielleicht war mir dieser Freudenausbruch doch ein wenig zu

weit gegangen. Jedenfalls geschah es, daß ich beim Einschaufeln der Toten aus dem dumpfen Plumpsen der Erde die kleine Stimme wieder vernahm. »Erinnerst du dich nicht mehr, was du ...«

»Nicht jetzt, doch nicht jetzt«, wehrte ich ab. »Wenn die Ausgesandten zurückkommen sollten und es wieder Essen gibt, oder wenn wir den Hügel nicht mehr halten müssen, wenn der Krieg aus ist und ich wieder in meinem Kaffeehaus sitzen werde, dann will ich mich gerne, herzensgerne, an all die armen gefallenen Kameraden hier oben erinnern. Ich verspreche es bei allem, was mir heilig auf Erden ist. Aber doch nicht jetzt, nicht jetzt.«

Die kleine Stimme verstummte sogleich. Dann hörte ich nur noch das Geräusch der Schaufeln und das Herabplumpsen der Erde. Endlich gongte es wieder.

Wozu sich noch weiter aufspielen? Ich gehörte nun zu den übrigen und war um kein Jota anders als sie. War das Schießen vorüber, so war unser erster Gedanke, ihrer wie meiner: Sieben, dreiundzwanzig, vierundvierzig weniger an der Fassungsstelle. Sieben, dreiundzwanzig, vierundvierzig, die nicht mehr nach Brot greifen, die nicht mehr den labenden Becher leeren werden. Und was ihre vom Tod verschlossenen Münder nicht mehr verzehrten, was nicht mehr durch ihre toten Kehlen herunterrann, das entfiel nun auf uns. Das war das einzige, woran wir noch dachten ... Daß es Kameraden waren, die es ereilte, oh darum scherten wir uns wenig. Kameraden? Hungrige, fressende Mäuler waren fort, durstige Kehlen waren tot, gierig greifende Hände waren erstarrt. Esser waren tot, Wegesser, Wegtrinker. Wer hätte nicht eine heimliche Erleichterung verspürt, wenn es sich um den Menagetisch lichtete. Je größer die Opferzahl, um so geringer die Zahl der Fresser. – Das macht der Hunger aus einem.

Noch den nächsten und auch den übernächsten Tag war es so. Jeder, der hinüberging, ließ uns seinen Bissen und Trunk zurück. Noch lieferten die Toten den Zusatz von Brot und Wasser, noch nährten und erhielten sie uns, die Lebenden.

Dann aber kam der Tag, der furchtbarste Tag unserer Tage. An Toten war auch diesmal kein Mangel. Es gab Leichen zur Genüge. Also nicht etwa, daß der Tod müßig geworden oder gar vom Hügel desertiert wäre. Er erfüllte noch immer pünktlich seinen Kriegsdienst. Ihn traf keine Schuld der Versäumnis. Es war unser Magen, der diesen furchtbaren Tag heraufbeschwor, unser Magen, der die eiserne Brotreserve samt Zusatz so rasch verschlungen hatte, daß der Tod bei all seinem Diensteifer diesem Verbrauch nicht hatte nachkommen können. Der Tag, vor dem uns die ganze Zeit gegraut hatte, war gekommen. Der letzte Reservelaib war aufgeschnitten, in Scheiben geteilt, und die letzten Scheiben waren verzehrt.

Damit war der Tod hier oben am Hügel nichtig und sinnlos geworden. Die Toten schienen jetzt nurmehr auf ihren eigenen Tod bedacht. Die jetzt noch fielen, starben nicht mehr für die Lebenden. Vierundvierzig oder selbst mehr Tote, was ging das jetzt noch die Lebenden an? Selbst wenn die ganze Besatzung bis auf einen Überlebenden gefallen wäre, ihr Tod wäre für diesen einen keine Zehntelscheibe Brot wert gewesen. Was nützte der Tod, wo es jetzt keine Krume mehr gab.

Dank meiner besonderen Diensttätigkeit war ich natürlich der erste von der Mannschaft, der das zu verstehen begann. Als ich an diesem denkwürdigen Tag im Stollen erschien, um dem Meßlöffel die Gesamtzahl der Opfer zu vermelden, winkte er mir sogleich ab und wies in die Richtung des Totenhauptmanns, der allein jetzt noch interessiert war (natürlich im Anbetracht der großen Armee unter der Erde), die Zahl der Rekruten zu vernehmen. Der Meßlöffel selber saß am Tisch und biß sich mangels anderer Tätigkeit die Nägel. Sein Rechenbleistift lag unberührt vor ihm.

Was bedeutete ihm noch die insgesamte Zahl der Toten, wo es keine Brotbestände mehr gab und man die Toten nicht mehr in Zusatzscheiben umrechnen konnte. Bis nicht die Ausgesandten eines Tages mit dem Proviant eintrafen, war er beurlaubt. Warum er dennoch immer in unserem Stollen saß? Wo sonst hätte er denn seine Urlaubszeit verbringen sollen? Hinter dem leeren Menagetisch vielleicht, wo er bloß unentwegt von der lästigen Gespensterschar verhungernder »Fresser« mit ihren leeren scheppernden Eßnäpfen molestiert worden wäre?

An jenem Abend dieses furchtbarsten aller Tage erschienen plötzlich zwei der Ausgesandten. Sie brachten die niederschmetternde Nachricht, daß es ihnen nicht gelungen sei, beim Magazinör in Trigwitz irgend etwas auszurichten. Infolge des Rückzuges, den unsere Armee aus strategischen Gründen angetreten hatte, mußten zur Erreichung des Siegeszieles auch sämtliche Bestände den Rückzug antreten.

Wenn man jemanden aus ganzem Herzen haßt, so ist es genau, wie wenn man jemanden aus ganzem Herzen liebt. Es gibt keine noch so große, allgemeine Katastrophe, die einen davon abhalten würde, sich voller Ungeduld zuerst nach dem Verbleib jenes gewissen Jemand, den man inbrünstig liebt oder haßt zu erkundigen. Was mich jetzt vor allem brennend interessierte, war der Verbleib des Bonci. Warum war er nicht zurückgekommen?

»Ja, der Bonci«, sagte einer der Ausgesandten, »das ist ein Feiner. Als wir vom Magazinör die niederschmetternde Auskunft erhielten, ist er unter dem Vorwand, eine Notdurft zu verrichten, hinausgegangen. Hinaus und verschwunden, auf Nimmerwiedersehen!«

»Hab ich's euch nicht immer gesagt, daß der Bonci ein Schuft ist«, ereiferte ich mich. »Nur ihr habt ihn wie einen Luftballon zum großen Helden aufgeblasen. Da habt ihr's, ein Deserteur, ein ganz gemeiner Deserteur. Hat sich sicherlich dem siegreichen Rückzug angehängt und frißt sich jetzt irgendwo im Hinterland den Magen voll!«

»Halt's Maul. Unwichtig der ganze Bonci, wo wir alle jetzt hier verrecken müssen«, wies mich einer aus der Gruppe zurück, und die andern stimmten ihm bei. Sie waren eben reifere und ernstere Hungernde als ich.

Leere Stunden des leeren Magens.

»Hast du mir aber einen Schreck eingejagt, Kanonier Mannfalt«, rief ich beim nächsten Rundgang auf dem Leichenfeld. Ich war dabei gewesen, die Leichen um den Kanonenstand wegzuräumen, als eine, die noch auf dem Kanonensitz festklebte, mir einen kräftigen Fauschlag in die leere Magengrube versetzte.

»Laß die Hände von mir«, schrie die »Leiche« hysterisch.

»Schon gut«, sagte ich am ganzen Leibe zitternd. »Woher konnte ich wissen, daß du ein lebender Leichnam bist? Und überhaupt«, fuhr ich fort, »was hast du als Lebendiger eigentlich hier unter meinen Leichen zu suchen? Das ist mein Revier und meine Dienststunde. Du weißt ganz gut, daß die anderen, wenn einmal abgeblasen worden ist, hinauf in den Schlafstollen gehören. Ich hab hier zu arbeiten und kann keine lebenden Kanoniere gebrauchen. Schau also, daß du weiterkommst.«

»Nein«, antwortete der Kanonier herausfordernd.

»Du, ich rate dir, bring mich nicht in Rage, sonst mach ich dich zu einer von diesen, die hier herumliegen, dann kannst du meinetwegen hier bleiben. Aber nur als Leiche, verstehst du? Sei lieber vernünftig und mach dich auf die Beine.« Ich schickte mich an, ihn gewaltsam herunterzuziehen.

»Nicht zwing mich Dicker, bitte«, sagte er sich aufs Flehen verlegend. »Ich kann nicht, ich kann einfach nicht. Du mußt es verstehen. Bist doch schließlich ein Mensch, Dicker.«

»Erspar dir diese Floskeln wie ›Mensch‹«, wies ich ihn ab. »Solche Worte sind hier völlig unpassend. Wir haben es hier mit sachlichen Dingen zu tun, mit Leichen. Was ist denn also mit dir, daß du von hier nicht wegkannst? Ein Leichenfeld ist schließlich kein Nachtclub, wo man über die polizeiliche Sperrstunde hinaus zu sitzen pflegt. Na sag rasch, bevor die Morosen zurück sind, was ist's denn?«

»Als Mensch...«

»Kanonier Mannfalt, kannst dir denn das Mensch sagen nicht abgewöhnen? Paßt überhaupt nicht zu einem Soldaten, und außerdem macht mich das Wort neuerlich rasend. Kannst nicht schlicht und einfach Adam Ember zu mir sagen?«

»Verzeih«, sagte der Kanonier kleinlaut. »Es hat nur das, was ich dir zu sagen habe, ausgerechnet mit dem Wort zu tun, das dich rasend macht. Aber ich will aufpassen. Es ist nämlich, daß ich mich nicht zurücktraue, einfach nicht trau.«

»Hast denn etwas Kriegswidriges angestellt, auf eigene Mannschaft abgefeuert, oder sonst was?«

»Nein, ich trau mich bloß nicht, diesen Kampfplatz zu verlassen und in den Schlafstollen zu gehen. Du, der du bloß ein Leicheneinsammler bist, wirst das schwer verstehen. Für uns Kanoniere aber ist dieses Kämpfen und Losschießen das, das ...«

»Wenn du mir jetzt gar mit dem ›Es‹ kommst«, unterbrach ich ihn, »so will ich's nicht hören.«

»Was meinst du damit?«

Ich sah erleichtert, daß die Es-Seuche seine Kanonierstellung nicht erreicht hatte. »Was ist es also, was ihr Kanoniere erkannt habt und wir Toteneinsammler nicht verstehen können?«

Ich hörte die Morosen herantrampeln. Wir mußten unterbrechen. Meine Neugierde war aber erweckt. Ich beschloß daher, selber länger zu bleiben, um mit ihm weiter zu sprechen. Die Morosen blickten den Kanonier verwundert an. Doch bevor sie noch fragen konnten, was er hier zu suchen habe, sagte ich: »Der Kanonier Mannfalt hat sich angeboten, mir beim Aufsammeln zu helfen.« Sie machten sich alsbald mit ihrer Ladung auf den Weg.

»Wenn du nämlich einer von uns Kanonieren wärst«, fuhr Mannfalt fort, »so würdest du wissen, was das bedeutet, hier vorne zu sein, insbesondere seitdem es nichts mehr zu beißen gibt. In einem richtigen Kampf, da steht das Ohr inmitten des Wirbels vom Heulen, Dröhnen und Pfeifen, pimpim, ratschratsch und tock-tock, und ist nichts anderes mehr als ein vibrierendes, zuckendes Trommelfell. Das aufgerissene Auge starrt gefangen in den unheimlich aufleuchtenden Feuerhimmel, auf die blitzenden Bahnen von Geschossen, auf die hundert Gesichte der Vernichtung. Und die Nase riecht nurmehr den Geruch von Pulverdampf, glühendem Metall und Blut. Das Herz, vom Feuer gepeitscht, klopft, es brennt in den Schläfen und hämmert. Du bist ganz eins mit dem Kampf, nicht mehr du, nicht mehr der andere, nurmehr der Kampf selber. Dann stehst du im Ring, und in diesem Ring gibt es keine Lücke, kein anderes Gefühl, nicht Hunger, nicht Durst, nicht Ermattung – nur äußerste Gespanntheit: Trifft es mich, trifft es mich nicht? Und die leidenschaftliche Lust zu töten!«

»Sag, Mannfalt, hast du dir diese verstiegene Art zu sprechen aus einem Heldenroman angelesen oder hast gar in der Pubertätszeit Verse verbrochen, daß du mir das alles so dithyrambisch darstellst?« unterbrach ich ihn halb neidisch, halb verärgert, weil mir als Toteneinsammler solche Erlebnisse völlig fremd waren.

Mannfalt ließ sich jedoch nicht aus dem Schwung bringen. Als ich die Morosen zurückkommen hörte, mußte ich ihm die Hand auf den Mund legen, um ihn zum Schweigen zu bringen.

»Es ist ja nicht um eine Leiche mehr geworden«, murrten die Morosen. »Hättest dir auch eine bessere Hilfe aussuchen können.«

»Kümmert euch um eure eigenen Sachen«, wies ich sie ab.

»Was treiben denn die zwei hier? Sind die vielleicht gar ...« hörte ich einen der Morosen einem andern zumurmeln, als sie mit der nächsten Last abzogen. Ich sah, wie einer von ihnen unterwegs die Bahre absetzte und sich niederhockend den Magen hielt. Ich wandte meinen Blick sofort weg.

»Fahr fort«, ermunterte ich den Kanonier. Ich wollte wissen, was mit einem, der solche große Dinge erlebt, nachher passiert, vor allem aber, wie er seinen zähen Entschluß hier zu bleiben, erklären würde.

»... und in dieser äußersten Gespanntheit auf Tod und leidenschaftlichen ...«

»Das von der leidenschaftlichen Mordlust hast mir schon einmal gesagt«, fiel ich ihm ins Wort, »außerdem muß ich hinauf zum Sammelplatz. Mach also rasch und sag mir, warum du von hier nicht weg willst, obwohl der Kampf doch schon vorbei ist.«

»Hast es nicht erlebt, daß du nach einer im wilden Sinnesrausch verbrachten Nacht mit einer Frau noch weiter im Bett verweilen willst, obwohl die Frau schon längst auf ist? Willst dir den Nachgenuß nicht versagen. Bleibst liegen, um noch die Wärme, die ihr Körper im Bett zurückgelassen hat, zu spüren, mit deiner Hand über die Einbuchtung, die er auf dem Linnen zurückgelassen hat, hinwegzutasten, die Haarnadeln, die ihr während des Liebesgemenges herausfielen, anzustarren, den ganzen Rausch der Nacht dir nochmals in Erinnerung zurückzurufen, und auch der herrlichen Erwartung wegen, daß sie bald wieder ins Bett zurückkehren wird und es dann von neuem beginnt.«

»Du, verschone mich mit deinen poetischen Ergüssen, und reg mich vor allem hier am Leichenfeld nicht mit solch lüsternen Vergleichen auf. Ich will nicht wissen, warum einer im Bett bleibt und eine zurückgelassene Haarnadel anstarrt, ich will wissen, warum du auf diesem abgeschossenen Gelände noch weiter auf deiner Kanone verharrst.«

»Weil sie für mich die Haarnadel ist, an der ich den verflossenen Rausch des Schießens noch einmal nachfühlen kann. Weil hier noch die Wärme vom Kampf zurückgeblieben ist und die zitternde, hoffnungsvolle Erwartung, daß es wieder beginnen wird.«

»Ich wußte nicht, daß es unter Kanonieren solch Narren wie dich gibt«, sagte ich.

Er fuhr unbekümmert fort: »Solange ich hier bleibe, kann ich den Hunger, die Qual und Ermattung vergessen.«

Da wurde mir klar, warum ich ihm so lange zugehört hatte. Während seiner überstiegenen Tiraden hatte nämlich auch ich den Hunger vergessen gehabt.

»Und darum will ich nicht nach dort oben zurück«, schloß er. »Solange ich mich noch an meine Kanone klammern kann, die Erde sehe und die Luft atme, in der der Kampf stattfand, solange mich ringsum alles daran erinnert, gibt mir eben diese Erinnerung Kraft, Herr meiner selbst zu bleiben, das zu sein, was ich bin: Kanonier, Kämpfer, Soldat, verzeih mir das Wort – eben ein Mensch zu sein. Du magst dieses in der Erinnerung Nachkosten hirnverbrannt nennen. Mich aber hält es aufrecht, und aufrecht zu bleiben bedeutet alles im Leben. Weißt du, was passiert, wenn du in den Stollen gehst? Dort oben gehörst du nur noch dem Hunger. Dort bist du ihm ausgeliefert. Vermagst an nichts anderes mehr zu denken, nichts anderes mehr zu fühlen. Dort hat dich der Hunger ganz, dann hörst du auf, Soldat, hörst auf Mensch zu sein, und bist nur noch ein elendes, hungriges Tier.«

Ich hatte genug. Womit er nämlich jetzt anfing, das mußte ich mir nicht von einem Kanonier erklären lassen. Was Hunger ist, das wußte ein Totengräber und jeder andere hier oben ebensogut.

»Wenn du nicht auf mich hören willst, Mannfalt, dann bleib eben, bleib, bis du verreckst und der Tag kommen wird, wo es in meinen Dienstbereich fällt, dich von hier abzuschleppen«, sagte ich. Er aber, völlig in seinem Nachlebewahn befangen, blickte gar nicht auf, als ich ging, sondern begann voller Aufmerksamkeit das Schußrohr seiner Kanone zu betrachten.

Als ich zum Sammelplatz kam, waren die Morosen nicht mehr da. Die Leichen lagen in völligem Durcheinander herum. Die von der letzten Ladung befanden sich noch immer auf den Bahren, nicht einmal die Gurten waren gelockert. Es war klar, daß die Morosen die Arbeit einfach im Stich gelassen und sich davongemacht hatten. Ausgesprochene Dienstpflichtverletzung. Ich zählte die Leichen rasch ab und begab mich in den Stollen, wo die Morosen sich aufhielten. Die Kerle würde ich Mores lehren!

Sowie eine Gruppe von Menschen frech wird, bilden sie sofort einen Bund und wählen sich einen Führer. So trat mir jetzt der Lange von den Morosen als Sprecher entgegen, und bevor ich noch die Möglichkeit gehabt hätte zu fragen, was ihnen denn eingefallen sei, rief er gebieterisch: »Besser du hältst das Maul, Dicker, und schließt dich unserem Bund an. Bist schließlich auch keiner von den Obrigen, wenn du dich auch zuweilen so aufspielst. Bist nur ein Totenträger wie wir. Aber merk dir's: Auch Totengräber haben ihre Standesrechte!«

»Seid ihr verrückt geworden? Was heißt hier Standesrechte? Wir sind doch keine Zivilisten, sondern Eingezogene im Krieg.«

»Krieg oder nicht Krieg, auch Eingezogene haben das Recht auf Verpflegung. Wenig – gut! Aber gar nichts, und sich weiter mit Leichen abschuften sollen, oh nein, mein Lieber, ohne Essen keine Arbeit! Da können die Leichen draußen verschimmeln, wir rühren keinen Finger, um sie wegzuräumen. Kannst dem Totenhauptmann und dem Kommandanten melden: Der Soldatenrat der Totengräbergruppe vom Hügel 317 hat einstimmig beschlossen, bis es keine Fassung gibt den Dienst zu verweigern. Wir haben es satt, uns von der Armee noch weiter ausbeuten zu lassen. Wenn die andern Waffengattungen so blöd sind, es noch weiter mitzumachen, so müssen wir Totengräber es eben sein, die das Signal zur Revolution geben. Schau dir den Genossen an«, er wies auf den Morosen mit der schiefen Nase, der sich vor Magenkrämpfen in der Ecke krümmte, »heut hat's ihn gefaßt, morgen schon vielleicht uns alle. Glaub nicht, daß du eine Ausnahme sein wirst.«

Da ich die Morosen immer für dumpfe Volltrottel gehalten hatte und mir ein Standesbewußtsein von Totenträgern niemals in den Sinn gekommen war, war ich auf diesen Auftritt ganz und gar nicht gefaßt. Der Lange mußte im Zivilleben ein Roter gewesen sein, ein Agitator, der jetzt Farbe bekannte. Natürlich hatte er mit dem, was er sagte, nicht so ganz unrecht. Ich wollte mich aber nicht auf Sachen einlassen, die zuletzt ohnehin zu nichts führen konnten. Bis mich nicht das Magenkrümmen niederwarf, wollte ich meinen Mann stehen und meine Dienstpflicht erfüllen. Die Embers waren seit Generationen obrigkeitstreue, konservative Leute gewesen. Revoltieren war nicht meine Sache.

»Ich gehe und melde, daß ihr den Dienst verweigert«, sagte ich kurz.

»Verräter an Standesgenossen und Brüdern! Wirst dafür noch teuer bezahlen müssen«, rief mir der lange Rote drohend nach.

Wenn das Unerwartete einmal losgeht, so geschieht es meistens nach dem Gesetz der Serie. Ich ging zum Kanzleistollen, um routinemäßig die Zahl der Gefallenen zu melden und vor allem über die Hungerrevolte der Totengräber Bericht zu erstatten und die entsprechenden Orders einzuholen.

Als ich eintrat, fand ich nicht nur den Meßlöffel und den Totenhauptmann, sondern auch den Kommandanten Konrad, und zwar in einem Zustand, der mir die Haare zu Berge steigen ließ. Sie kauerten auf dem Boden und hielten sich jammernd und stöhnend den leeren, eingeschrumpften Magen. Der Kommandant Konrad und sein Nachfolger im Kommando, der Meßlöffel, waren von ihren Hungerkrämpfen so hergenommen, daß sie kaum Notiz von mir nahmen. Als ich rief: »Revolution ausgebrochen!«, winkten sie bloß apathisch ab. Es war für einen Untergebenen zum Erbarmen, die Obrigkeit in einem solchen Zustand zu erblicken.

Nur der Totenhauptmann bewahrte noch immer eine gewisse Haltung. Wohl kauerte auch er zusammengekrümmt und stöhnend auf dem Boden, aber er krümmte sich dennoch wie ein wahrer Held, der selbst inmitten der größten Magenkrämpfe an seiner Idee nicht irre wird. Wie die Märtyrer, die an ein Jenseits glauben, mit Größe und Würde alle Pein auf sich nehmen, so auch der Totenhauptmann. Trotz aller Erniedrigung der Leiber hatte er nur das große Ziel – das Jenseits unter der Erde, die siegreiche große Armee – vor Augen.

Meine Meldung von der Revolution fiel auch bei ihm auf taube Ohren. Dafür aber winkte er mich sogleich herbei und versäumte nicht, mich trotz Stöhnen zu fragen: »Wie viele sind es?« Als er die hohe Zahl vernahm, erglänzten seine Augen in einem Licht, das nichts von jenem Lichte hatte, das von der Sonne aufs Leben herabscheint, sondern ein unbekanntes, schwarzes Licht war, in dem die Toten in der Finsternis wahrscheinlich siegreich unter der Erde vormarschieren.

Wenn man selber hungert, kann man den Anblick von Menschen, die sich in Hungerkrämpfen winden, nicht gut ertragen. Ich hatte mich ohnehin schon zu lange hier aufgehalten, und es begannen sich auch bei mir Zeichen anzukündigen. Rasch, rasch, hinaus, weg von hier! Aber wohin?

In den Schlafstollen zurückzukehren schien nach dem Auftritt mit den rabiaten Hungrigen nicht gerade das Ratsamste. Zu den

Sanitätern, mit denen ich gut stand, um mich dort neben die Maroden zu legen? Das hätte nur bedeutet, daß ich mir neben dem Hungergestöhne auch noch das Wundgejammer anhören mußte. Es gab natürlich noch allerlei Plätze, wo ich Unterschlupf hätte finden können; zum Beispiel im Infanterie- oder Artilleriestollen oder in einem der Horchpostenlöcher. Wo immer ich mich aber auch verkrochen hätte, dem Anblick der Verhungernden hätte ich nicht entkommen können. Sich jammernd den Magen halten war jetzt sicherlich die einzige Feldtätigkeit aller Kameraden, welcher Dienstgattung sie auch angehören mochten. Wenn ich mir meinen eigenen Hunger nicht durch kollektive Aktivität noch eindringlicher bewußt machen wollte, war das Vernünftigste, jede Gemeinschaft mit den Verhungernden zu meiden.

Es war nicht gerade eine jener Nächte, die einen zum Verweilen unter freiem Himmel einladen – es war naßkalt. Dennoch, draußen zu bleiben war das einzig halbwegs Erträgliche. Da setzt du dich nieder und starrst in den Himmel hinein, sagte ich mir. Der Mond und die Sterne spielten Versteck mit den Wolken. Ich konnte ihnen, ohne fortwährend an meinen Hunger erinnert zu werden, zusehen. So dachte ich, aber ich täuschte mich. Wohl krümmten sich Mond, Sterne und Wolken nicht wie die Kameraden, das allein brachte jedoch keine Erleichterung. Mein eigener Magen machte nämlich verdächtige Anzeichen. Ich sprang auf und lief, als könne ich dem Hunger davonlaufen. Ich lief richtungslos da- und dorthin. Der Hunger lief überall mit und wartete stets bereits auf mich, wo immer ich hinkam. Setzte ich mich, setzte er sich, stand ich auf und lief weiter, stand er auf und lief gleichfalls.

Natürlich hatte ich auch früher Hunger verspürt. Er ist einem sozusagen angeboren, und sein Schrei ist das erste, was man der Welt zu sagen hat. Nur war er seit der Mutterbrust immer gestillt worden. Und später war er Essen, Mahl, Gelage, Zubereitung, Kredenzen, Delektieren, Tafelgespräch – ein ganzes Zeremoniell verhüllte das nackte Bedürfnis. Und vorher und nachher gab es hunderterlei Verrichtungen des Tages.

Solange das Essen nur eine der vielerlei Betätigungen des Lebens ist, weiß man nicht was Hunger wirklich ist. Seine Gewalt, jene Urgewalt, um die sich alles im Leben dreht, die kam erst jetzt heraus, seit es hier oben nichts mehr gab was den Hunger zu stillen vermochte, seit jeder Gedanke zum Lechzen nach Speise geworden war und das ganze Sein sich in das einzige Verlangen, sich anzufüllen, aufgelöst hatte.

Erst jetzt wußte ich, was Hunger hieß, wo der Magen, der die Ungesättigtheit satt bekommen und die Eingeweide, die nun einmal auch etwas anderes verzehren wollten als immer nur sich selber, zu meutern begannen und einem die Menschenwürde kassierten. Als der Kanonier mir das vom draußen in Todesbereitschaft zu verharren gesagt hatte, war es mir als eine verstiegene Heldentirade erschienen. Jetzt verstand ich es. Ich verstand es, wie nur der Neid Zukurzgekommener zu verstehen vermag. Was geschah schon jenen, die es traf und die starben – diesen Beneidenswerten? Nur Hunger und Durst starben in ihnen, und wie immer auch ihr Fallen sein mochte, schmerzlos, schmerzvoll – einerlei. War's einmal geschehen, da waren sie über die Grenze und für immer in jenem glückseligen hunger- und durstlosen Drüben – im Tod. Nicht das Sterben, das Weiterleben war das Arge.

Denn was war da noch von alledem geblieben, was das Leben lebenswert machte? Wo waren all die hochgesteckten Ziele und Ideale, all das, was dem Leben Sinn und Bedeutung gab? Jetzt kam es heraus, daß es nur um die Stillung des Hungers ging und daß jeder andere Sinn Selbstbetrug des gesättigten Magens war. Nur noch das Urfaktum des leiblichen Seins war geblieben; der Urdrang, sich mit Stoff anzufüllen.

Wie ein gewaltiges panisches Rufen erging es, ein großes Zurückrufen. Es war das wortlose Rufen vom leblosen Stoff, und doch verstummten davon all die Worte, die einst so sinnberedt gesprochen hatten. Da warst du eins mit aller Erdenkreatur; Bruder der Wölfe und Schakale; alldem unstet nach Nahrung jagenden, kreuchenden, fleuchenden Getier der Wüste, des Dschungels, der Meere und der Lüfte verschwistert. Ein elendes, hungriges Tier; ein Magenkehlentier.

Wo ich die ganze Nacht herumgeirrt war, weiß ich nicht. Doch als der Morgen graute, befand ich mich hinter dem Menagetisch der Fassungsstelle. Ein Dämon mußte mich ausgerechnet dorthin geführt haben. Denn einen ärgeren Ort gab es in meinem Zustand auf dem ganzen Hügel nicht. Diese völlig verlassene Stätte, der längliche Tisch, auf dem sich nichts befand, die leeren Kessel und Kübel dahinter und in der Ecke, gleich Reliquien, der Schöpflöffel und das Gongzeug – all dies brachte mir zwangsartig die auf den Gongschlag herandrängende Schar, die früher diesen Ort bevölkert hatte, in Erinnerung. Ich hörte förmlich das blecherne Geschepper der Eßnäpfe, roch die Steckrüben, Linsen, die Suppe mit dem darauf schwimmenden Fettauge, sah die aufgeschnittenen Brotlaibe und den Meßlöffel hinter dem Menagetisch hantieren. Halluzinativ hörte ich ihn: »Weiter, der Nächste!« rufen. Nun war ich an der Reihe.

All dies machte natürlich die Hungerqual nur noch unerträglicher. Da kam mir plötzlich ein ganz verrückter Gedanke in den Sinn. Ich trat hinter den Tisch, wo der Meßlöffel zu stehen pflegte, als wäre ich selber der Meßlöffel, der über die Austeilung zu bestimmen hatte. Ich machte alles für die Fassung bereit, tauchte den Schöpflöffel in den leeren Eimer, als wäre er mit Suppe gefüllt. Dann holte ich das Gongzeug aus der Ecke und hielt symbolisch den Klöppel zum Gongen bereit. Der Klöppel fiel mechanisch auf den Gong, der laut ertönte. Und als nun dieses wirkliche Gongen erscholl, da verlor ich die Gewalt über Hand und Klöppel. Sie machten sich selbstständig, und der Gong gongte ohne Unterlaß, daß es nur so über den Hügel dahinschallte.

Plötzlich sah ich, wie sich in der Morgendämmerung eine Gestalt laufend der Fassungsstelle näherte. Da erst wurde mir klar, was ich angerichtet hatte. Der Läufer hatte die Fassungsstelle erreicht und rief: »Was gongst denn wie wahnsinnig. Wir sind doch schon alle versammelt. Komm!«

Ich verstand kein Wort. Er packte mich am Arm und riß mich mit. »Ist das eine Überraschung«, sagte er im Laufen. Er gab mir aber keine Möglichkeit, ihn zu fragen, was die Überraschung sei, denn er fuhr gleich fort: »Wann hast denn du's erfahren, und wieso hast du und nicht der Meßlöffel gegongt?«

Ich verstand immer weniger, und fragen konnte ich nicht, denn da befand ich mich bereits inmitten einer erregten Menge. Waren die alle wahnsinnig geworden, oder träumte ich bloß? Das konnte doch unmöglich Wirklichkeit sein!

»Hoch Bonci, hoch Bonci!« johlten alle.

Da erblickte ich ihn über der tobenden Menge. Ich war von seiner Erscheinung so benommen, daß es eine Weile dauerte bis ich wahrnahm, daß er auf dem Bock eines Zeltwagens saß, und erst jetzt, wo die Zeltplane von der stürmenden Menge heruntergerissen wurde und ein Berg von Konserven zum Vorschein kam, wurde mir endlich klar, daß es der rettende Proviant war, auf dessen Eintreffen schon keiner mehr zu hoffen wagte.

In diesem Moment brach die Sonne durch, seit all den Tagen war es heute zum ersten Mal, daß sie wieder schien. Das war nicht weiter verwunderlich, denn einen Wagen voller Konserven auf einem verhungernden Hügel bekam selbst die Sonne nicht alle Tage zu sehen. Die blechernen Konservenbüchen strahlten im Sonnenlicht, daß man fast blind davon wurde.

Was sich da jetzt tat, hätte ich nicht für möglich gehalten, wenn ich es nicht selber erlebt hätte. Allein wie der Bonci gefeiert wurde, die größten Helden, Volksbefreier, Opernsänger und Filmstars, tote und lebendige, wären angesichts der Ovationen, die ihm dargebracht wurden, vor Neid vergangen. Der Meßlöffel, den ich zuletzt von Hungerkrämpfen gekrümmt gesehen hatte, drängte sich jetzt wie ein Boxer durch die Menge zu Bonci vor, hob den Szekler eigenhändig vom Bock, setzte ihn auf seine Schultern und trug ihn durch die jubelnde Menge.

»Halt!« hörte ich die vertraute Stimme des Kommandanten Konrad. Auch er hatte nach seinem erbärmlichen Krümmen im

Stollen nun wieder seine alte Statur zurückgewonnen. Seine winselnde Stimme von gestern war wieder voll Konradscher Wucht. Und in seiner gewohnten Weise hörte ich ihn zu Bonci sagen: »Du Hornochs, Rindvieh«, all seine Lieblingsschimpfworte, zu einem einzigen Liebes-Schimpfwort verbunden. Er winkte dem Meßlöffel, den Bonci vom Bock zu heben. »Hier hier«, rief er, riß sich einen seiner Orden von der Brust, und heftete ihn an Boncis Bluse. »Hier, trag ihn vorläufig«, sagte er, »bis ich vom Kriegsministerium deinen richtigen eigenen Orden erwirke. Sowie die Verbindung wieder hergestellt ist, komme ich beim Kriegsministerium um deine Avancierung zum Leutnant ein. Hoch Leutnant Rhino…, ich meine, Bonci.«

Während die Menge: »Hurrah, Leutnant Bonci!« schrie, umarmten ihn zuerst der Kommandant, dann der Meßlöffel und schließlich die andern, die ihn umringten.

Danach bat der Meßlöffel durch Winken um Stille, er habe eine Mitteilung zu machen. »Nun ihr Fresser«, begann er. Er fauchte auch jetzt, aber unser Gehör mußte sich durch die freudigen Vorfälle geschärft haben, denn ich konnte jedes Wort glockenklar vernehmen. »Nun ihr Fresser«, wiederholte er, »wir müssen bloß das ganze zur Fassungsstelle hinüberschaffen, dann kann die Austeilung beginnen.«

Ein wilder Protest erhob sich. »Das dauert zu lange! Hier, hier, wo wir sind. Wir halten es nicht länger aus!«

»Leute, seid doch vernünftig, wir können doch nicht hier, unter freiem Himmel…« begann der Meßlöffel, erkannte aber sofort, daß, wenn er nicht nachgab, die Mannschaft sich mit Gewalt auf den Wagen stürzen würde. »Also gut ihr Fresser«, lenkte er ein, »in zehn Minuten findet die Austeilung statt.«

»Du darfst in einem solchen Moment nicht kleinlich sein«, sagte ich mir. »Du mußt dir ein Beispiel am Kommandanten und am Meßlöffel nehmen und großzügig handeln.« Bis zur Austeilung war noch Zeit genug, um in den Stollen zu rennen und die dort verstauten Gamaschen zu holen.

»Da, Leutnant Bonci, sie gehören dir«, sagte ich und überreichte sie ihm.

Bonci lächelte sichtlich zufrieden. »Gut, Dicker«, sagte er. »Wußte immer, daß das ganze ein Mißverständnis zwischen uns war und daß du am Ende mein Freund bist ...«

»Selbstverständlich, Bonci«, sagte ich etwas verlegen.

Ich sah jetzt, wie der Meßlöffel die Konserven im Wagen zu mustern und zu beschnuppern begann, während ihn alle neugierig umringten.

»Klippfisch, solch eine Delikatesse«, fauchte er.

»Yummi, yummi, Klippfisch!« schnalzte die Menge.

Die Mannschaft, die nicht mal mehr Brotkrumen zu fressen gehabt hatte, geriet in eine geradezu sinnliche Ekstase bei dem Gedanken, Klippfisch zum Frühstück zu bekommen. Und diese Ekstase steigerte sich noch, als der Meßlöffel, in seiner Musterung fortfahrend, sagte: »Und Heringe, geräucherte Heringe!« Meine Güte, wer hätte sich so etwas träumen lassen. »Und was gibt es da sonst noch? Vierfruchtmarmelade! Kinder, Vierfruchtmarmelade als Dessert.«

Wir waren völlig aus dem Häuschen angesichts all der uns erwartenden Wonnen.

Der Meßlöffel wühlte in dem Konservenhaufen, um zu sehen, ob es noch etwas anderes, etwa Suppen- und Milchkonserven gäbe. Nein. Aber was machte das schon aus? Wer brauchte Milch, Suppe und Brot, wo es Klippfisch, Heringe und Marmelade in Hülle und Fülle gab. Und darauf kam es schließlich an, auf die Quantität, auf den Haufen.

Für Menschen, die an Hunger fast verreckt sind und plötzlich Klippfisch zum Frühstück in Aussicht haben, bedeutet natürlich selbst zehn Minuten warten eine Ewigkeit. Daß wir dieses Warten dennoch ausgehalten haben, kam allein durch Boncis Erzählung, die er, während alles zur Fassung vorbereitet wurde, zum besten gab. Sie hielt uns wie eine aufregende Abenteuergeschichte in atembeklemmender Spannung.

Was für ein lebendiger Darsteller dieser Bonci doch war! Man hatte das Gefühl, selber dabeigewesen zu sein, als Bonci, nachdem die Verhandlungen mit dem Magazinör zu scheitern drohten, unter dem Vorwand, ein dringendes Bedürfnis zu verrichten, den Raum verließ. Selbstverständlich nicht, um zu desertieren. Er hatte das mit dem Bedürfnis bloß erfunden, um unsere Rettung selber in die Hand zu nehmen. Wie stets hatte er sofort die richtige Idee, und Idee und Tat waren für Bonci das gleiche.

Es gelang ihm, die von Trigwitz nach Drohitz zurückbeorderte Wagenkolonne einzuholen, einen der Wagen abzuschnallen und ihn, anstatt nach Drohitz, wo es ohnehin genug zu fressen gab, auf Hügel 317 umzudirigieren, wo er im Interesse der Kriegsführung allerdringendst gebraucht wurde. Was nämlich der Schreibtischfritze im Proviantamt übersehen hatte, machte Bonci, der die reale Situation kannte, an Ort und Stelle gut. Jeder von uns hatte das Gefühl, daß, wenn die Kommunikation mit Ungvar nicht unterbrochen worden wäre, die Bestätigung der Auszeichnung und Beförderung des Bonci von dort aus bereits telegraphisch oder telefonisch eingetroffen wäre.

Da wir in unserer Aufregung zu fragen vergaßen, wie er denn die Umdirigierung des Wagens bewerkstelligt hatte, holte Bonci unser Versäumnis nach: »Ihr wollt wissen, wie ich's gemacht habe«, unterbrach er sich. »Das sollt ihr hören.« Und er erzählte, wie er außerhalb von Trigwitz – es war Nacht, und der Rückzug verlief im wilden Durcheinander – in der Deckung der Dunkelheit gewartet hatte, bis der letzte Lebensmittelwagen an ihm vorbeifuhr. Da sprang er behende aus seinem Versteck hervor, schwang sich auf den Bock und versetzte dem Kutscher einen so tüchtigen Schlag, daß dieser von seinem Sitz herunterpurzelte.

»War er tot?« fragte eine Stimme. Selbstverständlich war es die des Totenhauptmanns. Diesen grauenvollen Patron konnte selbst die aufregendste Geschichte nicht von seiner monomanischen Totenpreokkupation abbringen.

»Schweig!« brüllte ihn die Menge nieder.

Bonci erzählte, wie er die Zügel ergriffen und, bevor noch jemand die Veränderung wahrnahm, auch schon den Weg zu unserem Hügel eingeschlagen hatte. »Da habt ihr's Kameraden«, schloß er. »Und du, Bogataph«, rief er zum Meßlöffel hinüber, »du mußt heute zur Feier des Tages die Spendierhosen anziehen.«

»Jeder darf sich heute nach Belieben vollpampsen«, fauchte der Meßlöffel. Ein wildes Hurrah erscholl, wenn die es drüben auf dem feindlichen Hügel vernommen hätten, so mochten sie annehmen, daß wir mit der Offensive beginnen würden. Nun aber war es so weit, es mußte gar nicht gegongt werden. Das Fressen begann, und nur das Geschepper der Eßnäpfe und Konserven war zu vernehmen.

Durst

Es gab einen kleinen Auftritt, bevor es zur Fassung kam. Als Kommandant Konrad sich umwandte und die Leute, die strengen Befehl hatten, Wache zu halten, unter den andern sichteten bekam er einen Wutausbruch, wie ich ihn selbst auf seinem Höhepunkt nicht gesehen hatte. Seine Augen funkelten wild, seine Stimme bebte: »Wie untersteht ihr euch, ihr elenden Hundesöhne, euren Stand zu verlassen!« Die ertappten Wachposten sputeten sich, reumütig zu ihren Stellungen zurückzukehren. »Ich werde euch schon …« rief der Kommandant den Laufenden nach, dann aber stockte er plötzlich. Aus den geöffneten Konservenbüchsen strömte in dichten Schwaden ein sinnbetäubender Heringsgeruch hervor, der den ganzen Umkreis im Nu einhüllte. Und es ist kaum zu beschreiben, welch Verzauberung so ein scharfer, salziger Heringsgeruch in Menschen anzurichten vermag, die seit Tagen immer nur Pulverrauch, Schlammausdünstungen und Verwesungsgeruch in der Nase hatten.

Der Konrad sah, wie die sich entfernenden Wachposten auf einmal innehielten, sich auf den Fersen umdrehten und wie von einem magnetischen Feld angezogen zur Fassungsstelle zurückgelaufen kamen. Er hob die Hand, wollte etwas sagen, aber der Heringsgeruch ließ auch ihn die unbewachten Positionen vergessen, und sein Blick, vom dem silbrigen Schimmer der Heringe gebannt, schenkte den ungehorsamen Wachposten weiter keine Aufmerksamkeit.

Beim Meßlöffel betäubte der Heringsgeruch geradezu die ihm angeborene Meßlöffel-Natur, so daß er die Menageordnung und das Ein- und Austeilen von Portionen vergaß. Statt »der Nächste« zu rufen, stürzte er sich, jetzt selber zum Fresser geworden, gierig auf die Heringe, während zehn oder zwanzig »Nächste«, die mit ihren Ellbogen andere »Nächste« zur Seite schoben, sich eigenhändig die Eßnäpfe und Helme füllten.

Schutzwache, Menageordnung, der ganze Hügel, der ganze Krieg gingen im Heringsgeruch auf und unter.

Um zu wissen, wie der Hunger Menschen zu verwandeln vermag, muß man dabeigewesen sein, wenn Ausgehungerte plötzlich auf unverhoffte Beute stoßen und sich darüber hermachen. Das waren keine Menschen mehr. Die Hände keine Menschenhände, sondern Fangwerkzeuge, Klauen, die nach der Beute griffen. Die vollgestopften Wangen waren keine Menschenwangen, sondern Freßladen von Tiergefräßen, die Lippen – gespensterhaft schmatzende Schnauzen.

Da war einer, dessen Freßgier selbst die Eßprozedur des Ergreifens und in den Mund Stopfens zu umständlich erschien; der fraß direkt aus dem Helm, wie ein Schwein aus einem Trog. Als er sich anschickte, den geleerten Helm von neuem zu füllen, erkannte ich ihn. Es war der Kanonier vom Leichenfeld, der mich mit seinen Tiraden über den heldischen Tod so beeindruckt hatte.

»Na, Mannfalt, wie steht's mit der leidenschaftlichen Lust zu töten oder getötet zu werden«, dachte ich spöttisch. Ich hatte aber den Mund selber so voll mit Heringen, daß ich kein Wort herausbringen konnte.

Die einzige Unterbrechung in diesem rauschhaften Fressen war, wenn die herabgewürgten Heringe und Klippfische, sich ihrer lebendigen Vergangenheit erinnernd, nach Wasser verlangten und es uns zum Menagezelt trieb, wo die großen Reservefässer mit Regenwasser standen.

Was die Feldflaschen und Kanister an Wasser faßten, mochte vielleicht für eine normale Fischmahlzeit ausreichen, nicht aber für ein so gigantisches Fischgelage mit Vierfruchtmarmelade als Dessert. Um ein solches Mahl richtig herabzuspülen, dazu bedurfte es ganzer Kübel an Flüssigkeit. Durstige Raubtiere, die es nach verzehrter Beute zur Tränke treibt, saufen mit Maß und Anstand, verglichen mit dem, wie wir uns an den Regenfässern gebärdeten. Ja, man mußte die Unsern nur gesehen haben; die an den Faßrand gepreßten süffelnden Soldatenmäuler, die schlürfenden Scharen von Zungen. War dann schließlich das ganze Zeug heruntergespült, so konnte man mit erfrischtem Schlund zum Konservenwagen zurückkehren, um sich weiter zu füllen.

Wir alle waren dem verzückten Riechen und dem rauschhaften Verschlingen der Heringe und Klippfische derart verfallen und so völlig im Schnalzen, Schmatzen, Glucksen und Schlürfen aufgegangen, daß wir zuerst weder den Pulverdampf noch das Schießen gewahrten. Obwohl es schon recht tüchtig stank und puffte, saßen wir unbekümmert da und fraßen weiter.

Erst als die ersten Granatsplitter mit scharfen, zackigen Kanten rechts und links in unser Festgelage hereinprasselten, rief der Kommandant Konrad: »Es wird geschossen!« Und er befahl: »Rasch in die Deckung, ihr Rindviecher.«

Da pladderten die Geschosse, durchzinkten die Eisenteile die Lüfte, brummten die Zünder und summten und tackten die Maschinengewehre schon so infernalisch, daß man nicht unbedingt ein Konrad sein mußte, um festzustellen, daß geschossen wurde. Man sollte annehmen, daß alle schleunigst Deckung gesucht hätten. Das war aber keineswegs der Fall.

Ich und die übrigen »Intelligenzler« wie Dr. Zittom, Sanitätsoberleutnant Ingabald, Leutnant Gamos und Reilly, O'Connor, Glaciereau, Tihamir, Barnabas und natürlich der Bonci waren dem Kommandanten gefolgt. Den Adjutanten konnte man zwar nicht zu den Intelligenzlern rechnen, da er aber dem Kommandanten alles nachmachte, war er mit uns gerannt, und so auch eine erhebliche Zahl der Mannschaft, auf die das Befehlswort »Rindviecher« noch immer eine Wirkung ausübte.

Es gab aber einige, und gar nicht so wenige, unerschütterlich charakterfeste Verfressene, Fanatiker, ja wahre Helden des sich Vollpampsens. Die blieben und ließen sich von keinem Pulverdampf den Genuß des Heringsgeruchs, von keinen Eisensplittern und Kugeln die Wonne des Freßgelages verderben. Zu ihnen gehörten u. a. der lange Rote von den Morosen, zwei der Sanitäter, der Kanonier, der das Sterben liebte wie eine Braut, und desgleichen der Spähposten Mansch, der seelenruhig weiter Heringe aus der Büchse zog.

Als ich selber aufgesprungen war, hatte ich Mansch, der neben mir saß, an den Schultern gerüttelt: »Willst denn getroffen werden, du Idiot, renn doch!« rief ich. Er blickte mich stumpf an. »Was ist denn dieses langweilige Spähen für ein Leben? Nein, da krepier ich schon lieber. Hauptsache ist, daß ich mich wenigstens noch einmal satt fresse«, hörte ich ihn mit halbem Ohr erwidern, während ich mich aus dem Staub machte. Und wie er dachten wahrscheinlich auch die übrigen, die keine Deckung suchten: Was ist denn das schon für ein Leben im Krieg? Sich noch einmal anständig satt essen geht über alles. Mit denen war eben nichts anzufangen. Die Elementargewalt der nach so langem Hungern ausgebrochenen Freßsucht hatte ihnen einfach den Verstand geraubt.

In der Deckung suchte ich mir ein Plätzchen aus, von dem ich über die Brüstung hinauslugen und die Vorgänge draußen verfolgen konnte. Mußte ich doch, wenn die Schießerei aufhörte, sogleich meinen Dienst versehen.

Hatte ich bisher geglaubt, daß der Tod mir keine Schauerüberraschung mehr bieten könne, so hatte ich mich getäuscht. Das Schauspiel, das sich mir jetzt darbot, übertraf alles. Dazu kam noch, daß neben mir, Leib an Leib gepreßt, just der Barnabas stand, der es sich in den Kopf gesetzt hatte, alles im Leben, selbst das Ernsteste von der komischen Seite zu sehen. Seine blöden, witzig sein wollenden Bemerkungen ließen das beschossene Freßgelage nur noch schauerlicher erscheinen. So sagte er z. B.: »Der gehört doch gar nicht zur Mannschaft, steckt nicht mal in Uniform, mit welchem Recht frißt der da mit?«

Als ich ihn verwundert anblickte, wen er denn meine, lachte er. »Der« war offenbar der Tod. Und von nun an sprach er die ganze Zeit in solch witziger Weise über ihn, als wäre der Tod irgendein Hergelaufener, der sich als ungeladener Gast in unser Festgelage gemengt und, gleich verfressen wie die Unseren, mit den törichten Kameraden draußen die Prasserei fortsetzte.

Da platzte eine Kugel mitten in den Eimer mit Vierfruchtmarmelade hinein. Geysirartig stieg die Marmelade in die Luft und platschte in alle Richtungen nieder. Ich sah, wie der lange Rote sich unerschrocken erhob, mit seiner Handfläche die verspritzte Marmelade zusammenschaufelte und sie genießerisch verzehrte.

Heringe, Klippfische, alles war schon vollgespickt mit Eisensplittern, den Kanonier und Spähposten aber störte das nicht weiter, sie spuckten die Splitter aus und verschlangen den Rest. Den einen Sanitäter hatte das Geschoß um ein Haar getroffen. Er stopfte sich aber unbekümmert eine Riesenportion Klippfisch ins Maul.

Ich sah den Gefreiten Nikaver von der achten Kompagnie mit einer gefüllten Feldflasche von der Tränke zurückkehren. Tak-tak schlug das Geschoß zwei gezackte Löcher, aus denen das Wasser herausfloß. Tak-tak – von ihm aus konnte es tacken so viel es wollte. Er warf sich auf den Boden und schlürfte das fließende Wasser auf, bevor es noch versickerte. Bis das nächste Geschoß ihn schließlich selber traf. Der Feldwebel de Turk hatte seine Eßschale mit Klippfisch vollgefüllt und hob sie empor um ihren Inhalt zu verzehren, als es ihn traf und seine erstarrten Hände die gefüllte Schale nunmehr dem Tod zum Fraß überließen.

Diese zwei waren jedoch nicht die einzigen, deren eigensinnige Verfressenheit auf solch tragische Weise endete. Dem Barnabas kam aber auch das bloß komisch vor. Wenn einer inmitten des Fressens getroffen wurde, so konnte er sich nicht enthalten, jedes Mal »Gesegnete Mahlzeit, Kamerad« zu rufen.

Es gab bereits einige Erschlagene, die diesem Gelage beiwohnten. Das hielt aber die übrigen nicht davon ab, sich weiter die Mäuler vollzustopfen. Dem Barnabas erschien das ganze als ein lustiger Wettstreit zwischen Soldatenmägen und dem Tod. »Schau bloß Adam, wie die mit ›ihm‹ um die Wette fressen. Wenn die glauben, sie können ›ihn‹ übertrumpfen, dann wissen sie nicht, mit wem sie's zu tun haben!«

Wie oft hatte mich unser seliger Caraner Pfarrer Wiesengrün, wenn ich ihm im Beichtstuhl meine Jugendsünden gestand, ermahnt: »Adam gib auf dich acht, bist im Grunde ein Junge mit einer wirklichen Seele, hast sogar eine christliche Seele. Aber wie manche christliche Seele kannst eben deine Phantasie nicht im Zaum halten und läßt dich zu leicht von bösen Geistern verführen.« So stand's mit mir noch immer, und oft, wie auch jetzt, war's wahrhaft eine Schande.

Von Barnabas verleitet, begann ich nämlich jetzt selber gespannt zu verfolgen, wie der »ungeladene Fresser« allen andern zuvorkam und als Sieger aus dem Wettstreit hervorging. Wie er dem einen die Feldflasche von den Lippen wegschnappte und ihm das Wasser mitten ins tote Gesicht spritzte. Wie er einen andern, der die Flasche schon angesetzt hatte, an der schluckenden Kehle packte und ihm mit dem Wasser zugleich auch die schluckende Kehle wegschluckte. Dem Isakas, der den Mund vollgestopft hatte, fraß er die Heringe aus dem Mund heraus, und einem andern riß er den Bauch auf und nahm sich den Inhalt des Magens zum Schmaus.

»Da siehst du's, ›der‹ ist eben ein anspruchsvollerer Fresser, mein Lieber«, sagte Barnabas, »»der« begnügt sich nicht mit Konserven, sondern verschmaust mit dem gleichen Happen auch den Fresser dazu. Und Wasser genügt ihm nicht. ›Der‹ braucht Blut, literweise, bevor er seinen Durst zu stillen vermag.«

Als das Schießen aus und das Mordmahl zu Ende war, bemerkte Barnabas: »Nun hat ›der‹ sich vollgefressen und hält vermutlich ein behagliches Verdauungsschläfchen drüben im Wald. Und so können auch wir uns eins leisten«, fügte er gähnend hinzu. »Erinnerst dich noch an unser gemeinsames Lager im Stollen?« Und er legte wie damals seinen langen Affenarm um meinen Hals. Nach einigen Sekunden schnarchte er bereits.

Die Wiederkehr vertrauter Situationen übt eine geradezu automatische Wirkung aus. Kaum spürte ich seinen langen Arm, da übermannte auch mich ein unwiderstehliches Schlafbedürfnis. Mir aber sollte eben keine Befriedigung in diesem Kriege vergönnt sein, denn schon pflanzte sich der Totenhauptmann neben mir auf und sagte vorwurfsvoll: »Ember, hören Sie denn nicht, daß nicht mehr geschossen wird?«

»Gehorsamste Entschuldigung, Herr Hauptmann, ich hab's nicht gehört«, stammelte ich.

Offenbar entging ihm die Frechheit meiner Antwort nicht, denn er schnappte: »Wir haben keine Zeit für Blödheiten, auf, an die Arbeit!«

Während des ganzen Mahles hatte ich ihn nicht zu Gesicht bekommen. Solchen kollektiven irdischen Lebensfreuden wie einem Freßgelage beizuwohnen schien unter seiner Totenhauptmannwürde zu sein. Wo der sich wohl herumgetrieben haben mochte? Ein paar Heringe mußte doch wohl auch er gefressen haben, denn schließlich ernährte er sich ja nicht von Leichen. Wo es nun aber galt, neue Rekruten, diesmal die von Freßsucht gefällten, in seine Armee einzureihen, da war er natürlich sofort wieder auf seinem Posten. Und wie stets machte ich ihm auch jetzt wieder alles zu langsam.

»Also auf, auf Ember, an die Arbeit«, sagte er und versetzte mir einen Rippenstoß.

Eine schöne »Arbeit« war das, dort draußen aus dem Müllhaufen von zerschossenen Klipptischen, Heringen, Erdklumpen, Marmelade, zersplitterten Konservenbüchsen und Feldflaschen die getroffenen Kameraden herauszufischen.

Dazu bekam ich auch gleich noch einen fürchterlichen Schock, der gar nicht von den Toten herrührte. Die Morosen, die sich, gleichfalls von unserm Hauptmann gejagt, bereits eingefunden hatten, bestanden darauf, daß wir zuerst das Freßopfer aus unserer eigenen Gruppe, den langen Roten, versorgen und ihm gewissermaßen einen Ehrentransport zuteil werden lassen sollten.

»Gut«, willigte ich ein, »macht die Bahre bereit.« Ich ging, um ihm die Erkennungsmarke abzunehmen, und da passierte mir das gleiche wie mit dem Kanonier. Der Kerl bewegte sich, wobei mir natürlich auch jetzt wieder Hören und Sehen verging. Ihn hatte die furchtbare Schießerei und der Pulvergestank (und außerdem hatte er sich auch überfressen gehabt) schwindlig gemacht, aufs erste Rütteln aber war er zu sich gekommen.

»Du hast das alles überleben können?« sagte ich verwundert.

»Natürlich«, antwortete er. »Wer eine Mission hat, den läßt die Mission nicht umkommen. Mich braucht unsere Bewegung.«

Wie richtig ich doch schon damals im Stollen getippt hatte, daß der Lange ein Roter war. Worte wie »Mission« und »unsere Bewegung« gebraucht doch kein gesitteter Bürger, geschweige denn ein pflichtbewußter Soldat.

Als die übrigen Morosen ihren Führer und Verteidiger der Totengräberrechte lebendig sahen, brachen sie in ein wildes »Hurrah!« aus. Obwohl der Lange ganz gut beisammen war und hätte mithelfen können, betteten sie ihn behutsam auf die Bahre, damit er sich erst erholen solle. »Wir und der Dicke werden's schon schaffen, du ruh dich nur aus«, sagten sie, während er sich's auf der Bahre bequem machte.

Mir gefiel das zwar gar nicht, aber ich hütete mich davor, mit »Organisierten« einen Streit anzufangen.

Nachdem ich meine Pflicht getan, Marken abgenommen, dem Totenhauptmann Meldung erstattet und die Einschaufelung versehen hatte, überkam mich eine bleierne Müdigkeit. Und wo hätte ich einen geruhsameren und behaglicheren Schlafplatz finden können als in der Deckung, im vertrauten Affenarm des Barnabas. Sein Schnarchen erschien mir wie ein sanftes Wiegenlied.

Ich erwachte von meinem Nachmittagsschläfchen. Es war keineswegs ein erquickendes Erwachen mit langem und wohligen sich Strecken und Dehnen, sondern ein jähes Aufschnellen. Mit einem Stoß schob ich Barnabas' Arm zur Seite, war auch schon auf den Füßen und lief aus der Deckung. Ein plötzlicher brennender Durst hatte mich aus dem Schlaf gestört und hinausgejagt. Ich galoppierte zur Tränke. Dort stand bereits eine ganze Schlange von Kameraden, die der gleiche unbezwingbare Drang hierher getrieben hatte.

»Eile mit Weile«, rief mir jemand zu, »hast genug Zeit.«

»Wasser, Wasser«, stöhnte ich. »Ich halt es nicht länger aus.«

»Glaubst etwa, du bist der einzige? Wir alle halten es nicht länger aus und müssen dennoch warten. Wenn du nicht der Letzte sein willst, so stell dich lieber hier an, bevor dir die andern zuvorkommen.«

Wenn die warten konnten, obwohl sie es nicht aushielten, mochten sie warten. Für mich war nicht aushalten und nicht warten können das gleiche. Mit dem Ellbogen um mich stoßend, bahnte ich mir einen Weg ins Menagezelt.

Wie der Erzengel nach dem Sündenfall, so stand jetzt mit erzernem Flachgesicht der Menageleutnant streng aufgepflanzt da, den Schöpflöffel gleich einem Schwert gezückt. »Hinaus! Scher dich weg«, fauchte er mich an. Er fauchte nicht anders als sonst. Vom Durst gemartert, erschien mir sein Gefauche aber gleich einem zerschmetternden Posaunenstoß. Ich wagte nicht einmal den Mund aufzutun.

»Hast etwa geglaubt, daß man ausgerechnet mit dir eine Ausnahme machen wird?« empfingen sie mich spöttisch draußen. »Es gibt kein Wasser vor der Abendfassung.«

Da nicht geschossen wurde, schien die Zeit bis zur Abendfassung doppelt lang. Als es dann schließlich so weit war, wurde zuerst der Fraß ausgeteilt. Es gab genügend Konserven, die während der Schießerei unversehrt geblieben waren, aber selbst der Inhalt der beschädigten Büchsen konnte nach vorsichtiger Reinigung von Splittern und Schmutz verzehrt werden. Der Meßlöffel hatte von seinen Gehilfen diese Reste auslesen, heraufschaffen und in die großen Kübel einfüllen lassen. An Essen mangelte es nicht. Mit dem großzügigen Zugreifen war es aber dennoch zu Ende. Der Menageleutnant war wieder der Menageleutnant von früher, und damit war auch das Einteilen in Portionen wieder an der Tagesordnung. In Anbetracht seiner knausrigen Rechennatur muß man übrigens zugestehen, daß die Portionen, die er jetzt austeilte, verhältnismäßig recht ausgiebig waren.

Aber die Quantität der Eßportionen machte er durch sein Knausern mit der Wasserration wett. Vier Finger Wasser – das war alles, was er uns in die Feldflaschen goß. Natürlich schnitt jeder ein langes Gesicht, und manche säumten in der Hoffnung, etwas mehr zu erhalten, worauf der Meßlöffel stets: »Keine Stockung, der Nächste«, fauchte.

Selbst unser Retter, der Bonci, mußte sich mit den vier Fingern abfinden. Nur als der lange Rote an die Reihe kam, gab es einen kleinen Auftritt. Der brüllte und protestierte nämlich: »Wir Totenträger haben das Recht auf unseren Trunk, verstehst du, Bogataph! Es gibt schließlich Menschenrechte. Wenn wir nicht anständig zu trinken bekommen, arbeiten wir nicht weiter, dann kannst du selber die Leichen abschleppen.«

»Der Nächste, der Nächste«, fauchte der Meßlöffel kalt und unbeeindruckt.

Der auf den Langen folgende Nächste, über die Verzögerung der Wasserfassung verärgert, gab plötzlich dem Langen einen kräftigen Stoß, worauf dieser dem »Nächsten« eins versetzte. Im Nu kam die ganze Reihe der übrigen durstigen »Nächsten« dem ersten »Nächsten« zur Hilfe. Sie fielen über den Langen her. Allein die Morosen nahmen in dem wilden Gebalge für den Langen Partei. Ich hielt mich abseits.

Weiß der Teufel, was noch alles geschehen wäre, wenn der Konrad nicht eingegriffen, »Insubordination« gerufen und dem Langen einen wohlgezielten Faustschlag aufs Nasenbein versetzt hätte. Darauf fiel der Lange zu Boden, zwei Morose, die ihre vier Finger schon gefaßt hatten, schafften ihn zur Seite, und die Austeilung konnte fortgesetzt werden.

Da aber klopfte der Meßlöffel mit der Schöpfkelle drei Mal aufs Austeilebrett und fauchte: »Bitte Ruhe!« Und er, der sonst nie etwas anderes als »Fresser« und »der Nächste« zu uns gesagt hatte, richtete jetzt einige Worte an die Versammelten.

»Es ist eure eigene Schuld«, fauchte er. »Das einzige Mal, wo ich euch aus den Augen gelassen habe, habt ihr mir bis auf einen geringen Rest die ganzen Wasserreserven aus den Regenfässern ausgesoffen. Bis zum nächsten Regen bin ich gezwungen, mit dem, was noch da ist, hauszuhalten, sonst sitzen wir morgen ganz auf dem Trocknen.«

Schweigend und sichtlich betreten zog jeder mit seinen vier Fingern in der Feldflasche ab.

Der Durst von den Frühstücksheringen und Klippfischen war noch nicht gestillt, und nun gesellte sich noch der Durst von den Abendheringen und Abendklippfischen dazu. Und die Fische im Magen verlangten Fässer von Wasser, ein ganzes Meer. Was waren da die vier Finger, die wir erhielten?

Es war nicht leicht, sich eine ganz Nacht lang mit einem verlangenden Kitzel in der Kehle herumzuplagen. Wir konnten die Morgenfassung kaum erwarten. Dann kam sie.

Was wir gestern verzehrt hatten, war verzehrt, verdaut und vom Magen, der ohne Erinnerungsvermögen ist, bereits vergessen. Gestern satt gewesen zu sein bedeutete nicht, für immer gesättigt zu sein. So waren wir, vom Durst ganz abgesehen, auch wiederum tüchtig hungrig. Die Portionen waren noch immer groß genug, um unsern Hunger zu stillen. Nur sollten die lumpigen vier Finger Wasser, die wir bekamen, uns selbst das Vergnügen des sich Sattessens verderben.

Die unbeherrschteren Durstigen setzten gierig die Feldflasche an und leerten sie auf einen Zug. Es gab aber einige, die sich auf das Raffinement der feineren Leute verstanden und die den Genuß durch schluckweises Trinken zu verlängern wußten. Zuerst einen kleinen Schluck, dann absetzen, mit der Zunge genießerisch über die Lippen streichen und nach einer Pause zum nächsten Schluck ansetzen. Ich versuchte es ihnen nachzumachen, was nicht ganz einfach war. Bis zum letzten Drittel der vier Finger ging es noch einigermaßen, den Rest jedoch schüttete ich mit einem Satz und mit so ungezähmter Gier hinab, daß mir die Feldflasche fast in der Kehle steckenblieb.

Nach dem Frühstück wurde das Verlangen nach einem den Eßportionen angemessenen Trunk Wasser nur noch unerträglicher. Gesalzene Heringe, Klippfisch und Marmelade verlangen halt Wasser. Aber Essen im allgemeinen; Essen und Trinken gehören nun einmal von Natur aus zusammen, sind unzertrennlich für einander geschaffen, wie das Ich und das Du. Nur ineinander verschlungen vermochten sie auch im Leib ihre selige Ruhe zu finden. Ungestillter Durst nach gestilltem Hunger, Durst abgelöst vom Hunger – das war gespenstisch und unerträglich.

»Du frißt das Zeug noch?« sagte am Abend der Glaciereau zu mir. »Ich denk nicht daran. Sich den Magen vollzufüllen heißt den Durst nur noch zu vermehren. Dann bleibt einem nicht mal die Befriedigung der paar Schluck. Nein, mein Lieber, ich bin kein Narr, der es sich schwerer macht, als es ohnehin schon ist.«

Schließlich war der Rest der Reservefässer bis auf den letzten Tropfen ausgeteilt, ausgetrunken. Bis es wieder regnete oder wir uns auf andere Weise Wasser verschafften, gab es nur noch Heringe, Klippfische und Marmelade – und nichts mehr zu trinken, nicht mal so viel, um sich die Lippen zu netzen.

Die Fische ballten sich zu harten Klumpen im Mund. Man schluckte und schluckte, und dennoch ließen sie sich kaum herunterwürgen. Und überzog man selbst jeden Bissen mit Speichel oder wickelte gar den Fisch in Marmelade ein, was widerlich schmeckte, so half auch das nur wenig. Die Zunge nebst Fisch und Marmelade blieb an dem trockenen Gaumen kleben. Es war ein Würgen, das man wie Strangulieren empfand.

Immer größer wurde die Zahl jener, die von Hunger getrieben zur Fassungsstelle kamen und nachher ihre Portion unangerührt stehenließen. Wie die infernalisch ausgeklügelte Bosheit eines Teufels erschienen uns die von Fassung zu Fassung größer werdenden Portionen. Es war aber keineswegs die persönliche böse Absicht des Meßlöffels, uns zu quälen. Das Infernalische lag wie immer in seinem unpersönlichen Amt; im unpersönlichen Rechnen. Da so viele ihre Portionen stehenließen, hatte sich ein Überschuß an Heringen und Klippfischen ergeben, wodurch die Größe der ausgeteilten Einzelportionen zunahm. Jedenfalls standen wir, vom Durst ganz abgesehen, Tantalusqualen aus, die selbst jene des mythischen Tantalus überstiegen. Nun hatten wir nach der Hungersnot Essen in Hülle und Fülle und mußten dennoch verschmachten.

Die Gesittung der Gefühle, die gerecht von ungerecht, Vernunft von Unvernunft, fair von gemein, und Dankbarkeit von Undankbarkeit scheidet, kann zuweilen selbst im Frieden in Unordnung geraten, erst recht aber jetzt, wo der kopflose Krieg einen Ausnahmezustand über alle menschliche Gesittung verhängt hatte. Und die letzten Überreste jener Gefühlsordnung waren schließlich durch den Hunger und Durst derart durcheinandergeraten, daß sich die unwahrscheinlichsten Situationen daraus ergaben.

So richtete sich die ohnmächtige Verzweiflung des Nicht-mehr-fressen-Könnens, weil's nichts mehr zu saufen gab, sinnloserweise ausgerechnet gegen den Bonci. Kaum zwei Tage war es her, seit wir den Spender der Fische überschwenglich als unsern Lebensretter gefeiert hatten, und jetzt verfluchte man ihn, just weil er die Fische gebracht hatte.

»Du Schuft hast es uns angetan«, fielen sie über ihn her. »All das haben wir dir zu verdanken.«

»Ja«, eiferte sich der Leutnant Reilly, die andern noch mehr gegen den Bonci aufwiegelnd, »da kommt dieses Großmaul, nachdem er sich tagelang in Trigwitz an Braten und Bier delektiert hat, kommt zurück und spielt sich hier als der Retter auf. Erzählt ganze Heldengeschichten, wie er einen Kutscher erschlagen und der Proviantkolonne einen Wagen abgeschnallt hat, damit seine Kameraden nicht verhungern sollen. Und was war diese große Heldentat? Warum hat er den armen unschuldigen Kutscher erschlagen? Worin bestand seine überlegene Schlauheit, der Proviantkolonne einen Wagen abzuschnallen? Was befand sich im Wagen? Heringe und Klippfischkonserven und ungenießbare Vierfruchtmarmelade. Daß Kameraden auch etwas anderes zum Leben brauchen, vor allem Brot, Suppe, Milch, Kaffeepulver, Bier oder zumindest ein paar Fässer richtiges Trinkwasser, daran hat der gute Kamerad Bonci nicht gedacht.«

Bonci stand kreidebleich da. Aber mit einer gewissen unerschütterlichen Überlegenheit wartete er, bis dem Leutnant Reilly die Wutpuste ausgegangen war. Dann sagte er kurz und gelassen: »Ich habe doch keine Röntgenaugen, um durch eine Wagenplane hindurchzusehen. Wie konnte ich wissen, was im Wagen ist, und außerdem hat der Führer der Proviantkolonne mich auch nicht aufgefordert, mir den besten Wagen auszusuchen. Ich nahm, was ich kriegen konnte, und glaubte damit, euch …«

»Red nicht, daß du geglaubt hast, uns damit zu helfen. Jeder Idiot weiß, daß Fischkonserven ohne etwas Trinkbares ein Unglück, ja eine Gemeinheit sind.«

Da geriet ich plötzlich in Rage, warum ist ganz rätselhaft, da ich doch ursprünglich den Bonci nicht ausstehen konnte und unsere »Freundschaft« erst zwei Tage alt war. Auch bin ich im allgemeinen gar nicht der Mann, der sich entschieden für die Ehre eines andern einsetzt. Jetzt aber trat ich tapfer für Bonci ein und brüllte: »Was wollt ihr denn von ihm? Es ist eine Schweinerei, was ihr da tut! Bonci hat vollkommen recht, weder konnte er wissen, was in dem Wagen war, noch konnte er sich den Wagen aussuchen. Und habt ihr vergessen, daß, was er gebracht hat, uns alle vom Hunger errettet hat und mit welchen Genuß wir die jetzt von euch so verfluchten Heringe verschlungen haben?«

»Du schweig lieber«, herrschte mich Leutnant Reilly in barschem Ton an, obwohl er früher immer recht freundlich zu mir gewesen war.

»So ein Niemand von einem Leicheneinsammler will uns belehren, wie wir uns benehmen sollen«, bemerkte einer aus Reillys Gruppe. Und schon hörte ich, wie die andern ihm zustimmten und sah, wie sie bedrohlich auf mich zukamen.

Aber da just alles geschah, was unerwartet war, kam mir jetzt mein vormaliger Feind, der Lange, zur Hilfe. Und nun erfuhr ich, daß das Standesbewußtsein, das der Lange predigte, auch seine gute Seite hatte. Die Beleidigung der Leicheneinsammler erweckte in dem Langen eine Standessolidarität, die ihn all unsere persönlichen Differenzen vergessen ließ.

»Was, ihr getraut euch, einen unserer Genossen, den Dicken, zu beleidigen?« rief er und pflanzte sich neben mir auf. »Glaubt ihr Dreck von Feldwebeln, Kadetten und Haupt... besser, ich sprech es nicht aus, daß ihr mehr seid als wir? Nun, wir werden es euch zeigen!« Sogleich stellten sich die übrigen fünf Morosen kampflustig hinter ihm auf. »Los, zur Verteidigung unseres Genossen«, rief der Lange ihnen zu. Die Beleidiger und selbst jene, die bloß dabeistanden, liefen wie die Hasen.

Bonci trat zu mir. »Dicker«, sagte er, »bist ein wahrer Freund, einer wie man ihn nicht alle Tage findet.«

»Wenn du auch als Erdtel-Mann nicht unserem Stand angehörst, so bist du doch einer der unsrigen«, sagte der Lange zu Bonci. »Komm mit uns.« Wir zogen zu acht Arm in Arm weg.

»Merk dir's, Bonci, nur ›Organisierte‹ wissen die Verdienste der Menschheitswohltäter zu schätzen«, sagte der Lange. Die übrigen Morosen nickten bestätigend. »Und«, fuhr er fort, »es wird schon einmal die Zeit kommen, wo wir dir unsere Achtung beweisen werden.«

Barnabas, der im Vorbeigehen die Bemerkung des Langen aufgeschnappt hatte, rief lachend: »Ja, wenn du erst einmal eine Leiche bist, so werden sie dir als Zeichen ihrer Hochachtung einen Paradetransport angedeihen lassen! Nichts für ungut, Kameraden«, rief er und ging davon.

Wir nahmen es ihm nicht krumm, sondern lächelten sogar darüber. Jeder wußte, daß der Barnabas ein Spaßvogel war.

Durst an sich macht noch keinen Regen, und was es an Wasser hier oben noch gab, waren bloß lehmverschmutzte, von Leichen vergiftete Pfützen und Tümpel. Und trotz aller Durstqualen fiel es keinem von uns ein, sich etwa aus diesen Pfützen und Tümpeln die Seuche anzusaufen.

Tagsüber konnte man sich noch mit allerlei Hoffnungen, Wetten und »sicheren Voraussagen« über den Durst hinweghelfen. Es hatte bisher schließlich alle paar Tage geregnet, oft sogar so lange und tüchtig, daß wir kaum ein trockenes Plätzchen zu finden vermochten. Da es gestern und vorgestern nicht geregnet hatte, folgerten wir, daß morgen die Regentage wieder an die Reihe kommen mußten. Es galt bloß, bis morgen auszuhalten, und dann würde es sicher wieder Wasser genug geben, um die Reservefässer neu aufzufüllen. Und nach der Austeilung des Regenwassers würden auch die Heringe nicht mehr in der Kehle steckenbleiben, sondern munter im Magen herumschwimmen. Und da außerdem bereits seit Tagen der Rückzug in vollem Gange war, konnte es nicht mehr lange dauern, bis auch unser Hügel des Ablenkungsdienstes enthoben sein würde. Dann konnten wir wieder wie ehrenwerte Zivilisten auf dem Korso herumspazieren, in Federbetten schlafen, mit Mädeln gar, warum auch nicht, und man würde sogar Kinder mit ihnen zeugen können wie alle anständigen Menschen. Selbst Braten, Bier und Wein, ja, vielleicht sogar Champagner würde es geben, denn im Frieden gibt's eben alles, was der liebe Gott zum Wohle seiner Ebenbilder auf Erden so weise und schön erschaffen hat.

Man konnte sich das alles gut ausmalen und darüber sogar für eine Weile das unerträglich trockene Kitzeln in der Kehle vergessen. Schwierig war es nur in der Nacht. Da war selbst der Barnabas mit all seinen Witzen keine Hilfe, und nicht etwa weil er schlief, während ich nicht schlafen konnte. Nein, auch er lag wach und dachte wie ich »Wasser, Wasser«, so lange, bis es ihm schmerzhaft im Gehirn pochte. Selbst ihm, der bisher alles von der heiteren Seite nahm, hatte diese Nacht die heitere Seite verdüstert. Kein Witz kam über seine Lippen, kein Lachen, nicht mal das leiseste Lächeln verzog seine Mundwinkel.

»Ich halte es nicht länger aus, Adam«, sagte er nach einer Weile. »Komm, wir müssen irgendwo Wasser finden, wenn wir selbst den ganzen Hügel absuchen sollen. Es ist mondhell. Komm laß uns gehen.«

Es mochte Mitternacht gewesen sein, als wir uns aufmachten. Wir waren nicht die einzigen, die im Mondschein herumspazierten. In welche Richtung wir auch gingen, den Abhang hinab, den Anstieg hinauf, an der linken oder rechten Flanke entlang, überall stießen wir auf andere Wassersucher, die vom gleichen Drang getrieben waren wie wir.

»Bemüht euch nicht, weiter hinabzugehen, wir kommen eben von dort. Es gibt da nur schmutzige Pfützen.«

»Nur Drecktümpel und kein Tropfen Trinkwasser«, sagten die, die herabkamen als wir den Aufstieg nahmen.

Und auf der rechten und linken Flanke nur Pfützen und Tümpel. In einer ausgedörrten Wüste hätten wir leichter Trinkwasser finden können als auf diesem verfluchten Hügel.

»Besser wir geben es auf. Man wird vom Gehen und der Anstrengung nur noch durstiger.«

»Schaut euch den Himmel an, kein einziges Zeichen, das auf Regen deuten würde. Laßt uns aufs Lager zurückkehren.«

Erschöpft von dem hoffnungslosen Suchen warf ich mich auf die Pritsche und dachte ergeben: Wenn der Tod kommt, und auf den kann man sich eher verlassen als auf den Regen, dann wird ohnehin alles zu Ende sein. Dann sind wir auch ohne Wasser vom Durst erlöst.

Als es am Morgen gongte, fand ich mich mit einer Reihe von andern wiederum an der Fassungsstelle ein. Nicht der faktische Wunsch zu essen, sondern der berühmte Reflex, den das Gongen in uns auslöste, hatte uns in die Menage getrieben. Selbst die Heldenhaftesten, die bereit waren, sich ohne Weiteres im Feuer dem Kugeltod auszusetzen, scheuten davor zurück, hier im Menagezelt an einem trokkenen Fischklumpen unheldisch zu ersticken. Hatten wir uns früher gedrängt, der Erste zu sein, so drückten wir uns jetzt davor. Alle wollten lieber abwarten, wie die andern das Hinunterwürgen überstehen würden. Das verpatzte natürlich dem Menageleutnant seine ganze Routine: »Der Nächste, der Nächste.«

»Einer von uns muß anfangen, schließlich können wir die Fische nicht verfaulen lassen«, ließ sich eine Stimme vernehmen.

»Sehr richtig, einer von uns muß anfangen«, erwiderte eine andere. »Warum fängst du nicht an, bist du denn nicht einer von uns?«

»Und bist du selber nicht einer von uns, du Hasenfuß?« gab der erste zurück.

»Ein Hasenfuß bist du selber.« – »Halt's Maul.« – »Halt du das Maul«, ging es hin und her.

»Schaut, da kommt einer, der von Rechts wegen zum Anfangen verpflichtet ist«, rief plötzlich Leutnant Reilly und wies auf Bonci, der sich, mit den Schaufeln seiner Erdtel-Ausrüstung behängt, dem Menagezelt näherte.

Unbekümmert um das protestierende Fauchen des Meßlöffels ergriff Reilly einen Kübel mit Klippfischen und rannte dem Bonci entgegen. »Du fang an, wenn du dich traust an diesem Teufelsfraß zu ersticken«, rief er und hielt ihm den Kübel vor den Mund.

Bonci schlug emotionslos, aber energisch den Kübel mitten in Reillys Gesicht.

Trotz der allgemeinen Niedergeschlagenheit brach ein Gelächter aus, das sich noch steigerte, als Reilly sich nicht entscheiden konnte, ob er zuerst sein mit Fischen verschmiertes Gesicht abwischen oder auf Bonci losgehen solle.

Nur Bonci blieb ernst und unberührt. »Ich habe eine für alle lebenswichtige Mitteilung zu machen«, sagte er mit fester Stimme. »Ich habe Wasser gefunden.«

Wir trauten unseren Ohren nicht. Alle waren mäuschenstill geworden, selbst Reilly ließ die Hand sinken und stand wie verzaubert mit offenem Mund da.

»Jawohl Wasser«, wiederholte Bonci. »Wir sind gerettet.«

»Wasser? Ja, wieso … Gerettet! … Ist das zu fassen …« ertönte es durcheinander, nachdem wir uns von der ersten Überraschung erholt hatten.

»Ich gehe und verständige den Kommandanten«, sagte einer.

»Alle hier oben müssen verständigt werden«, rief ein anderer.

»Ich rufe es aus.«

»Wir gehen mit dir«, riefen mehrere.

»Wir haben Wasser, wir sind gerettet«, der ganze Hügel, selbst der Himmel darüber widerhallte von diesem Ruf.

Wie schnell Menschenfüße zu laufen vermögen, das weiß man erst, wenn man Verdurstete auf das Wort »Wasser« hin hat rennen sehen. Wie eine Gazellenherde kamen sie angerannt. Selbst einige der Verwundeten, die noch ihre Beine besaßen, kamen so flink herbeigehumpelt, daß es schien, als schwebten sie auf den Krücken zum Menagezelt.

»He Bonci, sie sagen, daß du Wasser gefunden hast. Ist das wirklich wahr?« rief Kommandant Konrad, als er eintrat. Er lief auf Bonci zu und rüttelte ihn mit beiden Händen. »Bist du aber ein Kerl, du alter Ochs! So erzähl doch! Wo, wie hast du es ...?«

»Auch wir wollen es hören«, schrien die übrigen. »Ja, wir alle«, dröhnte es.

»Er soll sich auf den Menagetisch stellen, damit wir ihn alle sehen und hören können«, rief einer von hinten.

»Auf den Menagetisch«, riefen alle wie ein Mann.

Die Ovation, die wir jetzt dem Bonci bereiteten, stand der früheren um nichts nach. Selbst diejenigen, die ihn gestern als Schuft beschimpft hatten, nahmen enthusiastisch daran teil. Auf unserem Kriegshügel, wo Charakterstärke längst zu den fernen Friedenserinnerungen gehörte, war es nicht weiter verwunderlich, daß jene, die den Bonci vorgestern in den Himmel gehoben und gestern in die Hölle verdammten, ihn nun von neuem in den Himmel, oder besser gesagt auf den Menagetisch hoben. Leutnant Reilly selber half dabei. Der Meßlöffel schob die Fischkübel etwas zur Seite, um für Bonci Platz zu machen.

Bonci pflanzte sich in seiner üblichen Pose auf und begann. Alle Blicke hingen an seinen Lippen. Durch den Wasserfund hatte sich Bonci die uneingeschränkte Bewunderung der gesamten Hügelbesatzung errungen, so konnte er nach Belieben seiner verweilenden Erzählernatur freien Lauf lassen.

»Vor allem«, begann er, »um euch nicht auf die Folter zu spannen, das Wasser befindet sich am Rande des Hügels, unweit der unteren feindlichen Stellungen. Wir müssen bloß heute nacht tüchtig nachgraben, dann haben wir Wasser in Hülle und Fülle.«

»Wie ich es gefunden habe? Nun, ich will es euch sagen. Natürlich wußte ich bereits, als ich mit meinem Spaten loszog, daß es vielleicht einige Stunden dauern würde, aber ich zweifelte nicht daran, daß ich's am Ende bestimmt finden würde. Ich sah auch einige von euch auf der Wassersuche, am Abhang, am Aufstieg und an den Flanken. Ich ging aber einen anderen Weg, sozusagen meinen eigenen. Jetzt weiß ich zwar, wo es ist und wie man am besten hingelangt, wenn ihr mich aber fragt, wie ich heute nacht hingefunden habe, so könnte ich es nicht sagen. Ich bin nicht zielbewußt in eine bestimmte Richtung gegangen. Ich bin eigentlich gar nicht selber gegangen, sondern wurde von etwas geführt, und nicht von dem ›Es‹ des Glaciereau, sondern von etwas, was nicht im Menschen selber ist, sondern in der Erde, im Boden. Ihr, die ihr die Erde wohl nur von außen kennt, als etwas, was zum bloßen Benutzen da ist, um darauf zu stehen, zu gehen, anzubauen oder schließlich darin begraben zu werden, mögt euch wundern, was ich darunter verstehe, daß eine Macht, die im Boden liegt, mich zum Wasser hingeführt hat. Aber seht ihr, ich bin auf einem weltverlassenen Bauernhof im Szeklerland, wo die Füchse einander gute Nacht sagen, als einziges Kind mit der Erde aufgewachsen. Die Erde war mein einziger Spielgenosse und Vertrauter, mit dem ich meine Geheimnisse austauschte, meine einzige Liebe. Da lernt man sie kennen, selbst die verborgensten Geheimnisse ihres innersten Innern. Wie tief sie ist, wie weich, ob sie braun, gelb oder rot ist, und auch, was sie verbirgt. Weil mir die Erde von Kindheit her so vertraut war, hab ich mich ja auch zur Erdtel-Abteilung gemeldet, um selbst im Krieg nicht von ihr getrennt zu sein. Und wenn man so auf du mit ihr steht, dann gibt sie einem geheime Zeichen, wo sie ihre Schätze oder ihre Wasserbehälte verbirgt.

Um nun aber darauf zurückzukommen, wie ich das Wasser gefunden habe: Ihr wißt natürlich, daß es Leute gibt, die sagen, man müsse eine Rute in den Händen halten und warten, bis diese zwischen den Fingern herumzuspringen beginnt. Ich brauche all dieses Zeug nicht. Ich muß bloß gehen und gehen, bis ich zu einer Stelle komme, die mir sagt: Halt, hier bleib stehen. Hier ist es! – So war es auch heute, als es zu grauen begann.

Ich kümmerte mich gar nicht darum, ob es dort Moos oder Erlen gab, die auf Wasser zu deuten pflegen, ich überlegte nicht, überdachte gar nichts, sondern begann genau auf dem gleichen Fleck, wo es ›halt!‹ sagte, zu graben. Eine Zeitlang war es nur Erde, die ich heraufschaufelte. Aber ich war nicht entmutigt. Ich wußte, wenn der Boden, mein Spielkamerad, mir ›halt!‹ zurief, so meinte er es auch. Und so war es.

Ich grub und grub, bis es aus einer winzigen Bruchstelle tropfenweise hevorzusickern begann. Zuerst war es trübe und mit lehmiger Erde vermischt. Ich mußte fortwährend den Lehm wegschieben, der herausquoll und die Bruchstelle zu verschütten drohte. An die zehn Mal mußte ich das Lehmwasser ausschöpfen, bis endlich ein klares Strähnchen meine Handfläche benetzte. Könnt ihr verstehen, daß ich zu singen und zu tanzen begann als ich es sah? Lebendiges Wasser und nicht mehr ekliger Tümpelschlamm! Könnt ihr fassen, wie schon der bloße Anblick eines klaren Tropfens erfrischt, kühlt und erquickt? Es war nur ein schmaler Spalt, aus dem es hervorquoll, und das Strähnchen zu dünn, um meine Feldflasche damit anzufüllen. Als ich mich aber horchend zur Erde beugte, konnte ich deutlich vernehmen, wie es da unten pulsierte und rieselte. Und als ich meine Lippen an den Spalt preßte, waren sie von reinem Quellwasser benetzt.«

Als Bonci das sagte, wischte er sich unwillkürlich mit dem Handrücken über die Lippen, als wären sie noch immer feucht. Und seine Augen hatten einen feuchten Glanz, als wäre die Nässe, die er gesehen, in ihm zurückgeblieben. Selbst im Tonfall seiner Stimme klang etwas vom Rieseln nach. Wie gebannt lauschten wir seinen Worten. Einer, der reines Wasser gesehen, es mit Händen berührt, seine Lippen daran genetzt, der es rieseln hörte!

Um unsere durstzerquälten Münder zuckte ein glückselig gelöstes Lächeln, als er »Wasser« sagte. Wie in Trance sahen wir schon die Quelle freigelegt. Hörten sie glucksen und murmeln und spürten sogar das frische Wasser unsere Kehle herabrinnen, so eindringlich wußte es Bonci zu schildern.

»Hätte es nicht zu tagen begonnen, so daß ich mich eiligst davonmachen mußte, um vom Feind nicht gesichtet zu werden, dann hätte ich vielleicht...« fuhr er fort. »Aber wozu darüber reden. Heute nacht, wenn ich wieder gehe, nehme ich einige von euch mit. Wir ziehen mit Schaufeln und Flaschen aus. Dann wird es fließen und fließen, und wir werden Wasser haben.«

›Dann wird es fließen und fließen‹, schon von dem Gedanken allein begann einem die Kehle zu tanzen und die Zunge wollüstig über die Lippen zu fahren, als habe man gerade eine Flasche mit frischem Wasser geleert.

Daß auf einem Hügel, wo es nur Verdurstete gab, sich jeder drängte, um für die Gruppe ausgewählt zu werden, die unter Boncis Leitung die Quelle freilegen und das erste frische Wasser zurückbringen sollte, ist verständlich. Wenn es nach unserem Herzenswunsch gegangen wäre, so hätten wir am liebsten das ganze Operationsfeld zur Quelle hinunterverlegt. Da aber laut oberster Anordnung unser Standort oben am Hügel und nicht unten am Hügelrand war, konnte nur eine gewisse Anzahl mit dieser ersten Expedition hinabwandern.

Wenn Vernunft den Ausschlag gegeben hätte, so hätte es keiner langen Überlegung bedurft, wer für diese Expedition ausgewählt werden sollte. Da es sich in erster Linie um weiteres Graben handelte, mußten es Leute sein, die auf diesem Gebiet Erfahrung hatten. Und wer hätte sich da mit uns Totengräbern messen können? Bonci, der die Dinge von Natur aus praktisch und realistisch betrachtet, sah dies natürlich gleich ein. Nicht aber unser Totenhauptmann, dem jeder Sinn für die praktischen Geschäfte der Lebendigen abging. Und leider, ja dreimal verflucht, waren wir seinem Kommando unterstellt.

»Nein«, lehnte er ab, »die Aufgabe unserer Abteilung ist, Tote zu begraben und nicht Quellen auszugraben. Scheuert lieber eure Schaufeln rein und bringt die Bahren in Ordnung, damit ihr auf dem Posten seid, wenn ihr gebraucht werdet.«

Einer der Morosen war so durstwütend über den Totenhauptmann, daß er zum Langen kam und ihn mit morosem Ernst fragte: »Soll ich ihn um die Ecke bringen?« Und er hätte es sicher getan, wenn der Lange ihn nicht davon abgehalten hätte.

»Unsinn«, sagte der Lange, »wir sind Organisierte und können uns nicht auf anarchistische Sonderaktionen einlassen. Ist es nicht der Hauptmann Galander, so ist es irgendein anderer Hauptmann. In dem verrotteten reaktionären System, in dem es anstatt Gleichheit Privilegierte und Unterprivilegierte gibt, liegt die Schweinerei. Wir müssen zuerst das ganze herrschende System stürzen. Das wird kommen, wenn der Krieg aus ist und die Revolution siegen wird.«

Ich kannte mich in solch hochpolitischen Fragen nicht aus und schwieg.

Daß der Fähnrich Eaves, der früher bei den Sappeuren gedient hatte, und jene, die zu Beginn an den Schützengräben gearbeitet hatten, obwohl sie seither aus der Übung gekommen waren, für die Expedition ausgewählt wurden, war noch einigermaßen begreiflich. Wie kam aber zum Beispiel dieser Papagei von einem Adjutanten dazu mitzugehen? Bloß weil er vorgab, all seine Mußezeit früher in seinem Mustergarten verbracht zu haben? Berechtigte eine Amateurgärtnerei etwa dazu, als erster frisches Quellwasser trinken zu dürfen? Das war eben jenes verdammte Privileg-System, das, wie der Lange richtig sagte, abgeschafft werden mußte.

Als die Expedition früh am Abend mit Schaufeln, Picken und Feldflaschen ausgerüstet zum Hügelrand hinunterschlich, blickten wir ihr neidisch nach.

Natürlich dachte niemand daran, sich schlafen zu legen. Einige – ich gehörte zu ihnen – warteten hier an Ort und Stelle auf die Rückkehr der Wasserträger. Es dauerte, und man mußte sich die Ohren aushorchen, bis man die Schritte der Zurückkehrenden vernahm. Aber dann standen sie schließlich vor uns. Die Uniformen verdreckt, braungelb wie der lehmige Boden selber. Nur ihre Augen glänzen wie vordem Boncis Augen; Wasser, das sie gesehen, glänzte in ihnen.

Wir blickten unruhig auf die Feldflaschen. »Habt ihr es mitgebracht?« Schon streckten sich gierige Hände aus.

»Halt, Leute«, sagte Eaves. »Wir müssen warten, bis für alle genug da ist. Es soll keine Ausnahme gemacht werden.«

»Keine Ausnahme«, bemerkte einer aus der Gruppe. »Es ist leicht für euch, solche Prinzipien aufzustellen, die ihr euch unten schon angetrunken habt. Wir aber sind durstig. Warum sollen wir warten?« Einige, die in seiner Nähe standen, stimmten ihm zu.

»Es ist wahr, daß wir etwas getrunken haben«, sagte Eaves, »aber dafür bekommen die, die sich an der Quelle gelabt haben, am Morgen nichts. Es wird niemandem unrecht geschehen.«

»Der Sappeur hat ganz recht«, ließ sich der Lange vernehmen. »Es muß Gleichheit herrschen.«

»Und außerdem«, erklärte Eaves, »sind wir gekommen, um eine zweite Expedition zusammenzustellen, und dann schichtenweise weitere, um bis zum Morgengrauen so viel Wasser wie möglich heraufzuschaffen.«

Der Meßlöffel wurde herbeigeholt, und die mitgebrachten Wasserflaschen wurden ihm zur Aufbewahrung bis zur Morgenfassung übergeben. Inzwischen machten sich weitere Gruppen auf den Weg zur Quelle. Durch die Gemeinheit des Totenhauptmanns konnte ich an keiner der Expeditionen teilnehmen und mußte mich mit dem mageren Trost abfinden, daß bei der Morgenfassung keinem ein Unrecht geschehen würde.

Als es so weit war, füllten die einzelnen Wasserrationen natürlich keineswegs unsere Feldflaschen. Aber was tat das, wo man in dem schon fast verätzten Mund wieder Wasser schmeckte, und nicht mehr bloß dieses eigenschaftslose Regenwasser, sondern lauteres Wasser, das frisch der Quelle entsprang! Wie erregend feucht rann es die Kehle hinab und nahm ihr die trockene Pein. Flink und munter schnellten die Fische in den Magen hinab, und man konnte wieder essen und trinken! Und wie das belebte und alles in einem erneuerte. Selbst die schon fast in Verwesung übergegangene Seele war mit dieser Auferstehung des Leibes von neuem auferstanden. So ein Wandel vermochte all dies in uns hevorzurufen, daß es uns jetzt fast peinlich berührte, daß jene, die an der Quelle getrunken, nun leer ausgingen. Wünschten wir doch in unserer Seligkeit, daß sich die ganze Welt mit uns freuen sollte.

Der Tag verging im Planen, wie man die neue Expedition so gestalten könne, daß am darauffolgenden Morgen reichlich Wasser für alle da sein werde. Eine größere Zahl von Feldflaschen wurde an Riemen befestigt und durch die Karabiner gezogen, und was Hände nur tragen, was den Schultern nur aufgeladen werden konnte, machte die Ausrüstung aus, mit der die neue Gruppe im Schutze der Nacht zur Quelle zog.

Schon nach den ersten Schritten entschwand die Gruppe unserer Sicht, und das horchende Ohr übernahm es nun, sie weiter zu verfolgen, bis auch der letzte Tritt, das letzte leise, blecherne Scheppern der Wasserbehälte verklungen war. Dann begannen wir bereits mit von Erwartung gesteigerter Hellhörigkeit in die Ferne zu horchen, um schon von weitem ihr Kommen, die sich nähernden Schritte und das scheppernde Geräusch der Wasserbehälte zu vernehmen. Als sie ihre Last abluden, konnte man das Glucksen des Wassers hören. Die nächste Schicht nahm den Weg zur Quelle, und so ging es bis die letzten Wasserträger eingetroffen und ihre Last abgeladen hatten, bis es zu dämmern begann und die große heilige Stunde des Gongens, der Stillung von Durst und Hunger nahte.

Wir waren gerettet! Zwei Tage lang lebten wir im Rausche der Glückseligkeit des Gerettetseins. Am dritten Abend, als die Wasserträger von neuem auszogen – unsere von Warten geschärften Sinne wußten, daß sie bereits schon den Rückweg angetreten haben mußten –, zerriß plötzlich ein Knattern und Tosen brutal die Stille. Das Herz krampfte sich uns zusammen. Der Atem stockte. Der feindliche Posten mußte sie erspäht haben. Die bange Frage: »Werden sie zurückkommen?« – die Frage, die keine Lippen auszusprechen wagten, hing über uns. Es begann zu grauen. Sie kamen nicht. Sie kehrten erst in der nächsten Nacht zurück. Fünf von ihnen waren auf der Strecke geblieben.

Die erste Gruppe, die sich in jener Nacht auf den Weg machte, konnte kaum das Zwischenfeld erreicht haben, als es zu schießen begann. Danach stieg eine Rakete hoch, die für eine Sekunde das untere Gelände grell erhellte. »Dort liegen sie«, rief einer auf die Getroffenen weisend. Und dennoch fanden sich auch am nächsten Abend von neuem welche, die unbekümmert um den hohen Preis, den der Tod aufs Wasser gesetzt hatte, den Weg zur Quelle antraten.

Diesmal fielen die ersten Schüsse bereits, bevor sich die Gruppe auf den Weg machte. Die ganze Nacht hindurch wurde bis auf einige Pausen geschossen. Von Zeit zu Zeit stiegen Leuchtkugeln empor, bohrten sich zischend in den rabenschwarzen Himmel und übergossen für einen Augenblick das Feld mit Licht. Dann wieder Dunkelheit, Stille, neues Schießen, neues Aufleuchten.

Der Weg zur Quelle war zu einer Art Spießrutenlauf geworden. Nur jene, die lebendig durchs feindliche Feuer hindurchkamen, erreichten die Quelle und konnten sich antrinken. Danach aber galt es den Weg wieder zurückzulegen, um denen, die oben warteten, Wasser zu bringen. Da lauerte nochmals der Tod, und oft geschah es, daß einer, der vom reinen Wasser der Quelle getrunken hatte, auf dem Rückweg in einem schmutzigen Tümpel ersoff.

So hatten wir zwar eine Wasserquelle, die uns vom Dursttod errettete, der Weg zu ihr aber führte durch hundertfachen Kugeltod. Es war klar, daß der Feind um unsere tiefe Wassernot wußte, daß er das Ziel unserer nächtlichen Wanderungen kannte, denn das Feuer begann jetzt stets erst, nachdem es dunkelte, und richtete sich ausschließlich auf den Terrainstreifen, der zur Quelle führte. Daß der Feind nicht die Quelle selber, sondern den Weg zur Quelle beschoß, das erklärte der Konrad, der sich auf taktische Tricks verstand, damit, daß der Feind auf die magnetische Anziehungskraft der Quelle spekulierte: Solange die Quelle dort sprudelte, würden sich immer wieder welche von unserem Hügel hinabwagen, der Durst würde sie über das Feld jagen, und da konnte man sie der Reihe nach wie Spatzen abschießen. Der Weg zur Quelle war gewissermaßen die Kehle der ganzen Besetzung.

Von Nacht zu Nacht wurden die Wassergänge riskanter. Und die wachsende Zahl von Menschenopfern war ein zu hoher Preis für das bißchen Wasser, das die Glücklichen, die dem Feuer entgingen, heraufbrachten. Der Kommandant warnte zuerst und verbot schließlich den Quellgang: »Ihr Hornochsen«, tobte er, »wollt ihr euch denn für einen Trunk der Reihe nach totschießen lassen? Wenn ihr einige Nächte wartet und der Feind erkennt, daß er sein Pulver vergeudet, wird er die Beschießung aufgeben, und ihr könnt's dann von neuem versuchen.«

Aber viele der Durstigen, die wußten, daß es bloß einen Gang kostete um ihren Durst zu stillen, ließen sich von dem Verbot des Kommandanten nicht abhalten. Mochte es auch nur die Möglichkeit eines Trunks sein, für die man sein Leben riskierte, es lohnte sich dennoch, dieses verdurstete Dasein aufs Spiel zu setzen.

Schließlich befahl der Kommandant allen, bis auf die Wache, den Platz, von dem der Weg zur Quelle führte, zu räumen. »Mag der Feind sich heute blöd schießen«, sagte er als die Letzten zögernd abzogen. Er sollte sich aber nicht blöd schießen. Das Pulver, das er verschossen, die Raketen, die er aufsteigen ließ, machten sich auch in dieser Nacht bezahlt. Denn während der Nacht schlich sich heimlich einer aus diesem, einer aus jenem Unterstand zum Ausgangspunkt zurück. Sie überwältigten und knebelten die Wache, die am nächsten Morgen dem Kommandanten darüber berichtete. Sechzehn Mann waren trotz Verbot und Feuer hinabgegangen, und nun lagen sie tot auf dem Zwischenfeld.

»Laßt es euch eine Lehre sein, Ihr Rindviecher«, sagte der Kommandant zu den in der Menage Versammelten, und er drohte mit den schwersten Feldstrafen. Für Verdurstende aber gibt es keine Lehre, und jede Strafandrohung trifft auf stocktaube Ohren.

Die Wachtposten waren verstärkt worden und hatten Order, sowie sich einer dem Verbot widersetzte, von ihren Waffen Gebrauch zu machen. Der Kommandant kam mehrfach während der Abende, um selber zu inspizieren. Alles war ruhig, und so ging er schließlich für eine Weile in seinen Stollen zurück, mit der Absicht, später nochmals nachzusehen. Er döste, von Müdigkeit übermannt, ein, wachte gegen vier Uhr früh auf, raffte sich sofort zusammen und lief sicherheitshalber noch einmal hinaus.

Als er zum Ausgangspunkt kam, waren die Wachtposten verschwunden. Hatten diese Schweinehunde etwa ihre Stellungen verlassen und sich schlafen gelegt? Er ging in den Stollen, entschlossen, sie aufs strengste zu maßregeln. Sie waren nicht dort. Sie waren nirgends aufzufinden. Es blieb keine andere Erklärung übrig, als daß sich ihr Durst von dem anderer Durstiger hatte verführen lassen und daß sie, statt Bericht zu erstatten, mit andern Durstigen den verbotenen Weg zur Quelle genommen hatten. Bei der Kopfabzählung der Mannschaft wurden die Namen all jener festgestellt, die abgängig waren. Aber weder an ihnen noch an den pflichtvergessenen Wachtposten konnte die Strafe vollzogen werden. Sie kehrten nicht mehr zurück.

Um der bedrohlich überhandnehmenden Insubordination ein Ende zu machen, hatte der Kommandant für die nächste Nacht Extrawachen vor jedem einzelnen Stollenausgang aufstellen und die Wache am Ausgangspunkt durch eine Kontrollwache überwachen lassen. Da gab sich selbst der Wagemut der wagemutigsten Durstigen geschlagen. So erreichte der Kommandant in dieser Nacht, daß der Feind sich wirklich blöd schoß und seine Raketen verpuffte, ohne auch nur auf eine einzige »Wasserleiche« hinleuchten zu können.

Als ich mich am Morgen im Menagezelt einfand, diskutierten dort alle ein Gerücht, wonach die Spitalleitung, obwohl in dieser Nacht niemand den Bewachungskordon zu durchbrechen vermochte, frisches Quellwasser für die Kranken erhalten habe. Die bald eintreffende Erklärung dieses Rätsels steigerte noch die allgemeine Erregung. Angeblich sollte der Sanitätskorporal Pokal, der das Durstgewimmer der fiebernden Kranken nicht länger ertragen konnte, auf eigene Faust mit seinem Untergebenen Michalik zur Quelle gegangen sein, um Wasser für die Kranken heraufzuschaffen. Wie hatte er das Unmögliche möglich gemacht? Wie war es ihm gelungen, unbemerkt durch den Ring der Wache zu schlüpfen und unversehrt vom feindlichen Feuer zur Quelle und zurück zu gelangen?

Wie sich herausstellte, hatten sich Pokal und Michalik auf den Weg gemacht als es bereits graute, als die Wache nicht mehr wachte und der Feind nicht mehr schoß. Sie krochen nicht vorsichtig an den Boden gepreßt langsam vorwärts, bis der Feind sie bemerken mußte, sondern sie schwangen sich vielmehr mit einem Satz hinab, liefen mit Windeseile über das Zwischenfeld, so daß selbst wenn ein feindlicher Späher sie bemerkt hätte, sie längst an Ort und Stelle gewesen wären, ehe er sein Gewehr nehmen und sich zum Zielen und Schießen hätte anschicken können.

Natürlich rühmten alle den Pokal.

»Auf so einen Gedanken verfällt keiner, der selbstsüchtig nur auf die Stillung seines eigenen Durstes bedacht ist. Nur menschliches Mitgefühl mit dem Leiden anderer inspiriert einen zu solchen Ideen«, bemerkte ich.

Barnabas, der alles nur von der sarkastischen Seite ansah, höhnte: »Ich frag mich, Adam, ob du wohl jemals der Sonntagsschule entwachsen wirst. Es ist richtig, daß Pokal das Leiden der andern nicht mehr ertragen konnte, aber wer kann schon auf die Dauer so ein Spitalgewinsel aushalten. Wer würde nicht alles tun, um es loszuwerden. Dazu muß einer kein empfindsames Herz, sondern bloß empfindliche Nerven haben.«

Eine Frage, die alle beschäftigte, war, wie der Kommandant sich zu Pokals eigenmächtiger Aktion verhalten würde. Würde er ihn wegen Ungehorsams bestrafen oder es durchgehen lassen oder ihn gar wegen seiner Verdienste um die Kranken beloben, was Dr. Zitrom, der Leiter der Sanitätsabteilung, befürwortete?

Die allgemeine Stimmung zugunsten Pokals wuchs noch, als dieser erklärte, daß er mit seinem Gehilfen beim nächsten Morgenlauf auch Wasser für die Gesunden heraufbringen würde. Natürlich gewann dieser Vorschlag sogleich den Meßlöffel und schließlich auch den Kommandanten.

Die Erregung, mit der wir Pokals und Michaliks neues Wagnis im Morgengrauen verfolgten, übertraf alles. Pokal lud sich die großen, aber leichten und verschließbaren Aluminiumbehälter, die im Spital benutzt wurden, auf, und Michalik umgürtete sich mit den auf Riemen angereihten Feldflaschen.

Sie begannen zu laufen. Es fiel kein Schuß. Schon hatten sie das Gebüsch erreicht. Wir glaubten aufatmen zu können. Da setzte plötzlich mit voller Wucht das Feuer ein. Von rechts und links, von allen Seiten prasselten die Geschosse durch die Luft. Entsetzt gewahrten wir, daß der Feind seine Aufmerksamkeit ausschließlich auf das Gebüsch konzentrierte, in dem die Quelle lag.

Noch stand das Gebüsch. Wir konnten es von unserer Erhöhung aus gut sehen. Da plötzlich ein Zischen und Dröhnen. Eine Granate schlug mitten hinein. Fontänen von schlammigem Wasser, vermischt mit Erdklumpen, zersplitterten Baumstämmen und Steinen schossen haushoch empor. Der Feind hatte die Quelle getroffen, samt unserm Wasser, den gefüllten Feldflaschen, Aluminiumgefäßen, mitsamt unserer ganzen Lebenshoffnung. Es blieb nur ein Granatenloch, ein gähnender Erdtrichter übrig. Wir wußten, daß die Quelle darin begraben lag. Der Feind hatte uns in die Kehle getroffen.

Wir wandten uns ab, um zu gehen, da rief auf einmal Glaciereau: »Dort, dort!« Wir sahen etwas aus dem Erdschlund emporschnellen und zu laufen beginnen.

»Er ist es, Pokal! Seht, seht! Er trägt eines der Aluminiumgefäße.«

Wir riefen es einander zu, erregt, atemlos; Pokal, Pokal. Da aber schlug es unmittelbar neben ihm ein. Pokal fiel zu Boden.

»Getroffen!«

»Nein, er lebt!«

Pokal lief weiter. Wiederum schlug es ein. Wiederum ließ er sich fallen, sprang abermals blitzschnell auf und rannte querfeldein, das Feuer immer hinter ihm her.

Bemerkte Pokal das Loch nicht, das sich vor seinen Füßen öffnete? Er stolperte und stürzte.

»Jetzt ist er getroffen!«

Nein. Er rappelte sich auf, lief weiter, im Zickzack, duckte sich, schlug einen Haken – mit aller List versuchte er den Feind irrezuführen.

Ein glühender Feuervorhang fiel herab. Pokal verschwand dahinter.

Verloren?

Nein, er stürzte unversehrt hervor.

Entkommen?

Er rannte weiter, stolpernd, stürzend, wieder aufspringend lief er über das tödliche Feld.

Atemlos verfolgten wir seinen Lauf, den rasenden Wettlauf mit den Kugeln. Und sooft wir glaubten, nun sei es aus, erhob er sich von neuem und lief. Und noch immer hielt er das Wassergefäß in der Rechten.

Schon war er fast angelangt. Er winkte uns zu. Dann fiel er nochmals zu Boden.

»Siehst du ihn?«

»Nein.«

Nichts rührte sich.

»Er wartet bloß bis das Feuer vorüber ist.«

Minuten waren vergangen. Das Feuer des Feindes hatte nachgelassen. Worauf wartete er noch? Warum blieb er liegen, warum sprang er nicht auf?

Der Kommandant hatte seinen alten Feldstecher mitgebracht. Er blickte eine Weile schweigend durchs Rohr, dann reichte er es wortlos den andern.

Pokal lag regungslos da, das Wassergefäß in der leblosen Hand. Es war halb zur Seite geneigt, der Verschluß gebrochen, der Deckel herabgerutscht. Es war noch fast bis zur Hälfte mit Wasser gefüllt. Der erstarrte Arm hielt es, als wolle der tote Pokal den verdursteten Kameraden die letzte Labung darreichen.

Abwechselnd blickten wir durch das Glas und starrten auf das Wasser, blickten wie gebannt auf den kleinen hellen Wasserspiegel, in dem sich der anbrechende Tag widerspiegelte. Der Mittag spiegelte sich darin, die ersten Nachmittagsschatten ließen auf dem Quellwasserspiegel dunkle Flecken zurück.

Wir müssen das Wasser haben! Alle waren von dem gleichen Gedanken erfüllt. Wir mußten es haben, koste es, was es wolle.

Der Sanitäter Hundesmith sprang aus der Reihe und rannte hinab. Doch kaum hatte er sich dem Behält genähert, da fällte ihn eine Kugel. Andere versuchten es. Der Gefreite Gali und nachher der Wachtmeister Tihamir. Sie warfen sich flach auf den Boden und versuchten sich auf dem Bauch zu dem Wasserbehalt hinzurobben. Der feindliche Posten lag aber auf der Lauer und brachte Gali wie Tihamir zur Strecke.

Und doch, wir mußten und mußten das Gefäß in unsern Besitz bekommen. Alles übrige lag samt der Quelle im Erdenschlund begraben. Es war unser letztes Wasser. Eine förmliche Schlacht entspann sich zwischen den verbissen immer von neuem Hinabrobbenden und dem ununterbrochen zielenden, schießenden Feind; ein fanatischer Kampf um das frische Quellwasser im Gefäß des toten Mannes. Kugel auf Kugel traf den Toten; eine davon seinen erstarrten Arm. Das Gefäß kippte um. Das kühlend erquickende Wasser floß heraus. Der Schlamm saugte es ein. Der Feind feuerte noch eine Weile, dann ließ er es sein. Das Gefäß lag durchlöchert wie ein Sieb neben der zerschossenen Leiche. Es war zu Ende.

Der erste Blick, wenn wir jetzt erwachten, spähte durchs Stollenloch nach dunklen Regenwolken, und die letzte Tagesverrichtung, bevor wir uns niederlegten, war ein Blick nach den Wolken.

Wo nun die rettungssprudelnde Gebüschquelle unter der Erde begraben lag, richteten wir in unserer letzten Not den Blick zum Himmel empor, flehend, hoffend, daß seine erbarmende Gnade in seinen Wolkengebirgen eine neue Quelle hervorsprudeln lassen werde. Den Wolken, ihnen allein, galt jetzt unsere ganze Aufmerksamkeit, jeder unserer Gedanken.

Für mich war dieses erdvergessene In-die-Wolken-Gucken wie eine Heimkehr in die Kindheit aus unwirtlicher Erwachsenheit. Wie dem Bonci die Gebilde der Erde, so waren für mich die Himmelsgebilde gewissermaßen die ersten vertrauten Genossen der Kindheit. In der Elementarschule des Lehrers Nemes saß ich neben dem Klassenfenster mit dem Ausblick auf den Schulhof. Sturmwolken jagten die friedlichen weißen Wölkchen vom Himmel weg. »Wieviel sind zwei mal zwei, Adam?« rief mich der Lehrer auf ... »Donnerwetter, Adam, wirst es doch wissen«, drängte er ungeduldig. Was für ausgefallene Sorgen ein Lehrer hat. Was war schon die Dringlichkeit festzustellen, wieviel zwei mal zwei ausmachen, in einem so aufregenden Moment, wo am Himmel eine wölfische Schar von schwarzen Wolken die friedlichen weißen Lämmerwolken verfolgte und aufzufressen drohte?

Was mir besonders an den Himmelswolken gefiel, war, daß sie nicht so unveränderlich gleichförmig waren wie der Lehrer Nemes, die Schultafel samt den Schulkameraden und desgleichen auch alle Menschen, Dinge und Spiele zu Hause, mit einem Wort alles auf der langweiligen Erde. Am Himmel ereignete sich das, wonach mein Kindersinn stand. Dort gab es unausgesetzt aufregende Veränderung und stete Verwandlung. Einmal waren die Wolken Herden, die der Sonnenhirt auf seine goldenen Weiden ausführte, dann Riesenvögel mit mächtigen schwarzen Schwingen, weiße Schiffchen, die über das blaue Himmelsmeer segelten, Gebirgsketten von einem unsichtbaren Riesen hin- und hergeschoben, eine Schar von Mädchen und Buben, die abends aufbleiben und in weißen Nachthemden mit Mond und Sternen Verstecken spielen durften. »Da kommt der Hans-Guck-in-die-Luft!« hänselten mich die Kinder, und dieser Spottname blieb auch nachher noch lange an mir haften.

Und nun verhalf mir just der Krieg in dieser elendsten Zeit wieder zu dem, woran mich die vielen Lästigkeiten des Lebens, Examenbestehen, Geldverdienen etc., verhindert hatten; ich konnte wieder nach Herzenslust Hans-Guck-in-die-Luft sein. Alle waren es jetzt. Wir bildeten geradezu ein Hans-Guck-in-die-Luft-Bataillon. Und wenn ich jetzt, wie als Kind, die entscheidenden Ereignisse in den Wolken sah und ausrief: »Die Himmelskolonnen, sie kommen, sie kommen! Schaut bloß die großen Wasserballons, die sie mitbringen!«, so höhnte kein einziger. Als nachher die mörderischen Nordwinde auf ihren wilden Rossen heranstürmten und die Wolkenkolonne in die Flucht jagten und ich mit Kinderenttäuschung aufstöhnte: »Oh weh, sie haben sie geschlagen«, da krampfte sich auch allen andern das Herz zusammen. Bloß daß es jetzt nicht mehr um das Gewinnen oder Verlieren eines Phantasiespieles der Kindheit ging, sondern um das bitter ernste und harte Mannesschicksal einer grausamen Kriegswirklichkeit.

Einmal gelang es den wasserbringenden Himmelskolonnen durchzudringen, und bevor die feindlichen Winde sie verjagen konnten, zumindest einige ihrer Wasserballons bei uns abzuladen. Ein Teil des aufgefangenen Regenwassers ging allerdings in den Lazarettstollen. Die schon winterlichen Nord- und Ostwinde hatten nämlich die Widerstandskraft der ohnehin sehr geschwächten Mannschaft noch verringert, so daß immer mehr und mehr Fieberkranke ins Spital eingeliefert werden mußten. Und da die Medikamente zur Neige gingen, war Wasser schließlich das einzige, was den Fiebergeschüttelten etwas Linderung bringen konnte. Die Gesunden vermochten immer noch irgendwie bis zum nächsten Regen auszuhalten, das Spital jedoch durfte nicht völlig ohne Wasserreserven bleiben.

Als auf Dr. Zitroms Verlangen ein Teil des Regenwassers in den Lazarettstollen geschafft wurde, sank unsere Wasserration auf ein paar Schluck herab. Zuerst zogen die Leute bloß lange Gesichter, dann aber begann das Murren.

»Was steht ihr noch hier herum«, fauchte der Meßlöffel, »ihr wißt, daß ich euch nicht mehr geben kann.«

»Und das Regenwasser, das fortgetragen wurde?«
»Brauchen die Fiebernden. Nun schaut, daß ihr weiterkommt!«
Die Fieberlosen mußten der Gnade des Himmels vertrauen, die allein den Durst ihrer fieberfrei brennenden Lippen zu stillen vermochte. Und das war oft eine harte Geduldsprobe, denn die himmlische Gnade erwies sich, zumindest in Regenangelegenheiten, als eine recht launische, ja sogar frotzelnde Gnade.

So kamen zum Beispiel am frühen Morgen regenschwere Wolken herangezogen. Die feindlichen Winde schienen verschlafen zu haben. Es wäre somit für die Wolken das Leichteste am Himmel gewesen, Wasser für uns auf Erden abzuladen. Sie hielten auch über dem Hügel. Jeden Moment mußte es losgehen. Der Moment aber dehnte sich, bis am Ende die Wolkenmassen, ohne auch nur den leisesten Spritzer abzuwerfen, über den Wald hinwegzogen, der Himmel weiß wohin.

»Nichts«, sagten die Leute enttäuscht, ihre Blicke vom Himmel wieder der Erde zuwendend.

»Ist das zu fassen, wo doch schon alles danach aussah?«

»Wahrscheinlich«, bemerkte ich, noch immer in meinen Wolkenträumereien befangen, »haben die Wolken heute den Auftrag, in anderen Gegenden, drüben im Wald oder auf einer fernen Wiese, wo durstende Tiere, Pilze und Gräser nach Wasser lechzen, ihre Nässe abzuladen. Der Himmel macht eben keinen Unterschied zwischen durstigen Kompagnien, Tieren, Pilzen und Gräsern.«

»Behalte deine infantilen Betrachtungen für dich selber«, herrschte mich Glaciereau an. »Glaubst etwa, daß jemand bei unserm Durst Lust hat, sich deine Blödheiten anzuhören?«

Ich verdiente diese Lektion.

»Auf das Erbarmen von oben kannst du lange warten. Da magst dir bis zum Verrecken die Augen ausschauen«, hörte ich O'Connor sagen, der mit dem Langen und einigen andern unweit von mir stand. Ich wollte mich ihrer Gruppe nicht zugesellen, weil der quergesichtige Rampalas dabei war, der mich zu Beginn hier am Hügel, als ich noch bei den Essensträgern diente, im Laufgraben überfallen und mich mit der Faust bearbeitet hatte. Einen Kerl, der einen einmal tüchtig verprügelt hat, vergißt man nicht so leicht, seither hütete ich mich, irgend etwas mit ihm zu tun zu haben. Ich konnte aber jetzt unauffällig das Gespräch, das sie führten, überhören.

»Hast vollkommen recht, hat gar keinen Sinn hier noch weiter Hans-Guck-in-die-Luft zu spielen. Wir müssen es aufgeben.«

»Alles aufgeben.«

»Nein, wir dürfen uns bloß nicht auf die Wolken verlassen, sondern müssen uns hier unten umsehen. Der Meßlöffel muß eben etwas von dem hergeben, was sie ins Lazarett getragen haben.«

»Hast recht, so lange etwas da ist, soll keine Ausnahme gemacht werden.«

»Ja, aber ...«

»Ich weiß, was du sagen willst. Jawohl, keine Ausnahme, auch nicht mit den Kranken. Fieber oder kein Fieber – auch unsere Kehlen brennen vom gleichen Durst. Wenn ihr bloß mir folgen würdet, ich wüßte schon, was zu tun wäre. Gewalt, Kameraden, Gewalt ist das einzige.«

»Mensch, sei doch kein Unmensch.«

»Unmensch, noch schöner, ich trau mich bloß, grad herauszusagen, was sich jeder von euch denkt.«

Als sie gingen, ließen sie die Wasserbehälter draußen stehen. Es mochte ja schließlich immerhin eine Überraschung geben.

Anstelle der Überraschung von oben kamen neuerlich Kugeln von drüben herübergeflogen. Seine Soldatenpflicht tun, diesen verdammten Hügel verteidigen und dann in leere Wasserbehälter zu starren, das war wirklich zuviel.

Als wir uns bei der Fassungsstelle einfanden, fertigte der Meßlöffel uns mit der Erklärung ab, daß die Reserven erschöpft seien. »Ihr könnt gehen«, fauchte er.

Wir aber verharrten bewegungslos auf unseren Plätzen, ihm die leeren Feldflaschen stumm entgegenhaltend.

»Hört ihr nicht, daß es nichts mehr gibt?« wiederholte er ungeduldig und stockte. Er bemerkte nämlich, daß einige hinter den

Menagetisch getreten waren und ihn einkreisten. Die emporgehobenen Feldflaschen umringten drohend sein Gesicht. Er blickte entsetzt um sich. Alles schwieg, und der blecherne Ring der erhobenen leeren Flaschen schloß sich immer enger um ihn. Erschrocken tönte sein Fauchen aus dem Ring hervor: »Was wollt ihr von mir? Ich habe doch nichts mehr.« Der stumme Ring der Arme und Flaschen blieb unbewegt.

Zum Glück für den umzingelten Meßlöffel war der Kommandant herbeigeeilt. Erst als er die Leute böse mit »Hornochsen!« anbrüllte, senkten sich langsam die Arme, löste sich der blecherne Ring. »Der Menageleutnant hat nichts mehr, und was noch da ist, wird im Lazarett gebraucht. Ihr werde doch, Potzdonnerwetter, nicht wollen, daß man die Kranken verdursten läßt!«

Dem Kommandanten war es zwar gelungen, der Situation so weit Herr zu werden, daß wir schweigend das Menagezelt verließen. Draußen aber kochte der Ärger weiter, der Haß der fieberfreien Wasserlosen gegen die wasserbesitzenden Fiebernden. Der Durst saß tiefer als Einsicht und Barmherzigkeit, saß im innersten Gewebe, wo die Urnotdurft sitzt.

»Hol sie der Teufel, *wir* haben zu kämpfen, *wir* müssen im Graben liegen, *wir* halten den Hügel. Und was tun sie? Sie liegen auf ihren bequemen Pritschen. Uns gehört in erster Linie, was da ist!«

»Und vor allem muß Gleichheit herrschen. Wenn alle in gleicher Weise ihr Leben opfern, müssen auch alle gleichviel zu trinken haben.«

»Von mir aus können die drüben unsern Hügel kaputtschießen, solange wir kein Wasser bekommen, rühr ich kein Gewehr an. Soll das im Wasser schwimmende Lazarett den Feind ablenken«, redeten sie durcheinander.

»Recht hast, nicht weiter mitmachen, das ist das einzige.«

»Weißt, was ich tun werde? Leg mich einfach hier nieder und bleib liegen, bis mich das Fieber packt und ich eingeliefert werde. Und während ihr draußen weiter ›ablenkt‹, trink ich mich dann im Lazarett satt.«

»Wenn man euch so reden hört«, ließ sich der Quergesichtige vernehmen, »fragt man sich, ob man es überhaupt mit Männern zu tun hat. Das Lazarett stürmen, das ist das einzige. Was sonst?«

Natürlich teilte auch ich die Wut der wasserlosen Gesunden gegen die wasserbesitzenden Fiebrigen. Während aber alle übrigen zumindest ihrer Wut freien Lauf lassen konnten, sollte mir selbst dieses Vergnügen durch unerwartete Umstände verdorben werden.

Die so plötzlich ausgebrochene Fieberseuche hatte das Lazarett in die prekärste Situation gebracht. Den Strapetti gab es nicht mehr. Zwei der Sanitäter mußten wir nach dem großen beschossenen Freßgelage als Leichen abschleppen, zwei andere, Pokal und Michalik, waren beim Wasserholen gefallen. Und dazu wurden jetzt auch noch drei weitere vom Fieber gepackt und mußten, statt zu pflegen, selber gepflegt werden. Im überfüllten Lazarettstollen ging alles drunter und drüber. Was war da die nächstliegende Lösung? Natürlich daß Dr. Zitrom bei der benachbarten Totengräberabteilung um Aushilfe bat. Die Wahl fiel ausgerechnet auf mich, und so hatte ich jetzt neben dem Totengräberdienst auch noch die Betreuung der Kranken aufgehalst bekommen. Das brachte mich in den qualvollsten Konflikt. Denn so wild auch das durstige Ich in mir toben mochte, was sich hier im Lazarettstollen darbot – der Anblick dieser armseligen Fieberverzehrten, das Anhören ihres wimmernden Gestöhns –, mußte selbst ein wildes gieriges Tier zu einem barmherzigen Bruder verwandeln.

Sooft ich den Medikamentenschrank öffnete, sprang mir die große Labeflasche mit dem für die Kranken bestimmten Wasservorrat ins Auge. Es war unmöglich, sie zu übersehen. Und wenn Dr. Zitrom sich zurückzog, so blieb ich allein mit der Flasche, und mein Durst brannte und brannte. Oh, diese seelischen Qualen des Hin- und Hergerissenseins zwischen Rücksicht auf die Sterbenskranken und diesem lechzenden Durst.

Ich hatte meine Aushilfstätigkeit am Nachmittag angetreten. Die erste Aufgabe, die Dr. Zitrom mir stellte, war, in der »Sterbenische«

Nachtdienst zu leisten. Die Sterbenische war eine durch zwei Feldplanen abgeteilte Ecke mit einer Pritsche, auf die jene gebettet wurden, deren letzte Stunde gekommen war. Dr. Zitrom gab mir die notwendigen Anweisungen. »Fühlen Sie zeitweise den Puls, und hier ist das Wasser für den Patienten.« Er wies auf ein Glas hin, das auf einer Kiste neben der Pritsche stand. »Netzen Sie ihm zuweilen die Lippen, und wenn er zu trinken verlangt, so geben Sie es ihm nur schluckweise.« Er zeigte mir wie ich den Sterbenden behutsam heben und halten solle. »Viel dürfte ja nicht mehr zu machen sein«, sagt er im Hinausgehen.

»Na so was«, rief ich erstaunt, als Dr. Zitrom gegangen war und ich auf dem Krankenzettel über der Pritsche den Namen Archibald Madar las. Seit meinen Telefontagen war und blieb mir seine Existenz ein Rätsel. Kannte ich doch bloß seine tiefe Baßstimme, ohne daß ich ihn je zu Gesicht bekommen hätte. Da alle, die ich damals nach ihm fragte, nichts von einem Madar wußten, hatte ich eine Weile sogar angenommen, daß er bloß ein ungarischer Vogelname sei, der als Deckzeichen diente. Und nun, wo es mir aufgetragen war, einem Sterbenden die letzten Handreichungen zu leisten, sollte ich mich mit eigenen Augen überzeugen, daß es in Wirklichkeit einen Madar gab, ja, daß der Mann, der hier unter meinen Händen verendete, just der mysteriöse Madar aus der Hörmuschel war. Ob er wohl, wenn er meine ihm vertraute Stimme hörte, erkennen würde, daß ich, der Habicht, es war, der ihm in seiner letzten Stunde beistand?

»Hallo, ist das Madar?« rief ich mit meiner Telefonstimme. Ich befeuchtete ein wenig seine verdörrten Lippen, dann rief ich wieder: »Hallo Madar, hallo.« Er öffnete die Augen. Zwei in Fieber brennende Kugeln starrten mich rätselhaft an. Hatte er meine Stimme erkannt? Die angefeuchteten Lippen begannen sich zu bewegen, aber bloß ein schmerzliches Baßgewimmer: »Was...ser« kam von ihnen. Ich hob ihn und labte ihn. Die Feuerkugeln verglommen langsam. Er sank wieder in seinen bewußtlosen Zustand zurück. Ich stellte das Glas auf die Kiste zurück und setzte mich neben ihn.

»Was...ser«, wimmerte es schmerzlich. Aber es kam nicht von

seinen Lippen, die ledern geschlossen waren. Es war auch ein viel kräftigeres Wimmern als zuvor. Da ertappte ich mich, daß das Wimmern aus mir selber hervorbrach. Das Wasserglas auf der Kiste hatte es aus mir hervorgelockt. Ich stand auf und stellte das Glas hinter die Kiste, damit ich es nicht sehen sollte. Das Wimmern um das Wasser aber drang immer kräftiger aus mir hervor.

Ich sprang auf, um dem ein Ende zu machen. »Willst du Wasser, Madar?« fragte ich den Sterbenden. Er blieb stumm. »Hallo, Madar, hallo, hörst du mich nicht? Ich frag dich, ob du etwas Wasser willst.« Ich schüttelte ihn als wäre er ein Sprechapparat, mit dem etwas nicht in Ordnung ist. Von meinem Schütteln begann er sich zu bewegen. Ich glaubte, daß er sich aufsetzen wollte, um zu trinken.

»Bloß einen Moment Madar, bin gleich wieder auf der Leit…, das heißt, wirst es gleich haben«, verbesserte ich mich und holte das Glas hinter der Kiste hervor. »Hallo Madar, hier bin ich wieder«, sagte ich und versuchte ihm das Wasser zu reichen.

Seine Lederlippen blieben hartnäckig verschlossen. Da spürte ich plötzlich die Kühle des Glases an meinen eigenen Lippen. »Mein Gott, was tu ich, nein, nein«, rief ich von mir selber entsetzt. Nie, niemals in der Welt! Ich war doch im Dienst. Und der Rest des Glases war allein für Madar bestimmt. Ausschließlich für ihn. Gewiß, ich war mit ihm allein, und niemand würde je erfahren, wer aus dem Glas getrunken hatte. Aber es war dennoch unmöglich, Dr. Zitroms Vertrauen gleich in der ersten Dienstnacht zu mißbrauchen. Mein gottseliger Vater würde sich ja im Grabe umdrehen, wenn sein Sohn einem Sterbenden die letzte Labung weggestohlen hätte.

Ich stellte jetzt das Glas mit dem Wasserrest derart weg, daß ich es im Rücken hatte, und um mich abzulenken, nahm ich Madars Hand und begann seinen Puls zu zählen. Er war kaum zu fühlen. Das Handgelenk faßte sich knochig und leblos an. Aber auch sonst glich alles an ihm – die unter der ausgedörrten Haut hervorstechenden Backenknochen, die Stirn und das Nasenbein, der ganze Madar, wie er hier lag – einem mit Leder überzogenen Skelett. Es war kaum anzunehmen, daß er noch einmal zu trinken verlangen würde.

Was Durst, der Wasser in einem Glas erspäht hat, anzurichten vermag, ist kaum auszudenken. Meine Hände begannen zu zittern, so daß ich Madars Puls nicht noch einmal überprüfen konnte, einfach weil ich seine Hand nicht länger zu halten vermochte. Der Rükken begann so zu schmerzen, daß ich mich nur mit größter Mühe aufrecht hielt. Wie ein lähmendes Gift, das sich durch den ganzen Körper hinschleicht und in allen Gliedern und Organen Unheil anrichtet, so wirkte der Durst. Ein eiserner Ring legte sich um meine Brust, so daß ich nur noch stoßweise zu atmen vermochte, und in der Kehle stieg ein rauher Klumpen auf und ab, der mich zum Husten reizte. Die Zunge schien an dem ausgetrockneten Gaumen zu kleben. Das Blut sauste in den Ohren, und die Sinne drohten sich zu verwirren. Obwohl das Glas hinter meinem Rücken stand, so daß ich es nicht sehen konnte, sah ich es dennoch genau und lebhafter, als wenn es vor mir gestanden hätte. Wenn ich bloß mit einem Tropfen meine trockenen Lippen hätte befeuchten können, wäre alles gleich anders geworden! Selbstverständlich erlag ich solchen verführerischen Einflüsterungen nicht.

»Was...ser«, entrang sich mir eine rauhe Stimme, die plötzlich in ein schrilles Falsett umkippte. Es war eine fremde Stimme, und als sie sich zum zweiten Mal Luft zu machen suchte, schloß ich fest meine Lippen und unterdrückte sie.

Ich wollte mich ausschließlich um den Sterbenden kümmern. »Willst du Wasser?« fragte ich Madar. »Ich bring es dir.« Ich ging es zu holen. »Hier«, sagte ich, »willst du es?« Madar rührte sich nicht. Ich verstand, daß er zu schwach zum Sprechen war, aber durch irgendein Zeichen hätte er mir doch zu verstehen geben können, ob es wollte. Allem Anschein nach brauchte er kein Wasser mehr. Um jedoch völlig sicher zu gehen, fragte ich noch einmal: »Madar, hörst du mich? Willst du etwas trinken?« Kein Laut kam über seine hartnäckig zusammengepreßten Lippen. Ich versuchte sie zu befeuchten. Es war aber unmöglich und ich verschüttete dabei einige Tropfen, die mir über die Finger liefen. Die waren ohnehin verloren, so leckte ich die Finger ab. Mir wurde fast schwindelig davon. War ich das noch, oder stand ein Gespenst des Durstes neben der Sterbepritsche des Madar? »Wenn du nicht mehr trinken willst, kann ich den Rest haben?« Ich wußte, daß er unfähig war zu antworten, und dennoch erboste mich sein Schweigen. »Madar, erbarme dich, ich verdurste«, insistierte ich. Er rührte sich nicht. So verstockt zu schweigen vermochte nur einer, der schon drüben war. Ich griff nach seiner Hand, fühlte ihm die Stirn. Das Fieber war vorbei. Er war erkaltet. Ich beugte mich über seine Brust und horchte. Sie hob sich nicht mehr.

Es war nun klar, daß er den Rest im Glas nicht länger brauchte, daß ich ihn nicht verkürzte, nichts Unmenschliches tat, wenn ... Ich hob das Glas an meine Lippen, da bewegte er sich. Ein furchtbarer Schreck packte mich. Ich setzte das Glas ab und stellte es auf die Kiste. Er lag wieder vollkommen bewegungslos da. Ich hob die Lider, die Augen darunter waren verglast. Seine Bewegung vorher mußte eine Täuschung gewesen sein. Ich überzeugte mich, daß er wirklich tot war. Nun konnte ich es tun.

Ich streckte gerade die Hand nach dem Glase aus, als ich den Sanitäter von draußen drohend: »Halt! Untersteh dich!« rufen hörte. Erschrocken ließ ich das Glas. Ich war ertappt. »Wirst es teuer bezahlen«, rief er abermals. Gleich darauf hörte ich ein Gepolter und erregte Worte. Ich lief hinaus, um zu sehen, was los war.

Der Quergesichtige aus dem Laufgraben stand am Eingang und versuchte den diensthabenden Sanitäter, der ihm den Eintritt verwehrte, zur Seite zu drängen. »Her mit dem Wasser«, sagte der Quergesichtige mit fordernder Stimme. Der diensthabende Sanitäter griff zum Seitengewehr. Da versetzte ihm der Quergesichtige einen Faustschlag aufs Nasenbein, worauf der Diensthabende blutüberströmt zu Boden sank.

Der Quergesichtige betrat den Lazarettstollen. »Wo steckt die Flasche?« fragte er mich barsch.

Selbstverständlich sagte ich es ihm nicht.

»Werde sie schon selber finden.« Er schaute sich um. Mit einem Blick entdeckte er den Medizinschrank.

»Halt«, rief ich.

»Schnacks«, fertigte er mich ab und ging in die Richtung des Schrankes.

Ich versuchte ihm den Weg zu verstellen. »An den Medizinschrank darf kein Unbefugter heran.«

»Ich sag dir, fang mit mir lieber nichts an, Ember, hast schon vergessen wie's dir ergangen ist?« Er versetzte mir mit dem Ellbogen einen Stoß, so daß ich wie ein Espenblatt gegen die Wand hinwehte. Dann machte er sich an den verschlossenen Schrank heran.

Natürlich wäre es meine Dienstpflicht gewesen, und mehr noch als Dienstpflicht meine verdammte Pflicht und Schuldigkeit den Fieberkranken gegenüber, ihn mit all meinen Kräften an seinem Vorhaben zu verhindern. Aber all meine Kräfte erinnerten sich nur allzu gut an die Kraft seiner Faust im Laufgraben. Diejenigen, die so leichtfertig mit dem Wort »feiger Schuft« herumspringen, wissen nicht, welcher Seelenmut dazu gehört, sich bis in die Seele hinein zu schämen und die Angst eines schlechten Gewissens auf sich zu nehmen. Welche Qualen ich doch ausstand, während ich bewegungslos zusah, wie dieser rabiate Kerl mit brutaler Hand das Schloß des Schrankes aufbrach und die Reserveflasche herausholte!

»Wasser, reines Wasser«, sagte er lüstern die Flasche betrachtend.

»Was…ser, Was…ser«, erklang es da mit dünnen, zirpenden Stimmen gleich einem unheimlichen wimmernden Widerhall von allen Fieberpritschen. Der ganze Lazarettstollen ward zu einem einzigen Wassergewimmer.

»Haltet das Maul, ihr…« herrschte der Quergesichtige die Wimmernden an. »Jetzt ist einmal auch an mir die Reihe.«

Das Wassergewimmer hörte jedoch nicht auf, schwoll vielmehr nur noch mächtiger an. »Was…ser, Was…ser«, wimmerte der fiebernde Raum. Es wimmerte, als würde die ganze Welt, das ganze Universum in Fieber liegen. Mit so alldurchdringender und allerfüllender Gewalt wimmerte und zirpte es: »Was…ser, Was…ser«, daß selbst der Quergesichtige davon einen Moment lang unsicher wurde und verdutzt mit der entkorkten Flasche innehielt. Dabei hätte ein solcher Mannskerl wie er den hilflos Wimmernden rechts und links nur eins versetzen müssen, und die Fiebermännlein hätten zum letzten Mal gewimmert. Weiß der Himmel, was ihn zurückhielt. War gar in dem armseligen Gewimmer der Siechen eine Kraft, die größer war als die Mannskerlkraft des Quergesichtigen?

Über seine eigene Hilflosigkeit in Rage geratend, begann er jetzt wild zu fluchen und herumzugestikulieren. Und meine Güte, wie dieser Kerl zu donnern verstand! Das Erstaunliche war bloß, daß sein Geschimpfe jetzt ohne Stimme und völlig tonlos war. Ja es schien sogar, als sei die donnernde Kraft aus seinem wütenden Toben in das hilflose Gewimmer der Fiebernden eingegangen, denn plötzlich erklang ihr Gewimmer wie ein drohendes Fordern und steigerte sich zu einem mächtigen Gedonner, so daß der Quergesichtige es mit der Angst zu tun bekam. Und da kann mir einer lange sagen, daß es so etwas wie Bann und Verzauberung in Wirklichkeit nicht gibt. Keiner wird mir das ausreden, was ich mit eigenen Augen gesehen habe; nämlich daß hier die Kraft schwach und die Schwäche stark war.

Als ich ihn jetzt so gebannt und verdutzt dastehen sah, faßte ich Mut und stürzte mich auf ihn, um die Flasche zu retten.

»Rampala, gib die Flasche her. Sie gehört den Kranken.«

Als er mich vor sich sah, war plötzlich der Bann gebrochen.

»Spiel dich nicht auf, du schamloser Schuft! ›Für die Kranken.‹ Willst das Wasser für dich selber haben.«

»Eine solche Gemeinheit«, protestierte ich. Es hatte mich aber bis ins Mark getroffen. Vor Wut vergaß ich, was mir einst im Laufgraben widerfahren war, vergaß jedwede Angst und spürte selbst die Schläge nicht, die er mir mit der freien, flaschenlosen Hand, ins Gefräß, in den Magen und in die Rippen austeilte. Wir balgten miteinander herum, und da zeigte es sich, daß ich dem Quergesichtigen gar nicht so unterlegen war, wie ich es mir eingebildet hatte. Auch mir gelang es, ihm einen kräftigen Schlag ins linke Auge zu versetzen. Er schrie auf und begann zu wanken. Mit einem flinken Griff riß ich ihm die Flasche aus der Hand, worauf er sich mit der Raserei eines verletzten Raubtieres auf mich warf und mir in die Hand biß.

Die Flasche fiel, brach, und das Wasser der Fiebernden rann über den Boden.

Im nächsten Augenblick sah ich, wie der Quergesichtige sich auf die Erde warf, seine ausgedörrte Zunge bis zur Wurzel herausstreckte und die Nässe, bevor der Boden sie aufsaugte, gierig aufzulecken begann. Und Schande über Schande, schon lag auch ich neben ihm, gleichfalls mit heraushängender Zunge, mich mit ihm um ein paar nasse Flecken auf einem schmutzigen Stollenboden raufend. Dann ging es um den letzten nassen Fleck. Wir schlugen uns, stießen unsere Köpfe gegeneinander, hart, daß es krachte, krallten unsere Pratzen ineinander, daß es blutete. Ich war ihm zuvorgekommen. Doch ehe meine gierige Zunge die letzte Nässe aufzulecken vermochte, überwältigte mich seine Faust. Man fand mich später bewußtlos am Boden.

Als der Kommandant von dem Überfall des Quergesichtigen Kenntnis erhielt, gab er sofort den Befehl, den Missetäter vorzuführen. Man suchte den ganzen Hügel ab. Er war aber nirgends aufzufinden.

Was die Wolken inmitten der geschäftigen Wintervorbereitungen der Natur bei uns an Nässe noch abluden, waren bloß Niederschläge morgendlicher Nebel und rauhe Dünste, hauchdünne Beschlagenheit von Gebüsch und Geäst, und da und dort einige Tröpfchen, die die winzigen Naturzisternen – Stengel, Halme und Moosbecher – auffingen und bewahrten. Aber selbst diese nicht mal zur Durststillung von Elfen genügende Nässe, die uns das Aussaugen von Stengeln, Halmen und Moosen bot, war bald zu Ende. Denn wie auf ein geheimes Geheiß stießen jetzt die kalten vorwinterlichen Winde auf unsern Hügel nieder. Heulend und mit wilden, tierhaften Sprüngen kamen sie über Wege, Felder und das Gelände gejagt und leckten auf ihrer heillosen Umfahrt uns auch die letzte Nässe weg.

Wann immer neue Wolken kamen und neue Niederschläge zurückließen, stets waren ihnen die Windbestien auf den Fersen. Und so schnell wir auch zur Stelle waren, so flink wir auch versuchten, mit unseren Lippen und Zungen das letzte kostbare Naß zu berühren, die Winde kamen uns stets zuvor. Es war ein hoffnungsloser Wettstreit zwischen unseren schmalen Menschenlippen und kleinen Zungenflächen und den Riesenmäulern und Riesenzungen der Windungeheuer. Gegen ihre elementare Gewalt war der Mensch ein lächerliches Nichts der Natur; er mußte verlieren und leer dabei ausgehen.

War schon der Kampf mit dem Schlamm eine Lehre gewesen, so paukten es uns die Winde jetzt nimmervergessen ein, daß der Herbst – mag er sich im Frieden dem Menschen auch noch so schön zeigen – im Krieg sein Todfeind ist, stets auf der Seite des mörderischen Gegners steht und erbarmungslos immer nur auf Vernichtung bedacht ist.

Hatte der Herbst zuerst die mörderische Meute der Winde auf unseren Hügel losgelassen, so legte er jetzt auch alles im Umkreis in gläserne Frostfesseln. Anfangs kam uns die Sonne noch gegen die Frostgewalt zur Hilfe. Man sah sie zwar kaum mehr hinter dem gelblich gestreiften Vorhang der Spätherbstwolken, aber durch kleine Wärmepaketchen, die sie uns zuweilen sandte, ließ sie uns doch wissen, daß sie noch da war und unser gedachte. Dann aber kommandierte der Herbst auch die Sonne von unserm Hügel ab, und nur die Frostkälte drang von Himmel und Erde auf uns ein. Da war es nun mit Wasser und Wärme endgültig aus. Versuchten wir, aus Ästchen und Moos ein wenig Feuchtigkeit herauszusaugen, so bissen wir auf schneidendes Glas und mußten die ganze vom Körper gespeicherte Wärme heraufpumpen, sie auf das erstarrte Stengelchen aushauchen und es lange im warmen Schoß des Mundes hegen, um die frosterstarrte Nässe zum lebendigen Tropfen zu erwecken.

Und ringsum wuchs und wuchs die Kälte. Vergeblich versuchte man sich im Unterstand zu verkriechen; man verkroch sich bloß in erdene Kälte. Vergebens zog man den Mantel enger, bedeckte Kopf und Schultern mit Feldplanen – eine gläserne Mönchskutte war an den frostigen Körper angefroren. Und versuchte man, Arme und

Hände kreuzweise über der Brust zusammenzuschlagen oder durch Aufstampfen der Füße mechanisch Wärme zu erzeugen, es frommte nichts, die Bewegungen selber erkalteten und versteiften. Denn seit die große wärmende Sonne am Himmel vom Herbst weggeschleppt worden war, da war ihr auch die kleine Sonne im Leib nachgefolgt, und selbst der Atem hauchte nur innere Kälte in die äußere Welt hinein. Mit der Herbstkälte war der Mensch selber zur Kälte geworden und war nurmehr ein kaltes Ding in der kalten Natur.

Daß wir noch lebten und im Dienst standen, das spürten und wußten wir bloß, weil der Durst weiter wütete. Er allein raste noch in dieser kalten, erstarrten Welt; der Durst, der erbarmungslose Durst frostig kalter Lippen. Ob er überhaupt jemals enden oder auch nach dem Ende noch weiterrasen würde?

Ich sah den Totenhauptmann vorübergehen. Sein Schlottermantel von Frost erstarrt, schritt er mit steifem Gang, die Heeresparade der Verdurstenden abnehmend.

Mysterium

»Wir müssen aushalten und den Hügel halten, ihr Viecher!«
»Gehorsamst, Herr Kommandant.«

Was auf dem Hügel jetzt noch gehalten werden mußte, war in der Falte das große Loch der Toten und die kleinen Stollenlöcher, in denen die Überlebenden darauf warteten, ins große Loch hinübergeschafft zu werden. Draußen am Gelände hielten wir einen Müllhaufen leerer Hülsen, Monturfragmente, zerschrottete Gewehre, umgestürzte Munitionskästen und Tonnen zersplitterten Eisens. Und an den Flanken? Tote Überreste eines von Kugeln und Wetter gefällten Waldes, geköpfte Bäume, erfrorene Äste, fratzenhafte, aus Trichtern hervorstarrende Wurzelknollen. Und darüber stand die bis zum felsigen Gebein entblößte Anhöhe, die gleich einem kahlen Totenschädel steif auf uns herabsah.

»Wir müssen aushalten und den Hügel halten, ihr Viecher.«
»Gehorsamst, Herr Kommandant.«

Die überwinternden Vögel, die letzten Feldratten, alles, was fleuchen und kreuchen konnte, hatten den trostlosen Hügel verlassen. Und auch Sonnenstrahl, Mondschein und Sternenglanz mieden den Anblick und blieben uns fern. Wenn der aschgraue Tag und die stockfinstere Nacht sich vom Erdball hätten loslösen können, so wären auch sie gewiß geflohen.

Aushalten! und Halten! Und wer besorgte das? Eine Restgruppe von Verhungernden, Verdurstenden, Erfrierenden; eine Mannschaft von zu Tode Erschöpften. Alle Kriegstätigkeit – Dienst antreten, Vergattern, Habacht stehen – hatte aufgehört. Die soldatische Pflichterfüllung erschöpfte sich im Aushalten bis man vor Hunger, Durst, Kälte oder Erschöpfung verreckte.

Die einzigen Befehle, die jetzt noch erschollen, wurden vom Totenhauptmann erteilt, sie galten mir und den Morosen, die wir die

Bahren auszurichten, die Toten zu verscharren und die Zahl der Begrabenen zu vermelden hatten.

Hätte der Totenhauptmann nicht immer von neuem befohlen: »Adam, die Bahren«, wäre ich nicht immer wieder mit den Morosen gehorsamst an die Arbeit gegangen, so hätten Befehl und Gehorchen und überhaupt jedwede Feldtätigkeit aufgehört. Er und wir waren zuletzt die einzigen, die den Krieg auf unserem Hügel noch irgendwie in Gang hielten.

Als ich eines Morgens mit den Morosen den täglichen Rundgang machte, um nachzusehen, was an neuen Toten abzuschleppen sei, fand ich zu meiner freudigen Überraschung, daß all unsere Leute an jenem Tag noch immer genau so stöhnten und jammerten wie am Vorabend.

»Haltet den Daumen Kinder, daß es so bleibt«, sagte ich zu den Morosen gewandt, »dann hätten wir heute endlich einmal einen freien Tag zum Verschnaufen!« Wir hätten es wirklich reichlich verdient. Gewiß war es für alle hier oben gleich arg, verdursten und erfrieren zu müssen, aber die andern hatten zumindest den Vorteil, herumfaulenzen zu können. Nur wir Totengräber mußten immer auf dem Sprung sein. Just wenn die andern endlich ausgelitten hatten und sich der ewigen Ruhe erfreuen konnten, hieß es für uns: heben, schaufeln und senken. So war uns dieser totenlose Morgen nur allzu willkommen.

Beim Morgenrapport fand ich den Totenhauptmann wie stets bereits im Amt vor. Sein Gesicht violett gefroren, der Leib vor Kälte geschüttelt, saß er an seinem Arbeitstisch und studierte die in seinen zitternden Händen hin- und hertanzenden Verlustlisten. Kaum war ich eingetreten, da fragte er auch schon zähneklappernd: »Nu-un .. wa-as, gibt .. es ..?«

»Ni-chts«, antwortete ich gleichfalls mit Zähneklappern, womit ich meine Dienstpflicht für diesen Morgen beendet zu haben glaubte und abtreten wollte. »Ha-alt!« rief er und befahl mir, unter ständigem Zähneklappern, mit den Morosen einige Gruben vorzugraben, damit wir einen entsprechenden Vorrat bereit hätten und nicht wieder ins Gedränge geraten würden wie letzthin mit den Fiebertoten.

Ich wünschte ihn in die Hölle. Diesem Kerl war jedwedes Gefühl von Rücksicht unbekannt. Seitdem es mit dem Verdursten begonnen hatte, war kein einziger Tag verstrichen, an dem wir nicht von früh bis spät Gruben ausschaufeln und Gruben zuschaufeln mußten. Und nun brach endlich ein Morgen an, wo wir verschnaufen konnten, und was tat dieser verfluchte Menschenschinder? Er dachte sich eine Fleißaufgabe aus: Gruben auf Vorrat graben! Ich war fuchsteufelswild! Was bleibt aber einem, der im Dienst steht, weiter übrig als wie gewöhnlich »Gehorsamst, Herr Hauptmann« zu sagen.

Er zog seine silberne Taschenuhr hervor. »Es .. i-ist jetzt .. pu-unkt ..« Da fiel ihm die Uhr aus der zitternden Hand. Als er sie aufhob, stand sie. Er versuchte sie wieder in Gang zu bringen, zog sie auf, klopfte mit ihr gegen die Tischkante, öffnete den silbernen Deckel, pustete ins Räderwerk. Nichts half. Ich versuchte mein Glück, wir bastelten gemeinsam daran herum, es war aber vergebens. Die Uhr war tot und reif, in ein Uhrengrab gelegt zu werden. »Macht auch nichts«, klapperte er schließlich. »Gehen Sie nur an die Arbeit, ich werde schon zur Zeit da sein, um die Gräber zu inspizieren.«

Ich ging in den Stollen, um die Morosen zu holen. Sie lagen in einer Ecke, dicht aneinandergepreßt wie frierende Tiere, und schliefen so tief, als wollten sie überwintern. Was das für eine Mühe kostete, sie aufzurütteln und ihre aneinandergefrorenen Leiber voneinander zu lösen! Ich mußte meine Picke zur Hilfe nehmen, um sie loszueisen.

»Was willst denn?« murrten sie völlig verschlafen.

»Ihr müßt auf und zwar sogleich, wir müssen an die Arbeit.«

»Wer ist denn tot?« erkundigte sich einer von ihnen.

»Niemand.«

»Na also, warum müssen wir dann an die Arbeit?«

»Um neue Gruben zu graben.«

»Dicker, mach keine Witze, wenn es keine Toten gibt, für wen, zum Teufel noch mal, müssen wir dann neue Gräber graben?«

»Für den Vorrat.«

Er blickte mich verständnislos an. »Wer ist denn das? Den kenne ich nicht. Noch niemals seinen Namen gehört. Kennt ihr jemanden, der Vorrat heißt?« wandte er sich den andern zu. Sie schüttelten den Kopf.

»Stell dich nicht blöder an, als du ohnehin bist«, sagte ich ärgerlich. »Weißt ganz gut, daß das kein Name ist.«

»Versteh ich dennoch nicht«, entgegnete er eigensinnig. »Versteht ihr es?«

Die Morosen schüttelten abermals den Kopf.

»Ob ihr es versteht oder nicht, ist völlig schnuppe«, sagte ich. »Es ist Befehl und damit basta.«

»Schau Dicker, spiel dich nicht auf. Sag ehrlich, verstehst du's?« fragte er.

»Nein«, entschlüpfte es mir.

»Na warum müssen wir dann graben, anstatt uns ein wenig zu verschnaufen?«

»Weil es Befehl ist. Und ihr wißt genausogut wie ich, daß Befehle für Soldaten nicht zum Verstehen, sondern zum Gehorchen erteilt werden. Kommt also! Der Hauptmann wird inspizieren, und wenn wir bis dahin nicht fertig sind, dann gnade uns Gott.«

Unwillig nahmen sie Schaufeln und Picken und folgten mir. Sie krochen wie Schnecken. Ich mußte sie immerfort anspornen. Schließlich fand ich eine Stelle wo Platz für neue Gruben war. Ich schritt den Raum für vier Gräber ab: »Von hier bis hier«, sagte ich, »nun laßt uns beginnen.«

Als ich mich aber umsah, waren sie nirgends zu entdecken. Vergeblich hielt ich nach allen Seiten hin Ausschau. Ich ging einige Schritte zurück und gelangte zu einer Stelle, von der man den Weg, den wir zurückgelegt hatten, gut übersehen konnte. Von den Morosen keine Spur. Wahrscheinlich waren diese Faultiere mir in einem unbeobachteten Augenblick entwischt und in den Stollen zurückgekehrt, um weiterzuschlafen. Fluchend ging ich in den Stollen zurück, konnte sie dort nicht finden, suchte die ganze Falte ab – alles vergebens. Es war, als habe sie die Erde verschluckt. Schön sah ich aus, und die Zeit verging und verging. Nun, mochten sie es sich selber mit dem Hauptmann richten, ich jedenfalls würde meinen Pflichtteil erfüllen. Ich ging zurück und machte mich allein an die Arbeit.

Ein Grab auszuschaufeln war auch sonst keine Spielerei, selbst damals nicht, als man noch besser beisammen war und mit gelenkiger Hand den Spaten in die weiche Erde stach. Was aber schaufeln bedeutet, wenn man nichts im Magen hat, wenn einem statt warmem Blut Kälte durch die Adern fließt, der Körper bloß Eis ausschwitzt, die Finger steifgefroren sind und der Spaten unausgesetzt von der harten Erde abspringt – davon macht man sich kaum eine Vorstellung. Da galt es, Krume für Krume, den vereisten Boden auszuhakken, und es dauerte wahrhaft ewig, bis das geschaufelte Loch tief, lang und breit genug war, um einen Toten zu bergen.

Schließlich hatte ich eine Grube mit Ach und Krach ausgeschaufelt. Ich hatte genug. Ob es aber für den Totenhauptmann genug sein würde? Ich stellte mir vor, was der für eine Szene machen würde, wenn er zur Inspektion kam. »Was, bloß ein Grab?« hörte ich ihn sagen. »Ist das der Vorrat, den ich anbefohlen habe?« Jeden Moment konnte er hier sein, besser ich drückte mich, bevor er erschien. Gewiß hatte ich persönlich nichts zu befürchten. Es war schließlich nicht meine Schuld, daß sich die Morosen aus dem Staub gemacht hatten. Wie ich aber unsern Hauptmann kannte, würde er mich gar nicht zu Worte kommen lassen, sondern mir lang und breit den Grund für die unerläßliche Notwendigkeit eines Vorrats an Gräbern auseinandersetzen. Und da würde er zähneklappernd argumentieren: »Sie wissen doch warum, Ember. Um einen raschen Zugang zu haben und den ordnungsgemäßen Abmarsch unter die Erde zu sichern.« Und damit wären wir dann bei der »ewigen Armee« angelangt, auf die jedes Gespräch mit ihm ohnehin ausging. Nach dieser Schinderei auf Vorrat war die ewige Armee nun aber das Allerletzte wovon ich hören wollte. Wenn er mir jetzt damit kam, so würde ihn kein Rangunterschied davor bewahren, daß ich ihm mit einer Picke seine Eiszapfennase abschlagen würde.

Um ihm nicht zu begegnen, ging ich aufs Feld hinaus. Es blies ein unangenehmer eisiger Wind. In meiner jetzigen Verfassung aber hätte ich selbst einen Spaziergang am Nordpol einer Begegnung mit dem Totenhauptmann vorgezogen.

Der Wind blies just aus der Richtung, in die ich ging. Um mich zu schützen, drehte ich mich um und ging mit dem Rücken gegen den Wind weiter. »Au«, schrie ich plötzlich, ich war mit dem Hintern auf dem eiskalten Boden eines Trichters gelandet. Als ich mich nach dem ersten Schreck ein wenig umsah, kam mir der Trichter sogleich ziemlich bekannt vor. War dies denn nicht? Natürlich, es war dasselbe Schlammloch, aus dem ich Marihanzy herausgezogen hatte. Obwohl der glitschige Schlamm jetzt hartgefroren war, erkannte ich die Stelle wieder, an der die Leiche mir zweimal aus den Händen geglitten war. So einen tückischen Trichter vergißt man als Totengräber nicht so leicht.

Wie aber doch alles stets davon abhängt, von welchem Blickpunkt aus man etwas betrachtet! Als ich damals in meiner Wut in den Trichter hinabgeschaut hatte, da war er mir wie ein Teufelsloch erschienen. Wo ich aber jetzt selber da unten saß, war es gar nicht so übel. Im Gegenteil, ich fand es eigentlich recht gemütlich, mich hier vom Winde geschützt auszuruhen.

Unangenehm wurde es erst, als zu dämmern begann. Es war Zeit, und ich versuchte aus dem Trichter herauszuklettern und bemerkte, daß eisglatt um nichts besser als schlammweich war. Auch ich glitt einige Male von der Wand ab, endlich aber fand ich auf einem hervortretenden Eisstück Halt, und zog mich an einem Baumstummel hoch, der am Trichterrand stand. So konnte ich wenigstens mit dem Kopf aus dem Loch hinausschauen. Mit einem tüchtigen Schwung würde ich alsbald draußen sein. Nach guter Totengräbergewohnheit rief ich »Ha-ruk!« um mich anzuspornen. »Ha-ruk«, das erste Mal, »Ha-ruk«, das zweite Mal. Da blieb mir der Atem stocken, und das dritte »Ha-ruk« erstarrte in meiner Kehle.

Etwa hundert Schritt vom Trichterrand entfernt stand der Totenhauptmann an einen Baum gelehnt und blickte herüber. Scheinbar war er mich suchen gegangen, als er niemanden bei der Grube gefunden hatte. Vielleicht hatte er mich gar während der ganzen Zeit beobachtet und gesehen, wie ich mit dem Rücken gegen den Wind gehend in den Trichter gefallen war. Sicherlich hatte er sich darüber gewundert, was ich so lange in dem Trichter trieb.

»Zu Befehl, Herr Hauptmann, ich komme gleich und werde alles erklären«, rief ich zu ihm hinüber.

Er antwortete nicht, starrte bloß unbewegt in meine Richtung.

Meine Güte, mußte der wütend auf mich sein, daß er nicht mal mit einem Wort reagierte. Sein Schweigen jagte mir eine solche Angst ein, daß ich zu zittern begann und in den Trichter zurückplumpste. So laut ich konnte, rief ich aus dem Trichterloch: »Verzeihen, Herr Hauptmann, bloß einen Moment.« Unter größter Kraftanstrengung gelang es mir schließlich, mich aus dem Trichter herauszuarbeiten.

»Zu Befehl, hier bin ich, Herr Hauptmann«, sagte ich vor ihn hintretend.

Er schwieg und blieb unbewegt.

›Warum tut er denn so, als höre und sehe er mich nicht?‹ fragte ich mich. Was ist denn in ihn gefahren? Vielleicht war er stehend eingeschlafen. Ich trat näher und zupfte an seinem Mantel. Er rührte sich nicht. Da rüttelte ich ihn am Arm. Der Arm war eissteif und der Ärmel angefroren. Der ganze Mann schien erstarrt. Er war doch nicht etwa erfroren? Um mich zu vergewissern, ob sein Herz noch schlug, riß ich seinen Schlottermantel auf. Es krachte wie eine brechende Eisdecke. Ich tastete nach einem Herzen, da war es, als hätte ich in die kalten Rippen eines Skelettes hineingegriffen. Erschrocken zog ich die Hand zurück. Von dieser jähen Bewegung aber geriet der Totenhauptmann ins Schwanken und fiel mit voller Wucht gegen mich. Ich kippte hintenüber. Der steife Tote sank auf mich, sein kaltes Gesicht dicht an das meine gepreßt, die verglasten Augen in die meinen starrend. Ich wollte mich von ihm befreien und aufspringen.

Sein toter Blick aber hielt mich gefangen. Ich versuchte den Kopf abzuwenden, wie immer ich mich aber auch drehen mochte, stets zog mich der blicklose Blick zurück in seinen Bann. Es schien geradezu, als wolle der Totenhauptmann mir, bevor wir für immer schieden, noch einmal, und zwar diesmal durch sein eigenes Totsein, einschärfen, daß der Krieg nur für den Tod da sei.

Ich war nahe daran, ihm zu verfallen, da bemerkte ich plötzlich eine dickbäuchige Wolke, die schwarz am Himmel aufzog. Als geübter Wolkenkenner wußte ich natürlich sofort, was es geschlagen hatte. »Eine Regenwolke!« rief ich, und der Bann war gebrochen. Mit einer einzigen Handbewegung schob ich den Toten von mir und sprang auf. »Regen, trinken, wir sind gerettet!« jauchzte ich und blickte, den Totenhauptmann vergessend, gespannt nach oben, wo gleich einer trächtigen schwarzen Kuh die Wolke am Himmel stand. Weiß Gott, warum sie sich nicht entleerte. War es ihr hier auf unserm Hügel zu kalt, oder unterließ sie es aus purer Wolkengemeinheit? Enttäuscht verfolgte ich, wie sie langsam weiterzog und mich mit dem Totenhauptmann allein zurückließ.

Obwohl er stumm und leblos dalag, spürte ich, wie ungehalten er war. Ich las es geradezu seinen verglasten Augen ab, daß er sagen wollte: »Unverbesserlich, Adam Ember, noch immer der gleiche unbelehrbare Narr des Lebens. Imstande, für eine flüchtige Wolke auf die Ewigkeit des Todes zu vergessen. Adam, Adam, wirst du denn niemals Vernunft annehmen?«

Seit dem lange zurückliegenden Vorfall mit der Salami hatte ich ihm gegenüber kein so schlechtes Gewissen gehabt wie jetzt. Ich hatte den aufrichtigen Wunsch, ihn irgendwie zu versöhnen. Und obwohl er nun nicht länger mein Vorgesetzter war und mir nichts mehr zu befehlen hatte, stand ich jetzt vor der Leiche stramm und sagte: »Allergehorsamst, zu Befehl Herr Hauptmann. Alles bereit.« Alsdann schickte ich mich an, seinen Abtransport mit besonderer Sachkunde und Geschwindigkeit zu besorgen, um ihn zufriedenzustellen. Ganz als habe ich ihn besänftigt, half er mir sogar dabei.

Eine so kooperative Leiche wie die seine war mir in meiner ganzen bisherigen Praxis nicht untergekommen. All die übrigen Leichen hatten stets irgendeinen Widerstand geleistet, der die Abschleppung verzögerte, ganz als wollten sie so lange wie möglich in der Welt der Lebenden verharren. Mit der Leiche des Totenhauptmanns war das eine ganz andere Sache. Ich mußte nicht die geringste Anstrengung machen, um sie auf meine Schultern zu laden. Sie hob sich geradezu selber hinauf und plazierte sich so, wie sie am bequemsten zu transportieren war. Beim Gehen schien es mir, als würde nicht ich sie, sondern sie mich tragen, und da waren wir auch schon bei der Grube angelangt.

Was für eine glänzende Idee das doch mit dem Graben auf Vorrat gewesen war: Jetzt hatte ich nichts anderes zu tun, als den Leichnam in die Grube hinabzulassen. Und selbst dieser Arbeitsaufwand wurde mir erlassen, denn als ich die Leiche von meinen Schultern herabheben wollte, kam sie mir zuvor und glitt von selber auf den Boden. Auch das Herabsenken nahm sie mir ab; sie ließ sich selber in die Grube hinab. So hatte ich nur noch das Grab zuzuschaufeln.

Kaum aber lag die hilfreiche Leiche in der Grube, da wendete sich alles. Schon als ich mit dem Schaufeln begann, schien es mir, daß es hier nicht mit rechten Dingen zugehe. Ich warf eine Ladung Erde nach der andern in die Grube hinab, doch mit jeder Ladung grub ich mehr Erde herauf, als ich hinabschaufelte, und anstatt sich zu schließen, klaffte das Loch immer weiter ...

Erschrocken warf ich den Spaten von mir. Da schaufelte er selber weiter, schaufelte wie wild und begann rechts und links Gräber zu öffnen. Ich stand auf einem kleinen Flecken, und alles ringsum war aufgeschaufelt, das ganze Gräberterrain war nurmehr ein einziges klaffendes Loch. Und noch immer ruhte der Spaten nicht. Ich sah, wie er über den Hügel hinaus schaufelte, unermüdlich immer weiter, bis sämtliche Gräber aller Schlachtfelder offen standen.

Da hörte ich aus der Tiefe ein Geräusch, das wie der Marschtritt von Truppen klang. Als ich hinabblickte, gewahrte ich den Totenhauptmann, der an der Spitze einer Truppe von Gefallenen schritt. Und während er vorwärts marschierte, wuchs seine Marschgruppe an und ward zu einem Bataillon von Toten. Der Totenhauptmann, das Haupt unbewegt, den verglasten Blick starr geradeaus gerichtet, erteilte unverständliche Befehle, die eine neben ihm schreitende Ordonnanz ebenso unverständlich an die hinteren Reihen weitergab.

Ich erkannte zugleich die Baßstimme der Ordonnanz. »Hallo, Madar, hallo«, rief ich, »Habicht ist hier, Madar.« Er aber schien mich nicht zu hören, obwohl sich der Zug inzwischen meinem Standort genähert hatte und Madar fast vor meiner Nase stand. Ich wollte ihn beim Rockzipfel fassen, griff aber ins Leere. Einen Moment lang wunderte ich mich, daß eine Gestalt, die dem Auge so nah erscheint, für die Hand so unerreichbar fern, ferner als das Ende der Welt sein kann. Die nachdrängenden Kompagnien nahmen meine Aufmerksamkeit aber so völlig gefangen, daß ich Madar sogleich wieder aus den Augen verlor.

Es waren nämlich alles Bekannte, die da an mir vorbeidefilierten. In der ersten Kompagnie, die direkt auf den Totenhauptmann folgte und scheinbar seine Leibgarde unter der Erde bildete, sah ich, von Pokal angeführt, all die Verdursteten und Erfrorenen wieder, die wir erst kürzlich begraben hatten. Ihnen folgte eine Gruppe von vierundvierzig – ich versank fast vor Scham, weil ich, ohne sie abzählen zu müssen, ihre genaue Zahl sofort kannte –, die anstelle von Köpfen Brotscheiben trugen. Sie gingen, geradezu wie aus Bosheit, besonders langsam. Ich atmete erleichtert auf, als sie endlich vorbei waren, obwohl die Darauffolgenden keineswegs ein erquicklicherer Anblick waren.

Ein wilder Haufen von durchschossenen Köpfen, durchstochenen Brüsten, Fragmenten von Leibern in zerfetzten Monturen mit spitzenlosen, durchlöcherten Helmen und zerbrochenen Waffen kam anmarschiert; Kanoniere, Horchposten, Sanitäter, Feldwebel, Hauptleute, alles, was ich hier oben mit den Morosen nach den Schießereien je an Leichen in die Grube geworfen hatte. Es war geradezu, als habe sich dieser ganze Leichenhaufen auf die Beine gemacht. Und solange sie noch wenigstens als Haufen kamen – ging es an. Als sich der Haufen aber näherte und an mir vorbeidefilierte, löste er sich plötzlich in Einzeltote auf. Und es war grauenvoll, sie jetzt einzeln, so zugerichtet, wiederzusehen; Strapetti, den Feldwebel Chiu, Mongola, die Kanoniere: Lümmel und van Schlechtendam, Montpellier und dazu auch noch meinen lieben Schneider Prbrthecktskrvnatzki (für immer unvergeßlich sein Name). Dann folgten die »Fresser« mit ihren Heringen. Da wußte ich wirklich nicht, ob ich lachen oder weinen sollte.

Der Zug hielt an einer Sammelstelle, wo, wie ich jetzt gewahrte, bereits eine ganze Schar von Gefallenen versammelt waren. Sie schienen auf die Ankunft der unseren gewartet zu haben, denn einer von ihnen, wahrscheinlich der Diensthabende, trat jetzt hervor, um die Neuankömmlinge in Empfang zu nehmen.

»Allerhand, Galander«, sagte der Diensthabende, von der ansehnlichen Zahl der Hügeltoten beeindruckt. Als er aber die einzelnen in der Gruppe abmusterte, hielt er inne und fragte verwundert: »Wo ist denn Adam Ember?«

Ich erstarrte vor Schreck! Wieso erkundigte er sich gerade nach meinem Verbleib?

»Ich habe ihn zurückgelassen, damit er die Nachhut bringen soll«, erwiderte der Totenhauptmann.

»Aha, ich verstehe«, sagte der Diensthabende. Dann verschwand er, kehrte aber bald darauf mit einem imposanten Toten zurück, der, der besonderen Verglasung seiner Augen und seinem überaus steifen Gebaren nach zu urteilen, der Oberkommandierende aller Gefallenen sein mußte. Dieser trat auf den Totenhauptmann zu und heftete ihm einen Orden an die Brust: »Für besondere Verdienste, Oberstleutnant Galander«, schnarrte er feierlich.

Hm, dachte ich mir, da hat unser Totenhauptmann hier unten aber rasch Karriere gemacht!

Inzwischen hatte der Diensthabende Oberstleutnant Galander und seiner Gefolgschaft neben einer Gruppe von lehmbedeckten Toten einen Platz angewiesen. Einer der Lehmtoten trug einen Mantel aus Schlammwellen um die Schulter geschlagen. Ein Schlammhelm saß auf seinem Kopf. Den kannte ich doch von irgendwoher. War das nicht der Kommandant Daraban, der uns auf dem Marsch nach Turka in die Chiroker Schlucht kommandiert hatte? Natürlich war er's. Und da standen ja auch die Lemminge. Sie sahen noch immer genauso aus wie damals, als sie ein letztes Mal aus dem Schlamm aufgetaucht waren. Da waren sie alle, der Birka, der Iswoltschik und all die andern. Ich suchte nach Attila und gewahrte schließlich einen, dessen Gesicht ganz aus Lehm bestand. Das mußte er sein.

»Zeig, wo sie sind«, sagte jemand, der, von der andern Seite kommend, sich an der Spitze einer Truppe von Gefallenen dem Sammelplatz näherte. Er sah unserm Totenhauptmann zum Verwechseln ähnlich, und auch die Truppen, die er anführte, glichen den unsern, nur daß sie andere Uniformen trugen. Als ich genauer hinschaute, erkannte ich, daß es die Uniform des Feindes von drüben war.

»Nichts für ungut, Kameraden«, sagten sie zu den Unsern, »mußten eben dem Befehl gehorchen.«

»Ganz unsererseits«, antworteten die Unseren. Sie reichten einander die Hand wie alte Freunde, die sich nach langer Trennung endlich wiedersehen.

Was die oberste Stelle in Ungvar wohl für Augen machen würde, wenn sie hätte sehen können, wie unbekümmert um all die »hehren Ziele des Krieges« die Kämpfer von beiden Seiten, nachdem sie einander befehlsgemäß erschlagen hatten, jetzt als Tote miteinander fraternisierten! Da unten verursachte das allerdings nicht das geringste Aufsehen. Es schien vielmehr die übliche Umgangsart unter Gefallenen zu sein. Wozu Töten und Sterben dann eigentlich notwendig ist, fragte ich mich, vielleicht nur für die oberste Stelle!

Die Überraschung, die Toten von unserem und vom drüberen Hügel brüderlich vereint vor mir zu sehen, nahm mich zuerst so gefangen, daß ich den übrigen umherstehenden Gefallenen keine weitere Aufmerksamkeit schenkte. Erst ein Gespräch, das Ixliby, einer von den Unseren, den ich nach der letzten Schlacht verscharrt hatte, mit einer Gruppe fremder Gefallener führte, ließ mich aufhorchen.

»Kaum hat es ›bumm‹ gemacht, und schon lag ich getroffen drunten im Schlammtrichter«, erzählte der Ixliby.

»Ging mir genau so bei der Herbstschlacht in den Argonnen«, erwiderte einer in Khaki-Uniform.

»Wir kämpfen südlich von der Burg und sterben nördlich von der Mauer. Starben im Moor und wurden nicht begraben«, mischte sich ein Dritter ins Gespräch. Er schwieg eine Weile, und die Jahrtausende zurückliegende Niederlage scheinbar noch immer nicht verwindend, fügte er bitter hinzu: »Es war vergeblich, vergeblich, daß der Kaiser von China die große Mauer bauen ließ, um die wilde Horde zurückzuhalten.«

Wie seltsam das alles ist, dachte ich mir, was mag es wohl bedeuten? Als ich mir daraufhin die Schar der toten Soldaten genauer ansah, bemerkte ich erst, wie kunterbunt die Uniformen und Waffen hier gemischt waren. Einige der Gefallenen trugen korinthische Helme und Visiere, andere Husarentschakos mit Totenköpfen geschmückt, einige steckten in silberverzierten Uniformen, andere in feldgrauen Monturen oder in Schwarzhemden. Manche waren mit Schlingen, Bogen, Lanzen und Schilden bewaffnet, andere mit iberischen Schwertern, Degen, Musketen, Javelins, Pistolen, Bazookas und Flammenwerfern ausgerüstet. Was immer es nur an Uniformen und Waffen gab, schien sich hier versammelt zu haben. Offenbar hatten sich die Vaterlandstoten sämtlicher Nationen und Volksstämme, aller Erdteile und Zeitalter hier eingefunden. Und nun begannen sie an dem Oberbefehlshabenden vorbeizudefilieren.

Zuerst konnte ich nicht begreifen, wie eine solche Unzahl von Kriegern, die zu so verschiedenen Zeitpunkten und auf räumlich so weit verstreuten Schlachtfeldern gefallen waren, jetzt gleichzeitig und noch dazu auf einem so engbegrenzten Raum wie unserm Hügelgelände Platz finden konnte. Meine Verwunderung hielt aber nur so lange an, wie ich in der Illusion von Raum und Zeit befangen war. Sobald ich die einmal abgestreift hatte, wurde alles ganz selbstverständlich. Es erschien mir dann völlig natürlich, daß, was vorher geschehen war, nachher kam und umgekehrt, daß der Raum in die

Zeit überging und der Weg von unserem Hügel in die Tiefe der Jahrtausende hinabführte.

Ich begriff nun auch, warum der Totenhauptmann just heute beim Baum erfroren war und warum seine Leiche es nachher so eilig gehabt hatte, in die Grube hinabzugelangen. Es stellte sich nämlich heraus, daß in dieser Nacht eine besondere Gedächtnisfeier der Vaterlandstoten stattfand.

Da erscholl plötzlich ein langgezogener Hornruf. »Rolands Horn Oliphant. Auf, auf nach Ronceval!« rief es von allen Seiten, und eine Anzahl gellender fränkischer Hörner erklang. Unmittelbar danach hob ein heroisches Geschmetter von Kriegsposaunen an. Mir schien, als würden all die siegesfrohen Trompeten seit dem Fall von Jericho auf einmal geblasen. Das ganze Aufmarschfeld der Gefallenen erbebte von dem Getöse ... Erst allmählich ebbte es ab, wurde leiser und leiser, bis es schließlich in einem wehmütigen Trompetenstoß ausklang.

Schon aber schlug eine Trommel an: Rum-pum-pum, rum-pum-pum, und gleich darauf fielen Hunderte von Trommeln ein: Seitentrommeln, Pauken, maurische, schottische und italienische Wirbeltambours. Trommeln aller Schlachten durch alle Jahrhunderte trommelten in dröhnendem Einklang ... Dann aber brach so unvermittelt wie das Geschmetter und Getrommel begonnen hatte, der Lärm ab, und für eine Sekunde trat Totenstille ein.

Als habe er meine Gedanken erraten, benutzte mein Neugieriger da unten diesen Moment, um zu fragen, wann die Gefallenen denn ihre längst verklungenen Fanfaren und Trommelsignale von neuem ertönen ließen, anstatt sich ihrer wohlverdienten Totenruhe zu erfreuen.

»Oh das ist einfach«, erwiderte der ertrunkene Aga. »Während dieses Festes bemühen sich all die Vaterlandstoten zu zeigen, was sie während ihres Erdendaseins zur Größe der ›ewigen Armee unter der Erde‹ beigetragen haben. Verzeih, Kamerad«, unterbrach er sich, »aber es ist nun an uns die Reihe!« Darauf ertönte die Janitscharenmusik, ein infernalischer Lärm von mit Schellen behängten Halbmonden, Triangeln, Tamtams und Pauken. Ich mußte mir die Ohren zuhalten bis es vorbei war. Als ich wieder zu hören wagte, lärmte das »Tschingderassa, Bummderassa« des Radetzkymarsches vorbei. Und so ging es fort. Ich muß schon sagen, von Militärmusik hatte ich ein für allemal genug.

Ich atmete erleichtert auf, als die Blech- und Schlagmusik von einem Sologesang abgelöst wurde. Es war kein anderer als unser biblischer Vorfahre Lamech, der seinen prahlerischen Schwertgesang anhob:
»Die Feinde, noch Knaben,
Ich hab sie erschlagen,
Noch von der Mutter gehätschelt,
Ich habe sie gemetzelt«,
sang er prahlend, und mir grauste bei dem Gedanken, daß schon unsere Urväter solche Biester gewesen waren.

Auf den schrecklichen Lamech folgte der schwarzbärtige Tenno Jimmu, der Begründer von Nippon. Er schritt in einem mit Achat, Kristall und Jade verzierten Mantel aus Hanf einher, sein Schwert war ihm mit Lianenranken um die Hüfte gegürtet, und sein Haar war an beiden Seiten zu Büscheln aufgebunden. Er sang das Lied, mit dem er einst seine Eroberungsarmee auf dem Weg nach Hondo angefeuert hatte:
»Oh meine Mannen,
Bei eurem Ruhm
Zertretet den Schoß,
Reißet die Wurzel aus.
Auf und vertilgt sie ganz!«

Nach und nach wurde es immer schwieriger, die Fülle der vorbeirauschenden Schlachtgesänge voll und ganz aufzunehmen. Das Tempo beschleunigte sich nämlich fortwährend, mußten doch sämtliche Kampflieder, mit denen sich die Helden seit Anbeginn der Kriege zum Schlachten und Geschlachtetwerden angefeuert hatten, nun innerhalb eines einzigen Festzuges abgesungen werden. Kaum ertönte ein Lied, so drängte schon das andere ungestüm nach, gefolgt von dem nächsten und übernächsten. Kein lebendiges Menschenohr war einem solchen Schlachtliedergedränge gewachsen!

Da aber ertönte ein Lied, das mich aufhorchen ließ. Einige stimmten eine Weise an, die all die Toten gut zu kennen schienen, denn schon gleich nach den ersten Klängen fielen sämtliche Gefallenen ein, gleichgültig auf welchem Schlachtfeld sie gefallen sein mochten. In allen Sprachen und Dialekten der Erde sangen sie, und auch die Toten von unserm Hügel sangen mit. Es war das Kriegslied aller Kriegslieder, die ur- und ewige Weise von Krieg und Tod, die so viele Rekruten für die ewige Armee unter der Erde angeworben hatte. Ein brausender Chor sang in Hunderten von Sprachen und Dialekten:
»Auf zum Töten, auf zum Sterben.«
»Warum Herr Hauptmann, warum?«
»Es ist Befehl, und Befehl ist Befehl. Darum!«
Es ist Befehl, und Befehl ist Befehl. Darum.
Darum marschieren jetzt auch die Unsern im Festzug da unten, dachte ich mir. Daß die Unsern, sowohl die unter der Erde wie jene, die noch oben den Hügel weiter hielten, Rindviecher waren, das war mir, schon bevor der Kommandant Konrad es so deutlich ausgesprochen hatte, klar gewesen. Daß aber alle Armeen zu allen Zeiten genau solche Rindviecher gewesen waren, das war mir erst jetzt aufgegangen, wo ich die Vaterlandstoten zum Zug vereint singen hörte. Augenauswischerei – all die Regierungsmanifeste, patriotischen Reden und Marschlieder! Camouflage, um das wahre Kriegsziel zu verhüllen. Wie recht hatte doch der Galander gehabt als er sagte: »Adam, merk's, Kriege sind nur für den Tod da. Ob gesiegt oder verloren, wird einerlei. Es geht stets nur um die große Armee unter der Erde.« – Schon gut, sagte ich mir.

Nur wußte ich's. Und wenn der Konrad und die übrigen noch weiter dem Befehl gehorchen und den Hügel halten wollten, so mochten sie's so lange tun, bis ich sie in die Grube werfe, so daß sie im nächsten Festzug mitmarschieren können. Aber ohne mich. Ich machte nicht weiter mit. Da würde der Diensthabende dort unten alle Neuankömmlinge bis ans Ende der Zeiten der Reihe nach fragen können: Wo bleibt denn der Adam Ember? Niemals würde ich in diese Armee eingehen. Und nicht etwa, weil ich feige war und mich vorm Sterben fürchtete, sondern weil ich mir vorgenommen hatte, nicht als heldisches Schlachtvieh, sondern in Zivil, von einer Kinderschar umgeben, auf eigene Façon zu sterben.

»Tralala, tralala«, ertönte es da. Potzdonnerwetter, klang das aber vertraut! Ich würde mir den Kopf abhacken lassen, wenn das nicht meine Sebesaner waren. Das Lied kam näher und näher: »Mit Herz und Hand fürs Vaterland ... Nie verlor ... über blutgetränkten Boden, grünt der Zukunft Heldenflor.«

»Die Sebesaner, mit denen ich in den Krieg zog«, rief ich. »Mit Herz und Hand ... Tralala, tralala ... Grünt der Zukunft Heldenflor!« jubelte ich mit.

›Graut der Zukunft Leichenflor‹, korrigierte eine ungebetene zweite Stimme in mir.

»Fürs Vaterland, fürs Vaterland«, fuhr die singende Stimme fort.

›Adam, sei doch kein Narr! Deine Sebesaner dort unten – Tote, Tote‹, warnte die ungebetene Stimme, die nicht singen konnte.

Die Singstimme aber insistierte: »Tralala, tralala. Vaterland. Heldenflor.«

Weiß der Teufel, was für eine unbezwingbare Gewalt in diesem Lied steckte, aber während ich vorher noch kraftlos und steifgefroren dagestanden hatte, schoß mir jetzt das Blut wie Feuer durch die Adern. »Vaterland! Heldenflor!«, sang es in mir, und schon begannen auch die steifen Beine im Marschtritt zu stampfen.

›Adam, zappel doch nicht wie ein Hampelmann‹, verwies mich die Stimme, die nicht singen konnte, und hielt mich zurück.

»Hörst du denn nicht das Tralala? Ich muß mit, kann doch nicht anders, muß mitmarschieren.«

Und da war ich auch schon bis zum äußersten Rand des Hügels vormarschiert. Noch ein Schritt und ich marschierte – tralala – mit den Sebesanern dort unten. Schon hob ich das Bein, um auszuschreiten, als plötzlich ein schmerzliches Schluchzen ertönte, das mir das »Tralala« in der Kehle abschnitt.

So hatte die Mutter geweint, als ich damals mit den Sebesanern ins Feld gezogen war. War mir ihr Weinen hierher nachgefolgt? Hatte sie alle Kriegsschauplätze abgesucht, um mich zu finden und vor dem Eintritt in die ewige Armee zu bewahren?

Als nun ihr Weinen immer lauter und lauter wurde, da merkte ich, daß es ein Zeichen war, ein Ruf in die Ferne, auf den andere Klagerufe antworteten. Und da kamen auch schon von allen Ecken und Enden, aus allen Erdteilen und Zeiten die klagenden Stimmen herbeigeeilt, um sich hier zu versammeln.

Und als ich genauer hinblickte, da sah ich, daß dort, wo vorhin die singenden Vaterlandstoten marschiert waren, jetzt trauernde Frauen schritten, die ihre gefallenen Söhne und Gatten beweinten; Mütter und Frauen aus allen Kriegen von Urbeginn her.

»Brave and princely were my sons,
All resistless in the war.
Now they're dead among the dead,
Sunk in gloom their glory star«,

klagte Gandhari, die Königinmutter vom Ganges, die ihre in den Mahabharatakriegen gefallenen hundert Söhne beweinte. Ihr Blick war von dem Anblick des Grauens erstarrt, der sich ihr vor dreitausend Jahren auf dem von zerfledderten Leichen bedeckten Feld der Pandavas bot.

»Forlorn and childless, drenched in tears,
Can any curse severer be devised
For mortals than to see their children dead?«

hoben die sieben greisen Mütter der erschlagenen Helden von Argos ihre Klage an.

»Oh Wehe, wehe«, klagte Hekuba, ihre majestätische Gestalt gramgebeugt, das gekrönte Haupt kahlgeschoren. Und sie jammerte so laut, daß es die Ewigkeit höre:

»Troja in Trümmern, Mann und Söhne, nur Namen
im Wirbel der Schatten.
Ihr Frauen kommt, ihr Mädchen kommt,
Hört ihr, zu mir, heran an mich,
Unendlich mit mir zu klagen.«
Und schon erwiderten die um ihre Söhne trauernden Trojanerinnen:
»Deine Klage Hekuba, sie fuhr uns durchs Herz,
Uns Schwestern gedrängt und zum Weinen geschart,
Was rufst du den Schwestern? Wir jammern ja selbst
Vor Angst verlöschend, von Grauen verzehrt.«
»Vor Angst verlöschend, von Grauen verzehrt«, wiederholten die ihre Gefallenen beweinenden Mütter und Frauen aus dem belagerten Jerusalem, Frauen aus Stalingrad, die Weiber der hingemetzelten Aschantis und Zulus, die Mütter der Tommies und der Giovinezza di Bellezza, Altfränkinnen, verschleierte Türkinnen, Frauen aus Guernica und Nippon, Frauen hohen und niederen Standes, Frauen aus allen Kriegen, von allen Völkern, und allen Zeiten.

Und in so vielen verschiedenen Sprachen sie auch klagten, es war doch stets ein und das gleiche Klagen männerloser, söhneloser Frauen. Und es schwoll gewaltig an, wie ein Meer, das aus den Ufern getreten ist und den Erdball zu überschwemmen droht. Es war das Klagen vom Anfang und Ende, und es brach aus dem behütenden Weltgrund auf, aus dem »Reich der Mütter«, das dagewesen war, lange bevor es ein Vaterland gab; ein Vaterland mit einem »aus blutgetränkter Erde grünendem Heldenflor«. Und es sprach zu den Ländern und Reichen, die gewesen waren, und zu denen die sind, die kommen werden und gewesen sein werden, gleich den vergangenen. Und da hörte ich die Klage vom Anfang und Ende sagen: »Von Müttern zum Leben geboren, zum Schaffen und Zeugen, hat's euch von Haus und von Heimat fortgelockt, fort von Weib und Kind, rief es und ruft es, zu gehen durch Tag und durch Nacht, durch Wetter und Wind, lockt über Länder und Meere – zum Töten und Sterben.

Zum Töten und Sterben für Helena von Troja und einen Punkt auf der Stabskarte, für eine Ritterburg und ein Stück Wüste in Afrika, für die heilige Krone und Volksdemokratie, für Ehre und Gummi, gloire und Öl, für Freiheit und ein Moskitonest in den Tropen.

Reiche vergehen, entstehen und vergehen, und es wechselt das Dies und das Jenes der Ziele. Doch ewig ziehen von neuem die Heere zu töten und zu sterben, und wo einer ausfällt, tritt ein anderer an seine Stelle.«

Und da hob das Klagen vom Anfang und Ende zur Anklage an: »Von Müttern zum Leben, zum Schaffen und Zeugen geboren, was ließet und laßt ihr als Erbe, ihr Helden, ihr Toten? Mütter ohne Söhne, Greise ohne Stütze, Frauen ohne Gatten, Kinder ohne Väter: ein entvätertes Vaterland! Bestimmt, das Erbgut der Ahnen an die Zukunft weiterzugeben, habt ihr den Born des künftigen Lebens verschüttet. Berufen, die Stammväter kommender Geschlechter zu sein, habt ihr die Kette künftiger Geschlechter zerrissen und seid zu Mördern und Ermordeten geworden – für Helena und ein Moskitonest in den Tropen.

Ö wehe, wir Mütter unseliger Geschlechter! Unser Schoß hat Mörder und Ermordete getragen. Unser Mutterschoß gebar den Tod in die Welt und hat die Zahl der toten Söhne und Söhnemörder vermehrt. Welch Mutterschaft ist ärmer und verdammter als jene von Tötern und Getöteten, von Vollstreckern und Opfern?«

Da wurde es dunkler und dunkler. Alle Formen und Unterschiede versanken, und jeder Laut verstummte in Nacht. Ich stand verlassen da. Und es war, als habe sich die Schwärze aller Schatten und die Dunkelheit aller Nächte, die Finsternis unter der Erde und im Innern der Erde, die Finsternis aus den Räumen des Weltalls und jene, die in den Herzen wohnt, zusammengeballt, um jene schwarze Finsternis neu entstehen zu lassen, die damals bestand, ehe das Schöpferwort: »Es werde Licht« erscholl und danach allüberall Leben auf Erden hervorsproß. Und ich wußte, daß ich in die Urfinsternis hineingeraten war.

Schon wähnte ich mich verloren, da aber vernahm ich plötzlich mitten aus der Finsternis eine Stimme. Obwohl sie leise war, klang sie zugleich mächtiger als all die Kriegsposaunen. Und obwohl sie vertraut schien, so daß ich im ersten Augenblick wähnte, daß es die Stimme eines der leidenden Kameraden vom Hügel sei, klang sie doch zugleich ungewöhnlich, war doch alles Leidvolle in ihr ins Leidlose, ja in ein nie gekanntes Frohlocken aufgegangen. Und ich spürte, daß die Kraft dieser Stimme auch alles was ich erlitten hatte, von mir hob.

»Sehet, ich war tot und bin auferstanden, und wer an mich glaubet, der ist vom Tode zum Leben hindurchgedrungen«, sagte die leise-mächtige Stimme.

Da waren mit einemmal die Ketten des Todes gebrochen. Aus den Worten ging ein Licht in die Finsternis aus. Es war ein Licht, so groß und strahlend wie ich es nie auf Erden gesehen hatte. Als Knabe hatte ich einmal versucht, in die Mittagssonne zu schauen, um in ihren strahlenden Kern hineinzusehen. Damals war alles unruhig vor meinen Augen zerflimmert, und ich war wie erblindet. Jetzt aber schaute ich in das Strahlen, das von der Stimme ausging, und da vermochte ich alles nur noch klarer und ruhiger zu sehen. Ich sah den Auferstandenen, der da sprach in voller Helligkeit dastehen. Obwohl er menschliche Züge trug, glich er doch keiner anderen irdischen Erscheinung. Seine Gestalt und Züge waren aus strahlendem Licht gewirkt, aus demselben Licht, das von seiner Stimme ausging. Und auch der nahtlose Mantel, den er trug, war aus Licht gewoben. Und alles, was im Lichtkegel seiner Worte stand, ward hell und leuchtend, und das Licht, das von ihm ausging, verscheuchte die Finsternis der Nacht bis an den Rand.

Da hörte ich ihn Worte sagen, die an unsern Hügel gerichtet schienen. »Wen da dürstet, der komme zu mir und trinke. Wer aber von dem Wasser trinken wird, das ich ihm gebe, den wird ewiglich nicht dürsten. In ihm wird ein Brunnen des Wassers werden, das in das ewige Leben quillt.«

Als er das sagte, da begann das Licht, das aus seinen Worten kam, gleich vielen Wassern zu fließen, und der Durst aller Durstenden war für immer gestillt.

»Ich bin wiedergekommen, damit ihr Frieden habet in mir«, sprach er zu uns, die wir von der Unruhe des Krieges müde und zu Tode erschöpft waren. »Denn ich bin der Weg«, fuhr er fort, »und wer mir nachfolgt, der wird nicht wandern weiter in der Finsternis, sondern wird das Licht des Lebens haben.«

Da öffnete sich ein Weg, breit und hell erleuchtet, der aus der finsteren Ausweglosigkeit unseres Hügels ins lebendige Leben hineinführte.

Wir sind gerettet. Wir hier am Hügel und alle, alle! Der Mensch ist gerettet!

Doch nun gewahrte ich, wie am Rande der Finsternis sich etwas zu regen begann. Ein Teil der Finsternis löste sich plötzlich ab und begann sich erschreckend in die Richtung der Lichtgestalt zu bewegen.

Und als die herannahende Finsternis in den Strahlenkegel der Lichtgestalt geriet, da erwies sich die finstere Masse als eine geschlossene Gruppe von vielen Gestalten. Und obwohl diese dunkle Gruppe mit ihrem Anführer an der Spitze jetzt in voller Helle dahinschritt, so daß ich jeden einzelnen gut ausnehmen konnte, war ich dennoch unfähig, genau zu sagen, welcher Art sie waren, wechselten sie doch chamäleonartig unausgesetzt ihr Aussehen. Einen Augenblick lang schienen es stramm ausschreitende Militärs zu sein, Männer mit markanten Gesichtszügen, in voller Kriegsausrüstung, kugelfest, feuerfest. Und als hätten sich die verschiedensten Waffengattungen, von einem einheitlichen Kampfziel beseelt, zu einer einheitlichen Formation zusammengeschlossen, waren ihre Feldjacken von den Schultern bis über den Bauch mit Orden, Bändern und Verdienstkreuzen sämtlicher Feldzüge, aller Erdteile behängt. Ich wunderte mich bloß, wie so viele Orden auf einer einzigen Männerbrust Platz finden konnten. Im nächsten Augenblick aber schon hätte ich schwören können, daß es keine Militärs, sondern bürgerlich dahintrottende Wissenschaftler seien, mit den enigmatisch intellektuellen Gesichtszügen moderner Gelehrter, einige in Straßenkleidung, andere in Laboratoriumskitteln, auf den Brüsten weiße oder blaue Isignien, in ihren Händen Präzisionsinstrumente, Tabellen und Formeln. Eine internationale Gruppe von Mathematikern, Physikern, Ballistikern, Metallurgen, Biologen, Technikern sämtlicher Nationalitäten und Länder schien sich hier zu einer einheitlichen Aufgabe vereint zu haben.

Nun näherte sich der Anführer der Lichtgestalt und trat auf sie zu.

»Gegrüßt seist du«, rief er und küßte sie. Auf dieses Zeichen hin stürzte sich die Gefolgschaft der Finsternis von links und rechts auf die Lichtgestalt, fesselte sie und führte sie ab.

»Zum Projekt Zero, zum Projekt Zero«, hörte ich eine Menge in allen Mundarten brüllen.

»Wir waschen uns die Hände in Unschuld«, rief von der Seite ein Chor von Regierungshäuptern mit ungewöhnlicher Einstimmigkeit.

Kurz darauf traten aus der Gruppe der Finsteren einige Männer hervor, die Papiere und Präzisionsinstrumente in den Händen trugen. Sie verlasen einige mathematische Formeln, und da stand schon auch das Kreuz, bis in die Stratosphäre ragend, fix und fertig da.

Der Gedanke, daß man sich hier anschickte, den, dessen Licht uns und die Welt von aller mörderischen Todesnot hätte erlösen können, von neuem zu kreuzigen, versetzte mir einen solchen Schreck, daß mein Herz stockte. Und was diesen Schrecken von Minute zu Minute noch schrecklicher machte, war der Umstand, daß wir auf unserem »verlegten Hügel« schließlich in einer Welt altmodischen Unheils von gestern lebten, so daß ich all die verteufelt rätselhaften Formeln und funkelnagelneuen Instrumente nicht verstand. Alsbald wuchs der Schrecken derart an, daß er in meinem Leib keinen Platz mehr hatte, aus mir heraustrat und die Gestalt eines Dämons annahm, der sich zitternd neben mich hinkauerte. Was ich in meiner Unwissenheit nicht begreifen konnte, das verstand der Dämon dank seines natürlichen Wissens um alles Schreckliche, und es machte ihm auch keinerlei Schwierigkeiten, daß das Unheil diesmal in mathematische Formeln gekleidet war.

»Schau dorthin«, sagte der zitternde Dämon und lenkte meine Aufmerksamkeit auf eine unweit vom Kreuze tagende, im Namen der Aufrechterhaltung des Friedens einberufene Internationale Mesonische Bomben-Kommission. In diesem Augenblick erhob sich der Vorsitzende der Kommission, um dem Siegelbewahrer den Auftrag zu erteilen, die bis zur Stunde als streng geheim bezeichneten Bestimmungen bekanntzugeben. Von den sieben Siegeln wurden die ersten vier aufgebrochen.

Bei der Öffnung eines jeden der Siegel rief der Siegelbewahrer stets: »Komm!«, worauf, aus der Finsternis am Rande, jeweils einer der Apokalyptischen Reiter hervorgeritten kam. Auch an ihnen war der ungeheure wissenschaftliche Fortschritt nicht spurlos vorbeigegangen, und dementsprechend sahen Roß und Reiter recht anders aus, als ich sie mir, auf Grund der Weissagungen von Patmos, vorgestellt hatte.

Der erste Reiter, der da hieß »Triumphator der Welt«, wechselte sein Gesicht unausgesetzt. Sooft ich hinsah, trug er eine andere Maske: einmal die eines Russen, dann die familiären Züge eines westlichen Antlitzes, dann eine orientalische Maske mit hervorstehenden Backenknochen und geschlitzten Augen. Das weiße Triumphroß, auf dem er saß, bestand aus Papier, das kreuz und quer mit Manifesten in allerlei Sprachen und Schriftarten bedruckt war. So groß war der Wirrwarr, daß ihn selbst mein Dämon nicht zu entziffern vermochte. Über dem Haupt des berittenen Triumphators flatterte eine von Künstlerhand gemalte Friedenstaube, aus deren Schnabel von Zeit zu Zeit unauffällig feine Dünste von Nervengas strömten.

Der zweite Reiter auf dem feuerfarbenen Roß, der da hieß »Krieg«, war ein Roboter, der in einem bombenfesten Anzug steckte und einen kugelsicheren Helm trug. Er hielt die Zügel in seinen aus feinem Draht gemachten Händen. In dem zu riesigen Dimensionen aufgeblähten Leib des feuerfarbigen Rosses befand sich ein Waffenarsenal. Ich mußte bloß meinen um alle Schrecken wissenden Dämon nach dem Inhalt befragen, und sogleich leierte er eine ganze Liste herunter.

»Für Brandbomben: Uran 235, Uran 238, TNT. Thermit, Deuterium, Tritium, eine kobaltbestückte Wasserstoffbombe. Zur biochemischen Kriegsführung: Reines Blaukreuz, Blaukreuz gemischt mit Grünkreuz, Gelbkreuz, Reizgas und Lewisit, Phosgen, Aerosole...«

»Genug, genug«, unterbrach ich ihn schaudernd.

Auf dem dritten, dem schwarzen Roß, ritt ein leerer Kübel. Das nur aus Haut und Knochen bestehende Roß zog einen Marktstand, auf dem verpestete Erdfrüchte und Gemüse, von Phosphorbomben zerstörtes Getreide und durch vergiftetes Wasser verendete Schlachttiere zum Angebot standen.

Auf den Reiter »Hunger« folgte als vierter der Reiter, der da hieß »Tod«. Anstatt des altmodischen Knochenmannes saß auf dem fahlen Roß eine zweiunddreißig Meilen hohe, von lila-grünem Rauch und Staub umwirbelte Feuersäule, die sich nach oben zu einer riesigen pilzartigen Wolke erweiterte. Im Leib des fahlen Rosses war Platz genug für vierzig Millionen Tote und die pulverisierten Überbleibsel sämtlicher Industriezentren und Metropolen.

Laut den entsiegelten Bestimmungen war die Wiederkreuzigung des Auferstandenen mit dem In-Aktion-Treten der Apokalyptischen Reiter durch exakt vorausberechnete Kettenreaktionen derart synchronisiert, daß im gleichen Augenblick, wo am Kreuz das Wort »Es ist vollbracht« erscholl, die vier Rosse mit Überschallgeschwindigkeit losgaloppieren sollten.

»Ich kann es dennoch nicht glauben«, schrie ich auf.

»Oh ja, sie werden es schaffen«, versicherte der zitternde Dämon. »Haben sie doch die tiefsten Geheimnisse der Natur erschlossen und ihre verborgensten Urkräfte freigesetzt, um sich ihrer zu diesem Zweck zu bedienen. Dank ihrer exakt wissenschaftlichen Methodik wissen sie um das totale Zeroverfahren.«

Da erst wurde ich mir der Ungeheuerlichkeit dieses ganzen neuen

Unterfangens völlig bewußt. Was seine leibliche Kreuzigung auf dem mit Hammer und Nägeln zusammengezimmerten Holz, was der Lanzenstich, samt dem Spott der Kriegsknechte und der Verleumdung der Schriftgelehrten seinerzeit nicht erreicht hatte – es sollte nunmehr geschafft werden. Was trotz der vielen, ja täglichen Wiederkreuzigungen seither, trotz all der Kriege und Verfolgungen, trotz Verrat und Brudermord nicht gelungen war – es sollte nunmehr vollbracht werden. Seine endgültige Wiederkreuzigung, die selbst all der Geisteswitz der aufgeklärten Schriftgelehrten, die so eifrig bemüht gewesen waren, ihn wegzuleugnen, bis zu dieser finsteren Nacht, da er noch einmal wiedergekehrt war, nicht zuwege gebracht hatte – jetzt sollte sie vollbracht werden. Und wenn es gelang und die Reiter dann losgaloppierten, dann würden auch all die übrigen Prophezeiungen in Erfüllung gehen: Die Berge würden übereinanderstürzen, die Städte in Trümmern liegen, die Meere aus ihren Ufern treten, und von der selbstzerstörerischen Menschheit würde niemand mehr zum Erlösen übrigbleiben.

»Hörst du das Schlagen?« unterbrach mich der Dämon in meiner Grübelei. »Es kündet das Herannahen des Weltenendes an.«

Da vernahm ich ganz deutlich die Schläge eines Metronoms, die den Ablauf der letzten Wiederkreuzigung und nach ihrem Vollbrachtsein das Losstampfen der Rosse regulierten.

Ich sah noch eine grüne Leuchtrakete aufflackern, danach aber rebellierten meine Augen und schlossen sich, um das Weitere nicht mit ansehen zu müssen.

Und da vernahm ich nur noch eine zählende Stimme, die zwischen den einzelnen Metronomschlägen die letzten Minuten vor Zeitpunkt Zero ansagte. »Noch zwanzig Minuten ... noch zwanzig Minuten. – Noch zehn Minuten ... noch zehn Minuten. – Noch fünf ...« rief die Stimme. »Noch vier Minuten ...« Und jedesmal wiederholte die Stimme sich selber wie ein Echo, verstummte, und nur das Schlagen des Metronoms war hörbar. Und je näher der Zeitpunkt Zero heranrückte, desto unheimlicher klangen die Schläge. Unheimlicher als Trommeln im nächtlichen Urwald, unheimlicher als das Maschinengestampfe untergehender Schiffe, unheimlicher als die aufeinanderfolgenden Detonationen von Felssprengungen.

»Noch drei Minuten ... noch drei Minuten.«

Da ertönten plötzlich Worte, die klangen so anders und wundersam, als wären sie nicht von dieser Welt. Sie kamen vom Kreuz herab: »Vater, vergib ihnen, obwohl sie viel wissen, wissen sie dennoch nicht, was sie tun.«

Als ich daraufhin meine Augen öffnete, sah ich, wie ein Hauptmann aus der Reihe jener, die die Wiederkreuzigung überwachten, sich von den andern loslöste, herbeirannte und schrie. »Haltet ein! Haltet ein! Denn wahrlich, ich sage euch, er ist gekommen, um uns zu erlösen.« Und da gewahrte ich, wie es auf einmal hell ward, heller als das Strahlen von tausend Sonnen. Der Himmel öffnete sich und blieb einen Augenblick so, geöffnet und bereit, um mit dem Gekreuzigten auch die Erde selber in sich aufzunehmen.

Das währte jedoch kaum eine Sekunde. Denn schon rief jemand: »Faßt ihn, greift ihn! Es ist der alte Saboteur, der Zenturion. Faßt ihn, bevor er unsere Zero-Installation zerstört.« Einige Männer in unauffälliger Kleidung schossen wie Pilze aus dem Boden, packten ihn und führten ihn ab.

Eine pechschwarze Wolke hatte den Himmel verschlossen. Der letzte Lichtstrahl ward von der Finsternis ausgelöscht, und alles versank wieder in Dunkelheit.

Ich vernahm nunmehr das Schlagen des Metronoms, unerbittlich gefolgt vom Abzählen der letzten Minuten. Und als nach dem Ausruf »Noch eine Minute« die Abzählung der Sekunden begann, als die Zeitspanne kürzer und kürzer wurde: »Punkt Null minus fünfzig Sekunden ... minus vierzig und dreißig, dann nurmehr zwanzig« – da wurde die angstvolle Spannung so unerträglich, daß selbst der zitternde Dämon neben mir vor Schreck erstarrte.

»Minus zehn ...« Bloß zehn Sekunden noch, dann würden die vier Reiter losbrechen. Es nützte nichts, daß ich mir die Ohren zuhielt. Das Metronom schlug, schlug durch. Mit verhaltenem Atem hörte ich, wie die Metronomschläge den letzten Sekunden zurasten. »Punkt Null minus fünf Sekunden ... minus fünf ...« Da war es aber nicht mehr bloß der Schlag des Metronoms, verhundert- und vertausendfacht schlug es »minus fünf, minus vier«, schlug es allüberall, um mich, neben mir, auf mich los. Wie nasse, harte Eisstücke trafen mich die Schläge ins Gesicht. Ich verlor das Gleichgewicht und begann zu schwanken. Da, inmitten der niedersausenden Schläge, hörte ich eine Stimme rufen: »Wir sind gerettet.«

Ich schaute auf. Harte Hagelkörner prasselten mir ins Gesicht und schlugen ringsum auf den Boden auf. Der Lange stand vor mir und schüttelte mich. »Wir sind gerettet. Wir haben wieder Wasser. Hörst du mich?« wiederholte er einige Male, bis ich es endlich begriff.

»Ich hab schon gedacht, du bist beim Schaufeln erfroren, daß du so steif dastehst und das Geprassel nicht merkst. Nun raff dich auf und komm zur Tränke!«

»Siehst du, das hast du von dem blödsinnigen Auf-Vorrat-Graben«, sagte er im Gehen. »Waren wir nicht gescheiter? Ich fürchte mich eben nicht vor dem Galander. Was kann er uns schließlich noch antun?«

»Nichts«, erwiderte ich, »er ist ja ...« Aber es wollte mir nicht über die Lippen kommen. Und da waren wir auch schon bei der Tränke angelangt.

Dort war der Hagel bereits in Kübeln aufgefangen und immer neue Gefäße wurden herbeigeschleppt. Wir soffen und soffen bis zur Bewußtlosigkeit. Kein Wein der Erde vermag Säufer so trunken zu machen wie Wasser die Verdursteten. Und ganz als solle unsere Rauschglückseligkeit nicht enden, erschien zuletzt auch noch Bonci mit der Nachricht, daß wir abkommandiert seien.

Unser Retter bis zur letzten Stunde, hatte es ihm keine Ruhe gelassen, bis er seinen Erdtel-Apparat wieder in Ordnung gebracht hatte, um auszufinden, was drüben am Hügel los sei. Aber der drübige Hügel schien tot. Kein Laut kam von dort. Schon wollte er es aufgeben, da quäkte es plötzlich, und das Etappenkommando gab den Befehl, daß wir aus strategischen Gründen den Hügel sofort zu räumen und nach Drohitz abzumarschieren hätten. Dort würden wir unsere neue Einteilung erfahren.

Wir waren erlöst.

»Haruck«, brüllten die Morosen vor unbändiger Freude, nachdem wir unsern Stollen geräumt hatten. Sie zerschlugen die Bahren und schleuderten Spaten und Hacken hoch in die Luft. »Aus damit«, brüllten sie und tanzten wie die Wilden. Plötzlich hielt der Lange inne und sagte: »Wo treibt sich denn eigentlich unser Hauptmann herum?«

Als ich erzählte, wie ich ihn erfroren aufgefunden und begraben hatte, waren zuerst alle sprachlos. Dann sagte der Lange: »Jetzt tut's mir aber leid, daß ich mich gedrückt habe. *Den* in die Grube zu werfen, da hätte ich gerne mitgetan! Ihr doch auch?« wandte er sich den Morosen zu. Sie nickten grinsend.

Bald danach gehörte all das, was geschehen war und was wir erlitten hatten – der ganze Hügel –, nurmehr der Vergangenheit an. Wir marschierten einem neuen Bestimmungsort entgegen. Die neben mir, vor mir und hinter mir sangen aus voller Kehle, mit neuer Zuversicht, neuem Mut und neuer Entschlossenheit.

»Was ist denn mit dir, daß du nicht mitsingst?« fragte der Lange, der neben mir ging.

»Heiser geworden«, log ich. Wie hätte ich ihm auch erklären sollen, daß ich keine Lust mehr zum Singen hatte.

Wir marschierten weiter, und sie wurden nicht müde, tralala zu singen. Wir marschierten die ganze lange Nacht. Es schien, als wolle sie nimmer enden.

Als wir auf die große Heerstraße einbogen, war ich zuerst völlig verblüfft. Seltsame Fahrzeuge rasten knatternd vorbei, andere sausten durch die Luft. Lichter flackerten auf. Signale und schrille Geräusche ertönten. Mir schien, als wäre es gar nicht mehr derselbe Krieg, so fremd und anders, so funkelnagelneu war alles. Und obwohl ich dies alles nie zuvor gesehen und gehört hatte, jagte es mir ein unheimlich bekanntes Grauen ein, als hätte mich all dieses Neue schon irgendwann einmal erschreckt. Je länger wir unserm neuen Bestimmungsort zumarschierten, um so fremdartiger und erstaunlicher wurde all das, was ringsum auf der Heerstraße und in den Lüften vorging. Und je mehr wir uns unserer neuen Bestimmung näherten, um so stärker übermannte mich das Grauen.

Die übrigen bestaunten zwar all das Neue, gingen aber unbekümmert trällernd ihren Weg.

»Schau dort hinauf!« rief der Lange bewundernd. Ein unheimliches violettes Licht durchschoß den nächtlichen Himmel.

»Punkt null minus null«, entrang es sich wie ein fremder Schrei meiner Kehle.

»Was sagst du, was ist es?« frug der Lange.

»Ach nichts«, antwortete ich. Wie hätte ich es ihm auch begreiflich machen können?

* * *

Nachwort

Ob er nun wirklich der Vater aller Dinge ist, wie eine geläufige Übersetzung des Spruchs von Heraklit es will, sei dahingestellt. Jedenfalls: »Aufgestanden ist er, welcher lange schlief«, der Krieg nämlich, mit dem Europa es nach langer Zeit wieder zu tun hat. Und die alten Mechanismen greifen alle noch, wieder liest man Berichte der einen wie der andern Seite und weiß, sie entsprechen beide nicht der Wahrheit; wieder erinnern die Fotos brennender Häuser, zerstörter Städte, rauchender Trümmer, sterbender Menschen an *Die letzten Tage der Menschheit* oder die Schreckensbilder eines Otto Dix.

Und dann kommt einem dieses Buch unter, 1955 mit einigem Erfolg in englischer Übersetzung von Richard und Clara Winston in den USA erschienen, verfaßt in den Jahren des amerikanischen Exils von einem Autor, dessen Name kaum jemandem heute noch geläufig ist. Er war ein deutscher Schriftsteller, dieser René Fülöp-Miller, der sein journalistisches Werk wie seine zahlreichen Bücher zeitlebens auf deutsch schrieb und auch mit den letzten, späten Büchern nicht ins Englische wechselte. Bis heute findet er sich allerdings in keinem Lexikon deutscher Autoren, und Wikipedia erklärt ihn kurzerhand zum »ungarisch-US-amerikanischen Schriftsteller und Soziologen österreichisch-ungarischer Herkunft.« Geboren 1891 als Philipp Müller in Österreich-Ungarn, genauer in Karánsebes, einer Kleinstadt im Banat, im Südwesten des heutigen Rumänien, wächst er mit Ungarisch als Muttersprache auf und geht bei seinem Vater als Apotheker in die Lehre. Das Studium der Pharmazie, Chemie und Medizin, der Philosophie und Geschichte absolviert er in Klausenburg (dem heutigen rumänischen Cluj), Wien und Paris. Nach dem Studium etabliert er sich als Journalist für ungarische und deutschsprachige Blätter, darunter die »Neue Freie Presse« in Wien. Bei Kriegsausbruch 1914 meldet er sich freiwillig und wird – traut man den Hinweisen des vorliegenden Romans – wohl in seiner banater Heimat zur österreichisch-ungarischen Armee eingezogen. Den erzählerisch zugespitzen eigenen Erinnerungen Fülöp-Millers zufolge habe schon der Anblick des ersten sterbenden Feindes den glühenden Patrioten zum Pazifismus bekehrt. Lange wird es nicht gedauert haben, denn seine Einheit gerät in die Vorbereitungen zur Karpatenschlacht, eine der verlustreichsten Schlachten des Ersten Weltkriegs zwischen den Mittelmächten und dem Russischen Reich, die das österreichisch-ungarische Heer fast 250.000 Soldaten kostet. Die Ortsnamen, die der Text nennt, sind zumeist die ungarischen Bezeichnungen von Städtchen und Dörfern der äußeren Ostkarpaten, damals Waldkarpaten genannt, im seinerzeit russisch besetzen Galizien. Heute liegen sie fast alle im Westen der Ukraine: Turka ist unverändert Turka, Ungvar das heute ukrainische Uschhorod, Sianki heißt inzwischen ukrainisch Sjanki und liegt an der Grenze zu Polen, Homonna ist der ungarische Name für das heute ostslowakische Hommené. Allein Drohobycz, das heutige Drohobytsch, verfremdet der Autor im Roman leicht erkennbar zu Drohitz. Sie alle jedenfalls liegen in der Nähe des Uzsokerpasses, den wir heute ukrainisch als Uschokpass kennen und der im Winter 1914/15 so fürchterlich umkämpft war. Hinter dem Kommandanten Konrad, dem »Offensiv-Konrad« des Romans, verbirgt sich wohl ein Verwandter des Chefs des österreichisch-ungarischen Generalstabs, Franz Freiherr Conrad von Hötzendorf, dem es mit massiver deutscher Unterstützung schließlich gelingen sollte, die von Rußland besetzten Teile Galiziens und der Bukowina zurückzuerobern, »eben ein Konrad«.

Es ist hier nicht der Ort, ausführlich die Wege des Lebens- wie Überlebenskünstlers René Fülöp-Miller nachzuzeichnen, der nach erfolgreicher Karriere als Journalist, Herausgeber und Autor zahlreicher Sachbücher 1939 in die USA emigriert und sich dort als Fachmann für russische Kulturgeschichte und Soziologie neu erfindet, bevor er 1963 schließlich auch in Amerika stirbt. Der interessierte Leser sei dafür auf meine biographische Skizze als Nachwort zur Neuausgabe von Fülöp-Millers skurrilem ersten Roman *Katzenmusik* (Weidle Verlag 1998) verwiesen. Und auch der militärgeschichtlichen Einzelheiten sei hiermit genug, denn was den Roman auszeichnet, ist eben nicht irgendeine mehr oder weniger große historische Genauigkeit, die jenen Hügel 317 betrifft, den seinerzeit »um jeden Preis zu halten« der Befehl lautete, sondern es geht um genau diesen »Preis« selbst. Um das nämlich, was eine solche militärische Lage mit denen macht, aus denen macht, die sie ausmachen, da sie es eben mit sich und untereinander ausmachen müssen, die Soldaten, die Menschen in ihrer Uniform, die entindividualisierten Menschen in ihrer Uniformität. Es geht nicht um den damaligen Krieg, es geht um jeden Krieg, es geht um den Krieg überhaupt.

Der Roman, dessen verschollenes deutschsprachiges Original von Stefan Weidle im Archiv des Dartmouth College, wo Fülöp-Miller lange lehrte, gefunden wurde, liefert dafür reichlich Signale. Was beginnt wie eine Marschszene, wie sie zahllose Kriegs- und Antikriegsromane über den Ersten Weltkrieg aufweisen, von Emil Belzners *Marschieren ... nicht träumen!* bis zu Erich Maria Remarques *Im Westen nichts Neues*, wächst sich schon bald zur unheimlich-gleichnishaften Schilderung aus, wenn einer der vom Erzähler Adam Ember angesprochenen Kameraden Lemming heißt, der ihn wie alle anderen beschwichtigt und ihm rät, der Führung zu vertrauen. Denn so wie Adam Embers Name – das war über Jahre auch der Arbeitstitel des Romans, bevor er dann *Adam, wo bist du?* genannt wird, eine Frage, die Heinrich Böll allerdings schon gestellt und beantwortet hatte – zu uns Lesern sprechen könnte, ist doch Adam das hebräische Wort für *Mensch* und Ember bedeutet dasselbe nochmal auf ungarisch, so spricht dieser Erzähler kurz darauf alle seine maschierenden und das Ziel nicht infragestellenden Kameraden mit dem Namen des einen unter ihnen allesamt als *Lemminge* an. Nun werden die meisten nicht viel über jenes Nagetier aus der arktischen Tundra wissen, aber daß es aufgrund von Nahrungsmangel und dem daraus resultierenden Populationsdruck zu Massenwanderungen neigt, bei denen häufig so viele Exemplare zu Tode kommen, daß sich noch immer der Mythos vom Massenselbstmord hält, zu dem sich die Nager angeblich in Flüsse oder von einer hohen Klippe ins Meer stürzen, haben doch wohl die meisten schon gehört. Geglaubt hat man das ganz offenbar auch schon vor Walt

Disneys vermeintlichem Dokumentarfilm *Weiße Wildnis* von 1958, in dem eine solche Szene nachgestellt wird. Sie hat sich offenbar ins kollektive Gedächtnis eingebrannt – *Die Phantasiemaschine* heißt ein klug beobachtendes kritisches Buch René Fülöp-Millers über die aufkommende Filmindustrie Hollywoods. Walt Disney kannte er sogar persönlich, ein Foto, das die beiden gemeinsam zeigt, ist das letzte Bild in Fülöp-Millers großem Buch über *Das amerikanische Theater und Kino*.

Lemminge also als Assoziation des mitlaufenden Erzählers angesichts fraglos zum vorgegebenen Ziel marschierender Soldaten, trotz zunehmend widrigen Wetters und sich gespenstisch wandelnder Landschaft, eines Erzählers, dessen wachsendes Unbehagen in einer immer alptraumhafteren Handlung ihn dennoch weder erwachen läßt, noch kann er sich dem Geschehen entziehen. Man könnte das geradezu als eine der Signaturen moderner Literatur bezeichnen, von Stephen Dedalus sachlicher Feststellung im *Ulysses*, »History is the nightmare from which I am trying to awake«, bis zur bedrückend bürokratischen Atmosphäre von Kafkas *Schloß* oder der lauernden juristischen Ungewißheit im *Process*. Wem das zu weit hergeholt scheint, der sei daran erinnert, daß Fülöp-Miller literarisch ausgesprochen beschlagen war: Nicht nur hatte er seine Artikel und Bücher über Jahre meist in Wiener literarischen Kaffeehäusern geschrieben und dort zahlreiche Autoren kennen- und schätzengelernt, hatte selbst ein Stück von Tschechow übersetzt und den Nachlaß Dostojewskis in acht Bänden für die große deutsche Werkausgabe des Piper-Verlages herausgegeben. Er war auch zeitlebens mit Stefan Zweig befreundet, dem er im März 1940 in einem Brief berichtet, er habe den größten Teil des Tages damit zugebracht, an seinem Roman zu schreiben. 1948 informiert er dann den Übersetzer Johannes von Guenther, der Roman sei noch immer nicht beendet. Fülöp-Miller wurde aber auch von Thomas Mann wie selbstverständlich zum Tee empfangen und hatte während seiner amerikanischen Jahre engen Umgang mit anderen in die USA emigrierten Autoren wie Albrecht Schaeffer und Hermann Broch.

Und wie *modern* dieser Roman in vielerlei Hinsicht ist, das mag nicht nur die halb spielerisch-veralbernde, halb bedrückend ernsthafte Heranziehung der Freudschen psychoanalytischen Instanz des »Es« zeigen, sondern auch die schwebende Überzeitlichkeit, die seine Handlung weit über die Karpatenschlacht von 1914/15 hinaus mit Bedeutung auflädt. Darunter fallen seltsam antiquierte Waffen und Uniformteile, die Adam Ember an seinen Kameraden wahrzunehmen glaubt, ebenso wie die babylonische Sprachverwirrung des militärbürokratischen Albtraums, von der österreichischen Amts- und Verwaltungssprache grundiert und ausgreifend bis auf »Akten, die vor Jahrhunderten, ja Jahrtausenden den Dienstweg gegangen und unerledigt geblieben waren; etliche auf Kanzleipapier der Generalintendanturen Napoleons und Friedrichs des Zweiten, andere noch auf Wachstafeln, Pergament, Bambusstäben, Papyrusrollen, von ägyptischen Schreibern, römischen Beamten oder von mittelalterlichen Capellarii und Protonotarii in Karolingischen Minuskeln und merowingischen Kursiven registriert und mit Vermerken versehen.«

»Tief ist der Brunnen der Vergangenheit«; zur Überzeitlichkeit des Romans gehört aber ebenso das Hereinragen der damaligen Gegenwart seiner Entstehungszeit, der späten 1940er und frühen 1950er Jahre, wenn nämlich zu den chemischen Kampfstoffen aus dem Ersten Weltkrieg in Embers Vision die Apokalyptischen Reiter auch mit Überschallgeschwindigkeit galoppieren oder Uranisotope und eine kobaltbestückte Wasserstoffbombe mit sich führen. Und in dem roboterhaften Reiter dieser Schreckensbilder erkennen wir vielleicht sogar schon eine der Kampfdrohnen aus unserer Gegenwart. Schließlich gilt, was der rätselhafte Totenhauptmann feststellt: »Worauf es in diesem Krieg überhaupt ankommt: auf den Tod und die Toten nämlich.« Diese bittere Bilanz konnte Fülöp-Miller wohl aus eigenem Erleben ziehen. Zwar war er nicht wie im Roman Totengräber, sondern wurde als gelernter Apotheker und Pharmazeut zum Sanitätsdienst der Armee eingezogen. Dennoch müssen seine Erlebnisse haarsträubend gewesen sein, wie er in seiner fragmentarischen Lebensskizze berichtet. Die in *Die Nacht der Zeiten* nur angedeutete Cholerainfektion durch das Trinken verunreinigten Wassers hat es wohl wirklich gegeben, und dem Sanitäter Fülöp-Miller fiel die Aufgabe zu, einen Zug mit 385 Kranken und Infizierten ins Hinterland zu begleiten. Aus Furcht vor Ansteckung verweigern sämtliche Bahnhöfe die Einfahrt, statt dessen werden die Weichen umgestellt und der Zug einfach durchgeleitet. Als nacheinander der verantwortliche Arzt, der begleitende Priester und schließlich auch der Lokführer sterben, übernimmt Fülöp-Miller sukzessive deren Aufgaben.

Endlich gelingt es ihm, in einem Bahnhof den Halt zu erzwingen, er nimmt Kontakt mit dem Hauptquartier auf, schildert die Lage und erhält Order, bis nach Budapest weiterzufahren. Bei der Ankunft im Quarantänehof der dortigen Tierklinik zählt man nur noch 57 Überlebende. Verarbeitet hat er diese fürchterlichen Ereignisse in dem 1960 erschienen letzten Roman *The Silver Bacchanal*, dessen Handlung unmittelbar mit der Ankunft Adam Embers aufgeriebener Einheit aus *Die Nacht der Zeiten* in Drohitz einsetzt. Leider ist das deutsche Typoskript dieses Romans unauffindbar.

Die Nacht der Zeiten wurde zum endgültigen Titel des Romans in der amerikanischen Ausgabe und leitet sich aus dem vorangestellten Motto des englischen Arztes und Schriftstellers Sir Thomas Browne ab. Es findet sich in dessen 1658 erschienenem Essay *Hydriotaphia, Urn Burial, or, a Discourse of the Sepulchral Urns lately found in Norfolk*, einem Klassiker der englischen Literatur, der einen Urnengräberfund in Norfolk zum Anlaß für Betrachtungen über den Tod und die Begräbnistraditionen des Menschen nimmt.

Einige Details dieses Nachworts verdanke ich der Monographie von Katja Plachov: *Kulturakteur, Netzwerker, Stratege. René Fülöp-Miller als Vermittler russischer Kultur im 20. Jahrhundert*, Paderborn 2022.

Rolf Bulang Buchenau bei Marburg, im Juli 2023

The Night of Time, die englische Übersetzung von
Richard und Clara Winston, erschien 1955 bei
The Bobbs-Merrill Company, Inc., Indianapolis & New York.
Das deutsche Original erscheint hier zum ersten Mal.
Das Typoskript liegt in der Rauner Special Collections
Library, Dartmouth College, Hanover, New Hampshire, USA.

Offensichtliche Druckfehler sind korrigiert,
die Zeichensetzung wurde angepaßt.
Dank an Ingrid Fueloep-Miller, Morgan R. Swan

©2023 Weidle Verlag
Beethovenplatz 4, 53115 Bonn
www.weidle-verlag.de
Lektorat: Stefan Weidle
Kollation & Korrektur: Carlotta Seuthe
Erfassung: Schreib- und Büroservice Thiel, Berlin
Gestaltung, Einband und Satz: Friedrich Forssman

Schriften: Geller, Cutright
Druck: Ph. Reinheimer GmbH, Darmstadt
Bindung: Schaumann, Darmstadt

Die Deutsche Bibliothek – CIP-Einheitsaufnahme
Ein Titeldatensatz für diese Publikation ist bei
Der Deutschen Nationalbibliothek erhältlich.
Dieses Buch wurde klimaneutral gedruckt.
natureOffice.com | DE-077-134232
978-3-949441-08-0